# 의사의 딜레마

# 의사의 딜레마

## 의사들에 관한 서문 포함

### THE DOCTOR'S DILEMMA
#### With a Preface on Doctors

# Bernard Shaw

**버나드 쇼** 지음

**이원경** 옮김

좋은땅

# 옮긴이 서문

한 명을 위한 여유 병상도 불확실한 상황에서 생사를 다투는 두 환자가 찾아왔을 때, 이들 중 누구를 살려야 하느냐는 딜레마에 빠진 의사 리전의 이야기가 펼쳐진다. 그는 새로운 결핵 치료법을 발견한 공로로 이제 막 기사작위를 받았다. 하지만 이용할 수 있는 의료자원의 한계로 무리한다 해도 두 환자를 다 살릴 수는 없다. 한 환자는 타락한 천재화가이고 다른 환자는 선량하지만 무능한 의사다. 게다가 미술 애호가인 리전은 화가의 아내에게 매력을 느끼고 있으며 아픈 의사와는 오랜 친구다. 장차 그는 어떤 결정을 내릴 것이며 두 환자는 어떤 운명을 맞을까?

1906년 초연된 이 희곡을 구실로 삼아, 버나드 쇼는 '의사들에 관한 서문'이라는 긴 에세이를 썼다. 내용은 의료윤리와 공중보건, 생체실험의 폐해, 통계적 착각, 의료의 상업화, 약물과 수술의 오남용, 의사의 미덕과 고충 등 광범위한 갈래에 걸쳐 있는데, 당시 영국사회가 가진 의료문제를 작가가 얼마나 심각하게 보았는지가 낱낱이 드러난다.

2024년 9월 이원경

# 차례

옮긴이 서문       *5*

# 의사의 딜레마

등장인물       *11*

제1막       *12*

제2막       *67*

제3막       *92*

제4막       *133*

제5막       *158*

# 의사들에 관한 서문

1. 의업(醫業)이 가진 의심스러운 평판       *176*

2. 의사의 양심       *178*

3. 별난 사람들       *180*

4. 의업이 무오(無誤)하다는 교조(敎條)가 의사에게
   미치는 반작용       *182*

5. 왜 의사들은 서로 다르지 않은가       *186*

6. 수술 열풍       *187*

7. 순진함과 클로르포름       *190*

8. 의사의 빈곤     *191*

9. 성공한 의사     *193*

10. 외과의사의 자존심에 관한 심리학     *196*

11. 의사는 과학자인가?     *200*

12. 세균학이라는 미신     *203*

13. 예방접종의 경제적 어려움     *207*

14. 예방접종의 위험성     *209*

15. 노조주의와 과학     *213*

16. 의사와 생체실험     *216*

17. 원시 야만족의 동기     *217*

18. 더 높은 동기. 지식의 나무     *220*

19. 논거의 결함     *222*

20. 지식에 대한 권리의 한계     *223*

21. 그릇된 대안     *224*

22. 그 자체로서의 잔인함     *227*

23. 우리 자신의 잔인함     *228*

24. 잔인함에 대한 과학적 조사     *231*

25. 생체실험자의 감정을 검증하기 위해 제안된
실험실 검사     *233*

26. 일상적 관행     *235*

27. 사람과 짐승 사이의 오래된 경계선     *242*

28. 인간을 대상으로 하는 생체실험     *244*

29. "거짓말은 유럽의 권력이다"     *245*

30. 어떤 범죄도 옹호할 논거     *248*

31. 네가 바로 그 사람이다     *251*

32. 대중이 원하지만 얻을 수 없는 것 253

33. 백신 열풍 253

34. 통계적 착각 256

35. 관심과 무관심의 놀라움 260

36. 문명으로부터 공로를 훔친다 263

37. '바이오메트리카' 265

38. 환자가 만든 치료법 267

39. 개혁은 또한 일반인한테서 나온다 268

40. 유행과 전염병 269

41. 의사의 미덕 270

42. 의사의 고충 272

43. 공공의사 276

44. 의료 조직 277

45. 의료 문제의 사회적 해결책 280

46. 개인의원진료의 미래 282

47. 기술적 문제 284

48. 최신 이론들 290


옮기고 나서 301

# 의사의 딜레마

## THE DOCTOR'S DILEMMA

'제시카의 첫 번째 기도'의 작가인 헤스바 스트레턴께서
이 연극을 위해 그녀의 소설 중 하나의 제목을
사용하도록 허락해 주신 것에 대해 감사드린다.

## 일러두기

이 책은 1911년 미국의 NEW YORK BRENTANO'S에서 출간한 버나드 쇼의 **THE DOCTOR'S DILEMMA With a Preface on Doctors**를 완역한 것이다. 원본에는 서문이 희곡의 앞에 자리했으나 번역본에서는 그 순서를 바꾸었다. 작가가 서문을 쓴 동기가 희곡을 구실로 삼은 것이라고 밝혔거니와, 서문에서 희곡을 인용하기도 했으니 독자로서는 희곡을 먼저 읽는 게 낫다고 옮긴이가 판단했기 때문이다. 또한, 서문의 장 번호는 원본에 없던 것이다. 본문의 각주는 옮긴이의 주다.

# 등장인물

· **콜렌조 리전(콜리 경)**: 50대의 의사. 의학 발전에 기여한 공로로 기사작위
를 받는다.

· **루이스 두비댓**: 결핵환자인 천재화가. 23세.

· **제니퍼 두비댓**: 루이스 두비댓의 부인. 루이스보다는 연상.

· **패트릭 컬런 경(패디 경)**: 리전보다 20살 이상 연상의 의사.

· **루니 슈츠마하**: 은퇴한 일반의. 리전의 어린 시절 친구. 독일 출신 유대인.

· **월폴**: 외과의.

· **비비(렐프 블룸필드 보닝턴 경, 렐프 경)**: 내과의.

· **블렌킨솝**: 가난하고 아픈 의사.

· **레드페니**: 의대생. 리전의 조수.

· **에미**: 리전의 하녀.

· **미니 틴웰**: 호텔의 하녀. 25세쯤.

· **신문기자**

· **비서(댄디)**

· **웨이터**

# 제1막

1903년 6월 15일 이른 아침에, 한 의대생이 어떤 의사의 진찰실에서 일을 맡아 앉아 있다. 성이 레드페니이고, 세례명은 알려져 있지 않은데 그건 중요하지 않다. 그는 편지에 답장을 쓰거나 사적인 실험조수 노릇을 하는 등 없어서는 안 될 존재가 되려고 애쓴다. 이에 대한 보답으로 그는 전문분야의 선배와 친밀한 관계를 갖는 것뿐만 아니라, 일시적이긴 하지만 비공식 도제관계를 맺음으로써 불특정 이점을 기대한다. 레드페니는 자존심이 강한 편이 아니어서, 자기 개인의 존엄성을 지키려는 마음 없이, 인간적인 방식으로 요청받으면 뭐든지 실행에 옮길 사람이다. 그는 호기심이 많고, 준비가 되어 있으며, 남의 말을 잘 믿으며, 친절하면서 성급하기도 한 청년이다. 머리 스타일과 옷차림으로 보자면 그는 단정하지 못한 청년에서 단정한 의사로 마지못해 옮겨 가는 과정에 있다.

한 늙은 하녀가 등장하자 레드페니는 방해받고 만다. 이 여성은 자신의 외모와 관련된 거라면 마음고생을 한다든지, 편견에 휩싸인다든지, 부담을 느낀다든지, 질투나 갈망에 사로잡힌다든지 하는 일과는 담을 쌓은 사람이다. 그녀의 얼굴 피부로 말하자면 한 번도 씻은 적이 없는 집시의 얼굴인지라 어떤 세제로도 교정이 불가능하다. 게다가 턱수염과 콧수염으로 말하자면 다듬거나 제모가 되지 않아, 작은 수염들이 밭을 이루는데, 수염의 대부분은 얼굴 전체에 퍼진 점에서 솟아오르고 있다. 그녀는 먼지떨이를 가지고 보통 뒤뚱뒤뚱 걸으면서 먼지를 너무나 열심히 찾아내느라 이쪽 먼지 한 올을 떨어내는 동안 벌써 저쪽 먼지를 찾아낸다.

대화 중에 그녀는 같은 책략을 쓰는데, 스스로 말을 걸어놓고도 자기가 흥분한 상태가 아니면 상대를 거의 거들떠보지도 않는다. 그녀는 오로지 한 가지 태도 즉, 이제 막 걸음걸이를 익힌 아이를 대하는 노련한 집안간호사 같은 태도만 지녔다. 그녀는 클레오파트라나 아름다운 로자문드*가 누리지 못했던 관대한 처분을 획득하기 위해 자신의 아름답지 못한 외모를 활용해 왔다. 게다가 두 미인이 누린 것보다 더 큰 이점도 누렸다. 나이를 먹으면서 자신의 자질을 줄이기보다는 키우는 이점 말이다. 부지런하기도 하고, 상냥하기도 하고, 평판도 좋은 그녀는 여성의 미모란 게 헛될 뿐이라는 걸 말해 주는 살아 있는 교훈인 셈이다. 레드페니의 세례명이 알려지지 않았듯이 그녀는 성이 알려지지 않았는데, 캐번디쉬광장에서 매릴본길 사이에 있는 구역 즉, 의사들이 사는 구역에서는 에미라고만 알려져 있다.

진찰실에는 앤 여왕길이 보이는 창문이 두 개 있다. 두 창문 사이에는, 꼭대기에 대리석 판이 얹힌 콘솔**이 놓였는데, 콘솔의 굴곡진 다리는 금박이 입혔으며 아래쪽 끝이 스핑크스의 발톱 모양을 하고 있다. 콘솔 위에 얹힌 거대한 전신거울은 사물을 비춰 주는 기능을 거의 상실했

---

* 아름다운 로자문드(Fairly Rosamund): 로자문드 클리포드(1150?-1176?)의 별명. 헨리 2세(1133-1189)의 정부였다. 작가는 이 대목에서 클레오파트라가 시저와 연인관계였다는 점과 대비(對比)한다.
** 콘솔(console): 일종의 사이드테이블. 보통 벽면에 고정시켜 놓기 때문에 앞쪽에만 다리나 장식버팀대가 필요하다. 앞쪽과 옆쪽만 보이기 때문에 뒤쪽은 장식이 없고 꼭대기 면은 보통 대리석으로 되어 있다.

다. 왜냐하면 거울의 표면에다 야자수와 양치식물, 나리꽃, 튤립, 해바라기를 공들여 그려 놓았기 때문이다. 인접한 벽면에는 벽난로가 자리하고, 그 앞에는 안락의자 두 개가 놓였다. 창문과 벽난로가 있는 벽 외의 두 벽면에는 아무것도 눈에 띄는 게 없다. 벽난로의 오른편 즉, 난로를 향해 있는 사람의 오른편에는 문이 있다. 난로의 왼편에는 책상이 놓였는데, 여기에 레드페니가 있다. 책상 위에는 현미경과 여러 개의 시험관이 자리한 데에다가, 서류더미를 헤치고 솟아오른 알코올램프까지 놓여 말끔하지가 못하다. 벽난로의 맞은편 벽에는 소파 하나가 난로를 향해 놓였다. 결국 소파는 콘솔과 직각을 이룬다. 창문 있는 벽과 소파 사이에는 의자 하나가 놓였다. 창문에는 녹색인 베네치아식 햇빛가리개*와, 천으로 짠 커튼이 달렸으며, 가스 샹들리에는 전기등으로 교체되었다. 벽지와 카펫은 녹색에 가까우며 전기등, 베네치아식 햇빛가리개와는 동시대 제품이다. 집안에 배치된 가구는 19세기 중엽에 들여놓은 것인데 여태껏 바뀐 게 없지만 여전히 제법 볼품 있다.

**에미.** [방에 들어서자마자 소파의 먼지를 떨며] 방밖에서 한 숙녀가 의사 선생님을 뵙게 해 달라고 날 들볶더라고요.

**레드페니.** [방해를 받아 정신이 산만해져서] 이것 참, 그 여자 분은 선생님을 뵐 수 없어요. 이봐요. 누가 문을 두드리자마자, 선생님께서 손님을 만날 수 있는지 묻자고 당신이 뛰어들면, 더 이상 새 환자를 받을 수 없다는 얘길 당신한테 해 두는 게 무슨 소용이 있나요?

**에미.** 선생님이 손님을 만날 수 있는지 누가 물어보기나 했어요?

---

* 베네치아식 햇빛가리개(Venetian blinds): 끈으로 여닫고 오르내리는 햇빛가리개.

**레드페니.** 당신이 물어봤잖아요?

**에미.** 내가 한 말은 방밖에서 한 숙녀가 의사 선생님을 뵙게 해달라고 날 들볶더라는 거였지요. 그건 묻는 게 아니에요. 말한 거지.

**레드페니.** 그럼, 그 숙녀 분은 도대체 무슨 이유로, 바쁜 나를 들볶는 당신을 들볶았단 말입니까?

**에미.** 신문 봤나요?

**레드페니.** 아니요.

**에미.** 탄신기념 서훈* 소식을 못 봤다고요?

**레드페니.** [욕하기 시작하며] 씨, 도대체 무슨-

**에미.** 이봐, 이봐. 새끼 오리야!

**레드페니.** 탄신기념 서훈이 나하고 무슨 상관이란 말이요. 잡담 그만하고 어서 나가요. 내가 이 편지들을 끝내기 전에 리전 선생님이 내려오시겠어요. 나가라고요.

**에미.** 절대로 리전 선생님이 내려오실 일은 없네요, 젊은이.


*그녀는 콘솔 위에서 먼지 한 올을 발견하고는 곧바로 닦아 낸다.*


**레드페니.** [몸을 솟구쳐서 그녀를 따르며] 뭐라고요?

**에미.** 그분은 기사님이 되셨어요. 편지에 그분을 리전 선생님이라고 일컫지 않는지 조심하세요. 이젠 그분을 콜렌조 리전 경이라고 불러 드려야 한다고요.

---

* 탄신기념 서훈(birthday honors): 국왕의 탄신을 기념하여, 국가적으로 공훈이 있는 국민에게 정부가 작위나 훈장을 수여하는 일.

**레드페니.** 정말 반가운 일이네요.

**에미.** 난 그렇게 놀라 본 일이 없어요. 늘 그분의 대단한 발견이라는 게 눈속임이라고 여겼어요(저 온갖 잡동사니들은 더 말할 것도 없고요). 그분의 핏방울과, 말타열 균이 잔뜩 묻은 시험관 등으로 조작한 눈속임 말이에요. 이제 선생님은 나를 비웃을 거예요[*].

**레드페니.** 꼴좋군요. 건방지게도 선생님과 과학을 논하더니만. [그는 자리로 돌아가 쓰기를 계속한다].

**에미.** 아, 난 과학을 대단하게 여기지 않아요. 나만큼 과학과 더불어 오래 살면 당신도 그렇게 될 거예요. 내가 신경 써야 하는 건 손님을 맞는 일이에요. 연로하신 패트릭 컬런 경께서는 이미 다녀가면서 축하 말씀을 남기셨어요. 첫 축하객이 되고 싶어서 왔지만, 우선은 병원으로 갈 길이 바쁘니 나중에 다시 오신다더군요. 앞으로 축하 손님이 더 많이 올 거예요. 온종일 현관문을 두드리느라 쇠고리가 쉴 틈이 없겠어요. 난 선생님이 다른 집안처럼 하인을 원할까 봐 걱정돼요. 참, 이젠 콜렌조 경이라고 불러드려야죠. 그분이 하인을 고용하시도록 부추길 생각일랑 말아요, 새끼 오리 씨. 손님맞이로 나만큼 선생님을 편안하게 해드릴 사람은 없으니까요. 나야말로 누굴 들여보내고 누굴 쫓아내야 할지를 아는 사람이라고요. 말하다보니 불쌍한 숙녀 분이 생각나는군요. 나는 선생님이 숙녀 분을 만나주어야 한다고 봐요. 그녀는 선생님의 기분을 좋게 만들어 줄 사람으로 보이니까요. [그녀가 레드페니의 서류에서 먼지를 떨어낸다].

---

[*] 리전은 그동안 자신의 연구를 에미가 어떻게 생각해왔는지를 알고 있다는 뜻이다.

**레드페니.** 선생님께선 누구도 만날 수 없다고 말했지요. 나가보세요, 에미. 이처럼 내 위로 먼지를 떨어대면 어떻게 일을 해요?

**에미.** 편지 쓰는 걸 일이라고 한다면 난 당신 일을 방해하는 게 아니에요\*. 벨 소리가 나는군요. [*그녀가 창문 밖을 내다본다*]. 어떤 의사의 마차예요. 더 많은 축하객들이 오나 봐요. [*그녀가 나가려는 참에 콜렌조 리전 경이 들어온다*] 계란 두 개 먹었나요, 젊은 양반?

**리전.** 그래요.

**에미.** 속셔츠는 깨끗한 걸로 입었나요?

**리전.** 그래요.

**에미.** 내 보석 같은 아기 오리로군요. 이젠 차림새를 단정히 하고 뭘 만져서 손을 더럽히지 말아요. 당신을 축하하기 위해 사람들이 오고 있어요. [*그녀가 나간다*].


*콜렌조 리전 경은 젊음을 결코 잃지 않은 50대 남자다. 그가 즉흥적인 태도를 갖게 된 것도, 대담성이 작긴 하지만 나름의 응대능력을 갖게 된 것도, 수줍어하는 데다 예민하기까지 한 사람이 모든 부류의 남자들과 교류하는 동안 길들여진 덕분이다. 얼굴에는 주름살이 많으며, 동작은 굼뜬데 가령, 레드페니보다 굼뜬 편이다. 연한 황갈색 머리칼은 광택을 잃었다. 하지만 풍채와 몸가짐으로 보자면 직함 있는 내과의사라기보다는 젊은이에 가깝다. 얼굴의 주름살도 나이의 결과라기보다는 과로와 끊임없는 회의주의적 입장에서 비롯한 것이며, 부분적으로는 호기*

---

\* 에미가 레드페니의 편지 쓰는 일을 하찮게 여기기도 하거니와, 먼지 좀 떤다고 하지 못할 일이란 없다는 뜻이다.

*심과 야망에서 생겨났을 것이다. 지금 당장은 조간신문에 난 기사 서훈 소식이 그의 자의식을 유난히 키우는 바람에 결국 레드페니와는 유난히 격의 없는 관계가 될 형편이다*[*].

**리전.** 자네 신문 읽어 봤나? 편지에 내 호칭을 바꿔야 할 걸세, 아직 안 바꿨다면 말일세.

**레드페니.** 에미가 방금 말해 주었습니다. 전 정말 기쁩니다. 전-

**리전.** 그만하게, 젊은 친구, 그만해. 곧 익숙해질 걸세.

**레드페니.** 저들은 수년 전에 수여했어야 합니다.

**리전.** 수년 전에 수여할 수도 있었겠지. 감히 말하자면, 저들이 에미가 현관에서 맞아 주는 걸 개의치 않을 수 있었다면 말일세[**].

**에미.** *[문에서 알려 주며]* 구두장이 선생님[***] 오셨어요. *[그녀가 물러간다].*

*잘 차려입은 중년신사가 친근하지만 비위를 맞추는 듯한 태도로 들어오는데 자신이 어떻게 받아들여질지 확신하지 못하는 표정이다. 그는 부드러운 태도를 지녔으며 언제든 친절을 실천할 준비가 된 사람이다.*

---

[*] 리전은 자신의 새로운 지위에 대해 신경을 쓰게 되는 점을 감추기 위해 즉, 자의식 과잉을 숨기려는 방어기제의 작동으로 레드페니를 더 격의 없이(off-hand) 대하게 된다는 뜻이다.

[**] 이런 표현은 직설적으로 받아들이기보단 유머로 받아들이는 게 적절할 것이다. 에미의 용모가 아름답지 못한 점과, 그녀가 리전의 연구를 대단하게 여기지 않았으니 기사서훈을 수여하러 오는 사람을 반겼을 리가 없었다는 점을 상기시키기도 한다.

[***] 구두장이 선생님(Dr Shoemaker): shoemaker는 구두 만드는 사람이다.

그는 신중하기가 깊이를 알 수 없을 정도인 데다가, 낯익으면서도 외국인다운 면모를 통해 자신이 유대인이란 걸 보여 준다. 이 사람의 경우, 잘 생긴 젊은 유대인이 종종 그러하듯이 서른 이후에 약간 새가슴으로 변했으며 생기는 잃었지만 여전히 잘 생긴 게 분명하다.

**신사.** 날 기억하는가? 슈츠마하. 유니버시티 칼리지 부설학교*와 벨지가**. 루니 슈츠마하***, 알지?

**리전.** 뭐라고! 루니! [그는 진심을 다해 악수한다] 아니, 이 친구, 난 자네가 진즉에 죽은 줄 알았는데. 앉게. [슈츠마하가 소파에 앉자 리전이 소파와 창문 사이의 의자에 앉는다] 지난 삼십 년 동안 어디 있었나?

**슈츠마하.** 몇 달 전까지 일반의로 일했네. 이젠 은퇴했고.

**리전.** 잘 했어, 루니! 나도 은퇴하면 좋겠는데. 런던에서 개원했었나?

**슈츠마하.** 아니.

**리전.** 짐작컨대 부유층이 사는 멋진 해안가에서 개원했겠구만.

**슈츠마하.** 내가 무슨 능력으로 그런 좋은 곳에서 개원했겠나? 땡전

---

* 유니버시티 칼리지 부설학교(University College school): University College London의 부설학교로서 4-18세사이의 청소년을 위한 학교이니 유치원에서 고등학교까지 포함하는 셈이다.

** 벨지가(Belzie Avenue): 런던의 부유한 주택가. 이곳과 앞의 학교는 햄스테드 지역에 위치하여, 둘 사이의 거리는 1.6Km가 채 안 된다. 문맥으로 보아 두 사람이 추억을 공유한 공간인 모양이다.

*** 루니 슈츠마하(Loony Schutzmacher): loony가 미치광이이니 사람이름일 리는 없고 별명이다. 에미가 그를 구두장이(Shoemaker)로 소개한 이유는 슈츠마하(Schutzmacher)가 구두장이의 독일어표현인 Schuhmacher(슈마하)와 발음이 비슷하기 때문이다.

한푼 없었으니. 중부의 공장 지역에서 주당 10실링<sup>*</sup>의 임대료로 작은 의원을 개원했지.

**리젠.** 그래서 돈은 좀 벌었나?

**슈츠마하.** 이제는 편안하다네. 런던의 아파트 말고도 하트퍼드서에 부동산을 하나 가지고 있어. 휴식이 필요한 주말엔 한 시간만 미리 알려 주면 자넬 내 차로 모시겠네.

**리젠.** 부자네. 자네 같은 부자 일반의가 돈 버는 법 좀 가르쳐주면 좋겠어. 비결이 뭔가?

**슈츠마하.** 아, 내 경우엔 비결이 꽤 간단하다네. 남의 이목을 끌었더라면 내가 난처해졌을 테지만 말일세. 자네가 그 비결을 체면 깎이는 일이라고 할까 봐 염려되는군.

**리젠.** 아, 난 개방적인 사람일세. 비결이 뭐였나?

**슈츠마하.** 자, 그건 단 두 단어로 요약되네.

**리젠.** 무료 진찰은 아니겠지?

**슈츠마흐.** 아니, 아니야. 정녕코.

**리젠.** [미안해하며] 물론 아니겠지. 농담이었네.

**슈츠마흐.** 내 두 단어는 치료 보장일 뿐이네.

**리젠.** 치료 보장!

---

* 1파운드는 20실링이며, 1실링은 12펜스이다. 토마 피케티의 '21세기 자본(장경덕 외 역, 글항아리, 2014)'에 따르면, 일차대전 전까지 파운드화의 가치는 거의 변동이 없었다고 한다. 당시 1파운드는 건강한 노동자의 주급 정도였다고 한다. 그러니 노동자의 연봉은 약 50파운드에 가깝다. 1899년 런던조폐창에서 발행한 소버린(1파운드) 금화는 무게가 7.99그램 중이며 순도는 91.7%였다. 이 금화를 금의 가치만으로 보면 7.99×0.917=7.33그램중=7.33×110,529원/그램중(2024년 8월 19일 국제 금시세)=810,178원이다. 따라서 50파운드=50×81=4,050만 원이니 현재 우리나라 노동자 연봉으로 근사할 수 있을지 모르겠다.

**슈츠마흐.** 보장이지. 그거야말로 결국은 누구나 의사에게 바라는 것 아니던가?

**리전.** 이 미치광이[*] 친구야. 탁월한 발상이군. 놋쇠 판[**]에 새겨서 내 걸었던가?

**슈츠마하.** 놋쇠 판은 없었네. 빨간 창문에다 검은 글씨로 의사 레오 슈츠마하, L.R.C.P.M.R.C.S.[***] 진단과 약값 포함 6펜스. 치료 보장이라고 써 둔 거지.

**리전.** 그래서, 그 보장이란 게 열에 아홉은 입증됐을 테고, 그렇지?

**슈츠마하.** [*너무 낮은 기대치에 마음이 제법 상해서*] 아, 그보단 훨씬 자주였지. 자네도 알다시피 환자들은 스스로 조심하고, 의사가 적절히 조언해 주기만 하면 대부분 잘 회복한다네. 게다가 약이 정말 잘 들어. 패리쉬 화학식품에서 나온 인산염들이 잘 듣는 거 알잖아. 물 340cc 한 병에 테이블스푼으로 한 숟갈만 타면 어떤 질환에도 더 좋을 수가 없다고.

**리전.** 레드페니, 패리쉬 화학식품이라고 적어 두게.

**슈츠마하.** 나도 정말 기력이 떨어지면 그걸 먹는다네. 잘 있게. 내가 와서 방해한 건 아니겠지. 그냥 축하하러 온 걸게.

**리전.** 반가웠네, 루니 친구. 다음 토요일 점심 들러 오게. 자네 차를

---

[*] 미치광이(loony): 앞에서 루니(Loony)라고 불렀던 것과는 다르다.

[**] 놋쇠 판: 당시에는 의사나 변호사 등 전문직업인은 주로 놋쇠 판에다 이름과 자격면허 등을 새겨서 사무실 앞에 내걸었다. 리전은 그 비결이란 걸 여기다 새겨 두었던가를 묻고 있다.

[***] L.R.C.P.M.R.C.S.: The Licentiate of the Royal College of Physicians(L.R.C.P.)과 the Member of the Royal College of Surgeons(M.R.C.S.)의 약자. 슈츠마하가 두 왕립의과대학에서 교육과 수련을 거친 유능한 의사란 걸 광고해준다. 영국에서 왕립(Royal)이란 명칭은 모든 공립기관 중 최고라는 영예를 부여한다.

가져와서 날 하트퍼드로 데려다주게.

**슈츠마흐.** 그럼세. 우리 모두 즐거울 걸세. 고맙네. 잘 있게. [*그를 따라 리전이 나갔다가 되돌아온다*].

**레드페니.** 선생님께서 일어나시기 전에 구닥다리 패디* 컬런이 맨 먼저 축하하러 다녀가셨습니다.

**리전.** 그렇군. 누가 자네더러 패트릭 컬런 경을 구닥다리 패디 컬런이라고 부르라고 가르치더냐? 이 철부지야.

**레드페니.** 선생님께서 그분을 달리 부르신 적이 없습니다.

**리전.** 콜렌조 경이 되었으니 이제부터는 안 그러겠네. 그랬다간 장차 자네 또래들이 날 구닥다리 콜리** 리전이라고 부를 테니.

**레드페니.** 성 앤병원***에서 우린 선생님을 그렇게 부릅니다.

**리전.** 저런****! 그걸 보면 의대생들이 현대 문명사회에서 가장 역겨운 존재라는 걸 알 수 있지. 존경심도 없고, 예의도 없고, 또.

**에미.** [*문에서 알려 주며*] 패트릭 컬런 경이 들어오십니다. [*그녀가 나간다*].


패트릭 컬런 경은 리전보다 20년 이상 연배가 위인데, 기력이 아직 한계에 이르지는 않았지만 거의 다다랐으며, 그러한 현실을 받아들이고 있

---

* 패디: 컬런의 이름인 패트릭의 애칭.
** 콜리: 리전의 이름인 콜렌조의 애칭.
*** 런던에는 성 앤병원(St. Anne's Hospital)이 없다. 작가가 지어낸 이름이다. 이 극이 풍자극인 걸 감안하여 작가는 논란을 피하고 싶었을 것이다.
**** 저런(yach): 불쾌감을 드러내는 감탄사로 쓴 것인데 영한사전에는 나오지 않는 단어이다. 비슷한 단어로는 yech(왝, 체, 어허)와 yuck이 있다. 작가의 언어구사능력에 대한 자신감의 발현일 수도 있고, 아일랜드나 영국의 일부지역에선 yach가 yech나 yuck을 대신하는지도 모른다.

다. 그는 영락없는 아일랜드 인이다. 그의 이름을 봐도 그렇고, 그의 상식*이란 게 평범하고 솔직하면서도 때론 상당히 무미건조한 점을 봐서도 그렇고, 체격과 키를 봐서도 그렇고, 의식(儀式)에서나 기대되는 묵직한 태도를 보여준 적이 없다는 점에서도 그렇다. 특히 마지막에 언급한 태도란, 나이든 영국 의사라면 말할 기회가 생겼을 때 자기가 젊었던 시절에는 의사라는 직업이 영국에서 어떠했다는 점을 때로 말해줌으로써 보여 주었을 만한 태도를 말한다. 하지만 그는 평생을 영국에서 살았으며 온전히 익숙해졌다. 패트릭 경은 자기가 좋아하는 리전을 향해서는 유별나면서도 아버지다운 태도를 보여 준다. 하지만 다른 사람들한테는 약간 무뚝뚝하거나 싫어하는 태도를 보여 주는데, 명확하게 말하기보다는 다소 과도하게 툴툴거리는 경향이 있으며, 그 연배에는 으레 그렇듯이 남과 교제하기를 꺼리는 경향이 있다. 그는 리전과 악수를 나누면서 얼굴에 띤 밝은 미소를 통해 자신의 진심과 장난기를 보여 준다.

**패트릭 경.** 자 이제, 젊은 친구. 자네 모자가 너무 작지**, 그지?

**리전.** 너무 작습니다. 모두 선생님 덕분입니다.

**패트릭 경.** 과한 칭찬인줄 아네, 젊은이. 그래도 고맙네. [그는 난로 근방의 안락의자 중 하나에 앉고 리전은 소파에 앉는다] 이야기 좀 할 게 있어서 왔네. [레드페니에게] 젊은 친구, 자넨 나가 보게.

---

* 상식(common sense): 상식이란 말 그대로 사회의 구성원들이 공통적으로 가지는 지식이나 분별력을 말하는데, 개인의 상식을 언급하니 혼란스럽다. 여기선 상식에 대한 감각 또는 이해력으로 받아들이면 될 듯하다.
** 모자는 지위의 상징이기도 하다. 기사가 되었으니 지금 쓰는 평민의 모자보다는 큰 모자가 필요하겠다는 농담이다.

**레드페니.**  물론이죠, 패트릭 경. [*그는 서류를 모아서 문으로 향한다*].

**패트릭 경.**  고맙네. 아주 좋은 젊은이군. [*레드페니가 나간다*] 저런 젊은 친구들은 나를 참아 주는 거야. 나는 노인이니까, 자네완 달리 난 정말 노인이지. 자네야 막 나이 티가 나기 시작하는 참이고. 요즘 콧수염 기르는 청년 본 적 있나? 그건 중년의사가 회색 머리를 기르는 것과 유사한 구경거리지.

**리전.**  아이구야, 그렇습니다. 저도 그렇게 생각합니다. 그런데 저로선 제가 허영에 부풀었던 시기가 지나갔다고 여겼습니다. 남자는 나이를 얼마나 먹으면 바보짓을 멈추게 됩니까?

**패트릭 경.**  자기 할머니에게 나이가 몇이면 사랑의 유혹에서 벗어나느냐고 물었다던 그 프랑스 남자를 떠올려 보게. 그 노부인이 모른다고 대답했대. [*리전이 웃는다*] 자, 난 자네에게 똑같이 답하겠네. 하지만 내가 보기엔 지금 세상이 점점 더 재미있어지네, 콜리.

**리전.**  선생님께선 여전히 과학에 관심을 가지고 계시죠?

**패트릭 경.**  아! 그럼. 현대 과학은 놀라운 거야. 자네의 위대한 발견을 보게. 모든 위대한 발견을 보게. 이 발견들이 장차 어디로 나아갈까? 우리 불쌍한 아버지가 생각해 내고 발견해 낸 걸로 왜 되돌아가는 건지. 돌아가신지 사십 년도 더 지났는데. 아, 정말 흥미로워.

**리전.**  글쎄요, 진보 같은 건 없어요, 그렇죠?

**패트릭 경.**  날 오해 말게, 젊은이. 자네의 발견을 과소평가하는 게 아닐세. 모든 발견은 보통 십오 년마다 이루어진다네. 자네 분야의 발견이 시작된 지 150년이 지났어. 그건 자랑스럽게 여길 만해. 하지만 자네의 발견은 새로운 게 아니야. 그건 예방접종일 뿐이네. 우리

아버지는 1840년에 법으로 금지될 때까지 그걸 실행하셨지. 그 일로 불쌍한 노인의 심장이 망가졌다네, 콜리. 그래서 돌아가셨어. 이제 보니 결국은 아버지가 옳았던 거야. 자네가 예방접종을 우리에게 되돌려준 거지.

**리전.** 저는 천연두에 대해선 모릅니다. 제 분야는 결핵과 장티푸스, 전염병입니다. 하지만 물론 모든 백신의 원리는 같지요.

**패트릭 경.** 결핵? 으--음! 자네가 결핵 치료법을 찾아낸 거지, 그렇지?

**리전.** 저는 그렇게 믿습니다.

**패트릭 경.** 아, 그렇군. 흥미롭네. 브라우닝의 희곡에서 늙은 추기경이 뭐라고 하지? "나는 폭동 주동자 스물 네 명과 알고 지낸다."* 자, 나는 결핵 치료법을 찾아냈다는 남자 서른 명 이상과 알고 지낸다네. 그런데 사람들이 왜 이 병으로 죽어나가지, 콜리? 악마의 장난이지, 내가 보기엔. 우리 아버지의 옛 친구 중에 서튼 콜드필드의 조지 보딩턴이란 분이 계셨지. 그분은 1840년에 야외치유법이란 걸 찾아냈어**. 그는 단지 병실의 창문을 열었다는 이유로 삶이 망가졌고 일터도 잃었네. 요즘 우리는 환자들한테 최소한의 머물 곳마저 허용치

---

\* 이 말은 로버트 브라우닝(1812-1889)의 희곡, '한 영혼의 비극(A Soul's Tragedy)'에 나온다. 추기경(Cardinal)이 아니라 교황특사(Papal Legate)가 한 말이며, 스물네 명(four and twenty)이 아니라 스물다섯 명(five and twenty)이다.

\** 서튼 콜드필드의 조지 보딩턴(George Boddington, 1799-1882)은 실제 인물로, 결핵 치료법으로서 야외치유법(open-air cure)을 옹호한 의사다. 그는 영국의 서튼 콜드필드(Sutton Coldfield) 출신으로, 결핵 환자들이 신선한 공기와 햇빛을 통해 치유될 수 있다고 주장했다. 보딩턴은 1840년에 출간한 '폐결핵의 치료와 치유에 관하여(On the Treatment and Cure of Pulmonary Consumption)'라는 저서에서, 결핵 치료에 있어서 신선한 공기와 햇빛의 중요성을 강조했다. 이 아이디어는 당시로선 혁신적이었으나, 일부 의학계에서는 받아들여지지 않아 그는 어려움을 겪기도 했다.

않지*. 아, 이 노인한테는 너무 너무 흥미로워.

**리전.** 지금 비꼬시는군요, 제 발견을 조금도 믿지 않으시죠.

**패트릭 경.** 아니, 아니야. 내가 거기까지 간 건 아닐세, 콜리. 하지만 자네 제인 마시라고 기억하나?

**리전.** 제인 마시요? 아니요.

**패트릭 경.** 아니라고!

**리전.** 그렇습니다.

**패트릭 경.** 팔에 결핵 궤양이 생긴 여자가 정말로 생각나지 않는다는 건가?

**리전.** [놀라며] 아, 선생님네 세탁부의 딸 말씀이죠? 이름이 제인 마시였나요? 잊고 있었군요.

**패트릭 경.** 자네가 그녀를 코흐의 투베르쿨린으로 치료하는 일을 맡은 것도 잊었겠지.

**리전.** 치료한 게 아니라 그녀의 팔을 썩어 문드러지게 했지요. 예, 기억납니다. 불쌍한 제인! 하지만 그 팔을 의학 강의에서 보여 주는 일로 잘 살게 되었지요.

**패트릭 경.** 하지만 그걸 자네가 의도했던 건 아니야, 그지?

**리전.** 저는 그 일로 제 기회를 감수했을 뿐입니다.

**패트릭 경.** 제인이 기회를 감수했다는 뜻이군.

**리전.** 글쎄, 실험이 필요할 때 기회를 감수해야 하는 건 늘 환자지요.

---

* 맑은 공기만으로 결핵이 치료되는 것은 아니다. 하지만 공기전파에 대한 과도한 염려 때문에 병실의 창문을 못 열게 한 과거의 처사는 잘못이라는 말이다. 마찬가지로 요즘은 격리를 위해 환자의 주거공간을 과도하게 제한한다며 비판한다. 노인의 말은 근래에 코로나시대를 겪은 우리의 가슴에 와 닿는다.

실험 없이 우리는 아무것도 알아낼 수 없기도 하고요.

**패트릭 경.** 제인의 사례에서 자넨 뭘 알아냈나?

**리전.** 치료해야 하는 예방접종이 때론 죽이기도 한다는 것을요.

**패트릭 경.** 그 정도는 나도 자네한테 말해 줄 수 있었어. 나도 현대의 예방접종이란 걸 얼마간 실행해 보았네. 몇 명은 죽이기도 했고 몇 명은 살리기도 했지. 하지만 그만두었어. 어느 쪽이 될지 미리 알 수는 없었으니까.

**리전.** [책상의 서랍에서 팸플릿을 하나 꺼내 상대에게 내밀며] 다음에 한 시간쯤 여유가 있으면 읽어 보십시오. 그러면 예방접종을 택해야 하는 이유를 알 수 있을 겁니다.

**패트릭 경.** [안경을 찾느라 투덜대면서 손으로 더듬으며] 자네 팸플릿이 날 성가시게 하는군. 이런 게 무슨 소용이람. [팸플릿을 들여다보며] 옵소닌*? 옵소닌이 도대체 뭔가?

**리전.** 세균에다가 옵소닌이란 걸 바르면 백혈구가 병원균을 먹어 버립니다. [그는 다시 소파에 앉는다].

**패트릭 경.** 그건 새로운 게 아니네. 백혈구와 관련된 이 개념을 들었

---

* 옵소닌(opsonin): 물질이나 세포와 결합할 때 식세포작용을 조장하는 세포 밖 단백질이다. 옵소닌은 이 연극이 초연되기 3년 전인 1903년 암로스 라이트 경(Sir Almroth Wright, 1861-1947)이 발견하였다. 그 어원은 '양념' 또는 '음식 준비'를 뜻하는 그리스어 ὄψον(opson)인데, 옵소닌이 식세포가 세균을 더 쉽게 인식하고 섭취할 수 있도록 '준비'시키는 역할을 한다는 개념을 반영한 것이다. 라이트 경은 영국의 의학자로서 장티푸스 백신을 개발해서 보어 전쟁과 일차대전에서 영국군의 사망자 수를 크게 낮추었다. 그는 이 연극의 주인공 리전의 모델로 알려졌다.

는데, 그 사람 이름이 뭐지? 메치니코프<sup>*</sup>, 그 사람이 뭐라고 부른 것 있지?

**리젠.** 식세포요.

**패트릭 경.** 맞아, 식세포. 그래, 그래, 그래. 자, 난 이 식세포가 병원균을 먹어치운다는 이론을 오래전에 들었네. 자네가 유명해지기 한참 전이지. 게다가 그게 병원균을 늘 다 먹는 건 아니지.

**리젠.** 세균에다가 옵소닌을 버터 칠하듯 바르면 다 먹습니다.

**패트릭 경.** 허튼소리지.

**리젠.** 허튼소리가 아닙니다. 현장에서는 이렇게 합니다. 식세포는 세균을 먹으려 하지 않습니다. 저희들을 위해 세균에다 버터<sup>**</sup>를 잘 발라주지 않으면 말입니다. 자, 환자는 자신을 위해 그 버터를 아주 잘 만듭니다. 하지만 제가 옵소닌이라고 부른 버터를 만드는 일이 그 계의 내부에서 기복이 있다는 점입니다. 아시다시피 자연은 늘 리드미컬한 법이니까요. 예방접종이 상황에 따라 그 기복을 자극한다는 겁니다. 우리가 제인 마시의 버터공장이 상승기일 때 예방접종을 했더라면 팔을 치료했겠지요. 하지만 우리는 하강기에 접종을 하는 바람에 그녀의 팔을 잃은 거고요. 저는 그 상승기를 긍정적 단계, 하강기를 부정적 단계라고 부릅니다. 적당한 시기에 접종을 하느냐에 모

---

\* 엘리 메치니코프(Élie Metchnikoff, 1845-1916)는 러시아(정확하게는 우크라이나) 태생의 생물학자로서 면역학의 아버지로 불린다. 식세포 활동(Phagocytosis) 이론을 제안하고 세포 면역의 개념을 확립했으며, 1908년에 노벨 생리의학상을 수상했다. 면역 반응이 세포 활동의 결과라는 그의 개념은 암로스 라이트에게 큰 영향을 주었는데, 라이트는 이를 바탕으로 백신 개발과 면역학 연구를 확장했다.

\*\* 여기서 버터는 옵소닌의 비유적 표현이다. 빵에 버터를 바르지 않으면 잘 넘어가지 않듯이, 세균에다 옵소닌을 발라서 비위를 맞춰주지 않으면 식세포가 세균을 잘 먹으려 들지 않는다는 말이다.

든 게 달린 겁니다. 환자가 부정적 단계에 접종을 받으면 죽습니다. 긍정적 단계에 받으면 사는 거고요.

**패트릭 경.** 환자가 긍정적 단계에 있는지, 부정적 단계에 있는지 자네가 도대체 어떻게 안다는 말인가?

**리전.** 환자의 혈액 한 방울을 성 앤병원의 실험실로 보내 주시면, 15분 안에 옵소닌 지수를 숫자로 알려드리겠습니다. 숫자가 1이면 접종하면 살고, 0.8 아래면 접종하면 죽습니다. 그게 제 발견입니다. 하비*가 혈액순환을 발견한 이래로 가장 중요한 발견이지요. 지금 제 결핵환자들은 아무도 죽지 않습니다.

**패트릭 경.** 그럼, 내 환자도 부정적 단계에 접종하면 죽겠군, 그지?

**리전.** 정확합니다. 환자의 옵소닌을 검사하지 않고 백신을 놓는 건 존경받을 만한 개업의가 살인을 하는 거나 마찬가지입니다. 만약 제가 누굴 죽이고 싶으면 그런 식으로 죽일 겁니다.

**에미.** [들여다보며] 자기 남편의 폐를 치료받으려는 숙녀를 보시겠어요?

**리전.** 아니요. 아무도 보지 않겠다고 말하지 않았나요? [패트릭 경에게] 제가 혈청 한 방울로 결핵을 치료하는 마술사라는 소문이 퍼지고 나서 저는 계엄 상태에 사는 셈입니다. [에미에게] 예약이 되지 않은 손님은 들이지 말아요. 아무도 볼 수 없다고 말하는 겁니다.

**에미.** 그럼, 그분에게 조금 더 기다리라고 말할 게요.

**리전.** [격노하여] 만날 수 없다고 말하고 내보내요. 듣고 있나요?

---

* 윌리엄 하비(1578-1657): 영국의 의학자, 생리학자. 그의 혈액순환이론은 갈릴레오의 망원경 발명에 비견할 만큼 생물학에 공헌한 것으로 평가된다.

**에미.** [꼼짝도 않고] 그럼, 커틀러 월폴 씨는 만나시겠지요? 그분은 치료를 바라는 게 아니라 축하인사 하러 오셨으니.

**리전.** 물론. 그분은 들여보내요. [그녀는 나가려고 돌아선다] 잠깐. [패트릭 경에게] 선생님과 2분만 더 사담을 나누고 싶습니다. [에미에게] 에미, 월폴 씨한테 내가 면담을 마칠 때까지 2분만 기다려 달라고 부탁하세요.

**에미.** 그분은 아주 잘 기다리실 거예요. 그 불쌍한 숙녀 분과 대화하고 계시니까요. [그녀가 나간다].

**패트릭 경.** 대체 무슨 일인가?

**리전.** 비웃지는 마십시오. 선생님의 조언이 필요합니다.

**패트릭 경.** 전문적인 건가?

**리전.** 그렇습니다. 저한테 뭔가 문제가 있는데요. 저도 그게 뭔지를 모르겠습니다.

**패트릭 경.** 나도 모르겠네. 청진은 해 봤겠지.

**리전.** 예, 물론입니다. 장기에는 아무 문제가 없습니다. 여하튼 특별한 게 없습니다. 하지만 이상하게 아리는 게 있습니다. 어딘지를 모르겠습니다. 위치를 잡아낼 수가 없습니다. 때론 심장이라고 생각합니다. 때론 척추를 의심해 봅니다. 꼭 아프게 하는 것도 아니면서 저를 불안하게 합니다. 무언가 일어날 것 같은 느낌이 듭니다. 그리고 다른 증상도 있습니다. 몇 줄기 선율이 머리에 떠오릅니다. 매우 아름다우면서도 아주 평범한 선율이긴 하지만 말입니다.

**패트릭 경.** 목소리도 들리나?

**리전.** 아뇨.

**패트릭 경.** 다행이군. 내 환자들이 하비보다 더 큰 발견을 했다고도 하고, 목소리가 들린다고 말하면 난 그들을 가둬 버리지.

**리전.** 절 미쳤다고 생각하시는군요. 저도 한두 번 그런 의심이 들긴 했습니다. 진실을 말씀해 주십시오. 감당할 준비가 되어 있습니다.

**패트릭 경.** 목소리가 들리지 않는 거 확실하지?

**리전.** 아주 확실합니다.

**패트릭 경.** 그럼, 그건 바보짓일 뿐이야.

**리전.** 전에 이와 비슷한 임상경험이 있으십니까?

**패트릭 경.** 아, 있지. 이건 열일곱 살에서 스물두 살까지 연령에선 흔하지. 때론 마흔 전후에도 다시 나타난다네. 알다시피 자넨 독신남이야. 조심하기만 하면 심각할 건 없네.

**리전.** 음식에 대한 말씀인가요?

**패트릭 경.** 아니야, 자네의 행동을 조심하란 말일세. 자네의 척추도 아무 문제가 없고, 자네 심장도 아무 문제가 없어. 자네의 상식 감각에 문제가 있을 뿐이야. 죽진 않아. 다만 웃음거리가 될지 모르니 조심하게.

**리전.** 선생님께서 제 발견을 믿지 않으신다는 걸 압니다. 글쎄, 때론 저 자신도 그걸 믿지 않습니다. 그래도 감사합니다. 월폴을 부를까요?

**패트릭 경.** 아, 부르게. [리전이 종을 울린다] 그는 아주 수술을 잘 하는 집도의지. 이른바 클로로포름 마취 외과의 중 하나일 뿐이지만 말이야. 내 의사생활 초창기에는 술로 환자를 취하게 만들어 놓고 짐꾼과 학생들을 시켜 환자를 눕혀 꼼짝 못 하게 한 다음, 의사는 이를 꽉 깨물고는 재빨리 수술을 끝내곤 했지. 요즘 의사들은 일을 편하게 해. 의사가 수표를 받고 가방을 챙겨서 집을 나선 후에야 통증이 찾아오지. 콜리, 내가 자네한테 일러 줌세. 클로로포름은 많은 해악을 끼쳤어. 그것 탓에 어떤 멍청이도 외과의가 될 수 있었네.

**리전.** [벨소리를 듣고 온 에미에게] 월폴 씨를 불러요.

**에미.** 그분은 숙녀분과 대화 중이에요.

**리전.** [화가 치밀어 올라] 내가 말했잖-

*에미가 그의 말에는 신경도 쓰지 않고 나간다. 그가 으쓱하고는 포기한다. 그리곤 콘솔에 등을 붙이더니 체념하는 듯이 기댄다.*

**패트릭 경.** 나는 커틀러 월폴도 알고 그와 비슷한 사람들도 알아. 그들은 사람의 몸 안에는 아무 기능도 없는 오래된 기관이 수두룩하다는 걸 알아냈지. 클로르포름 덕분에 의사는 환자에게 별다른 해도 끼치지 않고 그중 여섯 개 정도는 떼어낼 수 있지. 환자가 감당해야 하는 불편함과 비용을 제외하면 말일세. 내가 커틀러 월폴의 집안사람들과 알고 지낸 지는 15년이 되었네. 그의 아버지는 50기니*에 사람의 목젖의 끝을 싹둑 잘라 주었지. 그리곤 한 해 동안 매일 목에 부식제를 발라주었어. 한 차례에 2기니를 받고 말일세. 그 양반의 매제는 편도선을 적출하는 대가로 200기니를 받았는데, 여성의 경우엔 비용을 그 배로 올렸지. 커틀러 자신은 수술할 만한 새로운 기관을 찾아내려고 해부학에 투신했지. 그래서는 마침내 자신이 견과류형

---

* 1기니(guinea)는 21실링이니 1파운드를 조금 넘는다.

액낭*이라고 부르는 기관을 찾아내고는 그 수술을 유행시켰어. 사람들은 그걸 잘라 달라고 그에게 500기니를 지불한다네. 그 정도의 차이를 위해 수술을 하느니 차라리 머리카락을 자르는 편이 낫겠지. 하지만 이들한테는 그 수술이 의미가 있는 것으로 느껴지나 보더군. 이제는 저녁 식사를 하러 나가자면 이웃이 이런저런 쓸모없는 수술에 대해 자랑하는 걸 들어줄 수밖에 없다네.

**에미.** [알려 주며] 커틀러 월폴 씨입니다. [그녀가 나간다].

커틀러 월폴은 나이가 마흔이며, 원기왕성한 데다 망설임이라곤 없는 사람이다. 그의 얼굴은 말끔하게 다듬은 조각품 같고, 매우 과단성이 있어 보이며, 조금 짧지만 도드라지고도 꽤 잘 생긴 코를 중심으로 대칭을 이룬다. 그리고 얼굴은 잘 정돈된 턱과 턱끝이 이루는 세 모서리를 중심으로도 대칭을 이룬다. 리전의 섬세하게 끊어진 주름살이나 패트릭 경의 부드럽고도 울퉁불퉁한 나이든 주름살과 비교하자면, 월폴의 얼굴은 기계로 만들어 밀랍을 칠한 것처럼 반질반질해 보이지만, 그의 찬찬히 살피면서도 대담한 눈은 주인의 얼굴에 생기와 힘을 불어넣는다. 그는 결코 난처한 지경에 빠져본 적도, 의심해본 적도 없어 보인다. 그가 실수할 사람은 아니지만 만약 실수를 저지른다면 철저하고도 단호하게 저지를 거라고 사람들은 느낀다. 그의 손은 깔끔한 데다가, 영양을 잘 공급받은 사람의 손답다. 그는 팔이 짧으며, 체형으로 보자면 키가 커 보이기보다는 강건하고 탄탄해 보인다. 그는 고급 조끼를 말쑥하게 입었으며, 화려하게 물들인 스카프를 시곗줄의 멋진 고리로 고정시켜 둘렀

---

* 견과류형(形) 액낭(nuciform sac): 인체엔 이런 기관이 없다. 작가가 지어낸 이름이다.

으며, 시곗줄에 매단 장신구와 각반을 착용했으며, 부유한 스포츠맨의 풍체를 갖췄다. 그는 리전에게 곧장 다가와 악수를 나눈다.


**월폴.** 내 친구 리전, 행운이 함께하길! 진심으로 축하하네. 자넨 자격이 있어.

**리전.** 고맙네.

**월폴.** 한 남자로서, 명심하게. 자네는 한 남자로서 서훈을 받을 자격이 있네. 옵소닌은 단순한 헛소리야. 어떤 유능한 외과의도 자네에게 말해 줄 수 있듯이 말일세. 우리 모두 자네의 개인적 자질이 공식적으로 인정받는 걸 보게 되어 기쁘다네. 패트릭 경, 안녕하십니까? 제가 발명한 자그마한 것 즉, 새 톱에 관한 논문을 보내드렸는데요. 어깨뼈를 자르는 데 쓰는 톱 말입니다.

**패트릭 경.** [골똘히 생각해 보고는] 그래, 받았지. 좋은 톱이야. 쓸모도 있고 간편하기도 한 도구더군.

**월폴.** [자신 있게] 그 특징을 주목하실 줄 알았습니다.

**패트릭 경.** 그러네. 그 톱은 65년 전에 나온 걸로 기억하네.

**월폴.** 뭐라고요!

**패트릭 경.** 그때는 가구 제조업자의 쇠지레라고 불렀지.

**월폴.** 말도 안 돼. 허튼소리! 가구제조업자라니-

**리전.** 신경 쓰지 말게, 월폴. 샘이 나서 저러셔.

**월폴.** 그런데, 내가 두 분의 사담을 방해하는 건 아니길 바라네.

**리전.** 아니, 아닐세. 앉게. 이분께 상담 받는 중이었네. 나는 요즘 활기가 썩 없다네. 과로인 거 같아.

**월폴.** [부드럽게] 난 무슨 문젠지 알아. 자네 안색에서 그게 보여. 악
수를 통해서도 그걸 느낄 수 있다네.

**리전.** 뭔가?

**월폴.** 패혈증이지.

**리전.** 패혈증! 믿을 수 없네.

**월폴.** 내가 말해 주지. 패혈증이야. 인류의 95퍼센트가 만성패혈증으
로 고통 받다가 그로 인해 사망한다네. 이건 가나다라 만큼 간단해.
자네의 견과류형 액낭이 부패 물질 즉, 소화되지 않은 찌꺼기와 노
폐물 등 지독한 시독(屍毒)으로 가득 찼어. 이제 내 말을 듣게, 리전.
자넬 위해 내가 그걸 잘라 내게 해 주게. 그러고 나면 자네는 딴 사
람이 되는 거야.

**패트릭 경.** 자네는 이 사람을 지금 이대로 좋아하는 게 아닌가?

**월폴.** 그렇습니다, 이대로는 좋아하지 않습니다. 전 건강한 순환을
가지지 않은 누구도 좋아하지 않습니다. 이렇게 말씀드리겠습니다.
합리적으로 다스려지는 나라에선 사람들이 견과류형 액낭을 지닌
채 나다녀서 전염병의 중심이 되도록 허락하지 않습니다. 수술은 필
수적입니다. 이건 백신보다 열 배나 중요합니다.

**패트릭 경.** 자네 액낭은 잘라 냈는지 물어봐도 되겠나?

**월폴.** [의기양양해서] 저는 없습니다. 저를 보십시오. 저는 증상이 없
습니다. 아주 건강합니다. 인구의 5퍼센트는 그 액낭이 없는데, 저
는 5퍼센트 중의 하나고요. 한 예를 말씀드리겠습니다. 잭 폴잠베
부인을 아시죠? 그 재치 있는 폴잠베 부인 말입니다. 부활절에 그분
의 시누이인 고란 부인을 수술해드렸는데, 그분 것은 제가 본 액낭

중에 가장 컸습니다. 거의 2온스나 되더군요. 이거 원, 폴잠베 부인은 올바른 정신자세 즉, 위생에 대한 진정한 직감을 가진 분입니다. 그분은 자기 시누이는 깨끗하고 튼튼해졌는데 자기는 회칠한 무덤* 인 걸 참을 수 없었습니다. 그래서 그분은 저한테 자기 수술도 맡아 달라고 졸랐습니다. 그런데, 정말 참, 선생님, 그분은 액낭이 전혀 없었습니다. 조금도! 흔적도! 제가 너무 놀라서-너무나 호기심이 생겨서, 간호사가 아뿔싸 하는 순간 저는 스펀지를 꺼내는 것도 잊고는 봉합하는 중이었습니다. 아무튼 저는 그분이 예외적으로 큰 액낭을 가졌을 것으로 확신했습니다. [그는 소파에 앉고는 어깨를 펴고, 소매 밖으로 손을 내뻗어서 손가락관절을 허리에 붙여둔다].

**에미.** [들여다보며] 랠프 블룸필드 보닝턴 경입니다.


*안내 뒤에 기다리는 시간이 길게 이어진다. 모두 문을 바라보지만 랠프 경은 들어오지 않는다.*


**리전.** [마침내] 그 사람 어디 있어요?

**에미.** [뒤돌아보며] 쳇, 따라오는 줄 알았더니만. 그분은 아래에서 그 숙녀분과 이야기하고 있어요.

**리전.** [폭발하여] 내가 그 숙녀한테 말하라고 했죠-[에미가 사라진다].

---

\* 회칠한 무덤(a whited sepulchre)은 마태복음 제23장 27절에 '화 있을진저, 외식하는 서기관들과 바리새인들이여! 회칠한 무덤 같으니, 겉으로는 아름답게 보이나 그 안에는 죽은 사람의 뼈와 모든 더러운 것이 가득하도다'라고 나오는데, 겉모습은 의롭고 도덕적으로 보이지만 속으로는 위선과 불의로 가득 찬 사람들을 가리킨 말이다. 하지만 여기선 폴잠베 부인이 겉으로는 건강하게 보이지만 속은 병들었다고 스스로 느꼈다는 뜻이다.

**월폴.** [다시 자리에서 일어나] 아, 그런데, 리전, 그 말을 들으니 생각
나는군. 그 불쌍한 여자와 얘기를 나누어 봤네. 남편 일이더군. 그녀
는 결핵이라고 생각하더군. 흔한 오진이지. 이 빌어먹을 일반의들
은 전문의의 허락 없이는 환자 몸에 손도 대지 못하도록 되어야 하
는데 말이야*. 그녀가 남편의 증상을 나한테 말해 주었어. 증상이 아
주 명백하더군. 심한 패혈증이야. 그런데 여자는 가난해서 남편을
수술시켜줄 수가 없어. 그러니 자네가 그 남편을 나한테 보내 주게.
내가 무료로 그걸 해 주지. 내 요양소엔 그 사람한테 줄 방이 있네.
바로 입원시켜서 잘 먹이고 행복하게 해 줄게. 나는 사람들을 행복
하게 해 주는 게 좋아. [그가 창문 근처 의자로 다가간다].

**에미.** [들여다보며] 여기 오십니다.


*랠프 블룸필드 보닝턴 경은 유유히 방으로 들어온다. 그는 장신이며,
두상이 길고 갸름한 계란형이다. 한창때는 호리호리했으나, 오십 대인
지금은 조끼가 좀 조이는 느낌이다. 아치형을 이루는 금빛 눈썹은 그를
온후하면서 무비판적인 사람으로 보이게 한다. 그는 목소리가 무척 음
악적이며, 말은 끝없이 이어지는 찬송가 같은데, 자기 목소리에 싫증낼
줄 모른다. 그는 엄청난 자기만족감을 발산하면서, 환영받는 존재여서
질병이나 근심과는 어울리지 않다보니 환자의 사기를 북돋워 주고, 안심
시켜 주고, 치유해 준다. 그의 목소리만 들으면 부러진 뼈도 붙을 줄 안
다는 말이 있을 정도로 그는 타고난 의사다. 그의 능력은 아무 기독교 과*

---

\* 월폴은 외과 전문의로서 자부심이 많은 의사다. 제도가 미비하여, 능력이 부족한 일반
의가 오진을 남발한다고 주장한다.

학자만큼이나 단순한 치료법 및 기술과는 무관하다*. 그가 웅변하거나 과학적 발견을 강연하기 시작할 때, 그는 월폴만큼 에너지가 넘친다. 하지만 그의 에너지는 부드럽고, 풍부하며, 분위기가 있어서 주제와 청중을 압도하고, 아무도 방해하지 못하게 하고 부주의하지 못하게 하며, 모든 사람들에게 존경과 믿음을 강요하는 에너지다. 물론 정신력이 엄청나게 강력한 사람들만 빼고 말이다. 그가 비비(B. B.)로 알려진 의료계에서는 개원의로서 성공한 그를 부러워하는 마음이 줄어들고 있다. 과학적으로 생각했을 때 그는 엄청난 사기꾼에 불과하다는 확신 때문에 말이다. 그런데 사실은, 그가 가진 지식이라는 게 동시대인들과 비교하면 비슷한 수준이지만, 보통사람들이라면 합격점을 받을 만한 능력이라는 게 그의 강한 개성과 비교되기만 하면 오히려 약점으로 드러날 뿐이다**.

**비비.** 아하! 콜렌조 경, 콜렌조 경, 그렇지? 기사 신분에 오른 걸 환영하네***.

**리전.** [악수하며] 고맙네, 비비.

**비비.** 이런! 패트릭 경 아니십니까? 오늘 건강은 어떠십니까? 날씨가 좀 쌀쌀하죠? 몸이 약간 뻣뻣하신가요? 건강하시고 여전히 우리 중 가장 슬기로운 분이시죠. [패트릭 경이 툴툴거린다]. 이런! 월폴! 얼

---

* 기독교 과학자(Christian scientist)는 기도와 믿음으로 치유가 가능하다고 주장하는 사람들을 일컫는다. 당연히 이들의 치유법은 보통 의사의 단순한 치유법과는 무관하다. 비비의 능력이 이들만큼이나 단순한 치유법과는 무관하다는 말은 그의 의사로서의 수완이 보통 의사의 수준을 훨씬 능가 했다는 말로 들린다.

** 평범한 사람들로서는 충분히 인정받을 만한 능력들이 비비의 강한 개성과 비교되면 상대적으로 부족해 보인다는 뜻이다.

*** 자신은 이미 귀족이기 때문에 환영한다고 말한 것이다.

빠진 가난뱅이, 맞지?

**월폴.** 무슨 뜻인가?

**비비.** 성대의 종양을 제거해 달라고 내가 아름다운 오페라 가수를 보내준 일을 잊었나?

**월폴.** [*벌떡 일어서며*] 맙소사, 그녀를 목 수술을 받으라고 보냈다는 말을 하는 건 아니겠지!

**비비.** [*능글맞게*] 아! 하! 하! [*종다리 소리를 내며 월폴을 향해 장난스레 손가락을 흔든다*]. 자넨 그녀의 견과류형 액낭을 제거했지. 이런, 이런! 습관의 위력이지! 습관의 위력이야! 신경 쓰지 마. 신경 쓰—지 마. 그녀는 그 후 목소리를 회복했고, 자넬 살아 있는 외과의 중에서 가장 위대하다고 생각하니까. 정말 그렇고, 정말 그렇고, 정말 그렇지.

**월폴.** [*속삭이는 목소리로 비통하고도 매우 심각하게*] 패혈증이야. 난 알아. 난 알지. [*그는 다시 앉는다*].

**패트릭 경.** 자네가 치료하는 그 엄청난 가문의 일은 어떻게 되었나, 랠프 경?

**비비.** 자기의 옵소닌 치료법을 사용해서 제가 귀여운 헨리 왕자님을 치료하는 데 성공했다는 얘길 들으면 우리의 옛 친구인 리전이 기뻐할 겁니다.

**리전.** [*놀라면서도 걱정되어*] 하지만 어떻게-

**비비.** [*계속하며*] 나는 장티푸스를 의심했어. 그 가문 수석정원사의 아들이 걸렸거든. 그래서 하루는 성 앤병원에 들러서 자네네 아주 우수한 혈청 한 대롱을 받았지. 유감스럽게도 자넨 자리에 없었고.

**리전.**  사람들이 자네한테 조심스럽게 설명했길 바라네-

**비비.**  [그 어리석은 훈수를 거절하며] 이런, 친구야, 설명은 필요 없었네. 문 앞의 마차에 아내를 남겨 두었거든. 자네네 젊은이들한테 내 업무에 대해 배울 시간이 없었다네. 난 그것에 대해선 모두 알았으니까. 난 이 항독성 혈청이 처음 나왔을 때부터 다루어 왔다네.

**리전.**  하지만 그건 항독성 혈청이 아니고, 정확한 시기에 사용하지 않으면 위험해.

**비비.**  물론 그렇지. 정확한 시기에 복용하지 않으면 모든 게 위험하지. 사과를 아침에 먹으면 좋지만 자기 전에 먹으면 한 주일 내 불편하지. 항독성 혈청에는 두 가지 규칙이 있을 뿐이네. 첫째는, 그걸 두려워 말라는 거고 둘째는, 매 끼니 15분 전, 그러니까 하루 세 번 주사하는 거지.

**리전.**  [질겁하며] 맙소사, 비비, 아니, 아니, 아니야.

**비비.**  [저항할 수 없게 몰아붙이며] 그래, 그래, 그렇지, 콜리. 자네도 알다시피 푸딩이 잘 되었는지는 먹어봐야 알 수 있는 법이지. 대단한 성공이었어. 그게 귀여운 왕자님한테는 마법처럼 작용했다네. 처음엔 체온이 올라갔는데, 침대로 보내자 한 주일 만에 괜찮아졌다네. 평생 장티푸스에는 완전히 면역이 된 거지. 그 가문에서는 그 일을 고맙게 여기더군. 감사를 표하는 정성이 감동적이었네만, 나는 그 모든 게 자네 덕분이라고 말해 주었네, 리전. 자네 기사 서훈이 그 결과라는 걸 떠올리게 되니 기쁘네.

**리전.** 자네한테 크게 신세를 졌네. [맥이 풀려서*, 그가 소파 근방의 의자에 앉는다].

**비비.** 전혀, 전혀 아닐세. 자네 스스로 만든 공적이야. 이봐! 이봐! 이보게! 기운 차리게.

**리전.** 아무것도 아니야. 방금 어지러웠을 뿐이야. 과로인 모양이야.

**월폴.** 패혈증이라니까.

**비비.** 과로라고! 그런 건 없네. 난 열 사람 몫을 일하네. 내가 어지러우냐고? 아니, 아니야. 자네가 좋지 않다면, 병이 있는 거야. 가벼울 수 있지만 병이지. 병이란 뭔가? 그건 세균의 침입이고 증식이지. 치료란 뭔가? 아주 간단해. 세균을 찾아서 죽이는 일이지.

**패트릭 경.** 세균이 없으면 어쩔 텐가?

**비비.** 불가능합니다, 패트릭 경. 반드시 세균이 있습니다. 아니면 왜 환자가 아픕니까?

**패트릭 경.** 나한테 과로의 세균을 보여줄 수 있나?

**비비.** 아니요, 하지만 왜? 왜냐고요? 친애하는 패트릭 경, 세균이 존재하지만 눈에는 보이지 않기 때문입니다. 자연은 우릴 위해 세균에게 위험신호를 붙여 주지 않았습니다. 이 세균-바실루스-은 유리처럼, 물처럼 투명체**입니다. 세균을 눈에 띄게 하려면 물을 들여야 합

---

* 리전이 갑자기 맥이 풀릴(overcome) 만큼 충격을 받은 이유는 둘이다. 자기 연구실 내에서도 소수의 숙련자만 실행할 수 있는 결핵치료법을 남이 그것도 장티푸스로 추정되었다던 환자에게 시행하여 한 목숨을 위태롭게 했다는 사실과, 자신의 기사 서훈이 바로 그 위험한 일 덕분이란 사실을 알게 되었기 때문이다.

** 투명체: 작가가 쓴 단어는 translucent bodies(반투명체)이다. 그런데 유리와 물을 예로 든 데다, 드물게는 translucent(반투명한)과 transparent(투명한)를 통용한다니 여기선 투명체로 옮겼다. 하긴 완벽한 투명체란 없다.

니다. 자, 패트릭 경, 아무리 애를 써도 세균은 물들지 않습니다. 코치닐 물도, 메틸렌의 청색 물도, 용담의 보라색 물도 들지 않습니다. 세균은 아무 물감도 받아들이질 않습니다. 결국, 과학자들이 알다시피, 세균이란 건 존재하지만 우리가 볼 수는 없는 겁니다. 하지만 당신은 세균이 존재하지 않는다고 증명할 수 있습니까? 세균 없이 병이 존재한다고 상상할 수 있습니까? 예를 들어, 바실루스 없는 디프테리아 사례를 저한테 보여 주실 수 있습니까?

**패트릭 경.** 아닐세. 하지만, 병과 무관하지만 같은 바실루스 가령, 자네의 목구멍에 있는 것을 보여 주겠네.

**비비.** 아니요, 같지 않습니다, 패트릭 경. 그건 전혀 다른 바실루스입니다. 그 두 개가 공교롭게도 완벽히 닮아서 당신이 그 차이를 볼 수 없을 뿐입니다. 친애하는 패트릭 경, 이 흥미롭고 자그마한 생명체 각자가 모방자를 가진다는 사실을 이해하셔야 합니다. 사람이 서로 모방하듯 세균도 서로 모방하지요. 뢰플러가 발견한 진짜 디프테리아 바실루스가 있고, 이것과 꼭 닮은 가짜 바실루스가 있습니다. 그게 바로, 말씀하셨듯이 당신이 제 목구멍에서 찾을 수 있는 것입니다.

**패트릭 경.** 자네 둘을 어떻게 구분하나?

**비비.** 자, 분명하죠. 만약 바실루스가 진짜 뢰플러의 바실루스면 디프테리아에 걸립니다. 가짜면 안 걸리고요. 이보다 단순한 건 없습니다. 과학이란 늘 단순하고 늘 심오합니다. 위험한 건 절반만 진실한 것입니다. 무지하면서도 까탈스러운 사람들이 세균에 대한 피상적인 정보를 귀동냥하고는 신문에 글을 써서 과학을 깎아내립니다. 그 사람들은 많은 정직하고 가치 있는 사람들을 속이고 오도합니다.

하지만 과학은 그들에게 모든 사안에 대해 완벽한 답을 줍니다.

조금 배우는 것이 위험한 것이다
파이어리아 샘물은 흠뻑 들이키든지, 맛보지 말라[*]

제가 선생님 세대를 결코 가벼이 여긴다는 게 아닙니다, 패트릭 경.
그 세대의 노련한 경험가 몇몇은 온전히 전문적인 직관과 임상경험
을 통해 놀라운 업적을 쌓았습니다. 하지만 생각건대, 그 세대의 평
균적인 사람들은 무식하게 사혈하고, 부항으로 피를 뽑아내기도 하
고, 설사를 시키면서, 환자의 의복과 수술 도구로부터 환자의 몸으
로 세균을 퍼뜨렸습니다. 근래에 제가 그 귀여운 왕자님을 치료했을
때, 과학적으로 확실하고 단순한 방법을 쓴 것과는 달리 말입니다.
저는 저희 세대를 자랑스러워하지 않을 수 없습니다. 세균이론으로
훈련된 사람들 즉, 1870년대를 거치며 진화론에 대해 엄청나게 논쟁
해온 베테랑 말입니다. 저희도 결함은 있지만 적어도 저희는 과학자
입니다. 그게 내가 자네의 치료법을 채택하고 지지하는 이율세, 리
젠. 그건 과학적이야. [그는 소파 근처의 의자에 앉는다].

**에미.** [문에서 알려 주며] 블렌킨숍 선생님입니다.

*블렌킨숍 의사는 다른 사람들과는 경우가 아주 다르다. 그는 분명 잘
나가는 사람은 아니다. 그는 몸이 축 늘어지고 차림이 협수룩하여, 못*

---

[*] 영국 시인 알렉산더 포프(1688-1744)의 '비평론(An essay on criticism, 1711)'에 나오
는 시 '조금 배우는 것(A little learning)'의 첫머리 부분이다. 파이어리아 샘물(Pierian
spring)은 뮤즈의 샘물로서 예술에 대한 영감을 준다고 알려졌다.

먹고 못 입은 모습이다. 얼굴에는 양심이 두 눈 사이에 만들어 준 주름 살이 있고, 연이은 돈 걱정이 만들어 준 것도 있다. 이 주름살들은 그가 더 나은 시기를 경험해 봤기 때문에 더 깊이 파였다. 그런데 그는 잘나 가는 동료들 즉, 동시대 사람들이나 옛 병원 친구들과는 반가이 대한다. 더 가난한 중류층으로 떨어졌기 때문에 기를 펼 수 없어 마음고생을 해 야 하는 오늘 같은 상황에서도 말이다.

**리전.** 어떻게 지내나, 블렌킨숍?

**블렌킨숍.** 수수한 축하인사 건네러 왔네. 아이고, 유명 인사가 다 제 앞에 계시는군요.

**비비.** [선심을 쓰는 듯이 하지만 매력적으로] 잘 지내나, 블렌킨숍? 잘 지내나?

**블렌킨숍.** 그리고 패트릭 경도 계시네요. [패트릭 경이 툴툴댄다].

**리전.** 자네 월폴하고 인사한 적 있지, 물론?

**월폴.** 안녕하세요?

**블렌킨숍.** 처음 뵙습니다만 영광입니다. 제가 작고 초라한 진료소에 서 지내느라 당신 같이 위대한 분을 뵐 기회가 없었습니다. 저는 한 창때 성 앤병원에서 만난 사람들 말고는 아무도 알지 못합니다. [리 전에게] 그런데, 콜렌조 경이 된 기분이 어떤가?

**리전.** 처음엔 쑥스러웠다네. 내 서훈에 신경 쓰지 말게나.

**블렌킨숍.** 자네의 위대한 발견에 대해 알지 못했다는 얘길 하려니 부 끄럽네. 그럼에도 옛 시절을 생각하여 축하하네.

**비비.** [충격을 받아] 하지만, 친애하는 블렌킨숍, 자네도 한때는 과학에 열심이었잖은가.

**블렌킨숍.** 아, 난 많은 일을 겪었지. 멋진 양복을 두세 벌이나 가진 적도 있고, 일요일이면 입고 강을 거슬러 올랐던 플란넬 옷도 있었지. 지금 나를 보게. 이게 가장 잘 차려입은 거야. 크리스마스까지는 이대로 버텨야 하네. 내가 뭘 할 수 있겠나? 삼십 년 전 면허를 받은 후로 책을 펴 본 적이 없다네. 처음엔 의료신문을 읽곤 했지. 하지만 사람이 그런 일을 얼마나 빨리 그만두는지 자네도 알잖은가. 게다가 그런 걸 구독할 형편도 못 되었다네. 그건 결국 광고로 가득 찬 상업지에 불과하지 않은가? 난 지녔던 과학지식도 다 잊어버렸어. 안 그런 척 해본들 무슨 소용이 있겠나? 하지만 난 대단한 경험을 쌓았어. 임상경험 말이네. 그리고 환자 곁에서의 경험이 중요한 것이지, 그지?

**비비.** 물론이네. 하지만 자네가 병상에서 관찰한 것을 연관시킬 굳건한 과학이론을 가지는 게 늘 전제가 되어야 함을 염두에 두게. 단순한 경험 자체는 아무것도 아닐세. 만약 내 개를 병상에 데려간다면 개도 내가 보는 걸 보네. 하지만 개는 아무것도 배우질 못 해. 왜냐고? 내 개가 과학을 아는 개가 아니기 때문일세[*].

**월폴.** 내과의와 일반의가 임상경험에 대해 이야기하는 걸 듣자니 재미있군요. 환자의 외부 말고는 병상에서 뭘 보십니까? 자, 아마도 피부 관련 환자를 빼면 문제가 되는 건 환자의 외부가 아닙니다. 의사가 원하는 건 환자의 내부와 매일 익숙해지는 것입니다. 그런데 익숙해지려면 수술대에 이르러서야 가능합니다. 저는 제가 말하는 분

---

[*] 개를 과학을 아는 개(a scientific dog)와 모르는 개(non-scientific dog)로 구분할 수는 없다. 그럼에도 왜 이 표현을 썼을까? 이건 한 인물의 말투일 수도 있고, 위트일 수도 있고, 과학을 부정하는 사람들에 대한 비난일 수도 있다.

야에 대해 잘 압니다. 저는 20년 동안 외과 전문의였습니다. 저는 일반의가 진단을 제대로 하는 걸 본 적이 없습니다. 아무리 단순한 사례를 가져다주어도 저들은 암, 관절염, 충수염, 그 밖의 많은 염증이라고 진단합니다. 정말로 경험 있는 외과의라면 누구라도 그게 평범한 패혈증이란 걸 알 수 있는데도 말입니다.

**블렌킨솝.** 아, 당신 같은 신사 입장에서야 쉽게 말할 수 있지요. 하지만 당신이 내 환자를 담당한다면 뭐라고 하시겠습니까? 노동조합원을 빼면 제 환자는 모두 서기 아니면 점원입니다. 그들은 감히 아플 엄두조차 못 냅니다. 치료비를 감당할 수가 없어요. 당신이야 환자를 스위스의 생 모리쯔나 이집트의 휴양지로 보낼 수 있겠지요. 승마나, 몸소 운전하는 자동차 여행이나, 샴페인 젤리나, 육 개월 동안 기분전환과 휴식만 하라고 권할 수도 있겠지요. 그런 게 제 환자에게는 달 한 조각을 떼어 오라고 시키는 것과 같답니다. 게다가, 최악인 건 저 자신이 너무 가난하여 제 한 몸을 겨우 지탱할 정도의 음식도 마련할 형편이 안 됩니다. 제 위장도 온전치 않습니다. 그리고 그게 겉으로 드러나지요. 이러니 제가 무슨 수로 환자들한테 자신감을 불어넣을 수 있겠습니까? [*그는 우울하게 소파에 주저앉는다*].

**리전.** [*침착하지 못하게*] 그만두게, 블렌킨솝, 너무 고통스럽네. 세상에서 가장 불쌍한 건 아픈 의살세.

**월폴.** 그래, 정말 참, 그건 대머리가 발모제 파는 거랑 같은 거야. 감사하게도 난 외과의야[*]!

---

[*] 월폴이 이 말을 한 이유는 자기는 외과의로서 돈을 잘 버는 편이며 부자 환자만 상대하다 보니 블렌킨솝이 겪는 일을 당할 염려가 없기 때문이다.

**비비.** [*쾌활하게*] 난 절대 아프지 않아. 살면서 하루도 아픈 적이 없지. 그게 바로 내가 환자들과 공감할 수 있는 이유지.*

**월폴.** [*흥미가 생겨서*] 뭐라고! 한 번도 아픈 적이 없다고?

**비비.** 전혀.

**월폴.** 그거 흥미롭군. 자넨 견과류형 액낭이 없나 보군. 조금이라도 불편한 데가 있으면 꼭 한번 살펴보고 싶네만.

**비비.** 고맙네. 친구. 하지만 난 지금 아주 바빠서 말이야.

**리전.** 블렌킨숍, 자네가 들어올 때, 내가 과로하는 바람에 기운이 없다고 이분들한테 얘기하던 참이었어.

**블렌킨숍.** 그럼 자네 같이 대단한 사람에게 처방을 제공하기가 주제넘어 보이네만 난 여전히 상당한 경험이 있네. 매일 점심 반시간 전에 잘 익은 개량종 서양자두 한 파운드를 들길 권하고 싶네. 효과를 볼 걸 믿네. 값도 싸고.

**리전.** 이 제안에 대해 자넨 뭐라고 할 텐가, 비비?

**비비.** [*편들어 주며*] 아주 현명하네, 블렌킨숍, 정말 아주 현명해. 자네가 약을 찬양하지 않는 걸 알게 되어 기쁘네.

**패트릭 경.** [*툴툴대며*]!

**비비.** [*능글맞게*] 아! 하하! 제가 방금 난로가의 안락의자에 앉은 분

---

* 통상의 감각으론 이 말을 이해하기 어렵다. 하지만 그의 입장에서 보자면, 자기처럼 과학과 의학상식에 따라 살면 건강을 잃는 일이 없으니, 환자에게 자기보다 나은 모범은 없다는 말로 이해된다.

한테서 약을 지지하는 케케묵은 헛소리<sup>*</sup>를 들었던가요? 아, 패디, 제 말을 믿으세요. 영국의 약국이 모두 망하면 세계가 더 건강해질 겁니다. 신문을 보십시오. 특허약품을 위한 수치스러운 광고로 도배하지 않았나요? 엉터리 치료와 독극물이 이루는 거대한 상업체계를 말하는 겁니다. 그럼, 이건 누구의 잘못입니까? 우리의 잘못이죠. 우리 잘못이란 말입니다. 우리가 본을 보였습니다. 우리가 미신을 퍼뜨렸고요. 의사가 처방한 약병을 믿으라고 우리가 사람들한테 가르쳤습니다. 이제 사람들은 의사한테 진찰받는 대신에 약국에서 약을 삽니다.

**월폴.** 상당히 사실에 가깝네. 난 지난 15년간 약을 처방한 적이 없네.

**비비.** 약은 단지 증상을 억누를 뿐입니다. 그게 병을 뿌리째 뽑을 순 없습니다. 모든 병의 진정한 치료는 자연의 치료입니다. 자연과 과학은 하납니다, 패트릭 경, 저를 믿으세요. 당신은 달리 배우셨겠지만 말입니다. 자연은 당신이 백혈구라고 부르는 것에-우리가 식세포라고 부르는 것에-모든 병균을 먹어치우고 파괴하는 천연적인 수단을 제공해왔습니다. 본질적으로는 모든 병에 통하는 것은 진짜 과학적인 치료법 단 하나뿐입니다. 그건 식세포를 자극하는 것입니다. 식세포를 자극한다고요. 약은 착각입니다. 병균을 찾거든 그것에서 항독성 혈청을 준비해서, 매끼니 15분 전 즉 하루 세 번 주사해

---

\* 헛소리(the bow-wow, 개 짖는 소리): 이 방에는 난로 앞에 안락의자가 두 개 있고 그 중 하나에 패트릭 경이 앉아 있다. 게다가 '아, 페디'라고 말을 잇는 것으로 보아, 비비의 말은 패트릭 경을 향함을 알 수 있다. 비비가 이렇게 심한 말로 패트릭 경을 공박하는 이유는, 약을 처방하지 않은 블렌킨솝을 자기가 칭찬하자 패트릭 경이 툴툴대는 소리를 자신이 들었기 때문이다. 패트릭 경은 전통적인 의사이지만 약을 무턱대고 지지한다고 말하지도 않았다. 비비의 성급한 성격이 드러나는 장면이다.

보십시오. 그러면 무슨 일이 생깁니까? 식세포가 자극을 받아서 병을 먹어치웁니다. 그러면 환자는 회복하고요. 물론 병이 너무 깊어지지 않았다면 말입니다. 제가 이해하기론 그게 리전이 발견한 것의 본질입니다.

**패트릭 경.** [*꿈을 꾸는 듯이*] 내가 여기 앉아 있으니, 우리 불쌍하고 늙으신 아버지가 다시 말하는 것 같군.

**비비.** [*믿을 수 없어서 놀라 일어서며*] 당신의 아버지요? 오오! 세상에! 패디, 당신의 아버지께선 분명 당신보단 더 연로한 분이겠군요*.

**패트릭 경.** 아버지는 자네가 쏟아낸 거의 모든 말들을 하셨지. 더 이상의 약은 필요 없다, 접종밖엔 없다, 하셨지.

**비비.** [*거의 오만하게*] 접종이라고요! 천연두 접종을 말씀하십니까?

**패트릭 경.** 그렇다네. 우리 집안의 비밀인데, 이 친구야, 아버지는 천연두 접종이 천연두뿐만 아니라 모든 열병에 듣는다고 말씀하셨네.

**비비.** [*새로운 아이디어를 듣고는 어마어마한 관심과 흥분이 생겨서 갑자기 몸을 솟구치며*] 뭐라고요! 리전, 자네 저 말 들었나? 패트릭 경, 방금 당신이 해 주신 말씀 때문에 제가 얼마나 놀랐는지 제대로 표현할 수가 없네요. 당신의 아버지께선 저 자신의 발견을 예견하신 겁니다, 선생님. 듣게, 월폴. 블렌킨숍, 잠시만 주목해 주게. 여러분들 모두 이것에 대해 엄청나게 흥미 있을 겁니다. 저는 우연히 추적하게 되었습니다. 병원에서 나란히 있게 된 장티푸스 환자와 파상풍 환자를 담당한 일이 있습니다. 한 사람은 교구(敎區)관리인이었고,

---

* 아버지니 아들보다 나이가 많은 건 당연하다. 그런데 지금 비비는 너무 놀라 경황이 없다 보니 말이 헛나온 것이다.

또 한 사람은 도시선교사였습니다. 그게 무슨 뜻인지 생각해 보세요. 불쌍한 분들이었지요! 장티푸스에 걸린 관리인이 존엄성을 지닐 수 있겠습니까? 파상풍에 걸린 선교사가 설득력이 있겠습니까? 아니, 아니지요. 그런데, 저는 장티푸스 항독성 혈청 한 대롱을 리전한테서 구했고, 멀둘리*의 항 파상풍 혈청을 구했습니다. 하지만 선교사가 발작을 일으키는 바람에, 제 책상에서 모든 물건들이 떨어져서 두 혈청의 위치가 뒤바뀌게 되었습니다. 결국은 장티푸스 환자한테는 파상풍 접종을, 파상풍 환자한테는 장티푸스 접종을 했지요. [*의사들이 크게 걱정하는 듯 보인다. 비비가 활력을 잃기는커녕 의기양양하게 미소를 짓는다*] 이것 참, 두 사람은 완쾌했습니다. 두 사람이 완쾌했다고요. 그 선교사는 가벼운 무도병(舞蹈病) 증상을 경험한 것 말고는 오늘날까지 잘 지내며, 관리인은 평소보다 열 배나 건강합니다.

**블렌킨솝.**  저도 이 같은 일이 일어난다는 걸 알고 있습니다. 이런 일은 설명할 수가 없습니다.

**비비.**  [*심각하게*] 블렌킨솝, 과학으로 설명할 수 없는 건 없다네. 내가 한 건 뭔가? 힘없이 손을 깍지 끼고는 설명할 수 없는 사례라고 말만 하던가? 전혀 아니네. 난 앉아서 두뇌를 사용했네. 과학적 원리에 바탕을 두고 사례를 궁리했지. 선교사는 왜 파상풍에 장티푸스를 더했는데 죽지 않았으며, 교구관리인은 왜 장티푸스에 파상풍을 더했는데 죽지 않았냐고 나 자신에게 물어봤네. 자네한테 문제를 하나 내 줌세, 리전. 패트릭 경도 생각해 보시죠. 곰곰이 생각해 보게,

---

* 멀둘리(Muldooley)는 가공의 인물로 보인다.

블렌킨숍. 편견 없이 생각해 보게, 월폴. 항독성 혈청은 실제로 어떤 작용을 하는가? 식세포를 단지 자극할 뿐이네. 아주 잘 말일세. 하지만 식세포를 자극하는 한에는, 어떤 종류의 혈청을 사용하느냐가 뭐 그리 중요한가? 하하! 그렇지? 알겠는가? 이해하는가? 그 후로 나는 모든 종류의 항독성 혈청을 완전히 무차별적으로 사용해 보았더니 완벽히 만족스러운 결과에 도달했네.* 내가 자네한테서 구한 걸 귀여운 왕자님에게 접종한 것은 자네를 돕기 위해서였네, 리전. 하지만 두 해 전에, 나는 파스테르 연구소에서 얻은 광견병 혈청 시료를 사용해서 성홍열 환자를 치료하는 실험을 수행했네. 그 답은 훌륭했네. 그게 식세포를 자극했고, 식세포가 나머지 일을 해 주었지. 이것이 패트릭 경의 부친께서 접종이 모든 열병을 치료한다는 걸 알게 해 준 까닭이지. 그게 식세포를 자극했지. [그는 자신의 발표가 안겨준 승리감에 도취해 기진맥진하여 자기 의자에 몸을 던진다. 그리곤 일행을 향해 멋지고도 밝게 미소 짓는다].

**에미.** [들여다보며] 월폴 씨, 당신의 자동차가 왔는데, 이게 패트릭 경의 말들을 놀라게 하고 있습니다. 그러니 빨리 나와 보세요.

**월폴.** [일어서며] 잘 있게, 리전.

**리전.** 잘 가게, 대단히 고맙네.

**비비.** 내 논점을 이해하지, 월폴?

**에미.** 월폴 씨는 지체해선 안 돼요, 랠프 경. 그분이 가지 않으면 마차가 제한구역으로 들어갈 겁니다.

---

* 비비는 논란의 여지가 있는 견해를 설파하고 있다. 당연히 이 극에 나오는 어떤 의사의 말도 맹신하는 독자는 없을 것이다.

**월폴.** 가는 중입니다. [*비비에게*] 자네 논점에는 아무것도 없어. 식세 포는 완전 헛소리야. 그 사례들은 전부 패혈증이야. 칼이 진정한 해 결책이라네. 잘 지내세요, 패디 경. 만나서 반가웠습니다, 블렌킨숍 선생. 이제 갑시다, 에미. [*그가 나가고 에미가 따른다*].

**비비.** [*슬퍼서*] 월폴은 지성이 없어. 단순한 외과의야. 뛰어난 집도의 이긴 하지만 결국 뭘 수술하는 거야? 손으로 하는 노동일뿐이지. 두 뇌-**두뇌**가 여전히 사태의 주인이지. 견과류형 액낭은 완전히 헛소 리야. 그런 기관은 없어. 그건 막 안에서 우연히 발생한 변형에 불과 해. 인구의 2.5퍼센트에서 발생하는 정도지. 물론 월폴을 위해선 수 술이 유행해서 난 반갑다네. 그가 좋은 친구이기 때문이지. 게다가 결국, 내가 늘 말하듯이, 그 수술이 해가 되지는 않을 거야. 사람들 이 긴 런던 시즌* 이후에 신경이 흔들리긴 하지만 침대에서 2주 동 안 쉬고 나면 사람들이 아주 좋아지는 경우를 나는 알고 있네. 하지 만 여전히 그 수술은 놀라운 사기야. [*일어서며*] 이제, 난 가봐야겠 어. 잘 지내세요, 패디, [*패트릭 경은 툴툴댄다*] 안녕히, 안녕히. 잘 지내게 블렌킨숍 친구, 안녕! 잘 있게, 리전. 건강문제로 안달복달하 지 말게. 자넨 뭘 해야 하는지 알아. 간이 안 좋으면 약간의 수은이 해롭진 않다네. 마음이 진정되지 않으면 진정제를 써 보게. 그게 듣 지 않거든 흥분제를 써 보게. 자네도 알다시피, 미량의 인(燐)과 스

---

* 런던 시즌(London season)은 19세기와 20세기 초반의 영국 상류층 사회에서 중요한 사교 행사가 집중적으로 열리는 시기를 말한다. 보통 4월에서 7월 사이에 해당하는 이 기간 동안 상류층은 런던에 모여 다양한 공식 및 비공식 사교 행사에 참여하여 사회적 지위를 유지하거나 높이기 위해 노력했다. 이 시기의 활동은 매우 바쁘고 에너지를 소 비하는 일들이 많았기 때문에, 시즌이 끝나면 피로와 스트레스가 쌓이기 마련이었다.

트리키닌 말일세. 잠을 잘 수 없거든, 수면제, 수면제, 수면-

**패트릭 경.** [*냉담하게*] 하지만 약은 안 돼, 콜리, 기억해 두게.

**비비.** [*단호히*] 물론 안 되지. 맞습니다, 패트릭 경. 일시적 수단이지, 물론. 하지만 치료법으론 안 돼, 안 돼. 친애하는 리젠, 뭘 하든, 약국과는 멀리 하게.*

**리젠.** [*문으로 비비를 따르며*] 그러겠네. 그리고 기사서훈 추천 고맙네. 잘 가게.

**비비.** [*문에서 멈추며 눈을 살짝 깜빡이고는 미소 지으며*] 그런데, 자네 환자는 누군가?

**리젠.** 누구?

**비비.** 아래층에 멋진 부인 말일세. 남편이 결핵에 걸렸다는.

**리젠.** 그 여자가 아직 거기 있어?

**에미.** [*들여다보며*] 서두르세요, 랠프 경, 사모님께서 차 안에서 기다리세요.

**비비.** [*갑자기 차분해져서*] 아, 잘 있게. [*그가 거의 다급히 나간다*].

**리젠.** 에미, 그 여자 아직 거기 있나요? 그렇거든, 내가 볼 수도 없고, 만나지도 않을 거라고 마지막으로 말해 줘요. 듣고 있나요?

**에미.** 아, 그분은 바쁘지 않아요. 아무리 기다려도 신경 쓰지 않아요. [*그녀가 나간다*].


**블렌킨솝.** 나도 가 봐야겠네, 진료를 못 해서 반시간마다 18펜스를 놓치는 셈이니. 잘 지내세요, 패트릭 경.

---

* 약에 대한 비비의 입장을 종잡을 수가 없다. 이러한 그가 의심스럽기도 흥미롭기도 하다.

**패트릭 경.** 잘 가게. 잘 가.

**리전.** 이번 주에 점심 들러 한번 오게.

**블렌킨솝.** 식비를 감당할 수 없네, 친구, 그러면 내가 한 주 동안 음식을 먹을 수 없을 걸세*. 그래도 고맙네.

**리전.** [*블렌킨솝의 곤궁함에 마음이 편치 않아*] 내가 도울 일이 없을까?

**블렌킨솝.** 그럼, 여분의 낡은 프록코트가 있겠나? 자네한테 낡은 게 나한텐 새 것이란 게 보이지. 그러니, 다음번 자네 옷장을 뒤질 땐 잊지 말게. 잘 있게. [*그가 서둘러 나간다*].

**리전.** [*눈으로 그를 좇으며*] 불쌍한 친구! [*패트릭 경을 향해*] 그래서 저들이 나를 기사로 만들었군요**. 그리고 그게 의사란 직업이고요!

**패트릭 경.** 그리고 아주 좋은 직업이기도 하네, 이 사람아. 환자들이 얼마나 무지하고 미신을 따르는지를 내가 아는 만큼 자네도 알게 되면, 그런 제약에도 불구하고 우리 의사들이 나름 잘 해낸다는 점에 대해 경탄할 걸세.

**리전.** 우리는 직업이 아니라 음모단입니다.

**패트릭 경.** 모든 직업은 일반인들에 대한 음모단이야. 그리고 우리 모두가 자네처럼 천재일 수는 없어. 모든 바보가 병에 걸릴 수는 있지만, 모든 바보가 훌륭한 의사가 될 수는 없다 보니, 훌륭한 의사가 충분히 많지 않거든. 그리고 자네가 알다시피, 블룸필드 보닝턴이

---

* 블렌킨솝이 한 주일 동안 음식을 먹을 수 없는 이유는 둘로 보인다. 한 번의 외식비용이면 자기의 한 주일 치 식비에 해당한다는 뜻일 수도 있고, 외식을 통해 고급음식에 입맛을 들이면, 한 주일 간 평범한 음식이 당기지 않을 거란 뜻도 있다.
** 리전은 자신이 기사 작위를 받은 것이 의료적 공로 때문만이 아니라, 블렌킨솝과 같은 의사들의 어려움을 감추기 위한 사회적 체면치레일 수 있다고 생각하게 된다.

자네보다 사람을 더 적게 죽일 수도 있어.

**리전.** 아, 그런 것 같군요. 하지만 그 사람은 백신과 항독성 혈청의 차이를 정말로 알아야 합니다. 식세포를 자극한다고요! 그 백신은 식세포에 전혀 영향을 미치질 못 합니다. 그 사람이 잘못 알고 있어요, 절망적이고 위태롭게도 잘못 알고 있다고요. 혈청 한 대롱을 그 사람 손에 쥐어 주는 건 살인, 손쉬운 살인이라고요.

**에미.** [돌아와서] 이제, 패트릭 경. 저 말들한테 얼마나 더 찬바람을 맞히며 세워 두실 건가요?

**패트릭 경.** 그게 당신하고 무슨 상관이야, 이 늙은 트집쟁이야.

**에미.** 나오세요, 나오시라고요, 지금! 성질부려 봐야 나한텐 소용없어요. 게다가 콜리도 일할 시간이고요.

**리전.** 예의를 지켜요, 에미. 나가요.

**에미.** 내가 예의 지키는 법을 먼저 배웠으니, 그걸 당신들한테 가르쳐야겠네요. 난 의사들이 어떤 사람들인지 알아요. 불쌍한 환자들과 함께해야 할 시간에, 앉아서 자기들끼리 잡담이나 하는 사람들이죠. 그리고 난 말이 어떤 동물인지도 알아요, 패트릭 경. 시골에서 자랐거든요. 정신 차리고 나가 보세요.

**패트릭 경.** [일어서며] 좋아, 좋아, 좋아요. 잘 있게, 콜리. [그가 리전의 어깨를 두드리고 나가다가 문에서 돌아서서, 에미를 골똘히 생각하는 듯 바라보며 자신의 심각한 확신을 건넨다] 당신은 못생기고 늙은 악마야, 틀림없어.

**에미.** [몹시 분개해서, 그의 뒤에다 외치며] 당신도 못생겼어요. [정신을 못 차리고는, 리전에게] 예의라곤 없는 사람들이에요. 저 사람들은 자기들이 하고 싶은 말은 뭐든 나한테 말할 수 있다고 생각해요. 당신이 그렇게 부추기는 거죠, 당신이 그런다고요. 난 저들에게 자기네 분수를 가르쳐줄 거예요. 그럼 이젠, 저 가여운 여자를 만날 건가요, 말 건가요?

**리전.** 아무도 안 만나겠다고 쉰 번은 말했지요. 그 여자를 내보내요.

**에미.** 아, 그 여잘 내보내라는 말을 듣기도 지겹다고요. 저분한테 그렇게 해서 뭐 좋을 게 있나요?

**리전.** 당신한테 화라도 내야 하나요, 에미?

**에미.** [*구슬리며*] 만나줘요. 그냥 나를 봐서라도 1분만 만나줘요. 그래야 착한 사람이죠. 그녀가 나한테 반 크라운*이나 줬다고요. 그 여자는 당신을 만나는 일에 남편의 생사가 달렸다고 생각하고 있어요.

**리전.** 남편 목숨 값이 겨우 반 크라운이라고!

**에미.** 자, 그게 그녀가 줄 수 있는 다예요, 가여운 사람이죠! 다른 여자들은 당신에게 단지 자기 자신들에 대해 얘기하는 데 반 파운드나 쓰는 걸 대수롭잖게 여기죠, 미친년들! 게다가, 저분은 당신을 하루 종일 기분 좋게 해 줄 거예요. 그 여잘 만나 주는 게 선행이기 때문이죠. 게다가 당신을 제정신 들게 해 줄 사람이기도 하고요.

**리전.** 그럼, 여자가 손해 본 건 아니군. 겨우 반 크라운에, 랠프 블룸필드 보닝턴 경과 커틀러 월폴과 상담을 했으니. 그건 적어도 6기니는 들었을 텐데. 여잔 블렌킨숍하고도 상담했겠지, 그건 18펜스와 맞먹고.

**에미.** 그럼, 날 위해 여잘 만나줄 거죠?

---

* 1크라운은 5실링이다.

**56**
의사의 딜레마

**리전.** 아, 여자를 올려 보내요, 젠장. [에미가 만족해서 총총걸음으로 나간다] 레드페니!

**레드페니.** [문에 나타나서] 무슨 일이신지요?

**리전.** 환자가 하나 올라오네. 여자가 5분이 지나도 가지 않거든, 병원에서 날 찾는 긴급호출이 왔다고 말해 주게. 여자가 그만 돌아가야 한다는 걸 제대로 눈치 채게 하란 말일세.

**레드페니.** 알겠습니다. [그가 사라진다].


*리전이 거울로 다가가, 타이를 약간 바로잡는다.*


**에미.** [안내하며] 두비댓 부인이십니다. [리전이 거울을 떠나 책상으로 다가간다].


*숙녀가 들어온다. 에미가 나가며 문을 닫는다. 전문가답게도 완고함과 거리감을 느끼게 하는 태도를 지닌 리전은 숙녀를 향해 돌아서서 소파에 앉으라고 몸짓으로 권한다.*

*두비댓 부인은 반론의 여지없이, 눈길을 사로잡는 잘생긴 젊은 여인이다. 그녀는 길들이지 않은 짐승의 기품과 낭만에다가 훌륭한 숙녀의 우아함과 위엄도 지녔다. 여성의 아름다움에 극도로 민감한 리전은 본능적으로 방어적인 태세를 곧바로 취하고는, 자신의 태도를 여전히 더 굳건히 한다. 그는 그녀가 옷을 아주 잘 입었다는 인상을 받았지만, 그녀는 아무 옷이라도 잘 어울리는 몸매를 지녔으며, 자신의 사회적 지위에 대한 의심과 두려움으로부터 평생 자유로웠기 때문에 자연스럽고 고*

유한 품위를 지녔다. 대부분의 중류층 사람들이 사회적 지위에 대한 불안으로 태도가 망가지는 것과는 달리 말이다. 그녀는 키가 크고, 날씬하며, 튼튼한데, 머리칼의 색은 어두웠다. 머리는 자연스럽게 손질되었지만 새둥지 모양도 광대의 가발 모양도 아니었다(당시의 유행은 둘 사이를 오갔다). 그녀의 눈은 놀랍도록 좁고 섬세했으며, 어두운 속눈썹을 가졌는데, 그녀가 흥분해서 눈을 크게 뜨면 눈이 그녀의 표정을 불안하게 바꿔 준다. 그녀의 말은 부드러우면서도 격렬하지만, 움직임은 재빠르다. 그리고 지금 그녀는 극심한 불안 속에 있다. 그녀는 서류첩 하나를 들고 있다.

**두비댓 부인.** [낮으면서도 다급한 음성으로] 선생님-

**리전.** [무뚝뚝하게] 잠깐만요. 말씀하시기 전에, 댁을 위해 해드릴 게 없다는 말을 당장 해야겠습니다. 저는 지금 너무 바쁩니다. 내 늙은 하녀를 통해 뜻을 전했습니다. 그걸 답으로 여기지 않으시더군요.

**두비댓 부인.** 어떻게 제가 그럴 수 있겠습니까?

**리전.** 뇌물을 주었더군요.

**두비댓 부인.** 저는-

**리전.** 그건 상관없습니다. 그녀가 당신을 만나라고 저를 구슬리더군요. 이제, 도대체 아무리 선한 의지가 있더라도 나로선 다른 환자를 더 받을 수 없는 처지란 점을 받아들이셔야 합니다.

**두비댓 부인.** 선생님, 제 남편을 살려 주십시오. 그러셔야 합니다. 제가 설명하면 그래야 할 이유를 아실 겁니다. 이 환자는 보통 환자가 아니고, 다른 어떤 환자와도 다릅니다. 그 사람은 세상의 다른 누구와도 다릅니다. 아, 믿어 주세요, 그는 다릅니다. 증명해 보일 수 있습니다. [서류첩을 만지작거리며] 보여드릴 것 몇 가지를 가져왔습니다. 그런데 그 사람을 살려 주서야 합니다. 선생님께서 그럴 능력이 있다고 신문에서 보도했습니다.

**리전.** 뭐가 문젭니까? 결핵입니까?

**두비댓 부인.** 예. 왼쪽 폐가-

**리전.** 그래요, 그 점에 대해선 저한테 설명하실 필요가 없습니다.

**두비댓 부인.** 선생님이 치료하려고 마음만 먹으면 남편을 치료하실 수 있습니다. 오로지 선생님만 가능합니다. 정말로 치료해 주실 수 있지요? [크게 슬퍼서] 아, 말씀해 주세요, 제발.

**리전.** 조용히 하고 냉정을 유지해 주시겠어요?

**두비댓 부인.** 예. 용서해 주세요. 그러면 안 되는 줄 알지만-[다시 참다못해] 아, 제발, 해 줄 수 있다고 말씀해 주세요. 그럼 전 괜찮아질 거예요.

**리전.** [성이 나서] 저는 치료 장사꾼이 아닙니다. 치료를 원하면 그걸 파는 사람한테 가서야 합니다. [정신을 차리고는 자신의 어조를 부끄러워하며] 하지만 병원에는 제가 믿건대 목숨을 살릴 수 있는 결핵 환자 열 명이 있습니다.

**두비댓 부인.** 하느님, 감사합니다.

**리전.** 잠시만 기다려 주세요. 그 열 명의 환자를, 고무보트에 올라탄 열 명의 난파선원이라고 생각해 보세요. 이 보트는 자기들 목숨이나 간신히 버틸 수 있을 정도니 한 명도 더 태울 수 없습니다. 옆쪽의 파도를 뚫고 머리 하나가 솟아오릅니다. 그 사람이 태워 달라고 사정합니다. 보트의 선장한테 애원합니다. 그러나 선장으로선 자기 동료 중 한 사람을 보트 밖으로 밀어내서 물에 빠져 죽게 해야 새 사람을 받아들일 수 있습니다. 그걸 저한테 하라고 요청하시는 거고요.

**두비댓 부인.** 하지만 어떻게 그럴 수 있죠? 전 이해할 수 없습니다. 결코-

**리전.** 상황이 그러하다는 제 설명을 납득하셔야 합니다. 제 연구실과 직원들, 저 자신까지 온힘을 뽑아내 일하고 있습니다. 저희는 최선을 다하고 있습니다. 이 치료법은 새로운 것입니다. 이 일에는 시간과 장비, 기술이 듭니다. 다른 환자를 받기엔 충분치 않습니다. 열 명의 환자는 이미 선정된 사람들입니다. 선정됐다는 게 무슨 뜻인지 이해하시나요?

**두비댓 부인.** 선정되다니. 아니요, 전 이해할 수 없습니다.

**리전.** [*단호하게*] 이해하셔야 합니다. 이걸 직시하고 이해하셔야 합니다. 저는 열 명의 환자 각각에 대해서, 목숨을 구할 수 있는지 뿐만 아니라 구하는 것이 가치 있는지를 고려했습니다. 원래는 쉰 명이 있었는데 마흔 명은 사형선고를 받은 셈이지요. 그 가운데에는 젊은 부인과 기댈 데 없는 아이들을 둔 사람들도 있었고요. 만약에 환자 측이 처한 어려움의 심각성만을 기준으로 환자를 구할 수 있었다면 그들을 열 배나 더 구할 수 있었을 겁니다. 당신의 사정이 어렵다는 점을 의심하지 않습니다. 눈에 맺힌 눈물을 볼 수 있으니까요. [*그녀는 눈물을 훔친다*] 제가 말을 마치자마자 저를 향해 쏟아낼 애원을 준비하신 줄 압니다만 소용없습니다. 다른 의사한테 가십시오.

**두비댓 부인.** 하지만 선생님의 비결을 이해하는 의사의 이름을 가르쳐 주실 수 있나요?

**리전.** 저한텐 비결이 없습니다. 전 돌팔이의사가 아닙니다.

**두비댓 부인.** 용서해 주세요. 뭔가를 잘못 말하려던 게 아닙니다. 뭐라고 말씀드려야 할지 모르겠습니다. 아, 절 나무라지 마세요.

**리전.** [다시 조금 부끄러워져서] 자! 자! 신경 쓰지 마세요. [그는 느긋해져서 앉는다] 결국은, 제가 쓸데없는 소리를 하는군요. 감히 말하건대, 저는 돌팔이의사입니다. 면허받은 돌팔이의사라고요. 하지만 제 발견은 특허를 받은 게 아닙니다.*

**두비댓 부인.** 그럼 어떤 의사가 제 남편을 치료할 수 있습니까? 아, 그 사람들은 왜 그걸 할 수 없나요? 제가 얼마나 애썼는지 모릅니다. 돈도 얼마나 썼는지 모르고요. 다른 의사의 이름을 가르쳐 주시기만 하면 좋으련만.

**리전.** 이 거리에 개업한 모든 남자가 의사입니다. 하지만 저 자신과, 성 앤병원에서 제가 훈련시키는 몇 명 말고는 옵소닌 치료법에 숙달한 사람이 아직 없습니다. 그런데 병상이 가득 찼으니 어쩝니까? 죄송합니다만 이젠 드릴 말씀이 없습니다. [일어서며] 좋은 오전 보내시길.

**두비댓 부인.** [서류첩에서 그림 몇 장을 갑자기 그리고 절망적으로 꺼내며] 선생님, 이걸 보십시오. 그림을 이해하시죠. 대기실에 좋은 그림을 걸어 두셨더군요. 이걸 보세요. 남편의 작품이에요.

**리전.** 제가 봐도 소용없습니다. [그래도 그는 그림을 살펴본다] 와! [그림 하나를 창가로 가져가서 자세히 들여다본다] 그래, 이건 명품이

---

* 리전은 지금 자신의 고단한 처지를 매우 자조적으로 바라보고 있으며, 자신의 치료법이 비밀로 유지되거나 독점적으로 사용되지 않는다는 것을 의미한다.

군. 그래, 그래. [그가 다른 것도 살펴보고는 그녀에게 돌아온다] 멋진 그림들이군요. 아직 마무리하진 않은 거죠?

**두비댓 부인.** 남편은 너무나 쉽게 지칩니다. 하지만 그 사람이 얼마나 천재인지 아셨죠? 목숨을 구할 만한 가치가 있는 사람이란 걸 아셨죠? 아, 선생님, 그림을 시작하도록 돕기 위해 저는 그 사람과 결혼했답니다. 처음에 저는 그가 힘든 세월을 이겨 내기에 충분한 돈을 벌었습니다. 천재성을 인정받을 때까지 자신의 영감을 따르도록 하기에 충분한 돈을요. 게다가 저는 모델로서도 그 사람한테 쓸모가 있었습니다. 저를 그린 그림은 아주 빨리 팔렸지요.

**리전.** 가지고 계신 게 있습니까?

**두비댓 부인.** [다른 걸 꺼내며] 이것뿐입니다. 맨 처음에 그린 겁니다.

**리전.** [그걸 눈으로 뚫어지게 들여다보며] 훌륭한 그림입니다. 왜 제니퍼라고 적혀 있습니까?

**두비댓 부인.** 제 이름이 제니퍼예요.

**리전.** 낯선 이름이군요.

**두비댓 부인.** 콘월*에선 아니에요. 전 콘월사람입니다. 여기서 귀너비어라고 부르는 것일 뿐입니다.

**리전.** [어떤 즐거움을 가지고 그 이름을 자꾸 불러보며] 귀너비어, 제니퍼. [다시 그림을 살펴보며] 그래요, 정말 훌륭한 그림입니다. 실례입니다만, 살 수 있는지 여쭤 봐도 될는지요. 제가 사겠습니다.

**두비댓 부인.** 아, 가지세요. 그건 제 것입니다. 그 사람이 저한테 줬어요. 그것들 다 가지세요. 모두를요. 뭐든 말씀하세요, 하지만 그이를

---

* 콘월은 영국의 서남단 지역이니, 우리나라로 치면 목포 쯤 자리한다.

살려 주세요. 선생님은 그렇게 할 수 있고, 할 것이며, 하셔야 합니다.

**레드페니.** [*비상이라는 온갖 시늉을 다하고 들어오며*] 병원에서 전화가 왔는데, 한 환자가 생사를 다툰다며 즉시 들어오시랍니다. 차가 대기 중입니다.

**리전.** [*참을성 없이*] 아, 헛소리, 나가게. [*엄청 화나서*] 어쩌자고 이렇게 나를 방해하는가?

**레드페니.** 그렇지만-

**리전.** 쯧! 내가 업무 중인 게 안 보이나? 나가봐.

**레드페니.** [*어리둥절해서 사라진다*].

**두비댓 부인.** [*일어서며*] 선생님, 가시기 전에 잠깐만-

**리전.** 앉으세요. 아무것도 아닙니다.

**두비댓 부인.** 하지만 환자가. 저이가 환자가 생사를 다툰댔어요.

**리전.** 아, 그 사람은 지금쯤 죽었을 겁니다. 신경 쓰지 마세요. 앉으세요.

**두비댓 부인.** [*앉으며 힘이 빠져서*] 아, 당신들은 아무도 신경 쓰지 않는군요. 사람들이 죽는 걸 매일 보니.

**리전.** [*그녀를 다독이며*] 말도 안 됩니다. 아무 일도 아닙니다. 제가 저 사람한테 들어와서 그렇게 말하라고 시켰습니다. 제가 당신을 쫓아내고 싶어 하는 상황을 생각했으니까요.

**두비댓 부인.** [*거짓말이라는 데 충격을 받으며*] 아!

**리전.** [*계속하며*] 그렇게 어리둥절한 표정을 짓지 마십시오. 아무도 죽는 사람이 없으니.

**두비댓 부인.** 제 남편이.

**리전.** [*정신을 차리고는*] 아, 그렇지요. 당신 남편을 잊었군요. 두비댓 부인, 당신은 저한테 아주 심각한 걸 하라고 요청하시는 겁니다.

**두비댓 부인.** 저는 한 위대한 남자의 목숨을 살려 달라고 요청하는 겁니다.

**리전.** 당신 남편 대신에 다른 사람을 죽이라고 요청하시는 겁니다. 제가 다른 환자를 받아들이면 어쩔 수 없이 이전 환자 한 명을 보통의 치료로 되돌려 보내야 하기 때문입니다. 자, 저는 그 일을 피하지 않습니다. 저는 전에도 그렇게 해야 했던 적이 있습니다. 만약 당신 남편의 목숨이, 지금 제가 구하게 될 사람들 중에 최악인 인물의 목숨보다 더 소중하다는 걸 저한테 납득시켜 준다면 저는 그 일을 다시 할 겁니다. 하지만 당신이 먼저 저를 납득시켜야 합니다.

**두비댓 부인.** 그 사람이 그 그림들을 그렸어요. 그게 가장 잘 그린 건 아니에요. 최고라고 할 순 없어요. 정말로 최고인 건 가지고 오지 않았습니다. 아주 소수의 사람들만 좋아할 그림이어서요. 그는 스물세 살입니다. 그의 한평생이 앞에 있습니다. 제가 그 사람을 데려와도 될까요? 그이하고 얘기해 보지 않으실래요? 그일 몸소 만나 보지 않으실래요?

**리전.** 남편이 리치먼드의 스타 앤드 가터 호텔로 저녁 드시러 올 만큼 충분히 괜찮습니까?

**두비댓 부인.** 아 그럼요. 그런데 왜죠?

**리전.** 말씀드리죠. 저는 기사서훈을 자축하기 위해 옛친구들을 만찬에 초대하는 중입니다. 신문에서 관련내용을 읽으셨지요?

**두비댓 부인.** 예, 아 그래요. 거기서 제가 선생님을 알아낸 겁니다.

**리전.** 의사들의 만찬이 될 겁니다. 그런데, 애초엔 독신 남자들을 위한 만찬으로 계획한 겁니다. 저는 독신입니다. 그럼, 혹시 저를 위해 손님들을 접대하는 일을 맡아준다면 남편을 데려오십시오. 그는 나뿐만 아니라, 내 전문분야에서 가장 유명한 사람들인 패트릭 컬런 경과 랠프 블룸필드 경, 커틀러 월폴 외에도 더 만나게 될 겁니다. 저는 이 사례를 그분들에게 제시할 수 있습니다. 그런데, 일의 성공 여부는 우리가 댁의 남편을 어떻게 판단하느냐에 달렸습니다. 오시겠습니까?

**두비댓 부인.** 예, 물론 갈 겁니다. 아, 감사해요, 감사합니다. 그런데, 그 사람의 그림 몇 점을 가져와도 될까요? 정말 좋은 걸로요.

**리전.** 그러세요. 날짜를 내일 중에 알려드리겠습니다. 주소를 남겨 주세요.

**두비댓 부인.** 다시, 또다시 감사합니다. 저를 너무 행복하게 만들어 주셨습니다. 저는 선생님이 그이를 칭송하고 좋아하게 될 걸 압니다. 제 주솝니다. [*그녀가 그에게 카드를 내민다*].

**리전.** 감사합니다. [*그가 종을 울린다*].

**두비댓 부인.** [*난처하여*] 제가, 해야 할, 제 말은-[*그녀가 얼굴을 붉히다가 당황하여 그만둔다*].

**리전.** 무슨 일입니까?

**두비댓 부인.** 오늘 진찰비는?

**리전.** 아, 제가 그걸 잊었군요. 화가가 가장 좋아하는 모델을 그린 이 아름다운 그림 한 점을, 치료까지 포함해서 모든 비용을 대신하는 걸로 치면 어떻습니까?

**두비댓 부인.** 정말 관대하시군요. 감사합니다. 저는 선생님께서 그 사람을 치료하실 줄 압니다. 안녕히 계세요.

**리전.** 그러겠습니다. 안녕히 가십시오. [*그들이 악수한다*] 그런데, 아시겠지만 결핵은 전염됩니다. 매사에 조심하시길 바랍니다.

**두비댓 부인.** 잊을 것 같지는 않습니다. 호텔에선 우리를 나환자 대하듯 하니까요.

**에미.** [*문에서*] 자, 새댁, 이 양반을 구워삶았나요?

**리전.** 그래요. 문까지 안내해드리고 말조심해요.

**에미.** 잘 했어요, 착한 젊은이. [*그녀가 두비댓 부인과 나간다*].

**리전.** [*혼자서*] 무료 진찰에, 치료 보장이라*. [*그가 크게 한숨을 내쉰다*].

---

* 앞에서 그가 슈츠마하와 주고받은 말이다.

# 제2막

리치먼드의 스타 앤드 가터 호텔 테라스에서의 만찬이 끝날 무렵. 구름 한 점 없는 여름 밤, 길게 이어진 선로 위의 기차가 멀리서 간간이 내는 기적과, 계곡 아래 템스 강에서 규칙적으로 들려오는 노 젓는 소리만이 정적을 깬다. 식사는 끝났다. 여덟 좌석 중 셋이 비었다. 전망을 등진 패트릭 경이 정사각형 식탁의 상석에 리전과 나란히 앉았다. 그들의 맞은편 두 좌석은 비었다. 그들의 오른편 옆자리가 빈 덕분에 그 옆에서 비비가 편안한 자세로 달빛을 행복에 겨운 듯 받는다. 그들의 왼편에는 슈츠마하와 월폴이 앉았다. 호텔의 입구는 그들의 오른편 즉 비비의 뒤에 있다. 다섯 사람은 음식은 양껏 먹었으나, 와인은 다 마시진 않았으며, 조용히 커피와 담배를 즐기는 중이다.

두비댓 부인이 출발을 위해 겉옷을 감싸 입고는 들어온다. 패트릭 경을 제외하고는 모두 일어선다. 하지만 그녀가 상석의 맞은편 자리 중 하나 즉, 비비의 옆을 차지하자 사람들이 다시 앉는다.


**두비댓 부인.** [들어오며] 루이스는 곧 올 거예요. 블렌킨솝 선생님께 전화가 어떻게 작동하는지를 설명하고 있습니다. [그녀가 앉는다] 아, 저희가 가야 해서 죄송합니다. 이 아름다운 밤에 먼저 일어서게 되어 정말 유감입니다. 그리고 저희는 아주 즐거운 저녁을 보냈답니다.

**리전.** 반시간 더 계셔도 두비댓 씨한테 해가 될 것 같진 않은데요.

**패트릭 경.**  이제 그만하게, 콜리, 그만, 그만, 절대 안 되네. 남편을 집
　으로 데려가세요, 두비댓 부인. 열한 시 전에 잠자리에 들게 하세요.

**비비.**  그래, 그래요. 열한 시 전에 잠자리에. 정말 옳아, 정말 옳아요.
　아름다운 숙녀인 당신을 보내게 되어 아쉽습니다. 하지만 패트릭 경
　의 말씀은 어- 타이어와 시돈*의 법이지요.

**월폴.**  제 차로 두 분을 댁까지 모시겠습니다.

**패트릭 경.**  안 돼. 자넨 부끄러운 줄 알아야 해, 월폴. 두비댓 부부를
　역까지만 모셔드리게. 밤중에 개방형 차로 가기엔 집은 너무 멀어.

**두비댓 부인.**  아, 기차가 제일 낫겠어요.

**리전.**  그럼, 두비댓 부인, 저희는 아주 즐거운 저녁을 보냈습니다.

**월폴.**  ]{  아주 즐거웠지요.

**비비.**  ]{  즐겁고, 매력적이고, 잊을 수 없지요**.

**두비댓 부인.**  [약간 수줍기도 하고 걱정되기도 해서] 루이스에 대해 어
　떻게 생각하세요? 혹시 제가 여쭤보면 안 되나요?

**리전.**  안 되다니요! 물론, 우리는 모두 그 사람한테 매료되었답니다.

**월폴.**  즐거웠지요.

**비비.**  그와 함께해서 아주 행복했습니다. 영광, 정말 영광이었지요.

**패트릭 경.**  [툴툴거린다]!

**두비댓 부인.**  [재빨리] 패트릭 경, 선생님께선 그 사람을 불편하게 여

---

*　타이어와 시돈(Tyre and Sidon): 레바논의 해변에 위치한 두 도시로서 페니키아의 중
　심도시였다. 이들은 강력한 법체계와 상업적 영향력으로 유명했다. 이 표현은 '여기선
　패트릭 경의 의학적 조언이 타이어와 시돈의 법처럼 절대적이고 불가침하다'는 뜻이
　다. 마태복음 제15장 21절, '예수께서 거기서 나가사 두로와 시돈 지방으로 들어가시
　니'의 두로가 타이어 혹은 티레이다.
**　이상의 두 대사를 배우들이 동시에 말한다는 뜻이다.

기시나요?

**패트릭 경.** [예의바르게] 나는 그 사람의 그림에 크게 탄복했습니다, 부인.

**두비댓 부인.** 예, 하지만 제 뜻은-

**리전.** 아주 행복한 마음으로 가셔도 됩니다. 그 사람은 구할 가치가 있습니다. 그래야 하고 그럴 겁니다.

*두비댓 부인은 일어서며 기쁨과 안심, 고마움으로 숨이 막힌다. 패트릭 경과 슈츠마하를 빼곤 모두 일어서서 안심시키는 뜻으로 그녀에게 다가온다.*

**비비.** 그렇고말고, 그렇고-말고.

**월폴.** 해야 할 일을 알기만 하면, 전혀 어려울 게 없습니다,

**두비댓 부인.** 아, 어떻게 감사드려야 할지요! 오늘밤부터는 마침내 저는 행복할 수 있겠어요. 여러분은 지금 제 기분을 모르실 거예요.

*그녀가 눈물을 쏟으며 앉는다. 그들이 그녀를 위로하기 위해 몰려든다.*

**비비.** 이 아리따운 숙녀께서, 그만, 그만! 그만, 그만! [아주 설득력 있게] 그만, 그만!

**월폴.** 우리 신경 쓰지 말고 마음놓고 우세요.

**리전.** 안 돼요, 울지 마세요. 당신 남편은 우리가 자기에 대해 얘기하는 걸 모르는 게 나아요.

**두비댓 부인.** [재빨리 정신을 차리고] 안 되죠, 물론 안 돼요. 제발 저는 신경 쓰지 마세요. 의사가 된다는 건 얼마나 영예로운 일인가요! [사람들이 웃는다]. 웃지 마세요. 여러분께선 저에게 얼마나 큰일을 해 주었는지 모르실 거예요. 저는 지금까지 얼마나 끔찍하게 두려웠는지도, 얼마나 최악의 상황을 두려워하게 됐는지도 알지 못했답니다. 감히 스스로 알아내려고도 하지 않았습니다. 하지만 이제 안심이 되니, 이제야 알겠네요.

*루이스 두비댓은 외투를 걸치고, 목에는 숄을 두르고 호텔에서 온다. 그는 호리호리한 23세의 청년이다. 신체적으론 여전히 애송이인데, 예쁘긴 하지만 여자처럼 생긴 건 아니다. 그는 청록색 눈동자를 가졌다. 이 눈으로 상대의 얼굴을 똑바로 바라보는 습관이 있는데, 이게 솔직한 미소와 합쳐져 사람의 마음을 끌어당긴다. 그는 아주 신경과민이긴 하지만 주의깊고 이해가 빠르며 전혀 수줍어하지 않는다. 그가 제니퍼보다 젊지만 당연히 그녀를 보호해 준다. 의사들은 그를 조금도 불편하게 하지 않는다. 패트릭 경의 연로함도 블룸필드 보닝턴의 위엄도 그에게 전혀 영향을 미치지 않아서 그는 자연스럽기가 고양이 같다. 그는 대부분의 남자들이 물건들 사이에서 처신하듯이 남자들 사이에서 처신한다\*. 오늘 같은 경우, 그는 의도적으로 남들을 상냥하게 대하고 있지만 말이다. 그는 자신을 잘 돌보기 때문에 신뢰받을 수 있는 사람처럼, 함께 자리한 사람들로부터 환영받는다. 그는 예술가로서 상상력을 자극하는 능*

---

\* 루이스가 남자들 사이에서 매우 자연스럽고 자신감 있게 행동하며, 남자들을 물건 다루듯이 편안하게 대한다는 것을 의미한다.

력을 가졌기 때문에, 모든 종류의 자질과 능력을 갖춘 사람으로 인정받는다. 실제로 그가 그러한 자질과 능력을 가지고 있는지 여부와는 상관없이 말이다.

**루이스.** [리전의 의자 뒤에서 장갑을 끼면서] 이제, 지니-귀니*, 차가 도착했어요.

**리전.** 왜 남편이 당신의 아름다운 이름을 망치도록 내버려두십니까, 두비댓 부인?

**두비댓 부인.** 아, 중요한 순간에 저는 제니퍼랍니다.

**비비.** 자네는 독신남일세. 자넨 이런 걸 이해하지 못해, 리전. 나를 보게. [그들이 바라본다] 나도 이름이 둘이야. 집안에 근심이 있는 경우, 난 단지 랠프야. 햇살이 비치듯 행복할 때면, 난 비들-디들-덤킨이라네. 그런 게 결혼생활이지! 두비댓 씨, 떠나기 전에 부탁 하나 해도 될까요? 당신이 나를 스케치해준 이 메뉴카드 아래쪽에 사인해 주시겠소?

**월폴.** 그래요. 나도 해 주시오, 괜찮으면 말이오.

**루이스.** 물론이죠. [그가 앉아서 카드들 위에 사인한다].

**두비댓 부인.** 슈츠마하 선생님 것도 해 드리지 않을래요, 루이스?

**루이스.** 슈츠마하 선생님은 자기의 초상을 좋아하지 않으시는 것 같아. 그걸 찢어 버릴 거야. [그가 식탁을 가로질러 팔을 내뻗어 슈츠마하의 메뉴 카드를 가져와선 찢어 버릴 참이다. 슈츠마하는 미동도 않

---

* 지니-귀니(Jinny-Gwinny): 루이스가 콘월 식 이름인 Jennifer(제니퍼)와 그 잉글랜드 식 발음인 Guinevere(귀너비어)를 섞어 아내를 부르는 애칭.

는다].

**리전.** 아니, 아니요. 루니가 원치 않으면 내가 갖겠소.

**루이스.** 기꺼이 선생님을 위해 사인해 드리겠습니다. *[그가 사인해서 리전에게 건넨다]* 오늘밤 이 강에 대한 약간의 기록을 해 두었습니다. 그게 장차 멋진 걸로 발전할 겁니다. *[그가 포켓 스케치북을 보여 준다]* 전 이걸 은빛 다뉴브강이라고 부를까 합니다.

**비비.** 아, 멋져, 멋져요.

**월폴.** 아주 예쁘군요. 당신은 파스텔화에 명인이군요.

*루이스가 기침을 하는데, 처음엔 겸손으로 하더니* * *다음엔 결핵 때문에 한다.*

**패트릭 경.** 이젠 그럼, 두비댓 씨, 당신은 밤바람을 너무 많이 쐬었어요. 그를 집으로 데려가세요, 부인.

**두비댓 부인.** 그래요. 오세요, 루이스.

**리전.** 겁먹지 마세요. 신경 쓰지 마세요. 내가 기침을 낫게 해 줄 거요.

**비비.** 우리가 식세포를 자극해 주겠습니다. *[동정심이 우러나서, 그녀와 악수하며]* 안녕히 가세요, 두비댓 부인. 잘 가세요. 안녕히.

**월폴.** 만일 식세포가 실패하면 나한테 와요. 내가 회복시켜 주겠소.

**루이스.** 안녕히 계세요, 패트릭 경. 여러분을 뵙게 되어 행복했습니다.

**패트릭 경.** 잘 가요 *[반은 툴툴거리며]*.

---

* 유럽, 특히 영국에선 칭찬을 받는 사람은 약간의 기침을 하는 것이 흔한 제스처이다. 이는 칭찬에 대한 겸손한 반응을 나타내며, 때로는 약간의 당혹감이나 부끄러움을 표현하는 방법이기도 하다.

**두비댓 부인.** 안녕히 계세요, 패트릭 경.

**패트릭 경.** 옷으로 몸을 꼭 싸매세요. 당신의 폐가 남편 거보다 낫다
는 이유로 쇠로 만들어진 거라고 생각하진 마세요. 잘 가세요.

**두비댓 부인.** 감사합니다. 감사해요. 저를 아프게 하는 건 없습니다.
안녕히 계세요.


*루이스가 슈츠마하에게는 눈인사도 않고 호텔을 거쳐 나간다. 두비댓*
*부인은 머뭇거리다가 그에게 허리를 굽혀 인사한다. 슈츠마하도 일어*
*서서 정중하게 독일식으로 인사한다. 그녀는 리전의 배웅을 받아 나간*
*다. 나머지는 의자를 다시 차지하고는 곰곰이 생각에 잠기거나 조용히*
*담배를 피운다.*


**비비.** [음악적으로] 귀-여운 한 쌍! 매력적인 여인! 재능을 타고난 청
년! 비범한 재능! 우아한 몸매! 완벽한 저녁! 엄청난 성공! 흥미 있
는 환자! 영예로운 밤! 절묘한 풍경! 최고급 만찬! 자극적인 대화!
편안한 산책! 좋은 와인! 행복한 결말! 감동적인 감사 인사! 운 좋은
리전!

**리전.** [돌아오다가] 무슨 소린가? 나 불렀나, 비비? [그는 패트릭 경 옆
*의 자기 자리로 되돌아간다].*

**비비.** 아니, 아니야. 가장 성공적인 밤에 대해 자네에게 축하하는 걸
세. 매혹적인 여인이야! 철저한 예의범절! 상냥한 천성! 품위 있는-


*블렌킨숍이 호텔에서 들어와 리전 옆의 빈자리에 앉는다.*

**블렌킨솝.** 이렇게 떠나게 되어 안 됐네만 경찰서로부터 전화 연락이 왔어. 우리 동네 철도 건널목에서 우유배달부의 신체 절반이 발견 되었는데, 그의 호주머니에서 내 처방전이 나왔다는군. 두비댓 씨는 어디 갔나?

**리전.** 갔어.

**블렌킨솝.** [일어서며, 매우 창백해져서] 갔다고!

**리전.** 방금 전에-

**블렌킨솝.** 아마도 그를 따라잡을 수 있겠-[그가 호텔로 달려간다].

**월폴.** [그를 부르며] 그 사람은 차를 탔으니 수 마일은 갔을 걸, 친구. 자넨 할 수-[포기하며]. 소용없군.

**리전.** 정말 좋은 사람들입니다. 저는 남편이 끔찍하게 천한 사람으로 드러날까 걱정했다는 걸 고백합니다. 하지만 부인이 나름으로 매력 적이듯이, 그도 나름으로 그렇더군요. 그가 천재란 것도 틀림없고 요. 정말로 구할 가치가 있는 환자를 만나서 다행입니다. 누군가 다른 사람이 떠나야 할 겁니다. 하지만 아무튼 더 나쁜 사람*을 찾기는 쉬울 겁니다.

**패트릭 경.** 자네가 어찌 아는가?

**리전.** 자, 패디 경. 툴툴거리지 마시고요. 와인 더 드시죠.

**패트릭 경.** 고맙네만, 사양하겠네.

**월폴.** 두비댓한테서 뭐 안 좋은 거라도 보이던가, 비비?

**비비.** 아, 매력적인 청년이더군. 게다가, 결국은, 그 사람한테 무슨 문제가 있겠어? 그 사람을 보게. 그 사람한테 무슨 문제가 있겠나?

---

* 더 나쁜 사람(a worse man)이란 목숨을 구할 가치가 루이스보다 못한 사람을 일컫는다.

**패트릭 경.** 어느 남자건 문제가 될 수 있는 게 두 가지 있지. 하나는 돈 문제고, 다른 하나는 여자 문제지. 이 두 가지에 대한 평판을 알기 전엔 그 남자에 대해 아무것도 모르는 걸세.

**비비.** 아, 냉소적이군, 냉소적이야.

**월폴.** 돈에 관한 한 그 사람은 괜찮습니다. 아무튼 당분간은 말입니다. 식사 전에 그가 재정 곤란으로 예술가가 받는 압박감에 대해 솔직히 말하더군요. 그는 자신이 나쁜 습관도 없고 매우 검약하지만, 한 가지 낭비에 대해선 감당할 여유도 없으면서 버텨낼 도리가 없다더군요. 그게 자기 부인을 예쁘게 입히는 거랍니다. 그래서 제가 "20파운드를 빌려줄 테니 돈이 생기면 갚아요"라고 직설적으로 말해줬습니다. 그 사람이 그걸 정말로 엄청 반기더군요. 그는 사나이답게 제안을 받아들였고요. 그래서 저는 그 불쌍한 젊은이가 행복해하는 모습을 보게 되어 기뻤습니다.

**비비.** [*월폴의 말을 점점 더 불안해하며 듣더니*] 하지만-하지만-하지만-그게 언제였는지 물어봐도 되겠나?

**월폴.** 강가에서 자네들과 합류했을 때지.

**비비.** 하지만, 친애하는 월폴, 그 사람은 방금 전에 나한테도 10파운드를 빌렸다네.

**월폴.** 뭐라고!

**패트릭 경.** [*툴툴거린다*].

**비비.** [*너그럽게*] 자, 자, 그건 거의 빌린 거라고 할 수 없네. 자기가 돈을 언제 갚을 수 있는지 모른다고 말해 줬기 때문이네. 난 거절할 수 없었어. 두비댓 부인이 나한테 호감을 가진 듯 보였다네.

**월폴.** [재빨리] 아니야, 나한테 그랬다고.

**비비.** 분명히 아닐세. 우리 사이에 자네 이름이 언급된 적은 없었어. 그는 자신의 일에 너무 몰두하느라 부인을 오래 동안 홀로 두어야 한다네. 물론 그 불쌍하고 순진한 친구는 내 처지도, 내가 얼마나 바쁜지도 모르더군. 실은 그는 내가 때로 자기네 집을 방문해서 부인과 얘기하길 바랐다네.

**월폴.** 정확히 나한테 한 말일세.

**비비.** 흥! 흥! 흥! 정말로, 짚고 넘어가야겠군. [훨씬 불안해져서, 그가 일어서서 부아가 치밀어 전망을 응시하며 계단 난간을 오른다].

**월폴.** 이보게, 리전! 이게 바로 심각해 보이기 시작하는 지점이라네.


*블렌킨솝이 매우 불안하고 처량한 모습이지만 태연한 척하며 들어온다.*


**리전.** 그래서, 그 사람을 따라잡았나?

**블렌킨솝.** 아니야. 그처럼 갑자기 뛰어나가서 미안하네. [그가 상석의 맞은편 즉, 비비의 옆자리에 앉는다].

**월폴.** 무슨 문제라도?

**블렌킨솝.** 아, 아닐세. 하찮기도 하고 우습기도 하고. 어쩔 수 없는 일이지. 신경 쓰지 말게.

**리전.** 두비댓에 관한 문젠가?

**블렌킨솝.** [거의 무너져서] 내 마음속에 담아 둘 일인 줄 안다네. 자네한텐 말할 수 없어, 리전. 자네한테 온갖 친절한 대접을 받고도, 내 곤궁한 처지를 만찬 자리까지 끌고 오는 게 너무 부끄럽다네. 자네가 나를 다시 초대하지 않을까 봐 염려하는 건 아니네만 이건 너무 부끄러워. 게다가 난 모든 근심거리는 미뤄 두고, 옛 시절처럼 격식을 차려 입은(그가 입은 옷은 보다시피 볼품이 있다) 하루 저녁을 너무나 기다려 왔다네.

**리전.** 그런데 무슨 일인가?

**블렌킨솝.** 아, 아무것도 아닐세. 너무 우스운 일이야. 난 이 작은 소풍을 위해 4실링을 긁어모았다네. 그리고 여기 오는 데에 1실링 4펜스가 들었고. 그런데, 두비댓이 반 크라운을 빌려달라더군. 자기 부인이 겉옷을 맡겨둔 곳의 여종업원에게 줄 팁에다 보관비용으로 필요하다면서 말일세. 부인이 자기 지갑을 가지고 있으니 5분 동안만 필요하다면서. 그래서 물론 난 빌려주었지. 그런데 그가 갚는 걸 잊어버렸어. 난 이제 남은 게 2펜스뿐이야.

**리전.** 아, 그건 신경 쓰지 말게-

**블렌킨솝.** [그를 *단호히 가로막으며*] 아닐세. 자네가 뭘 말하려는지 알지만 난 그걸 받을 수 없네. 난 단 한푼도 빌려 본 일이 없다네. 결코 그러지도 않을 거고. 나한텐 친구밖에 남은 게 없어. 난 결코 벗을 팔지 않을 거야. 만약 친구들이 나를 만날 때마다 내가 5실링을 빌리기 위해 친절을 베푸는 게 아닌가 하고 두려워한다면, 나는 모든 것이 끝장이라네. 콜리, 내가 낡은 옷을 입은 채 길거리에서 자네와 이야기하느라 자네를 창피하게 만들 바에는 차라리 자네의 헌 옷을 받겠네. 하지만 돈을 빌리지는 않겠네. 2펜스만큼은 기차를 타고 나머지는 걸어가겠네.

**월폴.** 자넨 온전히 내 차로 가면 되네. [*사람들이 모두 크게 안심하게*

되자, 월폴은 고통스러운 화제에서 벗어나기 위해 서둘러 덧붙인다]
그 사람이 당신한테 받아간 건 있습니까, 슈츠마하 씨?

**슈츠마하.** [부정하기 위해 아주 분명하게 고개를 흔든다].

**월폴.** 제가 보기엔 당신은 그의 그림을 인정하지도 않더군요.

**슈츠마하.** 아, 아닙니다, 전 인정합니다. 저는 그 스케치를 정말로 간직하고 싶었고, 거기에 사인도 받고 싶었습니다.

**비비.** 그런데 왜 그러지 않았소?

**슈츠마하.** 자, 사실은, 제가 두비댓과 합류했을 때, 그가 월폴 씨와 대화를 나눈 후였는데, 그가 유대인은 예술에 대해 제대로 아는 유일한 민족이라고 말하더군요. 게다가 그의 표현을 그대로 옮기자면, 당신네 속물들의 헛소리*를 참아 내야 했지만 자기를 정말 기쁘게 한 것은 제가 자기 그림에 대해 해 준 말이라고도 하더군요. 또한 자기 부인이 제 식견에 크게 반했다고도, 늘 유대인을 칭찬했다고도 했습니다. 그다음엔 자기 그림을 담보로 50파운드를 빌려달라고 부탁하더군요.

| | | |
|---|---|---|
| **비비.** | | 아니야, 안 돼. 정말로! 진정으로! |
| **월폴.** | [모두가 | 뭐라고! 오십을 더! |
| **블렌킨솝.** | 함께 외치며] | 그걸 생각해 보세요! |
| **패트릭 경.** | | [툴툴거리며]! |

---

* 속물들의 헛소리(Philistine twaddle): 필리스틴은 필리스틴 사람이니 옛날 팔레스타인의 남부에 살던 민족으로 유대인의 적이다. 성경엔 블레셋 사람으로 나온다. 유대인으로부터는 교양이나 문화가 낮은 족속 즉, 속물로 취급받았다. 삼손의 머리카락을 자른 데릴라도 블레셋 사람이다. 두비댓이 유대인인 슈츠마하를 칭찬하기 위해 남들을 깎아내린 것이다.

**슈츠마하.** 물론 저로선 낯선 이에게 그렇게 돈을 빌려줄 수는 없었지요.

**비비.** 아니라고 말할 능력을 가진 당신이 부럽습니다, 슈츠마하 씨. 물론, 젊은이에게 그런 식으로 돈을 빌려줘선 안 된다는 걸 알았습니다만 나는 단지 거절할 용기가 없었습니다. 정말 거절할 수 없었겠죠, 그렇죠?

**슈츠마하.** 전 그걸 이해할 수 없습니다. 저는 정말 돈을 빌려줄 수 없다는 걸 느꼈습니다.

**월폴.** 그 사람이 뭐라던가요?

**슈츠마하.** 글쎄, 그는 유대인이 신사의 감정을 이해하지 못한다면서 주제넘은 말을 하더군요. 단연코, 당신네 이방인들은 만족시키기가 무척 어려운 분들이더군요. 우리가 돈을 빌려줘도 신사가 아니라고 말하고, 돈을 빌려주길 거절해도 같은 말을 하지요*. 제가 경우 없게 처신하려는 뜻이 아닙니다. 제가 그 사람에게 말했듯이, 그가 유대인이었더라면 돈을 빌려주었을 겁니다.

**패트릭 경.** [툴툴거리며] 그러니 그 사람이 뭐라던가요?

**슈츠마하.** 아, 그는 저를 설득하기 시작했지요. 자기는 선택받은 사람 중 하나라며, 자신의 예술적 재능이 그걸 입증했다더군요. 게다가 자기 이름이 제 것만큼 이국적**이라고도 했어요. 사실은 50파운드가 필요하지도 않았고 농담일 뿐이었다면서, 바랐던 건 오직 2파운드였다더군요.

**비비.** 아니, 아니죠. 슈츠마하 씨. 마지막 말은 지어낸 말이겠죠. 진

---

* 유대인이 돈을 빌려주면 이자가 탐나서 빌려준다고 비난하고, 안 빌려주면 인색하다고 비난하니, 유대인은 이러나저러나 욕먹는다는 뜻이다.
** 루이스 두비댓(Louis Dubedat)의 프랑스어 발음은 '루이 뒤베다'에 가깝다.

지하게 말해 주시겠소?

**슈츠마하.** 아닙니다. 두비댓 씨 같은 신사에 대한 이야기를 있는 그 대로보다 더 잘 지어낼 수는 없습니다.

**블렌킨솝.** 당신네 두 사람은 정말로 서로를 돕는군요. 선택받은 사람들*이니 말입니다, 슈츠마하 씨.

**슈츠마하.** 전혀 아닙니다. 개인적으로 나는 유대인보다는 영국 사람들을 더 좋아하며 늘 그들과 어울려왔습니다. 그건 자연스럽습니다. 왜냐하면 내가 유대인이므로 유대인은 나한테 흥미로울 게 없는 반면에, 영국인한테는 늘 흥미롭고 이국적인 무언가가 있기 때문입니다. 하지만 돈 문제라면 이야기가 아주 다릅니다. 아시다시피, 영국인이 돈을 빌리면, 자기가 알고 신경 쓰는 것은 돈이 필요하다는 사실뿐이지요. 돈을 얻기 위해선 무엇에든 서명을 할 겁니다. 서명이 무슨 뜻인지 전혀 이해하지도 못하고, 일이 잘못되었을 경우 합의를 이행할 의사도 없이 말입니다. 사실, 그러한 상황에서 영국 사람은 합의사항을 이행하라는 말을 들으면 상대를 비열한 사람이라고 여깁니다. 아시겠지만, 베니스의 상인과 같은 사람이라고 말이죠. 하지만 유대인이 합의서를 만들면, 자신은 그걸 정말로 이행할 의향이 있으며, 상대도 그걸 이행하기를 기대하지요. 유대인이 일시적으로 돈이 필요하면, 돈을 빌리고 그 기간이 끝나면 갚아야 한다는 것을 압니다. 만약 자신이 돈을 갚을 수 없다는 걸 알게 되면, 그

---

\* 선택받은 사람들: 두비댓은 앞에서 스스로 선택받았다고 말했고, 슈츠마하는 유대인이므로 인종, 종교, 문화적으로 선택받은 사람들로 그 민족이 자처하니 한 말이다. 두 사람이 서로를 돕는다는 말은 서로가 상대를 잘 이해하고 대변한다는 뜻이 담겼다. 두 가지 모두 빈정대는 뜻으로 한 말이다.

걸 거저 달라고 애원이라도 합니다.

**리전.** 이런, 루니! 유대인 중에는 사기꾼이나 도둑이 없다는 뜻인가?

**슈츠마하.** 아, 전혀 그런 뜻이 아닐세. 하지만 난 죄인들에 대해 얘기하는 게 아니라네. 나는 정직한 영국인과 정직한 유대인을 비교하는 중이었다네[*].

호텔의 하녀 중 하나가 아주 살그머니 호텔에서 온다. 금발이며, 25세쯤인 참한 여인이 리전에게 다가와서 말을 건다.

**하녀.** 실례해도 될는지요, 손님-

**리전.** 뭐라고요?

**하녀.** 실례하겠습니다, 손님. 호텔에 관한 얘기가 아닙니다. 저는 이 테라스에 와선 안 됩니다. 손님께 말을 건 게 눈에 띄면 저는 쫓겨납니다. 손님께서 자동차가 역에서 돌아왔는지 물으려고 저를 불렀다고 말해 줄 만큼 친절하지 않으시다면 말입니다.

**월폴.** 차는 왔나요?

**하녀.** 예, 손님.

**리전.** 그런데, 바라는 게 뭡니까?

**하녀.** 괜찮으시면, 손님, 식사 중 함께 계시던 신사의 주소를 가르쳐 주실 수 있습니까?

**리전.** [날카롭게] 안 됩니다, 물론 전혀 괜찮지가 않지요. 당신은 요청

---

[*] 슈츠마하가 영국인들이 신용이 없다고 해놓고 정직한 영국인들 이야기라고 했으니, 영국인으로선 불명예스러운 말이다.

할 권리가 없어요.

**하녀.** 예, 손님. 제가 알기에도 그럴 것 같습니다. 하지만 전 어떡하면 좋습니까?

**패트릭 경.** 무슨 일이요?

**하녀.** 아무것도 아닙니다, 손님. 저는 주소를 원합니다. 그거면 됩니다.

**비비.** 그 젊은 신사 말이지요?

**하녀.** 예, 손님. 함께 오신 여인과 같이 기차 타러 가신 분요.

**리전.** 그 여인! 여기서 식사한 그 숙녀를 말하는 겁니까? 그 신사의 부인?

**하녀.** 그 사람들을 믿지 마세요, 손님. 그녀가 부인일 수는 없습니다. 제가 부인입니다.

**비비.** 〕〔 [놀라서 이의를 *제기하며*] 대단한 아가씨군!

**리전.** 〕〕 당신이 그 사람 부인이라고!

**월폴.** 〕〔 뭐라고! 그게 무슨 소리야? 아, 이거 완전 재미있게 되어가 는군, 리전.

**하녀.** 일 분이면 위층에 뛰어가서 혼인증명서를 가져다 드릴 수 있습니다, 손님. 제 말이 못 미더우시면 말입니다. 그 사람은 루이스 두비댓 씨 맞지요?

**리전.** 그렇소.

**하녀.** 자, 손님, 믿으시건 아니건, 저는 합법적인 두비댓 부인입니다.

**패트릭 경.** 그런데 왜 남편과 함께 살지 않습니까?

**하녀.** 우리는 그럴 형편이 못 되었습니다, 손님. 저는 30파운드를 모았는데 신혼여행 3주 만에 다 써버렸습니다. 그러고도 그 사람은 더 많이 빌렸습니다. 그래서 전 일하러 되돌아왔고, 남편은 그림 일을 구하러 런던으로 가서는 저한테 글 한 줄도, 주소도 보내지 않은 겁니다. 그를 다시는 본 적도, 들은 소식도 없습니다. 여인과 함께 차를 타고 떠나는 모습을 창문으로 보기 전까지는 말입니다.

**패트릭 경.** 그럼, 하여간 부인이 둘인 셈이군.

**비비.** 자, 정말이지 불공정하긴 싫지만, 우리 젊은 친구가 아주 경솔하다는 의심이 들기 시작하는군.

**패트릭 경.** 시작해! 자네는 그 인간이 빌어먹을 젊은 망나리라는 걸 알아내는 데 시간이 얼마나 더 걸려야 하겠나?

**블렌킨숍.** 아, 너무 모질군요, 패트릭 경, 너무 모지십니다. 물론 이건 중혼죄입니다만 그는 아직 무척 젊고, 그 여자는 정말 아리따워요. 월폴 씨, 당신의 맛있는 담배 하나 얻을 수 있습니까? [*그가 월폴의 옆자리로 옮겨 앉는다*].

**월폴.** 그럼요. [*그가 자신의 주머니를 더듬는다*] 아, 이런! 어디? [*갑자기 기억해 내며*] 이제 생각났군요. 담뱃갑을 두비댓한테 건넸는데 그가 돌려주지 않았어요. 금으로 만든 건데.

**하녀.** 그 사람이 무슨 해를 끼치려는 의도는 아니었습니다. 그 사람은 그런 일에 대해 전혀 생각이란 걸 하지 않습니다, 손님. 그 사람을 어디서 만날 수 있는지만 알려 주시면, 그걸 되찾아 드리겠습니다, 손님.

**리전.** 제가 어떡해야 합니까? 이 사람한테 주소를 줘요, 말아요?

**패트릭 경.** 자네 주소를 주게. 그다음엔 두고 보세. [*하녀에게*] 당분간은 그걸로 만족하셔야겠습니다. [*리전이 그녀에게 명함을 건넨다*] 이름이 뭡니까?

**하녀.** 미니 틴웰입니다, 손님.

**패트릭 경.** 자, 이 신사 전교로 남편한테 편지를 쓰세요. 그러면 배달될 겁니다. 이제 가 보세요.

**하녀.** 감사합니다, 손님. 제가 해 끼치는 걸 보실 일은 없을 겁니다. 감사합니다, 모든 신사 분들, 그리고 제 당돌함을 용서해 주세요.

*그녀가 호텔로 나간다. 그들이 그녀를 말없이 지켜본다.*

**리전.** [*그녀가 나가자*] 친구들, 우리가 두비댓 부인한테 이 젊은이의 목숨을 구해 주기로 약속한 일을 알고 있지?

**블렌킨솝.** 그 사람한테 뭐가 문젠가?

**리전.** 결핵이지.

**블렌킨솝.** 자네가 그걸 치료할 수 있다고?

**리전.** 그렇다고 믿네.

**블렌킨솝.** 그럼 나를 치료해 주면 좋겠네. 내 오른쪽 폐가 감염됐어, 말하게 되어 안 됐네만.

| | | |
|---|---|---|
| **리전.** | | 뭐라고! 자네 폐가 망가지고 있어? |
| **비비.** | | 친애하는 블렌킨솝, 자네 뭐라고 했는가? [*그가 블렌킨솝에 대한 염려로 가득차서 계단난간에서 돌아온다*]. |
| | [*모두 함께*] | |
| **패트릭 경.** | | 뭐라? 뭐라고? 그게 무슨 말이야? |
| **월폴.** | | 이봐, 그걸 가벼이 여겨선 안 되네, 알겠지만. |

**블렌킨숍.** [두 귀에 손가락들을 갖다 대면서] 아니, 아니야, 소용이 없어. 뭘 말하려는지 알아. 내가 다른 사람들한테 자주 한 말일세. 난 자신을 돌볼 형편이 안 되네. 그래서 그게 결론이지. 두 주간의 휴가가 내 생명을 구해 준다 한들 난 죽어야 할 거야. 남들이 그럭저럭 버텨야 하듯이 나도 그렇게 지낼 걸세. 알다시피, 우리 모두가 생 모리쯔나 이집트로 갈 수는 없지, 랠프 경. 그 점에 대해선 말 말게.

*난처한 침묵.*

**패트릭 경.** [툴툴거리며 리전을 눈여겨본다]!
**슈츠마하.** [자기의 시계를 들여다보며 일어선다] 가 봐야겠어. 아주 즐거운 저녁이었네, 콜리. 괜찮으면 내가 초상화를 간직하게 해 주게. 대가로 두비댓 씨에게 2파운드를 보내겠네.
**리전.** [그에게 메뉴 카드를 건네며 아, 그러지 말게, 루니. 그 사람이 그걸 반기지 않을 거라고 보네.
**슈츠마하.** 그럼, 물론 자네가 그 점에 대해 그렇게 느끼면, 하지 않겠네. 하지만 나는 자네가 두비댓을 이해한다고 생각하지 않네. 그러나 아마도 그건 내가 유대인이기 때문이라네. 안녕히, 블렌킨숍 선생 [악수하며].
**블렌킨숍.** 잘 가십시오, 선생님, 아니, 잘 가요.
**슈츠마하.** [나머지에게 손을 흔들며] 잘 계세요, 모두들.

월폴.
비비.
패트릭 경.　　　} 잘 가게
리전.

*비비가 인사를 여러 차례, 다양한 음악적 톤으로 반복한다. 슈츠마하가 나간다.*

**패트릭 경.**　우리 모두 움직여야 할 시간이군. [*그가 일어서서 블렌킨숍과 월폴 사이로 온다. 리전도 일어선다*] 월폴 씨, 블렌킨숍을 집에 데려다 주게. 이 사람은 오늘밤 야외치료를 충분히 받았네. 차에서 입을 두꺼운 외투를 가지고 왔는가, 블렌킨숍 선생?

**블렌킨숍.**　아, 호텔 사람들이 갈색 종이를 줄 겁니다. 가슴을 가려 줄 두꺼운 갈색 종이가 어떤 털외투보다 낫습니다.

**월폴.**　자, 가세. 잘 있게, 콜리. 자네도 우리와 같이 갈 거지, 비비?

**비비.**　그래, 나도 가네. [*월폴과 블렌킨숍이 호텔로 간다*] 잘 지내게, 내 친구 리전 [*사랑을 담아 악수하며*]. 자네의 흥미로운 환자와 그의 아주 매력적인 부인에 대한 이야기를 우리한테 남김없이 알려 주게. 알다시피, 우리는 그 사람을 너무 서둘러 판단해서는 안 되네. [*감동적인 어조로*] 자아---알 지내세요, 패디. 연로하신 분께도 축복이 있기를. [*패트릭 경이 툴툴거리는 소리를 약간 무섭게 낸다. 비비가 웃으며 너그럽게 그의 어깨를 토닥여준다*]. 안녕. 안녕. 안녕. 안녕히. [*그가 혼잣말로 인사하며 호텔로 들어간다*].

*그러는 동안 다른 사람들은 작별인사 없이 가 버렸다. 리전과 패트릭 경만 남았다. 리전이 생각에 잠겨서 패트릭 경에게 다가간다.*

**패트릭 경.** 자, 생명의 구세주 선생, 일이 어떻게 되겠나? 정직하고 예의바른 블렌킨숍인가, 아니면 타락한 망나니 예술가인가, 응?

**리전.** 판단하기 쉬운 문제가 아닙니다, 그렇지요? 블렌킨숍이 정직하고 예의바르긴 하지만 그 사람이 무슨 쓸모가 있습니까? 두비댓이 타락한 망나니이긴 하지만 그 사람은 멋지고, 즐겁고, 훌륭한 것의 진정한 원천입니다.

**패트릭 경.** 그 사람에 대해 알아내고 나면, 저 가련하고 죄 없는 부인* 한테 그 사람은 무엇의 원천이겠는가?

**리전.** 맞습니다. 그녀의 삶은 지옥이 될 겁니다.

**패트릭 경.** 게다가 이걸 말해 주게. 자네가 선택해야만 하는 입장이라고 생각해 보게. 인생을 살면서 모든 그림을 나쁘다고 여기고 모든 남녀를 좋다고 여기며 살 것인가, 아니면 모든 그림을 좋다고 여기고 모든 남녀를 나쁘다고 여기며 살 것인가, 중에서 어떤 걸 선택하

---

\* 가련하고 죄 없는 부인은 제니퍼를 말한다. 그녀가 남편의 진면목(돈 문제와 여자문제에 관한)을 알게 되었을 때 받을 충격을 두 사람은 염려한다.

겠나*?

**리전.** 그건 지독하게 어려운 질문이군요, 패디. 좋은 그림은 보기가 아주 즐거운 것이지요. 하지만 좋은 사람이 엄청나게 거슬릴 수도 있고, 해를 끼칠 수도 있습니다. 저로선 그중 어느 것 없이 살아가길 선호해야만 하는지 당장 답할 수가 없습니다.

**패트릭 경.** 자, 자! 내 앞에서 영리한 척하지 말게. 내가 나이를 헛먹은 게 아니야. 블렌킨솝이 그렇게 훌륭한 사람은 아닐세, 자네도 알다시피.

**리전.** 블렌킨솝이 두비댓만큼 그림을 그릴 수 있다면 더 간단할 겁니다.

**패트릭 경.** 두비댓이 블렌킨솝만큼 정직해도 여전히 간단할 걸세. 세상은 자네를 위해 단순해지지는 않을 거야, 젊은이. 세상을 있는 그대로 받아들여야 해. 자네는 블렌킨솝과 두비댓 사이에서 저울을 잡아야 하네. 공정하게 말일세.

**리전.** 이제 저로선 최대한 공정하게 할 겁니다. 저는 한 저울에는 두비댓이 빌린 모든 파운드를 담을 거고, 다른 저울에는 블렌킨솝이 빌리지 않은 모든 반 크라운을 담을 겁니다.

**패트릭 경.** 게다가 자넨 두비댓의 저울에선 그가 부숴버린 신뢰와 잃은 명예를 꺼내야 할 거고, 블렌킨솝의 저울에다가는 그가 입증한

---

* 두비댓은 재능 있는 예술가이지만 타락한 사람이다. 블렌킨솝은 선량하지만, 예술적 재능이 없는 것은 말할 것도 없고 의사로서도 성공하지 못한 사람이다. 패트릭 경이 이 질문을 한 이유는 리전이 두비댓과 블렌킨솝 중 누구를 치료할지 결정하는 데 있어서, 단순한 예술적 아름다움(좋은 그림)과 인간의 도덕성(좋은 남녀) 중 어느 쪽을 더 중요하게 여길 것인가를 물음으로써, 리전에게 그의 선택이 어떤 의미를 가지는지 깊이 생각하도록 유도한 것이다. 또한 이 질문을 생각함으로써, 리전에게 현실 세계에서의 선택과 도덕적 판단의 어려움을 상기시키고, 그가 공정하고 후회 없는 결정을 내릴 수 있도록 돕는 한편, 의사로서의 책임과 인간으로서의 윤리를 재고하도록 한 것이다.

모든 신뢰와 쌓아올린 명예를 담아야 할 걸세.

**리전.** 자, 자, 패디! 제 앞에서 부질없는 말씀 마세요. 저는 이 점에 대해 몹시 회의적입니다. 모든 사람이 두비댓처럼 처신한다면, 모든 사람이 블렌킨숍처럼 처신하는 지금보다 세상이 더 좋아지지 않을 것이라는 확신이 전혀 생기지 않습니다.

**패트릭 경.** 그럼 왜 자넨 두비댓처럼 처신하지 않는가?

**리전.** 아, 그게 저를 난처하게 만듭니다. 이건 실험이 필요한 상황입니다. 여전히, 이건 딜레마입니다. 딜레마예요. 우리가 복잡한 문제 하나를 빠트렸습니다.

**패트릭 경.** 그게 뭔가?

**리전.** 자, 제가 블렌킨숍을 죽게 내버려둔대도, 적어도 그가 남긴 부인과 결혼하려고 그랬다고 말할 사람이 없다는 점입니다.

**패트릭 경.** 뭐라고? 그게 무슨 소리야?

**리전.** 그런데, 제가 두비댓을 죽게 내버려두게 되면, 저는 그가 남긴 부인과 결혼할 겁니다.

**패트릭 경.** 아마도 그녀가 자넬 받아들이지 않을 걸세, 알겠지만.

**리전.** [*자신감이 생겨서 머리를 저으며*] 저한테는 이런 일에 맞춤한 직감이 있습니다. 저는 언제 여자가 저한테 관심을 가지는지를 압니다. 지금 그 여자가 그렇습니다.

**패트릭 경.** 그런데, 때로 남자는 가장 잘 알기도 하지만 때로는 가장 잘못 알기도 한다네. 그들 둘 다 치료해 주는 게 훨씬 나을 걸세.

**리전.** 그럴 순 없습니다. 전 이미 한계에 이르렀습니다. 하나면 겨우 끼워 넣을 수 있습니다. 하지만 둘은 안 됩니다. 선택해야 합니다.

**패트릭 경.** 그럼, 자네는 그녀가 존재하지 않는다고 치고 선택해야 하는 게 명백하네.

**리전.** 선생님한테는 그게 명백합니까? 저한테는 그게 명백하지 않다는 걸 고려해 주세요. 그녀가 제 판단력을 흐리게 합니다.

**패트릭 경.** 나한테는 한 남자와 많은 그림들 사이의 명백한 선택*이라네.

**리전.** 하나의 좋은 그림을 대체하는 것 보단 한 명의 죽은 남자를 대체하는 게 더 쉬운 법이지요**.

**패트릭 경.** 콜리, 뭇 남녀가 불쌍하고 아픈 인간을 위로해 주기에는 충분히 건강하지가 않아서, 그림과 조각상(彫刻像), 연극, 음악에 빠져드는 시대에 자네가 살게 되면, 그 남녀들을 치유하고 회복시키는 것이 관심사인 고귀하고 위대한 직업에 종사하고 있음을 신께 감사해야 하네***.

**리전.** 간단히 말해서, 고귀하고 위대한 직업의 종사자로서 저는 제 환자를 죽여야 할 운명입니다.

**패트릭 경.** 그런 고약한 말은 집어치우게. 자넨 그 사람을 죽일 수 없어. 하지만 그 사람을 다른 사람의 손에 맡길 순 있지.

**리전.** 가령, 비비의 손에, 그렇죠? [*그를 심각하게 바라보며*].

---

* 한 남자는 블렌킨솝이고 많은 그림은 두비댓을 가리킨다. 자신의 속마음을 넌지시 알려주는 말이다.
** 두비댓이 죽고 나면 자기가 그의 남편 노릇을 대신하기는 어렵지 않다는 뜻이 담겼다.
*** 패트릭 경은 현재 시대가 예술과 오락에 의존하는 이유는 사람들 자체가 충분히 건강하지 않아서 마음의 위안을 찾기 위해서라고 말한다. 그는 리전에게 의사로서 이렇게 건강하지 못한 사람들을 치유하는 직업이 얼마나 고귀한지를 상기시켜서 의사로서의 사명감을 고취시키기 위한 말이다.

**패트릭 경.** [*그의 안색을 차분히 대하며*] 렐프 블룸필드 보닝턴 경은
아주 저명한 내과의사일세.

**리전.** 그렇습니다.

**패트릭 경.** 난 모자 가지러 가네.

*패트릭 경이 호텔로 향하자 리전이 종을 친다. 웨이터가 들어온다.*

**리전.** [*웨이터에게*] 계산서 부탁해요.

**웨이터.** 예, 손님.

[*그가 계산서를 가지러 간다*].

# 제3막

*두비댓의 작업실. 커다란 창문\*에서 보자면, 외부로 나가는 문이 왼쪽 벽의 가까운 쪽 끝에 붙어 있다. 오른쪽 벽의 멀리 있는 끝에는 여러 내실로 통하는 문이 달렸다\*\*. 정면의 벽에는 창문도 문도 달리지 않았다. 모든 벽은 회반죽 바른 게 드러나 있으며, 목탄화 스케치와 메모를 휘갈겨 놓은 것 말고는 장식이라곤 없다. 내실로 통하는 문의 맞은편에는 약간 왼쪽을 향하는 작업실 옥좌(단 위의 의자)가 자리하고, 외부로 통하는 문의 맞은편에는 오른쪽을 향하는 이젤이, 그 옆에는 낡아 빠진 의자 하나가 놓였다. 이젤 가까이에는 소박한 책상이 벽에 닿아 있는데, 그 위에는 오일과 착색제를 담은 병과 주전자, 페인트로 얼룩진 헝겊, 물감 튜브, 붓, 목탄, 작은 마네킹, 찻주전자와 알코올램프, 그 밖에 여러 가지가 놓였다. 테이블 옆에는 소파가 있는데, 그 위에는 떼어 쓰는 도화지첩과 스케치북, 도화지, 신문, 책, 더러운 헝겊이 더 많이 흩어져 있다. 외부로 통하는 문 옆에는 우산과 모자 스탠드가 세워져 있다. 이 스탠드의 일부는 루이스의 모자와 망토, 머플러가 차지하고, 나머지는 여러 가지 옷가지가 차지하고 있다. 이 문의 가까이에 낡은 피아노 스툴이 놓였다. 안쪽 문 가까운 구석에는 작은 차 탁자가 놓였다. 한 마네킹이 추기경의 예복과 모자를 갖추고, 한 손에는 모래시계를, 등에는 큰 낫을 걸*

---

\* 커다란 창문이 막의 위치에 있다고 상상하면 되겠다.
\*\* 두 문이 대각선 방향에 위치한다는 뜻이다.

머진 채 공허한 악의를 담아 미소 짓는다. 우유배달부의 작업복을 입고 서, 자기 부인에게 걸쳐준 브로케이드 천 조각을 그리고 있는 루이스를 향해서 말이다. 그녀는 옥좌에 앉아 있지만 그림에는 관심이 없으며, 다른 문제로 몹시 걱정이 되어 그에게 애원하고 있다.

**두비댓 부인.** 약속해줘요.

**루이스.** [눈에 띌 정도로 정교하고도 세심하게 물감을 칠하는 한편, 아주 마지못해 대답하며] 약속하지요, 내 사랑.

**두비댓 부인.** 돈이 필요하면 언제든 나한테 와 줘요.

**루이스.** 하지만 그건 너무 야비한 짓이오, 여보. 난 돈이 싫어요. 난 돈, 돈, 돈 때문에 언제나 당신을 성가시게 할 순 없어요. 그래서 난 다른 사람들한테 부탁하는 거요, 그러기 싫지만 말이오.

**두비댓 부인.** 나한테 부탁하는 게 훨씬 나아요, 여보. 돈을 빌리면 다른 사람들한테 나쁜 이미지를 주니까요.

**루이스.** 하지만 난 당신의 얼마 안 되는 재산을 아끼고 싶고, 내 자신의 작품으로 돈을 벌고 싶어요. 불편하게 여기지 말아요, 내 사랑. 난 빚진 걸 모두 갚기에 충분한 돈을 쉽게 벌 수 있어요. 다음 시즌에 단독 전시회를 열 거고. 그러면 더 이상 돈 문제는 없을 거요. [팔레트를 내려놓으며] 자! 이게 바싹 마를 때까진 난 손 델 게 없어요. 그러니 당신은 내려와도 돼요.

**두비댓 부인.** [내려오면서 걸쳤던 브로케이드 천을 던져버리고, 평범한 실크 원피스를 드러내며] 하지만 당신이 약속했으니, 진지하고도 진정으로 기억해 줘요. 나한테 먼저 부탁하기 전에 다시는 남한테 빌리지 않겠다는 걸 말이에요.

**루이스.**  진지하고도 진정으로. [*그녀를 껴안으며*] 아, 내 사랑, 얼마나 당신이 옳은 사람인지! 내가 하늘 높이 들떠서 살지 않도록 당신이 곁에서 붙들어 주는 게 얼마나 소중한지 몰라요. 엄숙하게 맹세하건대, 이 순간부터는 단 한푼도 빌리지 않겠소.

**두비댓 부인.**  [*기뻐서*] 아, 잘 했어요. 걱정 많은 악처가 남편을 괴롭혀서 구름 아래로 끌어내렸나요? [*그에게 키스한다*] 그러면, 이제, 여보, 맥클린을 위한 그림들을 끝내지 않으실래요?

**루이스.**  아, 그건 상관없어요. 난 그 사람한테 돈을 거의 모두 받아냈어요.

**두비댓 부인.**  하지만, 여보, 그게 바로 당신이 그림을 끝내야 하는 이유예요. 며칠 전 그 사람이 나한테 당신이 정말로 그림을 끝낼 작정인지 묻더군요.

**루이스.**  저런 뻔뻔한 자식! 도대체 그 인간은 나를 뭐로 보는 거야? 이제 그 끔찍한 일에 대한 내 모든 흥미가 사라졌어. 그 주문을 포기하고는 돈을 되돌려 주고 싶은 생각이야.

**두비댓 부인.**  우리한텐 그럴 여유가 없어요, 여보. 그림을 끝내서 일을 매듭짓는 게 좋아요. 돈을 선불로 받는 게 실수라고 생각돼요.

**루이스.**  하지만 우리는 어떻게 살고?

**두비댓 부인.**  자, 루이스, 지금도 힘들지만 점점 더 힘들어지고 있어요. 그림을 주지 않으면 사람들이 돈도 주지 않으니까요.

**루이스.**  빌어먹을 놈들! 저들은 자기네 치사한 돈 말고는 아무 생각도 아무 관심도 없어.

**두비댓.** 하지만, 우리한테 돈을 주면 저들도 대가를 받아야 해요.

**루이스.** [달래며] 그만, 됐어요, 오늘 훈계는 그걸로 충분해요. 내가 착해지기로 약속했지요?

**두비댓 부인.** [팔로 그의 목을 두르며] 당신은 내가 훈계하기 싫어하는 것도, 잠시라도 당신을 오해하지 않는다는 것도 알지요, 여보?

**루이스.** [다정하게] 알지요. 알아요. 내가 몹쓸 놈이고, 당신은 천사지. 아, 내가 꾸준히 일할 수 있을 만큼 튼튼하기만 하다면 당신 집을 신전으로 만들어 줄 텐데. 게다가 당신의 전당을 상상할 수 있는 가장 아름다운 예배당으로 만들어 줄 거고. 나는 상점을 지날 때마다, 안에 들어가서 당신이 사용할 정말로 훌륭한 모든 물건들을 주문하고 싶은 유혹과 씨름하지 않을 수 없어요.

**두비댓 부인.** 난 당신 밖에는 원하는 게 없어요, 여보. [그녀가 그를 어루만지자, 그가 이에 대해 너무 열정적으로 반응하는 바람에 그녀가 포옹에서 벗어난다] 이봐요! 이젠 착해져야죠. 오늘 오전에 의사들이 온다는 걸 염두에 둬요. 그분들이 오겠다고 자청하다니 유난히 친절하지 않아요? 모두가 당신을 진찰하겠다고?

**루이스.** [냉정하게] 아, 감히 말하자면, 떠오르는 예술가를 치료하는 일이 자기네한테 명예가 된다고 생각하는 거라고요. 그게 즐겁지가 않으면 저들이 오지도 않을 거고, 어쨌든. [누가 문을 두드린다] 아이고, 아직 올 시간이 아니지?

**두비댓 부인.** 그래요, 아직은 아니에요.

**루이스.** [문을 열고 리전을 발견하고는] 안녕하세요, 리전. 뵈어서 반가워요. 들어오세요.

**두비댓 부인.** [악수하며] 와주셔서 정말 기쁩니다, 선생님.

**루이스.** 누추한 곳을 이해해 주시겠죠? 아시겠지만 여긴 작업실입니다. 여긴 살기에 편리하지 않아요. 하지만 저희는 어떻게든 그럭저럭 지냅니다. 제니퍼 덕분에요.

**두비댓 부인.** 이제 전 가 봐야겠습니다. 아마 나중에 루이스하고 일이 끝나면, 제가 들어와서 결론을 들을 수 있겠지요. [리전이 다소 부자연스레 고개를 숙여 인사한다] 제가 그러지 않길 바라시나요?

**리전.** 전혀 아니에요. 전혀 아닙니다.


두비댓 부인이 그의 정중한 태도에 약간 당황하며 그를 바라보고는 내실로 들어간다.


**루이스.** [경박하게] 아이고, 그렇게 심각하게 바라보지 마세요. 뭔가 무서운 일이 일어나는 건 아니죠?

**리전.** 그래요.

**루이스.** 그러면 잘 됐군요. 불쌍한 제니퍼가 당신의 방문을 얼마나 고대했는지 상상할 수 없을 겁니다. 그녀가 당신한테 꽤 호감을 가지고 있어요, 리전. 저 불쌍한 여자는 얘기 나눌 사람이 없어요. 저는 늘 그림을 그리니까요. [스케치 하나를 들어올리며] 어제 그녀를 그린 작은 스케치가 여기 있습니다.

**리전.** 그녀가 2주 전, 처음 방문했을 때 보여 줬습니다.

**루이스.** [아주 태연하게] 아, 그랬나요? 맙소사! 시간이 어찌나 빨리 지나가는지! 이걸 끝내겠다고 맹세할 수 있었는데. 그녀로선 제가 그림을 쌓아 놓고 한푼도 벌지 못하는 모습을 지켜보는 게 힘든 일입니다. 물론 내년에 단독 전시회를 열고나면 충분히 빨리 그림들을 팔아 치울 겁니다. 그렇지만 풀이 자라는 동안 준마가 굶주리지요. 그녀가 돈 때문에 저한테 와도 저는 아무것도 줄 수 없는 게 싫습니다. 하지만 제가 뭘 할 수 있나요?

**리전.** 두비댓 부인은 재산을 얼마쯤 가진 걸로 압니다.

**루이스.** 아, 예, 조금요. 품위 있는 남자라면 누가 거기에 손을 댈 수 있습니까? 제가 그랬다고 생각해 보세요, 제가 죽고 나면 그녀는 어떻게 살아가겠습니까? 저는 보험료를 낼 수 없어서 보험에 들지도 못했습니다. [다른 그림을 집어 들고서] 이 그림은 어떤가요?

**리전.** [옆으로 밀어내며] 오늘은 당신 그림을 보러 온 게 아닙니다. 당신하고 상의할 더 심각하고 절박한 업무가 있습니다.

**루이스.** 제 불쌍한 폐를 청진하길 원하시죠. [갑자기 솔직해지고 싶어서] 친애하는 리전, 당신한테 솔직히 털어놓고 싶습니다. 이 집의 문제는 폐가 아니고 청구서입니다. 저한테는 상관없습니다만, 제니퍼는 식료품값을 아껴야 할 형편입니다. 당신은 저희가 당신을 친구로 대할 수 있다는 느낌을 주셨습니다. 저희한테 150파운드를 빌려주실 수 있습니까?

**리전.** 아니요.

**루이스.** [놀라서] 왜 안 됩니까?

**리전.** 난 부자가 아니고, 연구비로 쓰기 위해 한푼이라도 아껴야 할 형편입니다.

**루이스.** 그럼 돈을 다시 돌려받길 바라시는군요.

**리전.** 내가 알기론 사람들이 돈을 빌려줄 땐 때론 그걸 염두에 두지요.

**루이스.** *[잠시 생각해 보더니]* 그럼, 당신한테 이렇게 해 드릴 수 있습니다. 제가 수표를 드리겠습니다. 아시다시피, 당신은 자기 몫을 챙기지 못할 이유가 없습니다. 제가 200파운드짜리 수표를 드리겠습니다.

**리전.** 나를 귀찮게 하지 말고 그 수표를 왜 직접 현금으로 바꾸지 않나요?

**루이스.** 저런! 그걸 현금으로 바꿔 주지 않을 겁니다. 제가 초과 인출했거든요. 안 됩니다. 그걸 실현하는 방법은 이겁니다. 제가 수표의 날짜를 다음 10월로 늦추는 겁니다. 10월에는 제니퍼의 배당금이 들어옵니다. 그러면 당신이 수표를 내미세요. 그건 '발행인에게 회부' 또는 비슷한 헛소리가 붙어 되돌아올 겁니다. 그때는 그걸 가지고 제니퍼에게 가서, 인수하지 않으면 저를 감옥에 처넣겠다는 뜻을 내비칠 수 있습니다. 그녀는 쏜살 같이 돈을 줄 겁니다. 당신은 50파운드를 득보는 거지요. 그러면 장담하건대 저를 엄청 돕는 겁니다. 저는 그 돈이 너무나 절실히 필요하기 때문입니다, 어르신.

**리전.** *[그를 노려보며]* 당신은 이 거래에 이의가 있을 걸 내다보지 못하는군요. 나한테 어떤 이의도 예상하지 못하다니!

**루이스.** 글쎄, 무슨 이의가 있을 수 있나요? 이건 아주 안전한데. 당신한테 그 배당금을 확인해 줄 수 있습니다.

**리전.** 나는 문제의 본질에 대해 말하는 겁니다. 불명예스럽다고 말해야 합니까?

**루이스.** 자, 물론, 제가 돈이 필요하지 않으면 그 제안을 하지 않을 겁니다.

**리젠.** 정말로! 이젠, 돈을 구할 다른 방법을 찾아야 할 겁니다.

**루이스.** 거절한다는 뜻입니까?

**리젠.** 뜻이냐고! [자신의 분노를 늦추고는] 물론 난 거절해요, 젊은이. 나를 뭐로 생각합니까? 어찌 감히 나한테 그런 제안을 하는 거요?

**루이스.** 왜 안 됩니까?

**리젠.** 흥! 내가 설명을 해도 알아듣지 못할 거요. 자, 단연코, 나는 단 한푼도 빌려주지 않겠소. 당신의 부인을 돕는 게 내 기쁨이지만, 당신한테 돈을 빌려주는 게 그녀한테는 아무 도움이 되지 않아요.

**루이스.** 아, 자, 제 아내를 돕는 일에 진지하시다면 어찌하면 되는지 말씀드리죠. 당신의 환자가 내 물건 몇 개를 사게 하거나, 나한테 초상화를 의뢰하게 하면 됩니다.

**리젠.** 내 환자들은 나를 내과의사로서 집으로 부르는 것이지, 외판원으로서 부르는 게 아니오.

*문 두드리는 소리. 루이스가 이야기를 이어 가며, 무심코 문으로 다가간다.*

**루이스.** 하지만 당신은 그 사람들한테 대단한 영향력을 가진 게 분명합니다. 틀림없이 그들에 대해 상당히 많이 아시죠. 가령, 그들로선 알려지길 꺼리는 사적인 것도요. 그들은 당신 말을 거역할 엄두도 못 낼 겁니다.

**리전.** [폭발하며] 이런, 내-

*루이스가 문을 열고는 패트릭 경과 랠프 경, 월폴을 맞이한다.*

**리전.** [미친 듯이 화가 나서 계속하며] 월폴, 내가 여기에 10분 못 미처 있는 동안 이 사람은 벌써 나한테 150파운드를 빌리려 했어. 그러더니 자기 부인을 협박해서 돈을 받아 달라고 제안하더군. 게다가 내 환자들이 초상화를 위해 자기 곁에 앉도록 협박하라고 나한테 제안하는 중에 자네가 들어온 거고.

**루이스.** 이런, 리전, 이게 당신이 말하는 명예로운 사람의 처신이라고요! 난 당신한테 은밀히 말해 주었는데.

**패트릭 경.** 우리 모두 자네에게 은밀히 말하려 한다네, 젊은이.

**월폴.** [스탠드의 마지막 남은 빈곳에 모자를 걸어 두며] 우리는 여기서 반시간쯤 마음 편히 있을 걸세, 두비댓. 불안해하지 말게. 자네는 대단히 매력 있는 사람이야. 게다가 우린 자넬 사랑하네.

**루이스.** 아, 좋아요, 좋아. 앉으세요, 어디든. 이 의자에 앉으세요, 패트릭 경. [옥좌를 가리키며] 영차! [그가 오르게 도우며. 패트릭 경은 툴툴거리며 스스로 옥좌에 앉는다] 여기 앉으시죠, 비비. [랠프 경이 루이스의 친근한 태도를 노려본다. 하지만 루이스는 전혀 개의치 않고, 큰 책 한 권과 소파 쿠션 하나를 단의 위 즉, 패트릭 경의 오른편에 놓자, 비비가 마지못해 앉는다] 모자를 주시죠. [그가 비비의 모자를 아무렇게나 받아선 마네킹 머리 위의 추기경 모자와 바꾼다. 그걸로 교황선거회의의 위엄을 기발하게 망가트리면서 말이다. 그 다음에 그는 *피아노 스툴을 벽에서 당겨 와서 월폴에게 권한다]* 괜찮으시죠, 월폴 씨? *[월폴이 그 의자를 받아들이고는, 담뱃갑을 찾으려고 손을 자기호주머니에 넣는다. 찾지 못하자, 비로소 그게 없다는 걸 떠올린다]*.

**월폴.** 그런데, 괜찮으면 내 담뱃갑에 대해 물어봐도 되겠나?

**루이스.** 무슨 담뱃갑을요?

**월폴.** 스타 앤드 가터 호텔에서 자네한테 빌려준, 금으로 된 것 말이야.

**루이스.** *[놀라서]* 그게 당신 거였나요?

**월폴.** 그래.

**루이스.** 정말 죄송합니다, 어르신. 그게 누구 건지 궁금했답니다. 남은 게 이것뿐이란 걸 말하게 돼서 안됐습니다. *[그가 작업복을 들쳐 올리곤 조끼 주머니에서 카드 하나를 꺼내서 월폴에게 준다]*.

**월폴.** 전당표!

**루이스.** *[안심시키며]* 그건 아주 안전합니다. 아시겠지만, 전당포 주인은 그걸 일 년 내에는 팔아치울 수가 없지요. 저, 친애하는 월폴, 죄송합니다. *[그가 자기 손을 교묘하게 월폴의 어깨에 두고는 그를 진솔하게 바라본다]*.

**월폴.** *[한숨을 내쉬고는 스툴에 주저앉으며]* 그걸 말하지 말게. 그게 자네 매력을 보태 주는군.

**리전.** *[이젤 근처에 서 있다가]* 이야기를 진행하기 전에, 당신은 갚아야 할 빚이 있어요, 두비댓 씨.

**루이스.** 저는 갚아야 할 빚이 대단히 많습니다, 리전. 의자 하나를 가져다 드리겠습니다. *[그가 안쪽 문으로 간다]*.

**리전.** *[그를 중지시키며]* 그 돈을 갚기 전엔 방을 나가면 안 됩니다.

작은 돈이지만 갚아야 하고 갚을 돈이지요. 내 손님 한 분한테 10파운드를, 다른 분한테 20파운드를 꾼 건 그리 상관하지 않습니다만.

**월폴.** 자네도 알다시피, 내가 자초한 일일세. 내가 그걸 제안했어.

**리전.** 이 사람들은 그걸 감당할 수 있어요. 하지만 철저히 가난한 블렌킨숍한테서 반 크라운을 빌리는 건 저주받을 짓이오. 나는 그 사람한테 반 크라운을 줄 작정입니다. 그리고 그걸 당신이 줬다고 그 사람한테 맹세할 입장입니다. 아무튼 난 그걸 받아 내야겠어요.

**비비.** 아주 옳네, 리전. 아주 옳아. 이봐, 젊은이! 돈을 내놔. 갚으라고.

**루이스.** 아, 그것 때문에 그리 소란피울 건 없습니다. 물론 그걸 갚을 겁니다. 전 그 불쌍한 분이 곤란한 분인 줄 몰랐습니다. 그래서 저는 여러분만큼이나 충격 받았습니다. [손을 주머니에 넣으며] 여기 있습니다. [주머니가 빈 것을 깨닫고는] 아, 저-, 당장 수중에 돈이 없군요. 월폴, 이걸 해결하게 반 크라운을 저한테 빌려주실 수 있습니까?

**월폴.** 자네한테 반 크라운을-[그의 목소리가 희미해져간다].

**루이스.** 자, 그러지 않으시면, 저는 한푼도 없으니 블렌킨숍이 돈을 돌려받을 수가 없습니다. 원하시면 제 주머니를 뒤져 보시죠.

**월폴.** 그게 결론이군. [그가 반 크라운을 꺼낸다].

**루이스.** [그걸 리전에게 건네며] 여기 있습니다! 그 문제가 해결돼 정말 기쁩니다. 그거 하나가 마음에 걸렸는데요. 이제 여러분 모두 흡족하실 걸로 기대합니다.

**패트릭 경.** 아직 아닐세, 두비댓 씨. 자네 미니 틴웰이란 젊은 여인을 아는가?

**루이스.** 미니! 물론 알죠. 게다가 미니도 나를 알고요. 신분을 고려하면 그녀는 정말로 아주 좋은 여자죠. 그녀는 어떻게 되었나요?

**월폴.** 허세 부려 봐야 소용없어, 두비댓. 우린 그녀의 혼인증명서를 봤어.

**루이스.** [냉정하게] 정말요? 제니퍼 것도 보셨나요?

**리전.** [억누를 수 없는 분노로 일어서며] 당신은 감히 두비댓 부인이 당신과 결혼하지도 않은 채 동거한다는 걸 에둘러 말하는 거요?

**루이스.** 왜 안돼요?

| **비비.** | | 왜 안 돼요! |
|---|---|---|
| **패트릭 경.** | [꽤씸하면서도 놀라 | 왜 안 돼요! |
| **리전.** | 워서 다양한 톤으로 | 왜 안 돼요! |
| **월폴.** | 그를 따라하며] | 왜 안 돼요! |

**루이스.** 그래요, 왜 안 됩니까? 많은 사람들이 그렇게 하고, 당신들만큼 좋은 사람들도 그렇게 하는데요. 당신들은 익숙하지 않은 것과 맞닥뜨리면 많은 양들처럼 울어대거나 비난하는 대신에, 왜 생각하는 법을 배우지 않으십니까? [낄낄대며 그들의 놀란 얼굴을 응시한다] 아이고, 당신들 모두를 그림에 담아야겠군요. 엄청 바보 같아 보여요. 특히, 당신 리전. 이번에 내가 당신을 깜짝 놀라게 했군요, 알죠?*

**리전.** 무슨 말인지, 제발.

---

* 루이스는 자신의 행동이 비도덕적이라고 비난받는 상황에서 자신을 방어하고, 상대방을 비판한다. 그는 자신과 같은 방식으로 사는 사람들이 많으며, 그것이 도덕적으로 문제가 없다고 주장하면서 상대방의 고정관념과 편견을 지적한다. 또한, 그는 자신을 비난하는 사람들을 조롱하면서 그들이 바보 같아 보인다고 말함으로써 자신의 우월감을 드러내고, 상대방을 무력화하려고 한다. 이는 그가 얼마나 자신만만하고, 타인의 비판에 개의치 않는 인물인지를 나타낸다. 게다가 그는 리전을 콕 집어서, 자신의 말이나 행동이 예상 밖의 것이었음을 인정하고는, 자신이 상대방을 놀라게 했다는 점에서 일종의 승리를 선언함으로써 상대방을 조롱하고 있다.

**루이스.** 자, 당신은 제니퍼를 높이 평가하는 척하지요. 그리고 나를 경멸하죠? 그렇지 않나요?

**리전.** [퉁명스럽게] 난 당신이 끔찍이 싫소. [그가 다시 소파에 앉는다].

**루이스.** 그렇지요. 그런데도 당신은 제니퍼가 나쁜 사람이라고 믿고 있어요. 내가 당신한테 그렇게 말했다는 이유로 말이에요[*].

**리전.** 당신이 거짓말했나요?

**루이스.** 아니요, 하지만 당신은 자신의 마음을 깨끗이 하거나 신중히 하는 대신에 남의 스캔들을 찾아내는 중이었어요. 난 당신 같은 사람들을 다루는 법을 잘 알아요. 나는 단지 당신이 제니퍼의 결혼증명서를 봤냐고 물었어요. 그런데 당신은 그녀가 그걸 가졌을 리 없다고 바로 단정하고 말았지요[**]. 당신이 본다고 해서 여인을 아는 건 아닙니다.

**비비.** [위엄 있게] 그게 무슨 뜻인지 물어봐도 되겠나?

---

[*] 리전이 제니퍼가 결혼도 않고 동거한다고 판단했다는 뜻이다. 당시는 동거녀에 대한 비난이 심하던 때다. 루이스는 자신의 말을 통해 리전과 다른 사람들이 얼마나 쉽게 편견에 빠질 수 있는지를 말한다. 그는 자신이 단순히 질문을 했을 뿐인데, 그들이 곧바로 제니퍼에 대해 부정적인 결론을 내렸다고 지적한다. 이를 통해 루이스는 자신의 언행이 그들의 도덕적 기준을 시험하고 있다는 것을 드러내고, 그들의 위선적이고 성급한 태도를 비난하고 있다.

[**] 루이스는 제니퍼와의 관계가 제니퍼로서는 합법적 결혼관계라고 주장한다. 루이스는 자신이 단지 제니퍼의 혼인증명서를 본 적이 있는지 물었을 뿐인데, 상대방이 곧바로 제니퍼가 혼인증명서가 없다고 결론을 내렸다는 말이다. 아마 당시엔 혼인을 확인하는 절차 없이 결혼증명서가 발급되었던 모양이다. 그러니 중혼죄 발생빈도가 비교적 높았을 것이다. 즉 루이스는 자신의 중혼죄가 제니퍼와는 아무 상관이 없다고 주장하는 셈이다. 게다가 그의 입장으로서는 제니퍼의 외모와 성격을 보면 그녀가 결혼한 여성임을 알아볼 수 있는 것이니, 법적 문서에 의존하지 않고는 사람의 본모습을 알아볼 수 없는 상대방의 판단력 부족을 꼬집은 셈이다.

**루이스.** 이제, 전 부도덕한 예술가일 뿐입니다. 하지만 당신들이 나한테 제니퍼가 결혼하지 않았다고 말했더라면, 내가 신사다운 감정과 예술가다운 본능을 발휘해서 그녀가 자신의 얼굴과 인격에 결혼증명서를 지녔다고 말해 줬을 텐데요. 하지만 당신들은 모두 도덕적인 남자들이고, 제니퍼는 예술가의 아내-아마도 모델일 뿐입니다. 그리고 당신들이 가진 도덕성이란 건 다른 사람들이 합법적으로 결혼하지 않았다고 의심하는 데 있고요[*]. 스스로 부끄럽지 않나요? 이후에 여러분 중에 어느 누가 제 얼굴을 똑바로 볼 수 있겠습니까?

**월폴.** 자네 얼굴을 똑바로 보기가 몹시 어렵네, 두비댓. 자네의 뻔뻔함을 대하자니 말일세. 미니 틴웰은 어쩔 텐가?

**루이스.** 미니 틴웰은 불쌍한 삶을 이어가던 중에 3주 동안 찬란한 행복을 누린 젊은 여인입니다. 그건 그녀의 처지에 있는 대부분의 여자들이 누릴 수 있는 것을 넘었습니다. 가능하다면 그걸 되돌리고 싶어 하는지 그녀에게 물어보십시오. 그녀는 역사에 이름을 남겼습니다, 그 젊은 여자가요. 그녀를 그린 내 작은 스케치를 사려고 크리스티에서 수집가들끼리 경쟁할 겁니다. 그녀는 제 전기의 한 페이지를 차지할 거고요. 바닷가 호텔의 식료품저장실의 하녀로선 상당히 괜찮은 거 같은데요. 그에 비해서 여러분은 그녀에게 뭘 해줬습니까?

**리전.** 우리는 그녀에게 사기결혼의 올가미를 씌우지도 않았고, 그녀를 버리지도 않았소.

---

* 루이스는 제니퍼가 예술가의 아내나 모델로서 폄하되는 것을 거부한다. 또한 그는 다른 사람들이 스스로는 도덕적이라고 자처하면서도, 자기네 도덕성을 다른 사람들을 의심하는 데 사용한다고 비판하고는, 진정한 도덕성이 무엇인지에 대해 의문을 제기한다.

**루이스.** 그렇지요. 그럴만한 담력도 없을 테니. 하지만 요란 떨지 마세요. 난 귀여운 미니를 버리지 않았어요. 우리는 우리의 모든 돈을 써버렸-

**월폴.** 그녀의 모든 돈이지. 30파운드.

**루이스.** 저는 우리 모두의 돈이라고 했죠, 그녀의 것에다 내 것까지. 30파운드로는 사흘도 버티지 못했으니까요. 저는 그녀를 위해 네 배나 더 빌려야 했습니다. 하지만 전 그걸 아까워하지 않았습니다. 그녀도 자기 돈을 아까워하지 않았고요. 용감하고 귀여운 아가씨죠. 돈이 떨어지자 우린 그런 생활에 질려 버렸습니다. 우리가 그 이상으로 서로에게 적합한 동반자였을 거라고 볼 순 없을 테죠. 저는 예술가고, 그녀는 예술과 문학, 우아한 삶, 그 밖의 모든 것과는 무관한 사람이죠. 버림도 없었고, 오해도 없었으며, 당신들 같은 도덕 군자들한테 아침식사 중에 입맛을 다실만한 흥밋거리인 하급심이나 이혼법정의 소동도 없었어요. 우리는 이렇게 말했어요. 자, 돈은 다 썼고, 아무도 빼앗아갈 수 없는 좋은 시간을 보냈다고요. 그래서 우린 키스하고 좋은 친구로 헤어졌지요. 그리곤 그녀는 일하러 갔고 저는 이 작업실과 제니퍼한테로 돌아왔고, 우리 둘은 휴가 동안 더 좋아지고 행복해졌습니다.

**월폴.** 정말로 시가 따로 없군, 아이구야!

**비비.** 자네가 과학적으로 훈련받았더라면, 두비댓 씨, 어떻게 실제 사례가 원리의 증거가 되는 경우가 거의 없는지를 알고 있을 텐데. 의료현장에선 과학적으로 말하자면 살아야 마땅한 사람이 죽을 수도 있지. 난 실제로, 과학적으로 말하자면 이미 면역이 된 병으로 사람이 죽은 사례도 안다네. 하지만 그런 사례가 과학의 근본 진리에 영향을 미치진 않아. 같은 방식으로, 도덕에 관한 논점에서, 도덕적으로는 악당 같이 행동하는 사람의 특정 행동이 해롭지 않을 수도 있고, 심지어는 이로울 수도 있네. 그리고 도덕적으로는 가장 높은 원칙에 따라 행동하는 사람이 큰 해를 끼칠 수도 있어. 하지만 그게 도덕성에 관한 근본 진리에 영향을 미치지는 않아*.

**패트릭 경.** 그리고 자네 사례가 중혼죄에 관한 형법에도 영향을 미치지 않아.

**루이스.** 아, 중혼죄! 중혼죄! 중혼죄! 당신들 도덕주의자 모두는 경찰과 관련해서 도대체 어떤 매력에 홀린 겁니까! 당신들이 도덕적 관점에서 완전히 틀렸다는 것은 증명해드렸어요. 이제 당신들이 법적 관점에서 완전히 틀렸다는 걸 말씀드릴 게요. 게다가 이게 다음에는 당신들이 그렇게 확신에 차지 않도록 교훈이 되길 바랍니다.

**월폴.** 헛소리! 그녀**와 결혼했을 때는 자네는 벌써 결혼한 몸이었어. 그걸로 결말이 났어.

**루이스.** 결말이 났다고요! 왜 생각을 못 하죠? 그녀도 당시에 벌써 결혼한 몸이 아닌지를 어떻게 아시죠?

---

* 비비는 과학적 원칙이 항상 실제 사례에 적용되지 않을 수 있음을 설명하고, 도덕적 원칙도 과학적 원칙과 유사하게, 특정 상황에서 그 결과가 예상과는 다르게 나타날 수 있음을 강조한다. 이 말을 통해 비비는 두비댓에게 도덕적 행동의 결과가 항상 예측 가능하거나 일관되지 않다는 점을 강조하며, 과학적 및 도덕적 원칙의 복잡성을 이해하도록 촉구한다.

** 그녀는 미니 틴웰을 가리킨다. 앞에서 두비댓은 그녀와의 신혼여행을 마치고 제니퍼 (먼저 결혼한)에게 돌아왔다고 했다.

| 비비. | | 월폴! 리전! |
|---|---|---|
| 리전. | [모두가 | 이건 상상을 초월해! |
| 월폴. | 함께 외치며] | 이런 젠장! |
| 패트릭 경. | | 이 새파란 악당. |

**루이스.** [그들의 외침을 무시하며] 그녀는 정기선의 승무원과 결혼했습니다. 그녀의 돈이 떨어지자 그는 떠났습니다. 불쌍한 그녀는 3년 동안 남편으로부터 소식을 듣지 못하면 다시 결혼할 수 있는 게 법이라고 생각했습니다. 그래서 철저히 존경받을만한 그녀는 결혼 전 저에게 그에 대해선 한마디도 하질 않았습니다. 전 그녀를 기쁘게 해 주기 위해 그리고 그녀의 자존심을 지켜주기 위해 그 결혼식 절차를 거쳤고요.

**리전.** 당신이 이미 결혼한 사실을 그녀에게 말했나요?

**루이스.** 물론 안 했지요. 그녀가 알았다면 자신을 내 아내라고 간주했을 리가 없다는 걸 모르시겠습니까? 어쨌든 당신은 이해력이 딸리는 것 같군요.

**패트릭 경.** 법을 무시한 죄로 그녀를 감옥에 갇힐 위험에 빠트렸다고?

**루이스.** 자, 그녀 때문에 제가 감옥에 갇힐 위험에 빠졌습니다. 그녀와 마찬가지로 저도 기소당할 수 있었습니다. 하지만 여자를 위해 그 정도의 희생을 치렀다고 해서 남자가 여자한테 가서 자랑하지는 않습니다. 적어도 신사라면 말이죠.

**월폴.** 이 겁 많은 놈을 어떻게 처리하지?

**루이스.** [참을성 없이] 아, 하고 싶은 건 뭐든 하세요, 제기랄. 미니를 감옥에 처넣으세요. 나를 감옥에 처넣으세요. 그것과 관련해서 불명예란 죄로 제니퍼를 죽이세요. 그 다음엔 당신들이 할 수 있는 모든 해악은 다 저지르고는 교회에 가서 그 일에 대해서는 좋게 생각하세요.

*그가 토라져서 이젤 근처 낡은 의자에 앉고는 도화첩을 집어 올려 그리기 시작한다.*

**월폴.**  저 친구가 우리한테 이겼군.

**패트릭 경.**  [*험악하게*] 맞아.

**비비.**  하지만 저 친구가 이 땅의 형법을 무시해도 되는 겁니까?

**패트릭 경.**  형법은 선량한 사람들한테는 아무 소용이 없네. 형법은 악당들이 자기 가족을 협박하는 데만 도움을 줄 뿐이네. 우리가 가정의로서 절반의 시간을 어떻게 보내고 있는가? 변호사와 짜고 악당 하나를 감옥에 가지 않게 하고, 어떤 가정이 불명예를 당하지 않게 하고 있을 뿐이라네*.

**비비.**  하지만 법이 저 사람을 처벌해 줄 겁니다.

**패트릭 경.**  아, 그래. 처벌해 줄 거야. 법은 저 사람뿐만 아니라 관련된 모든 사람을 처벌할 거야. 죄가 없든 있든 말이야. 법은 저 사람을 두어 해 동안 우리 세금으로 먹여 주고 재워 주고는 이전보다 훨씬 더 위험한 악당으로 바꾸어 우리 앞에 풀어 줄 거야. 그건 그 여

---

\* 두비댓과 같은 범죄자를 처벌하기 위해 형법이 존재하지만 그걸 엄격히 시행하다보면 범죄자 자신의 가족 즉 제니퍼 같이 죄 없는 사람에게 더 큰 피해를 줄 수 있다. 결국 형법이 실질적인 정의 구현보다는 오히려 부작용을 초래할 수 있다고 염려한 것이다.

자를 감옥에 가두고 파멸시킬 거야. 법은 저 사람 부인의 인생을 황폐하게 만들 걸세. 이제 형법은 영원히 잊어버리게. 그건 오로지 바보나 미개인한테 통하는 걸세.

**루이스.** 고개를 이쪽으로 좀 더 돌려주시겠습니까, 패트릭 경. *[패트릭 경이 분개해서 고개를 돌리고는 그를 노려본다]* 아, 너무 많이 돌렸어요.

**패트릭 경.** 바보 같은 연필 내려놓게, 젊은이, 그리고 자네 처지를 생각해 보게. 자네가 인간이 만든 법한테는 덤벼볼 수 있어. 하지만 고려해야 하는 다른 법들이 있지. 자네가 죽어가고 있다는 사실을 아나?

**루이스.** 우리는 모두 죽어가고 있어요, 그렇지 않나요?

**월폴.** 우리가 여섯 달 안에 죽지는 않네.

**루이스.** 어떻게 아시죠?

*비비로선 더 이상 참을 수 없었다. 그는 완전히 울화통이 터지는 바람에 흥분해서 왔다 갔다 하기 시작한다.*

**비비.** 맹세코, 난 이걸 견딜 수가 없어. 어떤 상황에서나 누구와 함께 하더라도 죽음에 대해 계속 말하는 것은 무례한 취향이지만, 의료인의 입장을 악용하는 것은 비열한 짓이야.* *[두비댓에게 고함치며]* 난

---

* 비비는 루이스가 죽음에 대해 이야기하며 의료인들을 공격하거나 조롱하는 것을 비열한 행동이라고 비판하고 있다. 비비는 이 말을 통해, 죽음에 대한 논의가 민감하고 신중하게 다뤄져야 한다는 게 사회적 규범이기는 하지만, 의료인이 죽음을 대하는 입장이 일반인과는 분명히 다르다는 것을 내비친다.

**110**
의사의 딜레마

그걸 허락하지 않을 거야, 듣고 있나?

**루이스.** 이거 원, 내가 시작한 게 아닙니다. 당신들이 시작했지요. 예
술과 무관한 직업을 가진 사람들은 늘 이런 식이지요. 이 사람들은
논쟁에서 지면 협박에 기댄다니까요. 제가 아는 변호사들은 모두 조
만간 저를 감옥에 처넣겠다고 위협하지요. 아는 교구 목사들은 모조
리 저를 천벌 받는다고 위협하고요. 이젠 당신들이 날 죽음으로 위
협하는군요. 아무리 말해봤자 당신들이 손에 쥔 최대수단은 바로 협
박이죠. 자, 저는 겁쟁이가 아닙니다. 그러니 그게 저한텐 소용이 없
어요.

**비비.** [*그에게 다가가며*] 네가 뭔지 말해 주마, 인마, 넌 악당이야.

**루이스.** 아, 악당이라고 불러도 전 아무렇지도 않아요. 그건 말일 뿐
입니다. 당신이 뜻도 모르는 말이죠. 악당이 뭔데요?

**비비.** 넌 악당이야, 인마.

**루이스.** 그래서요. 악당이 뭡니까? 내가 뭐라고요? 악당이라. 그건 같
은 말을 되풀이하는 거죠. 그러고도 스스로를 과학자라고 생각한다
고요!

**비비.** 나아아는 정말 네 목덜미를 잡고 싶다, 이 지독한 악당 놈아,
게다가 호되게 매질도 하고 싶고.

**루이스.** 마음대로 해 보세요. 나중에 법정에 안 가려면 저한테 상당
한 대가를 치르셔야 할 겁니다. [*비비가 당황하여 콧방귀를 뀌며 그
에게서 확 돌아선다*] 제 집에서 저한테 더 나은 예의를 갖춰 주시겠
습니까? 아내가 오기 전에 그림을 끝내고 싶군요. [*그가 스케치를 계
속한다*].

**리전.** 난 결심했어. 법이 구실을 못 하는 경우, 정직한 남자라면 스스로 해결책을 찾아야지. 난 이 파렴치한 인간을 구하기 위해 손가락도 까딱하지 않을 거야.

**비비.** 그게 바로 내가 생각해 내려던 단어였네. 파렴치한 인간.

**월폴.** 난 오히려 자네를 좋아할 수밖에 없네, 두비댓. 하지만 자넨 분명 철저한 기인일세.

**패트릭 경.** 아무튼 자넨 자신에 대한 우리 모두의 견해를 알지.

**루이스.** [연필을 참을성 있게 내려놓으며] 보세요. 이 모든 건 소용이 없어요. 여러분은 이해 못 합니다. 저를 단지 평범한 죄인이라고 생각하시죠.

**월폴.** 평범한 죄인은 아니지, 두비댓, 자신을 공정하게 바라보게.

**루이스.** 글쎄 여러분 모두는 잘못된 방침에 따라 살고 있습니다. 저는 죄인이 아닙니다. 당신들의 모든 도덕적 훈계가 저한텐 아무런 가치가 없습니다. 저는 도덕을 믿지 않습니다. 저는 버나드 쇼의 사도입니다.

**패트릭 경.** ╎╎ [당황하여] 뭐라고?

**비비.** ╎╎ [화제가 이제 결말에 이르렀다는 듯이 손을 흔들며] 이젠 충분하니 난 더 이상 듣고 싶지 않아.

**루이스.** 물론 저는 온전히 초인*인 양 우쭐댈 만큼 우스운 허영심이 없습니다.

**비비.** [참을 수가 없어서] 설명하려 애쓰지 말게. 난 이제 자넬 완전히

---

\* 초인(a Superman): 버나드 쇼의 희곡 '인간과 초인(Man and Superman)'을 떠오르게 한다. 쇼는 니체의 초인 개념 즉, '스스로의 정신을 단련해 인간의 한계를 뛰어넘은 자'라는 개념에 영향을 받아서 그 희곡을 썼다.

이해하네. 제발 더 이상 말 말게. 한 남자가 과학과 도덕, 종교에 대해 논의하는 척하면서, 자신을 악명 높으면서도 공공연한 백신접종 반대론자*의 추종자라고 고백하는 경우, 더 이상 설명이 필요 없다네. [쏟아 내고 싶은 말을 참으면서 갑자기 리전에게] 친애하는 리전, 내가 백신접종을 대중처럼 믿는 편이 아니란 점에선 자네 못지않다네. 자네한테 말할 필요도 없지만 말일세. 한 사람을 사회적으로 판정하는 기준들이 있는데 백신접종반대가 그 중 하나일세. [그는 단위의 자기 자리에 앉는다].

**패트릭 경.** 버나드 쇼? 난 이름을 들어본 적 없는데. 그 사람은 감리교 목사인 모양이군.

**루이스.** [분개하며] 아닙니다, 아니에요. 그 사람은 현존하는 사람 중에서 가장 앞서가는 사람입니다. 그는 뭐라고 규정할 수 없는 사람이에요.

**패트릭 경.** 젊은이, 내가 자네한테 장담하건대, 우리 아버지는 자네나 쇼 선생이 태어나기 전에 존 웨슬리의 육성을 통해 죄로부터의 해방에 관한 교리를 배운 분이라네. 한때는 그게 설탕에다 모래를 섞고, 우유에다 물을 타는 행위에 대한 변명만큼 인기가 있었다네. 자넨 확고한 감리교인이야, 젊은이. 하지만 자넨 이걸 모르고 있어**.

---

\* 백신접종반대론자(anti-vaccinationist): 쇼는 1906년 전국 반 백신접종 연맹에 '백신접종법은 상처에 쓰레받기의 내용물을 문지르는 것과 같다'라고 격려 편지를 썼다.

\** 존 웨슬리(John Wesley, 1703-1791)는 영국의 신학자이자 성공회 사제로서 감리교를 창시했다. 그의 '죄로부터의 해방' 교리란 신앙을 통해 죄의 속박에서 벗어나 구원을 받을 수 있다는 교리를 말한다. 패트릭 경은, 이 교리를 빙자하여 부정행위를 저지르고도 용서받을 수 있다고 주장하는 사람들을 비판한 것이다. 두비댓이 주장하는 현대적인 사상이란 게 사실은 오래된 교리를 잘못 이해한 데서 비롯된 것이라며, 겉모습으로만 보자면 두비댓이 확고한 감리교인이라고 비꼬았다.

**루이스.** [*처음으로 심각하게 화를 내며*] 그건 지적 모욕입니다. 저는 죄 같은 건 존재한다고 보지 않습니다.

**패트릭 경.** 자, 이 사람아, 병 같은 건 존재한다고 보지 않는 사람들도 있다네. 내가 알기론 그 사람들은 자기들을 기독교 과학자라고 부르지. 그 사람들이야말로 자네의 불평과 딱 맞을 걸세.[*] 우리는 자넬 위해 해 줄 수 있는 게 없어. [*그는 일어선다*] 좋은 오후 보내게나.

**루이스.** [*그에게 달려가서 애처롭게*] 아, 일어서지 마세요, 패트릭 경. 가지 마세요. 제발요. 맹세코, 충격을 드리려던 게 아닙니다. 다시 앉으십시오. 기회를 한 번만 더 주십시오. 2분만 더요. 더 이상 바라지 않습니다.

**패트릭 경.** [*예의를 차린 표현에 놀라고 약간 감동해서*] 그럼-[*그가 앉는다*].

**루이스.** [*감사하여*] 정말 감사합니다.

**패트릭 경.** [*계속하며*] 자네한테 2분을 더 주는 건 개의치 않네. 하지만 나한테 말을 걸진 말게, 난 임상에서 은퇴했으니. 게다가 나는 자네의 병을 치료할 수 있는 척하지 않네. 자네 목숨은 이 신사들의 손에 달렸어.

**리전.** 제 손엔 아닙니다. 제 손은 가득 찼습니다. 이 환자를 치료할 시간도 수단도 없습니다.

**패트릭 경.** 자넨 뭐라고 할 텐가, 월폴 선생?

**월폴.** 아, 저는 이 사람을 치료하기 위해 책임을 질 겁니다. 저는 이게

---

[*] 패트릭 경은 루이스의 지적 모욕이라는 불평과 죄의 존재를 믿지 않는다는 비논리적 태도를 확인하고는, 병의 존재를 믿지 않는 기독교 과학자의 비과학적 태도와 잘 어울리겠다고 비꼰 것이다.

전혀 도덕을 따질 사례가 아니란 걸 확신한 것 같습니다. 이건 신체를 따질 사례입니다. 이 사람의 뇌에 뭔가 비정상적인 게 있습니다. 그건 아마도 어떤 병리적 조건이 척수에 영향을 미친다는 걸 뜻합니다. 게다가 그건 순환을 뜻하지요. 간단히 말해서, 저한텐 이 사람이 불분명한 종류의 패혈증으로 고통 받는다는 게 분명합니다. 이 병은 견과류형 액낭에 시독이 모여 생긴 게 거의 확실합니다. 전 그 액낭을 제거할-

**루이스.** [안색을 바꾸며] 저를 수술하겠다는 뜻입니까? 억! 고맙지만 사양하겠습니다.

**월폴.** 겁먹지 말게. 자네는 아무것도 못 느낄 거야. 물론 마취상태에 있을 거고. 게다가 이건 예외적으로 흥미로울 걸세.

**루이스.** 아, 그런데, 그게 당신한테 흥미로운지와 아프지 않을 건지는 서로 다른 문제지요. 당신이 그렇게 하도록 허용해 주는 대가로 저한테 얼마를 주실 겁니까?

**월폴.** [분개해서 일어서며] 얼마를 줘! 무슨 뜻인가?

**루이스.** 그럼, 당신은 제가 아무 대가도 없이 제 걸 떼어 내도록 허락하리라고 예상하진 않으시죠, 그렇죠?

**월폴.** 자네는 아무 대가 없이 내 초상화를 그리겠나?

**루이스.** 아니요, 하지만 그린 뒤에는 초상화를 드릴 겁니다. 그러면 당신은 나중에 초상화를 아마 두 배의 돈을 받고 팔 수 있지요. 하지만 저는 당신이 떼어 내 준 제 액낭을 팔 수 없고요.

**월폴.** 리전, 자넨 이런 말을 들어본 적 있나! [루이스에게] 자, 자네는 견과류형 액낭과 결핵 걸린 폐, 병든 뇌를 그대로 지니고 있게. 난 이제부터 자네 문제와는 상관이 없네! 누군가에게는 내가 마치 이 사람에게 호의를 베풀지 않은 것처럼 보이겠군! [그는 *몹시 화나서 자신의 스툴로 돌아간다*].

**패트릭 경.** 이제 자네 병에서 물러나지 않은 의사는 하나뿐이네, 두비댓 씨. 자네가 애원해 볼 사람이 랠프 블룸필드 보닝턴 경 말고는 없어.

**월폴.** 내가 자네라면, 비비, 이 사람을 젓가락으로도 건드리지 않을 거야. 이 사람이 브롬프톤 병원으로 자기 폐를 가져가게 하게. 그들이 이 사람을 치료해 주지는 않을 거야. 하지만 예절은 가르쳐 줄 걸세.

**비비.** 값어치가 전혀 없는 사람한테라도 아니라고 말할 수 없다는 게 내 약점일세. 게다가 나는 우리가 구하는 생명의 가치에 대해 따지는 것이 의료현장에서 가능하다고 여기지 않는다는 걸 말해야 한다네. 생각해 보게, 리전. 당신한테 질문하겠습니다, 패디. 위선적인 말투를 자네의 마음속에서 지우게, 월폴.

**월폴.** [*분개하여*] 내 마음속에는 위선적인 말투가 없네.

**비비.** 아주 그렇지. 자, 이제 제 진료를 보십시오. 그것은 아마도 여러분이 말하는 유행하는 진료, 세련된 진료, 최고위층 환자들을 상대하는 진료라고 할 수 있을 겁니다. 여러분은 나에게 내 환자들이 자신을 위해서나 남들을 위해서 무슨 쓸모가 있는지에 대해 따져 보라고 요구합니다. 그럼, 여러분이 내가 알고 있는 과학적 테스트를 적용하면 결국 모순에 이를 겁니다*. 여러분은 내 환자들의 대다수가, 내 친구인 J. M. 배리**가 간결하게 표현했듯이, 죽는 게 낫다는 결론에 이를 것입니다***. 죽는 게 낫다. 의심할 여지없이, 예외가 있지요. 가령, 본질상 사회적 민주주의 기관****인 법원이 있는데, 이건 공공이 마련한 재원으로 유지됩니다. 왜냐하면 공공이 그걸 원하고 좋아하기 때문이지요. 내 법원의 환자*****들은 열심히 일하는 사람들이며 의심의 여지없이 남한테 만족을 줍니다. 한번은 한 명인지 두 명인지 공작인 환자가 있었는데, 이들의 토지는 공공이 관리하는 것보다 아마도 더 잘 관리되고 있을 겁니다. 하지만 나머지의 대다수에 대해

---

* 사실 비비가 사용한 단어는 '모순'이 아니라 '귀류법(라틴어 표현으로는 reductio ad absurdum=영어로는 reduction to absurdity(모순으로의 환원) 혹은 proof by contradiction(모순에 의한 증명))'이다. 이 방법은 명제의 결론의 부정을 가정하여 형성한 전제가 모순에 이름을 보여 간접적으로 명제가 참임을 증명하는 방법이다. 다시 말하자면, 어떤 주장의 부정을 가정해서 그 함의하는 내용을 따라가다 보면 이치에 닿지 않는 결론 즉, 모순에 이르게 된다는 것을 보여서 애초의 주장이 참임을 간접적으로 증명하는 방법이다. 가령, p(명제의 전제)이면 q(명제의 결론)라는 명제가 참임을 증명하고자 한다고 치자. p이면서 q가 아니라고(명제의 결론의 부정) 가정해서 모순에 이르게 되면 애초의 명제가 참임이 증명되는 것이다. 어떤 귀류법 적용에서도 마지막엔 모순임을 증명하는 형식을 거쳐야 하기 때문에 '귀류법'을 '모순'으로 옮긴 것이다.
** J. M. 배리(Sir James Matthew Barrie, 1860-1937): 스코틀랜드의 소설가, 희곡작가. 런던에 살 때 쇼와는 이웃이었다.
*** '죽는 게 낫다'는 환자들의 삶의 질이나 가치가 낮다는 것을 암시하는 것으로, 환자 생명의 가치를 과학적으로 평가하려는 시도가 이런 비극적이고 불합리한 결론 즉 모순에 이를 수 있음을 강조한 말이다.
**** 사회적 민주주의 기관(social-democratic institution): 법원은 사회의 정치적 특징과 무관하게 필요한 기구이다. 그런데도 굳이 이 단어를 언급한 이유는 쇼가 가입한 페이비언 협회(Fabian Society)가 점진적 사회주의를 추구하기 때문일 수도 있고, 이 극이 풍자극인 점을 감안하면 작가의 위트일 수도 있겠다.
***** 내 법원의 환자(my court patient): 병원도 법원과 마찬가지로 공공성이 있는 기관이다. 병원의 환자가 법원의 피고소인에 상응한다는 뜻으로, 혹은 병원에서 의사는 법원의 재판장 역할을 한다는 뜻으로 이해하면 되겠다.

서 내가 논의한다면 판결은 의심의 여지없이 '죽는 게 낫다'일 겁니다. 환자들이 실제로 죽을 때, 나는 때로 가족들에게 약간 진지한 척 위로의 말을 건넵니다. [자기 목소리의 억양으로 마음이 누그러져서 그는 점점 활기를 잃는다] 환자 가족들이 간병에 그렇게 터무니없이 돈을 낭비한다는 사실이, 환자를 살려 두기 위해 내가 재능을 허비하는 일이 옳다고 말해 주지는 않을 겁니다. 어쨌든 치료비가 높으면 나는 돈을 많이 쓰게 됩니다. 나 자신의 취향은 소박하지요. 야전침대 하나와 방 둘, 굳은 빵 한 조각에 와인 한 병이면 나는 행복하고 만족하지요. 내 아내의 취향은 아마 더 사치스러울 겁니다. 하지만 심지어 그녀도 과다한 병원비지출을 비난하지요. 오로지 지출의 목적이 환자들이 간병인들에게 요구하는 상태를 유지하기 위한 것이라면서. 저-어-어-어-[갑자기 정신을 차리고] 말의 맥락을 놓쳤군. 내가 무슨 말을 하던 중이었나, 리전?

**리전.** 두비댓에 대해서지.

**비비.** 아, 그래, 정확해. 고맙네. 두비댓이지, 물론. 그럼, 우리의 친구인 두비댓은 어떤 사람인가? 그림에 재능이 있지만 타락하고 무례한 젊은이지.

**루이스.** 감사합니다. 저한테 신경 쓰지 말고 말씀하시죠.

**비비.** 하지만, 그럼, 내 환자들의 다수는 어떤 사람들인가? 아무짝에도 재능이 없으면서도 타락하고 무례한 젊은이들이지. 내가 그들의 가치에 대해 따지기 위해 하던 일을 멈춰야 한다면 내 환자의 사분의 삼을 포기해야 하네. 그래서 나는 그걸 따지지 않기로 규칙을 정했어. 이제, 치료비를 지불하는 환자한테 그런 규칙을 세웠던 명예로운 남자인 내가 치료비를 지불하지 못할 환자, 더 정확히는 돈을 빌리는 환자로 분류해야 마땅한 환자를 위해 예외를 둘 수 있을까? 아니지. 난 아니라고 말하네. 두비댓 씨, 자네의 도덕적 기질은 나한 테 아무 의미가 없네. 난 자네를 오로지 과학적 관점에서 바라볼 뿐 이네. 나에게 자네는 오로지, 결핵균이라는 침략군이 식세포라는 애 국군인과 싸우는 전장일 뿐이야. 자네 부인과 약속했으니, 내 원칙 에 따르자면 나는 식세포를 자극하길 멈출 수가 없다네. 난 그걸 자 극할 걸세. 그리곤 나는 더 책임이 없네. [그는 지쳐서 자신의 의자에 털썩 주저앉는다].

**패트릭 경.** 자, 두비댓 씨, 랠프 경이 자네를 책임지기로 친절히 제안 했으니, 그리고 내가 약속한 2분도 지났으니 이만 난 실례해야겠네. [그가 일어선다].

**루이스.** 아, 물론이죠. 저도 당신과의 일을 마쳤습니다. [일어서며 도 화첩을 들어 올리고는] 여기요! 당신들이 말하는 동안 저는 그림을 그렸습니다*. 당신들의 훈계는 뭘 남겼나요? 얼마간의 탄산가스로 방을 건강에 덜 좋게 만든 것 밖에는 없지요. 제 일은 뭘 남겼습니 까? 거기. 보세요. [리전이 일어서서 그걸 들여다본다].

**패트릭 경.** [옥좌로부터 내려와 루이스에게 다가가서] 이게 자네가 나 를 그린 거라고?

**루이스.** 물론이죠. 달리 뭘 했겠습니까?

**패트릭 경.** [그한테서 그림을 받아서 인정한다는 듯이 툴툴거리며] 그

---

* 루이스가 패트릭 경에게 기회를 달라며 애원했던 2분이 그림을 마무리하기 위한 시간 임이 드러난다.

거 상당히 괜찮군. 그렇게 생각하지 않나, 콜리?

**리젼.** 아닙니다. 매우 좋아서 제가 가지고 싶습니다.

**패트릭 경.** 고맙네만 나 자신이 소장하고 싶네. 자네 생각은 어떤가, 월폴?

**월폴.** [일어서서 보러 와서는] 아니, 이럴 수가, 내가 이걸 가져야겠습니다.

**루이스.** 그걸 그냥 당신한테 드리고 싶습니다, 랠프 경. 하지만 그걸 포기하느니 차라리 5기니를 내겠습니다.

**리젼.** 아, 그 문제라면 난 6기니를 주겠소.

**월폴.** 10기니.

**루이스.** 패트릭 경이야말로 도덕적으로 그걸 가질 자격이 있다고 봅니다. 모델로 수고하셨으니까요. 12기니에 댁으로 보내드릴까요, 패트릭 경?

**패트릭 경.** 12기니! 자네가 왕립학술원장이라도 안 되네, 젊은이. [그가 그림을 루이스에게 단호히 되돌려주고는 방향을 돌려 모자를 집으러 간다].

**루이스.** [비비에게] 이걸 12기니에 가지시겠습니까, 랠프 경?

**비비.** [루이스와 월폴 사이에 오며] 12기니? 고맙네. 그 가격이면 내가 사겠네. [그가 그림을 받아서 패트릭 경에게 건넨다] 이걸 저한테서 받으시죠, 패디, 그리고 이 그림을 오래토록 감상하십시오.

**패트릭 경.** 고맙네. [그가 그림을 모자 안에 넣는다].

**비비.** 자네와는 지금 당장 정리할 필요가 없네, 두비댓 씨, 내가 받을 치료비는 그보단 더 나올 걸세. [그도 자신의 모자를 되찾는다].

**루이스.** [분개하여] 이런, 비열하기 짝이 없-[말을 잇지 못한다]! 저라면 그런 일을 하느니 차라리 총에 맞는 게 낫겠어요. 난 당신들이 그 그림을 훔쳤다고 봅니다.

**패트릭 경.** [냉담하게] 그래서 우리가 자네를 결국은 도덕을 믿도록 전향시켰군*, 그렇지?

**루이스.** 야아! [월폴에게] 약속했던 10기니를 주시면, 당신을 위해 다른 그림을 그려드리겠습니다, 월폴.

**월폴.** 아주 좋아. 그림을 배달할 때 돈을 주겠네.

**루이스.** 아! 저를 뭐로 보시는 겁니까? 제 명예를 못 믿으시는 겁니까?

**월폴.** 조금도 못 믿지.

**루이스.** 아 그럼, 물론 그렇게 느끼신다면 어쩔 수 없겠지요. 가시기 전에, 패트릭 경, 제가 제니퍼를 불러오겠습니다. 제가 알기론 아내가 당신을 뵙고 싶어 합니다. 괜찮으시면 말입니다. [그가 안쪽 문으로 간다] 그리고 이제, 아내가 오기 전에 한마디만 하겠습니다. 여러분은 여태껏 저에 대해 아주 자유롭게 얘기하셨습니다. 여기가 제 집인데도 말입니다. 저는 남자라서 스스로를 보살필 수 있습니다. 하지만 제니퍼가 들어오면 그녀가 숙녀라는 점을 염두에 두세요. 그리고 여러분께서 신사로 처신해 주시길 기대하겠습니다. [그가 나간다].

**월폴.** 이런!!! [그로선 말로 표현할 수 있는 상황이 아니라서 포기하고 모자를 집으러 간다].

**리전.** 지랄 맞게 몰염치한 놈!

---

* 루이스는 도덕을 믿지 않는다고 선언한 적이 있다.

**비비.** 저 사람이 좋은 인맥을 가지고 있다는 걸 알게 되어도 난 전혀 놀라지 않을 걸세. 뚜렷한 근거 없이 품위와 자제를 보이는 사람을 만나면, 언제나 난 상대가 좋은 가문 출신이라고 진단한다네.

**리전.** 예술적 천재를 가졌다고 진단하게, 비비. 그게 저 사람의 자존심을 지켜 준다네.

**패트릭 경.** 세상은 그런 식으로 돌아가지. 점잖은 사람이 늘 속물한테 훈계를 듣거나 창피를 당하게 되고.

**비비.** [*이걸 받아들이길 전적으로 거부하며*] 저는 창피당하지 않습니다. 저는 맹세코, 저를 창피 줄 남자를 만나고 싶습니다. [*제니퍼가 들어온다*] 아, 두비댓 부인! 안녕하십니까?

**두비댓 부인.** [*그와 악수하며*] 모두 와 주셔서 대단히 감사합니다. [*그녀는 월폴과 악수한다*] 감사합니다, 패트릭 경 [*그녀는 패트릭 경과 악수한다*] 아, 경을 알게 된 후 삶은 살 만한 가치가 있는 것이었지요. 리치먼드 이후로 저는 한순간도 두려움이란 걸 모릅니다. 그리고 그 전에는 두려움밖에 없었지요. 앉아서 진찰결과를 저한테 말씀해 주지 않으시겠습니까?

**월폴.** 괜찮으시면 저는 가겠습니다, 두비댓 부인. 저는 약속이 있습니다. 가기 전에 저는 본 사례의 성격에 대해 동료들과 의견을 거의 같이한다는 점을 말씀드립니다. 이 병의 원인과 치료에 대해선 제 전문분야가 아닙니다. 저는 외과의일 뿐입니다. 이분들은 내과의이니 당신한테 조언해 줄 겁니다. 저도 나름의 견해를 가질 수 있습니다. 사실 저는 가지고 있습니다. 게다가 제 동료들은 그걸 완벽히 압니다. 만약 제가 필요하면-결국 제가 필요할 겁니다-이분들이 제 연락처를 압니다. 저는 늘 당신을 도울 준비가 되어 있습니다. 그럼 오늘은 이만, 안녕히 계세요. [그가 나가자, 그의 퇴장과, 격식을 차린 태도를 예상치 못한 제니퍼는 매우 당황한다].

**패트릭 경.** 나도 실례해야겠습니다, 두비댓 부인.

**리전.** [걱정이 되어] 선생님도 가시게요?

**패트릭 경.** 그렇네. 난 여기서 쓸모가 없으니 돌아가야겠어. 아시다시피, 부인, 나는 이제 진료를 보지 않습니다. 그러니 이 병에 대한 책임을 맡지 않을 겁니다. 그건 콜렌조 리전 경과 랠프 블룸필드 보닝턴 경한테 있습니다. 이들은 내 의견을 압니다. 안녕히 계세요, 부인. [그가 허리를 굽혀 인사하고 문으로 향한다].

**두비댓 부인.** [그를 붙들며] 아무런 문제가 없지요, 있나요? 루이스가 더 나빠진다고 생각하시진 않지요, 나빠지나요?

**패트릭 경.** 아닙니다. 그가 나빠지는 건 아닙니다. 리치먼드에서와 똑같습니다.

**두비댓 부인.** 아, 감사합니다. 저를 섬뜩하게 하셨어요. 실례했습니다.

**패트릭 경.** 그런 말씀 안 하셔도 됩니다, 부인. [그가 나간다].

**비비.** 자, 두비댓 부인, 제가 이 환자를 맡기 시작하면-

**두비댓 부인.** [걱정이 돼서, 리전을 흘끗 쳐다보고는] 선생님께서! 하지만 전 골렌조 경이 맡아 주실 걸로 생각했-

**비비.** [자신이 그녀에게 가장 즐거운 놀라움을 준다고 굳게 믿는 동시에 밝게 미소 지으며] 친애하는 부인, 남편은 저한테 치료받을 겁니다.

**두비댓 부인.** 하지만-

**비비.** 말할 필요 없습니다. 이건 부인을 위해서 제가 기꺼이 하는 일입니다. 콜렌조 리전 경은 자기한테 알맞은 장소인 세균학 연구실에 있을 겁니다. 저는 저한테 알맞은 장소인 병상 옆에 있을 거고요. 당신의 남편은 온전히 왕족처럼 대접받을 겁니다. *[마음이 불편한 두비댓 부인은 항의하기 직전이다.]* 감사하실 필요 없습니다. 장담하건대, 그러시면 제가 화낼 겁니다. 이제 당신이 이 아파트에 특별히 매여 있는지 여쭤봐도 될까요? 물론 차가 있으니 떨어진 거리가 무의미하긴 하지만, 저하고 더 가까이 계시면 조금 더 편리하실 거라고 말씀드립니다.

**두비댓 부인.** 보시다시피 이 작업실과 아파트는 자족형입니다. 저는 전에 숙박시설에서 크게 고통을 겪었습니다. 하인들이 지독하게 속인답니다.

**비비.** 아! 하인들이? 하인들이요? 저런!

**두비댓 부인.** 저는 물건을 단속하는 일에 익숙하지 못했습니다. 그래서 많은 물건을 잃었습니다. 마침내 두려운 일이 생겼습니다. 5파운드짜리 지폐를 잃었습니다. 그걸 추적하니 하녀한테서 나오더군요. 그리고 그녀는 루이스가 줬다는 겁니다. 그런데 루이스는 저한테 아무것도 하지 말라더군요. 그 사람은 너무 예민해서 이런 일로 사람이 돌아 버립니다.

**비비.** 아-흠-하-예-더 말 마세요, 두비댓 부인, 이사 안 하셔도 됩니다. 산이 마호멧한테로 오지 않으면 마호멧이 산한테로 가야지요*. 이제 전 가야겠습니다. 편지를 써서 약속을 잡겠습니다. 우리가 아-

---

* 프랜시스 베이컨의 수상록에 나온다. 요구대로 일이 이행되지 않으면 다른 방법을 찾아야 한다는 말이다.

아-아마 다음 화요일에 식세포를 자극할 겁니다만 알려드리겠습니다. 저한테 의지하시고, 속 태우지 마시고, 규칙적으로 드시고, 잘 주무시고, 희망을 가지시고, 환자를 즐겁게 해 주시고, 최선을 기대하시고, 매력적인 여인만 한 강장제가 없으며, 유쾌함만 한 약이 없으며, 과학만 한 수단이 없으니. 안녕, 안녕, 안녕히 계세요. [악수를 하고-그녀는 너무 질려 말이 나오지 않는다-그가 나가며 리전에게 말하려고 멈추고는] 화요일 오전에 정말 강력한 항독성 혈청을 한 대롱 보내 주게. 아무 종류라도 되네. 잊지 말게. 잘 있게, 콜리. [그가 나간다].

**리전.** 다시 상당히 낙담하신 듯 보이는군요. [그녀가 거의 눈물을 흘릴 지경이다] 무슨 일이십니까? 실망하셨습니까?

**두비댓 부인.** 정말 감사드려야 한다는 걸 알아요. 전 정말 감사합니다. 하지만-하지만-

**리전.** 그래서요?

**두비댓 부인.** 저는 선생님께서 루이스를 치료해 주시길 간절히 바랐거든요.

**리전.** 자, 랠프 블룸필드 보닝턴 경은-

**두비댓 부인.** 그래요, 알아요, 압니다. 그분과 함께하게 되어 크나큰 혜택인 거 압니다. 하지만 아, 선생님께서 맡아 주시길 바랐거든요. 이건 분별력 없는 처신인 걸 압니다. 전 설명할 수가 없습니다만 선생님께서 그를 치료해 주실 거라는 강한 직감이 있었거든요. 전 랠프 경한테는 같은 걸 느끼지도 못하고, 느낄 수도 없습니다. 선생님이 약속하셨잖아요. 왜 루이스를 포기하셨죠?

**리전.** 설명드렸습니다. 환자를 더 받을 수가 없습니다.

**두비댓 부인.** 하지만 리치먼드에선?

**리전.** 리치먼드에선 한 명 더 받을 수 있을 거라고 생각했습니다. 하지만 제 옛친구이자 의사인 블렌킨숍 선생이 그 자리를 요구한 겁니다. 그 사람 폐가 감염되었거든요.

**두비댓 부인.** [블렌킨숍한테는 아무 관심도 두지 않고] 그 연세 드신 분 말인가요? 바보 같은-

**리전.** [엄하게] 저희와 함께 식사한 신사 말입니다. 어느 누구 못지않게 가치 있는 삶을 사는, 뛰어나고 정직한 남자지요. 저는 제가 그 사람을 맡고, 랠프 블룸필드 보닝턴 경이 두비댓 씨를 맡기로 조정했습니다.

**두비댓 부인.** [그한테 분노를 터뜨리며] 뭔지 알겠네요. 아! 이건 시샘하고, 야비하고, 잔인한 거예요. 그리고 전 선생님이 그런 걸 초월한 분이라고 생각했습니다.

**리전.** 무슨 뜻입니까?

**두비댓 부인.** 아, 제가 모를 거라고 생각하시나요? 전엔 이런 일이 없었다고 생각하시나요? 왜 모든 사람들이 그한테서 등을 돌리나요? 그가 선생님보다 빼어나서 용서할 수가 없나요? 더 영리해서? 더 용감해서? 위대한 예술가라서?

**리전.** 아닙니다. 저는 그 온갖 이유 때문에 그를 용서할 수 있습니다.

**두비댓 부인.** 그럼, 그를 비난할 걸 뭐라도 찾으셨나요? 저는 그를 등진 사람들한테 따졌습니다. 그가 처신을 잘못한 게 뭔지, 그리고 입 밖에 낸 야비한 생각이란 게 뭔지 내 앞에서 말해 보라고 사람들한

테 따졌습니다. 그 사람들은 저한테 말할 게 하나도 없다고 늘 실토
했습니다. 저는 이제 선생님한테 따지겠습니다. 그를 뭐라고 비난
하시겠습니까?

**리전.** 저도 다른 사람들과 똑같습니다. 당신 앞에선 그를 비난하는
말을 한마디도 할 수 없습니다.

**두비댓 부인.** [*성에 차지 않아*] 하지만 선생님은 태도가 바뀌었어요.
게다가 그를 환자로 받아 주시겠다는 약속도 어겼고요.

**리전.** 제가 보기엔 당신이 분별력을 얼마간 잃으신 것 같습니다. 그
동안 당신은 남편을 위해 런던에서 가장 우수한 의료진들로부터 조
언을 들었습니다. 그 사람 병은 이 분야의 최고 전문가 한 분한테 책
임이 맡겨진 겁니다. 분명히-

**두비댓 부인.** 아, 저한테 그 말씀을 계속하다니 정말 잔인하시군요.
그게 괜찮아 보이기는 하지만 제가 잘못 판단한다고 우기네요. 하
지만 저는 잘못 판단하지 않아요. 저는 선생님에 대한 믿음이 있습
니다. 다른 사람들에 대해선 믿음이 없고요. 우리는 수많은 의사들
을 만났어요. 저는 결국 그 사람들이 말만 하지 실제론 할 수 있는
게 아무것도 없다는 걸 알게 되었고요. 선생님과는 달라요. 선생님
은 아실 거라고 믿어요. 제 얘길 들어 주셔야 해요, 의사님. [*갑작스
런 실수를 깨달곤*] 제가 선생님이라고 부르지 않고 의사님이라고 불
러서 언짢으신가요?

**리전.** 말도 안 됩니다. 저는 의사입니다. 하지만 월폴한테는 그러지
마세요.

**두비댓 부인.** 전 월폴 씨한테는 관심 없습니다. 선생님만 제 편이 되

어 주시면 됩니다. 아, 몇 분만 앉아서 제 얘길 들어주시겠습니까?
[그가 무거운 마음으로 따르기 위해 소파에 앉는다. 그녀는 이젤 옆
의자에 앉는다] 감사합니다. 오래 걸리지 않을 겁니다만 진실만 말
씀드리겠습니다. 들어주세요. 세상 어디에도 나만큼 그를 아는 사
람은 없으며 앞으로도 없을 겁니다. 저는 그 사람의 아냅니다. 그한
테 얼마간의 흠이 있다는 걸 압니다. 참을성도 부족하고, 예민하고,
심지어 약간 이기적이기도 하지만 이런 건 너무 사소해서 그는 알아
차리지도 못합니다. 그가 때로 돈 문제로 사람들에게 충격을 주기도
한다는 걸 압니다. 이건 그가 돈 문제에 초월해 있고 보통 사람들이
돈에다 두는 가치를 이해할 수 없기 때문이지요. 말씀해 주세요. 그
가 선생님께 돈을 빌렸나요?

**리전.** 한 번 얼마를 부탁했습니다.

**두비댓 부인.** [눈에 눈물이 비친다] 아, 정말 죄송해요-너무 죄송합니
다. 하지만 다시는 그러지 않을 겁니다. 선생님께 맹세합니다. 그는
제게 약속했습니다. 선생님이 오시기 전 이 방에서요. 그래서 그는
자기 말을 어길 수가 없습니다. 돈 문제는 정말로 그의 유일한 약점
입니다. 그리고 그는 이제 그걸 극복했고 영원히 되돌아가지 않을
겁니다\*.

**리전.** 정말로 그 사람의 약점이 그것뿐이었습니까?

**두비댓 부인.** 그는 아마 때로 여자한테 약하기도 하지요. 여자들이 그
를 너무 띄우기도 하고 늘 올가미를 놓으니까요. 게다가 물론 그가

---

\* 리전은 언제 두비댓이 돈을 빌려달라고 부탁했는지는 말하지 않았다. 부인은 그 일이
이전의 일이라고 짐작하고, 남편이 방금 전 자기하고 약속했으니 앞으로는 그럴 일이
없을 거라고 말한다. 그만큼 부인은 남편을 믿고 있다.

도덕을 믿지 않는다고 말하면 신심이 깊은 분들은 그를 사악하다고 여깁니다. 이 온갖 것들이 어떻게 그에 대해 엄청난 소문을 일으키고, 결국 좋은 친구들도 그에게서 등을 돌릴 때까지 되풀이된다는 것을 선생님은 이해하실 수 있죠, 그렇죠?

**리전.** 그럼요. 전 이해합니다.

**두비댓 부인.** 아, 선생님께서 제가 아는 만큼 그이의 다른 면을 아시기만 한다면! 루이스가 정말로 나쁜 행동으로 자신의 명예를 떨어트리면 전 죽어 버려야 한다는 걸 알아 두세요, 의사님.

**리전.** 이보세요! 확대해석 마세요.

**두비댓 부인.** 전 죽어 버려야 합니다. 선생님 같은 동부지방 분들은 그걸 이해하지 못합니다.

**리전.** 콘월에서 세상의 많은 부분을 보진 못했겠지요, 보셨나요?

**두비댓 부인.** [순진하게] 아, 그럼요. 저는 매일 세상의 아름다움을 엄청 많이 봤는걸요. 선생님이 이곳 런던에서 보시는 것보다 더 많이요. 하지만 저는 아주 적은 수의 사람들만 만나봤습니다. 선생님께서 그걸 의미하시는 거라면 말입니다. 저는 외동이었거든요.

**리전.** 그것이 정말 많은 걸 설명해줍니다.

**두비댓 부인.** 저에겐 아주 많은 꿈이 있었습니다만 그 모든 것들이 마침내 하나로 모였습니다.

**리전.** [반은 한숨을 쉬며] 그렇군요. 평범한 꿈이지요.

**두비댓 부인.** 평범한 꿈이라고요?

**리전.** 제가 추측하자면 그렇습니다. 당신은 아직 그게 뭔지 말씀하시지 않았습니다.

**두비댓 부인.** 저는 자신을 허비하고 싶지 않았습니다. 스스로는 할 수 있는 게 아무것도 없었지만 재산이 약간 있어서 도움이 될 수 있었지요. 심지어 저는 얼마간 미모도 갖췄습니다. 그걸 자각했다고 해서 절 허영심이 있다고 생각하지는 마세요. 저는 천재들이 늘 처음엔 가난과 멸시로 언제나 끔찍하게 악전고투한다는 걸 알게 되었습니다. 제 꿈은 그런 처지에 있는 이들 중 하나를 구해 내는 것이었습니다. 그래서는 한 남자의 삶에 얼마간의 매력과 행복을 불러오는 것이었지요. 저는 한 사람을 데려다 달라고 하느님께 기도했답니다. 제 기도에 대한 응답으로 루이스가 저한테 인도되었다고 저는 굳게 믿습니다. 템스 강둑이 콘월의 해변과 다른 것 이상으로 그이는 제가 만나 본 다른 남자와는 달랐습니다. 그는 제가 본 것을 뭐든 보았지요. 그리곤 저를 위해 그걸 그렸습니다. 그는 모든 걸 이해했습니다. 그는 아이처럼 저에게 다가왔습니다. 호감만 가졌을 뿐 그는 심지어 저와 결혼하고 싶어 하지도 않았습니다, 의사님. 그는 다른 남자들이 염두에 두는 걸 염두에 둬 본 적이 없습니다! 저는 어쩔 수 없이 결혼을 스스로 신청했답니다. 그러자 그는 돈이 없다더군요. 제가 돈이 약간 있다고 하자, 그는 "그럼, 좋아요" 하며 아이처럼 좋아했습니다. 그이는 여전히 그와 같아요. 때가 조금도 묻지 않았고, 자신의 생각 속에서는 남자였으며, 꿈속에서는 위대한 시인이자 예술가였으며, 자기 나름으로는 아이였답니다. 저는 그에게 저 자신과 가지고 있던 모든 것을 바쳤습니다. 그가 풍성한 햇볕으로 높이 자랄 수 있도록 말입니다. 제가 그에 대한 믿음을 잃는다면 그건 바로 제 삶의 파멸이자 실패를 뜻합니다. 전 콘월로 돌아가서 죽어야 합니다. 제가 뛰어 내릴 바로 그 절벽을 보여 드릴 수 있습니다. 선생님이 그를 치료하셔야 합니다. 선생님이 그를 아주 건강하게 저한테 돌려주셔야 합니다. 저는 선생님이 하실 수 있다는 것도, 다른 누가 할 수 없다는 것도 압니다. 제가 부탁하는 걸 뿌리치지 말아 달라고 선생님께 간청합니다. 선생님께서 루이스를 맡으시고, 랠프 경이 블렌킨숍 의사를 맡게 해 주십시오.

**리전.** [*천천히*] 두비댓 부인, 말씀하시는 것처럼 정말 제 지식과 기술에 대한 믿음이 있으신가요?

**두비댓 부인.** 정말로요. 저는 제 믿음을 절반만 주지는 않습니다.

**리전.** 압니다. 자, 저는 당신을 단단히 시험하려고 합니다. 방금 저에게 말씀해 주신 것을 제가 이해한다는 것과, 저로선 가장 충직한 우정에 따라 당신한테 이바지하는 것밖에는 아무것도 바라는 게 없다는 것과, 당신의 영웅을 당신 곁에 살려 두어야 한다는 것을 말씀드릴 때 저를 믿어 주셔야 합니다.

**두비댓 부인.** 아 용서해 주세요. 제가 말한 것을 용서해 주세요. 선생님은 그이를 제 곁에 살려 두실 거예요.

**리전.** 무슨 일이 있어도. [*그녀가 그의 손에 키스한다. 그가 서둘러 일어선다*] 아닙니다. 아직 다 듣지 않으셨습니다. [*그녀도 일어선다*] 당신의 영웅을 살릴 단 한 번의 기회는 바로 루이스가 랠프 경한테 치료를 받는 데 있다는 제 말을 믿으셔야 합니다.

**두비댓 부인.** [*단호히*] 그렇게 말씀하시면 전 더 이상 의문이 없습니다. 저는 선생님을 믿습니다. 감사합니다.

**리전.** 안녕히 계세요. [*그녀는 그와 악수한다*] 우리의 우정이 영원하길 바랍니다.

**두비댓 부인.** 그럴 겁니다. 제 우정은 오로지 죽음과 함께 끝이 납니다.

**리전.** 죽음은 모든 걸 끝내지요, 그렇지요? 안녕히.

*그녀를 향해 한숨을 내쉬는 한편 연민의 눈빛을 보내며 그가 떠나가지만 그녀는 그 의미를 알아채지 못한다.*

# 제4막

*작업실. 이젤이 벽 쪽으로 밀려 났다. 왕의 상징인 홀(笏)과 보주(寶珠) 대신에 큰 낫과 모래시계를 가진 저승사자\*가 옥좌에 앉았다. 모자 스탠드에는 패트릭 경과 블룸필드 보닝턴의 모자가 걸렸다. 방금 들어온 월폴이 자기 모자를 이 옆에 거는 중이다. 노크 소리가 들린다. 그가 문을 열자 리전을 발견한다.*

**월폴.** 안녕하신가, 리전!

*이들이 함께 장갑을 벗으며 방의 가운데로 온다.*

**리전.** 무슨 일인가? 자네도 불려 왔나?
**월폴.** 우리 모두 불려 왔지. 나만 방금 왔고. 난 아직 그 사람을 못 봤어. 구닥다리 패디 컬런과 비비가 반시간 전에 왔다고 청소부가 알려 주더군. [*패트릭 경이 얼굴에 나쁜 소식을 담아 내실로부터 들어온다*] 그래서, 어떻게 됐습니까?

---

\* 저승사자(Cardinal Death): 서양에서는 많은 사람들이 홍관조(cardinal)를 보는 게 세상을 떠난 이들이 영적으로는 우리와 함께 있다는 전조라고 믿는다. 더 나아가 이 새가 저승과 이승에 있는 사람들 사이의 중개자 역할을 하는 것으로 여기기도 한다. 따라서 Cardinal Death를 저승사자로 옮긴다. 큰 낫은 수확의 도구이니 저승사자가 영혼을 거두는 수단을 상징하고, 모래시계는 그 때가 이르렀음을 알려 주는 도구다.

**패트릭 경.** 들어가서 보게. 비비는 안에 그 사람과 함께 있네.

*월폴이 간다. 리전이 그를 따르려 하자 패트릭 경이 눈짓으로 멈추라고 한다.*

**리전.** 무슨 일입니까?

**패트릭 경.** 자네 제인 마시의 팔을 기억하나?

**리전.** 그게 생겼습니까?

**패트릭 경.** 그게 생겼네. 그의 폐가 그녀의 팔처럼 되었어. 난 이런 사례를 본 적이 없어. 그 사람은 급성 폐결핵이라서 석 달 걸릴 걸 삼일만에 당했지.

**리전.** 비비가 부정적 단계에 치료를 시작했군요.

**패트릭 경.** 부정적이든 긍정적이든, 그 청년은 결딴났어. 오후를 못 넘길 걸세. 갑자기 죽을 거야. 난 그런 걸 종종 봤어.

**리전.** 부인이 그 사람의 참모습을 알아채기 전에 그가 죽는 한 저는 신경 쓰지 않습니다. 전 이걸 충분히 예상했습니다.

**패트릭 경.** *[냉정하게]* 부인이 남편을 너무 높게 평가한다는 이유로 죽어야 한다는 건 청년에게는 좀 가혹하네*. 다행히 우리 중에는 소수만 그런 위험에 놓이지.

*랠프 경이 내실로부터 나와서 서둘러 두 사람 사이에 온다. 인간적으*

---

* 부인의 맹목적 헌신이 오히려 루이스의 삶을 망가뜨리고 말았다는 뜻이기도 하고, 리전이 루이스의 치료를 맡지 않기로 한 결정이 루이스의 아내를 향한 리전의 감정과 관련이 있음을 내비치고 있다.

로는 근심스럽고, 직업적으로는 의기양양하며 수다스러운 모습으로 말이다*.

**비비.** 아, 자네 왔군, 리전. 패디가 물론 자네한테 말해 주셨겠지.

**리전.** 그렇네.

**비비.** 이건 대단히 흥미로운 사롈세. 알다시피, 콜리, 맹세코, 과학적 사실에 관한 문제로서 내가 식세포를 자극하는 중이었다는 걸 알고 있으니, 다른 걸 자극하는 중이었다고 말할 수는 없지. 이걸 어떻게 설명할 수 있습니까, 패트릭 경? 자넨 어떻게 설명할 텐가, 리전? 우리가 식세포를 과도하게 자극했나? 이들이 세균을 먹었을 뿐만 아니라 적혈구도 공격하고 파괴했나? 환자가 창백해진 게 어떤 가능성을 암시하지? 아니면, 이들이 마침내 허파 자체를 갉아 먹기 시작했을까? 혹은 저희들끼리 잡아먹기 시작했을까? 내가 이 사례에 대해 논문을 써야겠어.

*윌폴이 아주 심각해지고 심지어 충격을 받아서 돌아온다.*

**윌폴.** 휴! 비비, 자네가 이번엔 일을 저지르고 말았군.

**비비.** 무슨 뜻인가?

---

* 비비는 자신이 맡은 환자가 죽게 되어 마음이 아프기는 하지만, 환자의 상태를 진단하거나 치료하는 과정에서 알게 된 의학적 지식을 다른 사람들에게 전하고 싶어 하다 보니 의기양양하고 말이 많은 태도를 취하게 된 것이다. 그는 전문가로서의 성취 즉, 유명 인사를 치료하는 과정에 주도적으로 참여하고, 그 결과를 논문이나 강연으로 발표해서 자신의 역량을 마음껏 드러내고 싶은 사람이다.

**월폴.** 그 사람을 죽였지. 패혈증을 무시한 경우 중 최악의 사례를 나는 목격했다네. 이젠 너무 늦어서 할 수 있는 게 없어. 그 사람은 마취상태로 죽을 걸세.

**비비.** [화가 나서] 죽여! 정말이지, 월폴, 자네가 외곬에 빠졌다는 게 잘 알려져 있으니, 나는 그 표현을 진지하게 받아들이지 않겠네.

**패트릭 경.** 이보게 이봐! 자네 둘이 내가 한창때 죽인 사람의 수보다 더 많이 죽이고 나면 그 점에 대해 충분히 겸손한 감정이 들 걸세. 와서 그를 만나 보게, 콜리.

*리전과 패트릭 경이 내실로 들어간다.*

**월폴.** 사과하네, 비비. 하지만 이건 패혈증이야.

**비비.** [자신의 매력적인 천품(天稟)을 되찾으며] 친애하는 월폴, 모든 게 패혈증이야. 하지만 맹세코 나는 리전의 그딴 걸 다시는 사용하지 않을 걸세. 자네가 방금 말한 것에 대해 내가 대단히 예민하게 반응한 것은, 우리 둘 사이의 비밀이네만, 리전이 우리 젊은 친구의 기회를 망쳐 버렸기 때문일세.

*제니퍼가 근심스럽고 괴롭기는 하지만, 늘 그러하듯이 예의바른 태도로 내실에서 나와서 둘 사이에 온다. 그녀는 간호사의 앞치마를 둘렀다.*

**두비댓 부인.** 랠프 경, 저는 어떡해야 합니까? 자기 업무가 루이스한테 중요하다는 뜻을 전하고는 나를 보겠다고 고집하는 저 사람은 신문기자랍니다. 오늘 아침 신문에 루이스가 아프다는 기사 한 꼭지를 내놓고 이 사람이 그것에 관해 루이스와 인터뷰하길 원합니다. 사람들이 어쩜 저렇게 잔인하게 냉정할 수 있습니까?

**월폴.** [복수심에 불타서 문 쪽으로 움직이며] 제가 그 사람을 다루게 해 주세요.

**두비댓 부인.** [그를 중지시키며] 하지만 루이스가 그를 만나겠다고 고집합니다. 그는 그것 때문에 거의 울다시피 합니다. 게다가 더 이상 방에 갇혀 있기가 싫다고 합니다. 자기의 작업실에서 [그녀는 울음을 억누르려고 갖은 애를 쓴다] 죽고 싶다고 합니다. 패트릭 경은 그가 바라는 대로 해 주라고 하십니다. 해로울 게 없다면서요. 전 어떡하죠?

**비비.** [힘을 북돋워 주듯이] 그야 당연히, 패트릭 경의 훌륭한 조언에 따르시죠. 경이 말했듯이 남편한테 해로울 게 없고 의심의 여지없이 좋을 겁니다. 아주 대단히 좋을 겁니다. 그 사람은 그것 때문에 더 좋아질 겁니다.

**두비댓 부인.** [약간 기운이 생겨서] 월폴 씨, 기자를 여기 데려와서, 루이스를 만날 수는 있지만 대화로 지치게 해선 안 된다고 말해 주시겠습니까? 랠프 경, 저한테 화내지 마세요. 하지만 루이스는 여기 있으면 죽을 겁니다. 저는 그를 콘월로 데려가야 합니다. 거기선 회복할 겁니다.

**비비.** [표정이 엄청나게 밝아지며, 두비댓이 이미 회복되기나 한 듯이] 콘월이라고요! 그 사람한테 꼭 알맞은 곳입니다. 폐에는 훌륭한 곳이죠. 이전에 그 생각을 못 한 저는 바봅니다. 당신은 그 사람의 가

장 훌륭한 내과의사입니다, 친애하는 부인. 멋진 생각입니다! 콘월
이라, 물론, 그럼, 그럼, 그럼요.

**두비댓 부인.** [편안해지고 감동받아서] 참 친절하세요, 랠프 경. 하지
만 절 너무 부추기지 마세요. 아니면 전 울고 말 거예요. 그러면 루
이스가 그걸 참을 수 없어 해요.

**비비.** [자신의 팔을 그녀의 어깨에 보호하는 듯이 점잖게 얹으며] 우리
가 그 사람한테로 가서 이리로 데려오도록 돕게 해 주세요. 콘월이
라! 당연히, 당연히. 아주 알맞은 곳이지! [그들은 함께 침실로 간다].


*월폴이 신문기자와 함께 돌아온다. 이 자는 명랑하고 사근사근하긴
하지만 보통의 업무 수행에는 무능하다. 이 사람이 무능한 것은 자신의
선천성 결함에 인한 것으로, 본 것을 정확하게 기술할 수도, 들은 것을
정확하게 이해하거나 보도할 수도 없기 때문이다. 이러한 결함이 문제
가 되지 않는 유일한 분야가 언론계이므로(신문으로선 자기네 설명과
보도에 따라 행동해야 하는 것이 아니며, 목적도 없이 호기심만 많은 사
람들한테 기사를 팔기만 하면 되고, 기사가 부정확하고 진실이 아니라
고 해서 잃을 거라곤 명예밖에는 없기 때문이다) 그는 부득이 언론인이
되었으며, 무식한 데다 고용이 불확실한 바람에 악전고투하는 일상에도
불구하고 기분 좋은 척하는 태도를 유지할 수밖에 없다. 그가 노트를 한
권 가지고는 있으나 속기를 쓸 수도 없고, 어떤 글씨체로든 쉽게 쓰지
못하기 때문에, 그는 대개 한 문장을 끝내는 데 성공하기도 전에 그만두
고 만다.*

**신문기자.** [둘러보며, 기록하려는 시도를 주저하는 가운데] 여기는 스튜디오 같군요.

**월폴.** 그렇소.

**신문기자.** [익살맞게] 여기에 그가 모델들을 두는군요, 그렇죠?

**월폴.** [별 반응 없이 엄하게] 의심할 여지없소.

**신문기자.** 그걸 큐비클*이라고 하셨죠?

**월폴.** 그래요. 튜버클이요.

**신문기자.** 그걸 어떻게 쓰죠? c-u-b-i-c-a-l 아니면 c-l-e인가요?

**월폴.** 결핵, 이런, 큐비컬이 아니라. [그에게 철자를 불러주며] T-u-b-e-r-c-l-e라고.

**신문기자.** 아! 결핵! 어떤 병이겠지요. 전 그 사람이 폐병**에 걸린 줄 알았어요. 당신은 가족 중 한 분인가요 아니면 담당의사인가요?

**월폴.** 나는 이도 저도 아니오. 난 커틀러 월폴 씨요. 적어요. 그다음엔 콜렌조 리전 경이라고 쓰시오.

**신문기자.** 피전?

**월폴.** 리전. [얕잡아 보며 그의 노트를 낚아채더니] 여기, 당신을 위해 내가 직접 써 주는 게 낫겠소. 틀림없이 잘못 적을 테니. 그건 무식한 직업의 속성 때문이지요. 자격증도 없고 공적으로 등록되지도 않은 직업 말이오. [그가 자세한 내용을 적어준다].

---

\* 큐비클(cubicle): 기자가 무식하여 튜버클(tubercle, 결핵)과 발음을 혼동하고 있다. 큐비클은 칸막이 한 작은 침실이나 열람실을 말한다.

\*\* 폐병(consumption): 기자는 튜버클과 그것의 옛 명칭인 consumption이 서로 다른 것으로 알고 있다. 기자의 무식을 드러내기 위해 consumption을 폐병이라고 옮겼지만 정확한 번역어는 폐결핵이다. 우리도 폐병과 폐결핵을 통용한 적이 있다.

**신문기자.** 아, 말하자면, 우리한테 칼을 꽂으신 거 맞죠?

**월폴.** [악의적으로] 그러면 좋겠군. 당신을 더 좋은 사람으로 만들 수 있을 테니. 이제 정신 차려요. [그에게 노트를 보여 주며] 이게 세 의사의 이름이고. 이건 환자고. 이건 주소고. 이게 병의 이름이요. [기자가 눈을 깜빡할 만큼 철썩하는 소리를 내며 노트를 닫고는 그에게 돌려준다] 두비댓 씨를 곧 이리로 데려올 거요. 그가 당신을 보길 바라는 건 자신의 병세를 모르기 때문이요. 우리가 당신한테 몇 분을 주는 건 그 사람의 기분을 좋게 해 주라는 뜻이니, 그에게 말을 걸면 당신은 바로 쫓겨날 거요. 그는 언제든 죽을 수 있소.

**신문기자.** [흥미를 가지며] 그가 그렇게 안 좋습니까? 말하자면 제가 운이 좋은 셈인가요? 당신 사진을 하나 찍어도 괜찮겠습니까? [그가 사진기를 꺼낸다] 랜싯이나 뭐 그런 걸 손에 쥐고 계실 수 있나요?

**월폴.** 치워요. 내 사진을 원하면 베이커 가(街)의 명사들 사진에서 구할 수 있소.

**신문기자.** 하지만 그 사람들은 돈을 받을 텐데요. 괜찮으시면 [손가락으로 카메라를 만지작거리며]-?

**월폴.** 괜찮지 않소. 치우라고 말하는 거요. 거기 앉아서 조용히 하시오.


*두비댓 부인과 랠프 경이 미는 휠체어에 앉은 두비댓이 들어오자 신문기자는 잽싸게 피아노 스툴에 앉는다. 그들은 휠체어를 단과 소파 사이 즉, 전에 이젤이 서있던 곳에 둔다. 강건한 남자가 그러하듯이 루이스는 변한 게 없으며, 겁먹지 않았다. 그는 눈이 커진 듯하고 육체적으로는 너무 나약해서 완전히 무기력한 상태로 쿠션에 누워서 거의 움직*

일 수 없을 지경이지만 그의 정신은 활기찬데, 이러한 정신이야말로 그의 상태를 최고로 만들어서, 무기력에서 관능을 찾고 죽음에서 극적인 상황을 찾게 해 준다. 준엄한 리전만 빼고는 그들은 모두 자기도 모르게 감동되었다. 비비는 전적으로 동정적이며 용서하는 중이다. 리전은 우유와 각성제가 담긴 쟁반을 들고 휠체어를 따른다. 그를 따라온 패트릭 경이 쟁반 놓을 자리를 위해 구석에서 차 탁자를 가져와 휠체어 뒤에 둔다. 비비가 이젤 의자를 가져와서 제니퍼가 두비댓 옆 즉, 단 옆에 앉게 해 준다. 이 단의 위에서 한 모델 인형이 죽어가는 화가에게 윙크한다. 그다음엔 비비가 두비댓의 왼편으로 되돌아간다. 제니퍼가 앉는다. 월폴은 단의 가장자리에 앉는다. 리전은 그의 옆에 선다.

**루이스.** [*기쁨에 겨워*] 이게 행복이지. 작업실에 있다니! 행복이라고!

**두비댓 부인.** 그래요, 여보. 패트릭 경은 당신이 원하는 만큼 여기 있어도 된다고 하셨어요.

**루이스.** 제니퍼.

**두비댓 부인.** 예, 내 사랑.

**루이스.** 여기 신문기자가 있나요?

**신문기자.** [*입심 좋게*] 그래요, 두비댓 씨, 저 여기 있습니다. 뭐든 분부만 하십시오. 저는 언론을 대표합니다. 저는 당신이 우리한테 저, 저, 당신의 병과 이번 시즌 계획에 대해 몇 마디를 들려주고 싶으실 줄로 압니다.

**루이스.** 저의 이번 시즌 계획은 아주 간단합니다. 전 죽기로 되어 있습니다.

**두비댓 부인.** [괴로워서] 루이스, 여보.

**루이스.** 내 사랑, 나는 아주 약하고 피곤해요. 내가 모르는 척하도록 나한테 끔찍하게 부담 주진 말아요. 저기 누워서 의사들이 하는 말을 들으며 나 혼자 웃었어요. 저 사람들은 알아요. 여보, 울지 말아요. 그러면 못나 보여요. 그럼 내가 참을 수 없어요. [그녀가 눈물을 훔치고는 스스로 자랑으로 여기는 노력으로 평정을 되찾는다] 나한테 약속해 줄 게 있어요.

**두비댓 부인.** 그래, 그래요. 내가 그럴 줄 알잖아요. [애원하듯이] 다만, 내 사랑, 내 사랑, 말하지 마세요. 그럼 당신 기운을 허비하니까요.

**루이스.** 아니요, 말하는 건 단지 기운을 사용하는 거요. 리전, 제가 몇 분간만 버틸 수 있게 당신의 합성된 항독성 혈청 말고 뭘 좀 주세요. 괜찮으면 말입니다. 죽기 전에 할 말이 있어요.

**리전.** [패트릭 경을 바라보며] 해로울 것 같진 않은데요? [그가 얼마간 화주(火酒)를 따르고 소다수를 섞으려 할 때 패트릭 경이 그를 바로잡아 준다].

**패트릭 경.** 우유에. 기침하지 않도록.

**루이스.** [마신 후에] 제니퍼.

**두비댓 부인.** 예, 여보.

**루이스.** 내가 무엇보다 싫어하는 게 있다면 그건 과부요. 과부로 살지 않겠다고 약속해 줘요.

**두비댓 부인.** 여보, 그게 무슨 뜻이에요?

**루이스.** 난 당신이 아름답게 보이길 바라요. 난 사람들이 당신의 눈을 보고 당신이 나와 결혼했었다는 걸 알길 원해요. 한때 이탈리아에선 사람들이 단테를 가리키며 "저기 지옥에 다녀온 남자가 간다" 라고 말했지[*]. 나는 사람들이 당신을 가리키며 "저기 천국에 다녀온 여자가 간다"라고 말하길 바라요. 천국이었지, 여보, 그렇지 않나요- 때로는?

**두비댓 부인.** 아 그래요, 그래. 늘, 언제나 그랬어요.

**루이스.** 당신이 상복을 입고 울면 사람들이 "저 가엾은 여자를 봐. 남편이 저 여자를 가엾게 만들었지"라고 말할 거요.

**두비댓 부인.** 아니, 절대 아니에요. 당신은 내 인생의 빛이자 축복이었어요. 당신을 만나기 전 나는 산 게 아니었어요.

**루이스.** [*그의 눈이 반짝이며*] 그럼 당신은 언제나 아름다운 옷을 입고 훌륭하고 굉장한 장신구를 착용해야 해요. 내가 결코 그리지 못할 놀랄 만한 그림들을 떠올려 봐요. [*그녀는 울음을 참아 내는 일에서 지독한 승리를 거둔다*] 자, 당신은 그 그림들이 가진 모든 아름다움으로 미화되어야 해요. 남자들은 당신을 보고는, 자기들이 물감과 붓으로 아무리 칠해도 꿀 수 없었던 꿈을 꾸어야 해요. 화가들은 전에 보통 여자를 그려본 것과는 전혀 다른 방식으로 당신을 그려야 해요. 미에 대한 위대한 전통에다, 기적과 낭만에 대한 웅장한 분위기마저 갖춰야 해요. 그게 바로 남자들이 나를 떠올릴 때마다 떠올려야 하는 거예요. 그것이 내가 바라는 종류의 영생이에요. 당신이 나를 위해 그걸 이뤄 줘요, 제니퍼. 길거리의 모든 여자들이 이해하는 것 중에 당신이 이해하지 못하는 게 많지만, 이것만은 당신이

---

[*] 단테는 자신의 대표작 '신곡'에서 지옥, 연옥, 천국을 여행하는 이야기를 썼다. 특히 '지옥편'에서 지옥의 모습을 생생하게 묘사했기 때문에, 사람들은 그가 실제로 지옥을 다녀온 것으로 믿었을 거라는 말이다.

이해하고 실행할 수 있는데, 아무도 당신처럼 할 수는 없어요. 나한테 그 영생을 약속해 줘요. 상장(喪章)과 울음, 장의사가 만드는 오싹한 분위기, 시들어 가는 꽃, 그런 모든 속된 쓰레기로 작은 지옥을 만들지 않겠다고 약속해 줘요.

**두비댓 부인.** 약속하지요. 하지만 모든 건 아직 멀었어요, 여보. 당신은 나와 함께 콘월로 가서 회복해야 해요. 랠프 경이 그러라 하셨어요.

**루이스.** 불쌍하고 연로하신 비비.

**비비.** [감동하여 눈물을 흘리며 돌아서서 패트릭 경에게 속삭인다] 불쌍한 친구! 뇌가 가고 있어요.

**루이스.** 패트릭 경이 여기 계시죠, 그렇죠?

**패트릭 경.** 있네, 있어. 여기 있네.

**루이스.** 앉으세요, 안 그러실래요? 선생님을 계속 서 계시게 해서 안 됐습니다.

**패트릭 경.** 앉지, 앉고말고. 고맙네. 괜찮네.

**루이스.** 제니퍼.

**두비댓 부인.** 예, 여보.

**루이스.** [환희에 차서 낯설게 쳐다보며] 타오르는 덤불을 기억하나요?

**두비댓 부인.** 그럼, 그럼요. 아, 내 사랑, 지금 그걸 생각하자니 마음이 너무 아파요!

**루이스.** 그래요? 나한테는 그게 기쁨으로 채워 주는데요. 이분들께 그 얘길 해 드려요.

**두비댓 부인.** 언젠가 제 콘월의 옛집에 겨울철 첫 불을 놓았을 때의 일일 뿐인 걸요. 그리고 정원의 덤불에서 불꽃이 춤추는 장면을 저희가 창문을 통해 보았을 때의 일이지요.

**루이스.** 그 아름다운 색깔이란! 심홍색이었지. 비단처럼 넘실대더니. 태우지 못한 월계수 잎을 뚫고 솟아오르던 불꽃의 우아하고 아름다운 모습이 생각나네요. 나는 그런 불꽃이 될 거요. 가엽고 자그마한 벌레들을 실망시켜 미안하지만 나의 마지막은 타오르는 덤불의 불꽃이 될 거요. 당신이 그 화염을 볼 때마다, 그건 나일 거요. 나를 화장해 준다고 약속해요.

**두비댓 부인.** 아, 당신과 함께라면, 루이스!

**루이스.** 안 돼요, 덤불이 타오를 때는 언제나 당신은 정원에 있어야 해요. 당신은 이 땅에서 내 버팀목이고, 당신은 내 영생이랍니다. 약속해 줘요.

**두비댓 부인.** 듣고 있어요. 잊을 수 없어요. 내가 약속하는 걸 알잖아요.

**루이스.** 그럼, 거의 다 됐군. 당신이 단독 전시회에 그림을 걸어 주는 일만 남았으니. 난 당신의 눈을 믿을 수 있어요. 아무도 내 그림에 손대게 해서는 안 돼요.

**두비댓 부인.** 절 믿어도 좋아요.

**루이스.** 그럼, 더 이상 걱정할 게 없어요, 있나요? 그 우유 좀 더 주세요. 엄청 피곤하긴 하지만 말하길 멈추면 다시 시작할 순 없을 거예요. [랠프 경이 그에게 마실 걸 준다. *그가 그걸 받고는 기이하게 쳐다*

*본다]* 저, 비비, 당신의 말을 멈추게 할 무언가가 있다고 보시나요*?

**비비.** *[거의 평정심을 잃고는]* 저 사람은 저를 당신과 혼동해요, 패디. 불쌍한 사람! 불쌍한 친구!

**루이스.** *[생각에 잠기며]* 한때 나는 죽음이 지독하게 두려웠는데 이제 는 두렵지가 않아요. 오히려 난 완전히 행복해요, 제니퍼.

**두비댓 부인.** 그래요, 여보?

**루이스.** 비밀을 하나 말해 줄게요. 한때 나는 우리의 결혼이 모두 가 식적이며, 언젠가 나는 도망칠 거라고 생각했어요. 하지만 이제 내 가 바라서든 아니든 자유로워져서야, 당신을 완전히 좋아하게 되었 어요. 게다가 나는 자신의 골칫덩이로서가 아니라 당신의 일부로서 살아가게 되었으니 완전히 만족해요.

**두비댓 부인.** *[마음이 무너져서]* 내 곁에 있어 줘요, 루이스. 아, 날 떠 나지 말아요, 여보.

**루이스.** 내가 그 정도로 이기적이진 않아요. 내 모든 허물에도 불구 하고 내가 정말로 이기적이었던 적은 없는 것 같아요. 어떤 예술가 도 그럴 수는 없지요. 예술이란 너무 관대해서 그럴 수 없어요. 당신 은 다시 결혼하게 될 거요, 제니퍼.

**두비댓 부인.** 아, 어떻게 그런 말을, 루이스?

**루이스.** *[아이처럼 고집하며]* 맞아요, 행복한 결혼을 경험한 사람들

---

* 원문은 'do you think anything would stop you talking?'이다. 루이스는 말을 더 하기가 힘들어지자, 말이 많은 편인 비비를 떠올리고 농담을 건넨다. 하지만 그는 '죽음을 앞 두고 사람은 어떤 상태에 이르면 더 이상 말할 수 없게 되나요?'라고 의사에게 묻고 싶 은지 모른다. 자기가 하고 싶은 말을 마치기도 전에 거기에 이를까 봐 걱정하는 건 아 닐까?

은 늘 다시 결혼하니까요. 아, 난 질투해선 안 돼요. [장난스레] 하지만 다른 놈한테 나에 대해 너무 많이 말하지 말아요. 그 인간이 좋아하지 않을 거요. [거의 킬킬대며] 나는 언제나 당신의 연인으로 남을 거고, 이게 그 불쌍한 놈한텐 비밀로 남을 테지만!

**패트릭 경.** 이보게! 충분히 말했네. 당분간 쉬도록 하게.

**루이스.** [나약하게] 예, 전 끔찍하게 피곤하지만 머잖아 긴 휴식을 가질 겁니다. 여러분들께 하고 싶은 말이 있습니다. 여러분 모두 여기 계시지요, 그렇죠? 저는 너무 약해서 제니퍼의 품밖에는 볼 수가 없습니다. 그게 휴식을 약속하지요.

**리전.** 우린 모두 여기에 있소.

**루이스.** [깜짝 놀라서] 그 목소리가 흉측하게 들리는군. 조심하세요, 리전. 내 귀는 다른 사람들이 듣지 못하는 걸 듣는다고요. 나는 생각하고 생각하는 중이에요. 나는 당신이 상상하는 것보다 더 영리하답니다.

**패트릭 경.** [리전에게 속삭이며] 자네가 그를 몹시 짜증나게 했네, 콜리. 조용히 물러나게.

**리전.** [패트릭 경에게 개별적으로] 죽어 가는 배우한테서 관객을 빼앗으려 하십니까?

**루이스.** [장난기를 띤 환희로 그의 얼굴이 희미하게 밝아지며] 나 그 말 들었어요, 리전. 좋은 말이었어요. 여보, 제니퍼, 리전에게 항상 따뜻하게 대해 줘요. 저 사람은 나를 마지막으로 재미있게 해 준 남자니까.

**리전.** [냉혹하게] 내가 그랬다고?

**루이스.** 하지만 당신의 말은 사실이 아니에요. 아직도 무대 위에 있는 사람은 당신이에요. 나는 벌써 집에 반쯤 왔다고요.

**두비댓 부인.** [리전에게] 뭐라고 하셨나요?

**루이스.** [그를 대신하여 답하며] 아무것도 아니에요, 여보. 남자들끼리 간직하는 작은 비밀 중의 하나랍니다. 자, 그동안 여러분 모두는 저에 대해서 꽤 신랄한 생각을 하고 그걸 말씀으로도 하셨지요.

**비비.** [상당히 압도되어] 아니, 아니야, 두비댓. 전혀 아닐세.

**루이스.** 맞아요, 그러셨잖아요. 저는 당신들이 저를 어떻게 생각하는지 압니다. 그것 때문에 제가 아파한다고는 생각하지 마세요. 저는 당신들을 용서합니다.

**월폴.** [자기도 모르게] 이런, 내가 미쳤지! [부끄러워서] 용서해 주게.

**루이스.** 저분은 연로하신 월폴인 걸 압니다. 슬퍼하지 마세요, 월폴. 저는 완벽히 행복합니다. 고통도 없어요. 전 살고 싶지 않습니다. 나 자신한테서 달아났어요. 저는 제 아름다운 제니퍼의 마음속에서 영생한 채 천국에 있습니다. 저는 두렵지도 않고, 부끄럽지도 않습니다. [반성하는 마음에서 그는 가냘프게 혼자 힘으로 생각해 내며] 삶에서 비현실적인 대목을 겪느라 임기응변식으로 분투한 저는 언제나 제 이상에 맞춰 살 수는 없었습니다. 하지만 저 자신의 현실적인 세계에서는 결코 아무런 잘못을 저지르지도, 결코 제 신념을 부인하지도, 결코 자신에게 거짓되게 살지도 않았습니다. 저는 협박도 당했고, 공갈도 당했고, 모욕도 당했으며 굶주리기도 했습니다. 하지만 저는 게임을 치렀습니다. 저는 멋진 싸움을 해냈습니다. 그리고 이젠 그게 모두 끝나고, 말로 형언할 수 없는 평화가 왔습니다. [그

*가 힘없이 두 손을 포개고는 신조를 읊조린다]* 저는 미켈란젤로와 벨라스케스, 렘브란트를 믿사옵고, 디자인의 힘과 색채의 신비를 믿사옵고, 영속하는 미가 모든 것을 구원할 것을 믿사오며, 이들의 손을 축복받게 해 주었던 예술이 전하는 메시지를 믿사옵나이다. 아멘. 아멘*. *[그는 눈을 감고 조용히 누워있다].*

**두비댓 부인.** *[숨을 죽이고]* 루이스, 당신은-

*그가 죽었는지 알아보기 위해 월폴이 일어나서 재빨리 다가온다.*

**루이스.** 아직 아니야, 여보. 아주 가깝지만 아직 아니야. 머리를 당신 품에 기대고 쉬어야겠어. 그게 당신을 피곤하게 할 테지만.

**두비댓 부인.** 아니, 아니, 아니에요, 여보, 당신이 어떻게 날 피곤하게 할 수 있나요? *[그녀가 그의 머리를 들어서 자기 품에 기대게 해준다].*

**루이스.** 이거 좋군. 이게 진짜야.

**두비댓 부인.** 나를 아끼지 말아요, 여보. 정말, 정말로 당신은 나를 피

---

* 루이스는 또 하나의 신조인 사도신경을 흉내 내고 있다. '버나드 쇼-지성의 연대기(헤스케드 피어슨 저, 김지연 역, 뗀데데로, 2016)'에는 이 장면에 대해 다음과 같은 기록을 남긴다. '쇼는 평론가들에게 두비다트(루이스)의 말은 바그너의 '파리에서의 마지막(An End in Paris)'에서 따온 것임을 말해 주었다. 바그너의 작품에서 죽어가는 음악가의 신념은 이렇게 시작한다. "나는 하느님과 모차르트와 베토벤을 믿는다." 평론가들은 당황했다. 바그너의 그 작품에 대해서는 들어본 적도 없었기 때문이다.' 그런데 Wikiquote에 따르면 '나는 하느님을 믿으며, 그 분의 유일한 아드님들인 모차르트와 베토벤을 믿는다(I believe in God; and Mozart, and Beethoven as his only sons)'는 바그너가 Gazette Musicale을 위해 쓴 단편소설 '파리의 어느 독일 음악가의 말로(The Life's End of a German Musician in Paris, 1840)'의 영웅이 한 마지막 말'이라고 한다.

곤하게 하지 않아요. 당신의 온 몸을 나한테 기대요.

**루이스.** *[평소의 체력과 안락감의 절반이 갑자기 돌아와서]* 지니 귀니, 결국 나는 회복할 것 같아요. *[패트릭 경이 리전을 의미심장하게 바라보며 말없이 이제 끝이라는 걸 알려 준다].*

**두비댓 부인.** *[희망을 갖고서]* 그래, 그래요, 당신은 그럴 거예요.

**루이스.** 난 갑자기 자고 싶어졌기 때문이야. 평상시 잠과 똑같이.

**두비댓 부인.** *[그를 흔들며]* 그래요, 여보. 자요. *[그가 잠든 것처럼 보인다. 월폴이 한 번 더 움직인다. 그녀가 막는다]* 쉬-쉬, 이이를 방해하지 마세요. *[그의 입술이 움직인다]* 뭐라고 했어요, 여보? *[크나큰 고민에 싸여]* 그를 자극하지 않고는 전 들을 수가 없어요. *[그의 입술이 다시 움직인다. 월폴이 허리를 굽혀 들어 본다].*

**월폴.** 이 사람은 신문기자가 여기 있는지 알고 싶어 하는군요.

**신문기자.** *[상황을 크게 즐기는 중이었으므로 흥분하여]* 예, 두비댓 씨. 저 여기 있습니다.


월폴이 손을 들어 그에게 조용히 하라고 경고한다. 랠프 경이 소파에 조용히 앉고는 자신의 손수건에 얼굴을 묻기를 감추지 않는다.


**두비댓 부인.** *[크나큰 안도감으로]* 아, 맞아요, 여보, 나를 아끼지 말아요. 당신의 몸을 나한테 기대세요. 이제 당신은 정말로 쉬는 중이에요.


패트릭 경이 재빨리 앞으로 나와서 루이스의 맥을 짚어 보고는 그의 두 어깨를 잡는다.

**패트릭 경.** 제가 이 사람을 베개로 되 옮기게 해 주세요, 부인. 그렇게 하는 게 이 사람한테 더 좋을 겁니다.

**두비댓 부인.** [애처롭게] 아, 안 돼요, 제발, 제발, 의사님. 이이는 절 피곤하게 하지 않아요. 이이가 깨어나서 제가 자기를 밀어냈다는 걸 알게 되면 속상할 거예요.

**패트릭 경.** 이 사람은 다시는 깨어나지 않을 겁니다. [그가 그녀로부터 그의 몸을 받아서 휠체어로 되돌린다. 리전이 감정의 동요 없이 휠체어의 등받이를 낮추어 시신을 옮길 채비를 갖춘다].

**두비댓 부인.** [뜻밖에도 벌떡 일어나서 울음 없이 당당하게 선다] 죽었나요?

**월폴.** 그렇습니다.

**두비댓 부인.** [완전히 위엄을 갖춰] 저를 위해 잠시만 기다려 주시겠습니까? 곧 돌아오겠습니다. [그녀가 나간다].

**월폴.** 우리가 따라가 봐야 할까요? 그녀가 제정신일까요?

**패트릭 경.** [평온한 가운데 확신을 갖고] 그렇네. 그녀는 괜찮네. 그대로 두게. 곧 돌아올 걸세.

**리전.** [냉담하게] 그녀가 오기 전에 이걸 치웁시다.

**비비.** [놀라서 일어서며] 친애하는 콜리! 이 불쌍한 젊은이는! 방금 멋있게 죽었네.

**패트릭 경.** 그럼! 그게 사악한 자가 죽는 방식이라네.


저희는 죽는 때에도 고통이 없고;
그 힘이 건강하여:

타인과 같은 고난이 없고[*].

결국은 우리가 심판할 일이 아니야. 그는 이제 저세상에 있으니.

**월폴.** 거기서 아마 5파운드짜리 지폐를 처음으로 빌리는 중이겠지요.

**리전.** 전에 내가 세상에서 가장 불쌍한 게 아픈 의사라고 했지. 내가 틀렸어. 세상에서 가장 불쌍한 건 명예롭지 못한 천재야.

*리전과 월폴이 휠체어를 구석으로 밀고 간다.*

**신문기자.** *[랠프 경에게]* 저는 마지막 장면이 그의 아주 좋은 감정을 보여 주었다고 생각했습니다. 그는 자기의 아내가 제대로 애도하도록 그토록 신경을 쓰고, 다시는 결혼하지 않겠다고 약속하게 만들었으니 말입니다[**].

**비비.** *[엄숙하게]* 두비댓 부인은 더 이상 인터뷰를 진행할 입장이 아니요. 우리도 마찬가지고.

**패트릭 경.** 잘 가게.

**신문기자.** 두비댓 부인이 돌아오겠다고 했는데요.

**비비.** 당신이 가고난 뒤에.

**신문기자.** 과부가 된다는 건 어떤 기분일까에 대해 부인께서 저한테 몇 마디 말해 주실 거라고 보세요? 기사로선 상당히 훌륭한 제목일 테죠, 아닌가요?

---

[*] 저희는-고난이 없고: 시편 제73장 4-5절.

[**] 기자가 부부의 대화를 오해했다. 기자의 상황 파악이 이 모양이니 보도가 제대로 될 리 없다. 신문기자를 향한 풍자가 다시 드러나는 대목이다.

**비비.** 젊은이, 두비댓 부인이 돌아올 때까지 기다리면, 남의 집에서 쫓겨난다는 건 어떤 기분일까에 대한 기사를 쓸 수 있을 거요.

**신문기자.** *[못 미더워서]* 당신이 보시기에 그녀가 오히려-

**비비.** *[그의 말을 자르며]* 잘 가시오. *[그에게 명함 하나를 주며]* 내 이름을 똑똑히 기억해 둬요. 잘 가요.

**신문기자.** 안녕히 계세요. 감사합니다. *[명함을 읽으려고 약간 애쓰는 듯이]* 미스터-

**비비.** 미스터가 아니야, 이건 당신 모자 같고 *[그걸 그에게 주며]*. 장갑? 아니지, 물론, 장갑은 없지. 잘 가시오. *[그는 그를 마침내 밖으로 몰아내곤 문을 닫고 패트릭 경에게 돌아오는 동안 리전과 월폴이 구석에서 돌아온다. 월폴은 방을 가로질러 모자 스탠드로 가고 리전은 랠프 경과 패트릭 경 사이로 온다]*. 불쌍한 사람! 불쌍하고 젊은 친구! 어찌나 잘 죽었는지! 내가 정말로 더 나은 남자가 된 것 같군.

**패트릭 경.** 자네가 나만큼 나이를 먹으면 남자가 어떻게 죽느냐는 그리 중요하지 않다는 걸 알게 될 테지. 중요한 건 어떻게 사느냐지. 오늘날 총알을 향해 무모하게 달려드는 모든 바보는 자신의 조국을 위해서 죽는다는 이유로 영웅이지. 왜 사람들은 어떤 그럴 듯한 목적에 따라 조국을 위해서 사는 편을 택하지 않는가?

**비비.** 아니요, 제발, 패디: 그 불쌍한 젊은이한테 너무 모질게 굴지 마세요. 결국에는, 그 사람이 그렇게 나빴습니까? 그 사람한테는 두 가지 잘못밖에 없어요. 돈과 여자 문제. 자, 우리 정직해집시다. 진실을 말씀하세요, 패디. 위선부리지 말게, 리전. 가면을 벗어, 월폴. 이 두 문제가 현재 아주 잘 관리되고 있어서, 통상적 기준을 무시하면 정말로 악행이 되는 겁니까?

**월폴.** 나는 그 사람이 통상적 기준을 무시한 걸 신경 쓰지 않네. 빌어
먹을 통상적 기준! 과학자에게 돈과 여자 문제에 관한 통상적 기준
이란 건 경멸할 가치도 없다네. 내가 신경 쓰는 건 그 사람이 자신의
주머니와 기호 말고는 모든 걸 무시했다는 점일세. 그는 남들이 돈
을 지불할 때는 통상적 기준을 무시하지 않았어. 그가 우리한테 아
무것도 받지 않고 그림을 주었나? 내가 자기 부인과 불미스러운 일
이 있었으면 그 사람이 나를 협박하길 망설였을 것으로 자네는 보는
가? 그 사람으로선 아닐세.

**패트릭 경.** 그 사람에 대해 논쟁하느라 자네들 시간을 허비하지 말게.
악당은 악당이고, 정직한 사람은 정직한 사람이라네. 두 부류 중 어
느 편도 자기네 방식이 옳다는 것을 증명할 종교나 도덕을 찾는 데
어려움을 겪지 않을 걸세. 이건 어떤 국가에서도, 어떤 직업에서도,
전 세계 곳곳에서, 언제나 마찬가지일 걸세[*].

**비비.** 아, 글쎄, 아마, 아마, 아마도. 그럼에도, '망자에 대해선 좋은 것
만 말하라'[**]. 그 사람은 정말로 잘, 뚜렷이 잘 죽었어요. 그가 우리에
게 모범을 보였지요. 그와 더불어 사라진 약점을 되뇌지 말고, 그 모
범을 따르기 위해 노력합시다. 제가 알기론 대부분 남자들의 선행은
그들이 죽어도 살아남지만, 악행은 그들의 뼈와 함께 묻힌다라고 말

---

[*] 어떤 사회적 지위나 상황에서도 사람들은 자신의 방식이 옳다고 주장할 수 있는 근거
를 찾아낸다는 뜻이다.

[**] 원문은 라틴어 표현 'de mortuis nil nisi bonum'이다.

한 사람은 셰익스피어지요*. 그래요, 그들의 뼈와 함께 묻혀요. 저를 믿으세요, 패디, 우리 모두가 죽습니다. 그건 공통의 운명일세, 리전. 자넨 어떻게 될지 말해 보게, 월폴. 자연의 빚은 반드시 갚아야 하네. 오늘이 아니라면 내일일 걸세.

내일 그리고 내일 그리고 내일
인생의 변덕스런 열병이 지나가면 사람들은 편히 자노라.
이 실체 없는 경계에 이른 여행자는 결코 되돌아올 수 없으니
뒤에 난파선을 남기지 말라.

*월폴이 말하려 하지만, 비비가 갑자기 그리고 열정적으로 계속하여, 그를 못 하게 한다.*

꺼져라, 꺼져, 가냘픈 촛불아
그대가 천벌에 보탤 것은 없나니
준비만한 것이 없도다.**

---

* 비비는 셰익스피어의 희곡 '줄리어스 시저'에 나오는, 마르쿠스 안토니우스의 말 '남자들이 저지른 악행은 그들이 죽어도 살아남지만 선행은 그들의 뼈와 함께 묻힌다'를 거꾸로 인용한다.
** 모두 7행으로 이루어진 비비의 시에서 제1행과 5행은 셰익스피어의 희곡 '맥베스'의 제5막 5장에서 따왔다. 인간은 언제 임종을 맞을지 모르니, 가냘픈 촛불과 같은 삶의 끈을 놓고 돌아올 수 없는 곳(실체 없는 경계)으로 향하기 전에, 흔적(난파선)은 남기지 말되, 바로 내일 아니면 그 다음날 아니면 그 다음날 닥쳐올지도 모르는 죽음을 마음의 준비 없이 맞아서는 안 된다는 뜻이다. 죽음 앞에서 맥베스가 읊은 대사의 비장함을 나름 흉내 내본 시다.

**월폴.** [조리 있게 표현되진 않았지만, 비비의 감정이 너무 진지하고 인간적이어서 비웃을 수는 없으니, 점잖게] 그렇네, 비비. 죽음이란 게 사람들을 그렇게 살아가도록 만들지. 죽음이 왜 그리해야 하는지는 모르지만 그렇게 한다네. 그런데, 우리가 뭘 어째야 하지? 우리가 정리해야 하나, 아니면 기다렸다가 두비댓 부인이 돌아오려는 건지를 확인하는 게 나을까?

**패트릭 경.** 가는 게 낫겠어. 우리가 청소부에게 할 일을 일러둘 수 있지.

*그들이 모자를 집어서 문으로 간다.*

**두비댓 부인.** [훌륭하고 아름답게 옷을 갖추고, 빛나는 모습으로, 멋지게 수를 놓은 커다란 자주색 비단 천을 팔에 걸치고 내실 문으로 들어오며] 기다리시게 해서 대단히 죄송합니다.

| **패트릭 경.** | | 그런 말씀 마십시오, 부인. |
| **비비.** | [모두 놀라 함께 | 전혀, 전혀 아닙니다. |
| **리전.** | 어리둥절해서 중 | 결코 아닙니다. |
| **월폴.** | 얼거리며] | 조금도 상관없습니다. |

**두비댓 부인.** [그들에게 다가오며] 우리가 오늘 헤어지기 전에 저는 그이의 친구 분들과 악수를 나눠야 한다는 걸 깨달았습니다. 우리는 크나큰 특권과 행복을 공유했습니다. 저는 우리가 스스로를 다시는 보통 사람이라고 여길 수 있다고 보지 않습니다. 우리는 대단한 경험을 했는데, 이것 덕분에 우리는 다른 사람들이 절대로 가질 수 없는 공통의 믿음과 이상을 가지게 되었습니다. 삶은 우리에게 언제나

아름다움으로 남을 것이고, 죽음도 우리에게 늘 아름다움으로 남을 것입니다. 그런 뜻에서 우리 악수 나누실까요?

**패트릭 경.** [*악수하며*] 모든 편지는 당신의 변호사에게 맡기시는 게 낫습니다. 그가 모두를 뜯어보고 모든 걸 해결하게 하십시오. 아시겠지만 그게 법입니다.

**두비댓 부인.** 아, 감사합니다. 몰랐습니다. [*패트릭 경이 간다*].

**월폴.** 안녕히 계세요. 제 탓입니다. 제가 수술을 고집해야 했습니다. [*그가 간다*].

**비비.** 제가 적당한 사람들을 보내드리겠습니다. 그 사람들이 일처리를 알 겁니다. 당신은 아무 어려움이 없을 겁니다. 안녕히 계세요, 친애하는 부인. [*그가 간다*].

**리전.** 안녕히 계세요. [*그가 손을 내민다*].

**두비댓 부인.** [*부드러운 위엄과 함께 손을 거두어들이며*] 제가 그이의 친구 분들이라고 했지요, 콜렌조 경. [*그가 허리 굽혀 인사하고 간다*].

*그녀는 큰 비단 천을 펼쳐서 구석으로 가서 시신을 덮는다.*

# 제5막

*본드 가의 작은 화랑들 중 하나. 입구는 그림 가게로 통한다. 화랑의 거의 중앙에는 책상이 있는데, 거기에는 유행에 맞춰 옷을 입은 비서가 입구를 등지고 앉아 카탈로그 교정쇄를 수정한다. 책상 위에는 새로 나온 책 여러 권과 비서의 빛나는 모자, 확대경 두 개가 놓였다. 그의 좌측면, 약간 뒤쪽에는 '사용(私用)'이라고 표시된 작은 문이 있다. 그 측면 가까이에 쿠션 있는 벤치가 벽과 나란히 있는데, 벽은 두비댓의 작품들로 가득 채워졌다. 역시 그림들로 채워진 두 칸막이가 입구 좌우의 구석 가까이 섰다. 아름답게 옷을 입었으며, 외관상으로는 매우 행복하고 부유해 보이는 제니퍼가 사용 문을 통해 화랑으로 들어온다.*

**제니퍼.** 카탈로그가 벌써 나왔나요, 댄디 씨?

**비서.** 아직 안 나왔습니다.

**제니퍼.** 유감이에요! 벌써 15분이 지났어요. 반시간도 채 되기 전에 사적 관람이 시작될 거예요.

**비서.** 제가 재촉하기 위해 출판업자한테 들르는 게 나을 것 같군요.

**제니퍼.** 아, 아주 괜찮으시다면, 댄디 씨. 그동안 제가 당신 자리를 차지할 게요.

**비서.** 누구라도 그 시간 전에 오거든 조금도 관심을 주지 마세요. 안내원은 자기가 아는 사람이 아니면 아무도 입장시키지 않을 겁니다.

복잡해지기 전에 오고 싶어 한 고객이 몇 있습니다. 이 사람들이 진짜로 그림을 살 사람들이고, 물론 우리는 그들을 만나길 바라지요. 붓과 크레용 사(社)와 이젤 사(社)에서 나온 비평을 보셨나요?

**제니퍼.** [*분개하여*] 그래요, 몹시 수치스럽더군요. 자기들이 두비맷 씨보다 우월하기라도 한 듯이 아주 선심 쓰듯 썼더군요. 기자단을 위한 날에 우리한테서 담배와 샌드위치를 가져가서 다 먹고는, 저들이 이렇게 써서 난 정말 수치스럽게 여겨요. 나는 당신이 오늘을 위해서는 저들한테 입장권을 보내지 않았길 바라요.

**비서.** 아, 그 사람들은 다시 오지 않을 겁니다. 오늘은 점심 대접이 없으니까요. 당신 책의 사전(事前) 복사본이 왔습니다. [*그가 새 책들을 가리킨다*].

**제니퍼.** [*격렬하게 흥분해서 책 한 권에 갑자기 달려들더니*] 내가 가질게요. 아! 잠시만 실례하겠습니다. [*그녀가 책을 들고 사용 문을 통해 달려 나간다*].


*비서가 나가기 전에 자신의 서랍에서 거울을 꺼내서 몸단장을 한다. 리젠이 들어온다.*


**리젠.** 안녕하세요. 문을 열기 전에도 둘러볼 수 있지요?

**비서.** 물론입니다, 콜렌조 경. 카탈로그가 아직 안 와서 죄송합니다. 그 문제로 전 막 나가려는 참입니다. 상관없으시다면, 여기 제가 이용하는 목록이 있습니다.

**리젠.** 감사합니다. 이건 뭐죠? [*그가 새 책들 중 하나를 집어 든다*].

**비서.** 그건 막 나온 겁니다. 두비댓 부인이 쓴, 자기 죽은 남편의 삶이
란 책의 사전 본입니다.

**리전.** [제목을 읽으며] 자기 부인이 쓴 왕의 이야기라. [그가 표지의 초
상을 바라본다] 아아, 여기 그가 있군. 여기 이 사람을 아실 거라고
봅니다만.

**비서.** 아, 우린 그와 알고 지냈지요. 아마 어떤 면에서는 그녀가 아는
것보다 더 잘 알았지요, 콜렌조 경.

**리전.** 나도 마찬가지요.


*비서가 모자를 쓰고 나간다. 리전이 그림들을 보기 시작한다. 곧 테이*
*블로 돌아와서는 확대경 하나를 가져가서 그림 하나를 엄청 자세히 들*
*여다본다. 그는 작품의 놀라운 매력과 장점을 시인하도록 강요받은 것*
*처럼 한숨을 쉬고 머리를 흔든다. 그 다음엔 비서의 목록에 표를 해 둔*
*다. 계속 관람해 나가다가 그는 칸막이 뒤로 사라진다. 제니퍼가 자기*
*책을 가지고 되돌아온다. 한 번 둘러보고 혼자 있다는 걸 알고는 흡족해*
*한다. 그녀는 테이블에 앉아서 그 회고록 즉, 자신의 첫 번째 출간된 책*
*에 마음껏 감탄한다. 리전이 얼굴을 벽 쪽으로 향해 그림을 자세히 보며*
*다시 나타난다. 확대경을 다시 사용한 뒤에 그는 더 큰 그림 하나를 더*
*먼 거리에서 보기 위해 몇 걸음 뒤로 물러선다. 그 소리에 그녀가 책을*
*덮고 그를 알아보고는 아연실색한 채 노려본다. 그가 그녀에게 더 가까*
*워질 만큼 뒤로 물러난다.*


**리전.** [아까처럼 자기 머리를 흔들며 갑자기 소리를 지른다] 영리한 짐

승! [그에게 맞은 것처럼 그녀는 얼굴을 붉힌다. 그가 책상에 확대경을 내려놓으려고 돌아서자, 집중해서 노려보는 그녀의 얼굴을 마주한다는 사실을 깨닫는다] 실례합니다. 저는 혼자인 줄 알았습니다.

**제니퍼.** [자제해서, 막힘없이 그리고 의미심장하게 말하며] 우리가 만난 적이 있는 사이여서 저로선 다행입니다, 콜렌조 경. 어제 블렌킨숍 선생님을 만났습니다. 그분의 완치에 대해 축하드립니다.

**리전.** [할 말을 찾을 수가 없는 가운데, 잠시의 정적이 지나자 인정한다는 난처한 제스처를 보인 후, 책상에 확대경과 비서의 목록을 내려놓는다].

**제니퍼.** 그분은 건강과 힘과 성공의 상징으로 보였습니다. [그녀는 잠시 벽들을 바라보면서 블렌킨숍의 행운을 예술가의 운명과 대조해 본다].

**리전.** [낮은 목소리로, 여전히 당황하여] 그 사람은 운이 좋았습니다.

**제니퍼.** 아주 좋았지요. 목숨을 건졌으니까요.

**리전.** 그가 보건부의 의료직 공무원으로 임명된 사실을 말한 겁니다. 그 사람은 어떤 자치의회의 의장을 치료했습니다.

**제니퍼.** 당신 약으로요?

**리전.** 아니요. 익은 자두 한 파운드 덕분으로 압니다.

**제니퍼.** [매우 진지하게] 우습네요!

**리전.** 그렇습니다. 사람들이 웃는다고 해서 삶에서 진지함이 사라지지 않듯이, 사람들이 죽는다고 해서 삶에서 우스움이 사라지지는 않습니다<sup>*</sup>.

---

\* 웃을 수 있는 즐거운 순간에서도 여전히 진지함이 있을 수 있듯이, 죽음과 같은 심각한 상황에서도 여전히 유머가 있을 수 있다는 것을 말한다. 인생은 어느 한순간도 한 가지 측면으로만 설명될 수 없을 만큼 복잡하다는 말이기도 하다.

**제니퍼.** 블렌킨숍 선생님이 저한테 아주 이상한 걸 말해 주시더군요.

**리전.** 어떤 거였습니까?

**제니퍼.** 그는 개인의원*진료가 법률로 제재 받아야 한다고 말했습니다. 제가 그 이유를 묻자, 개인의원들은 무식하고 면허받은 살인자들이라더군요.

**리전.** 그게 공공의사가 언제나 개인의원을 바라보는 관점이지요. 자, 블렌킨숍은 알아야 합니다. 그 자신이 충분히 오래 개인의원이었습니다. 자, 당신은 충분히 오래 저에게 빙 둘러서 말했습니다. 저에게 곧바로 말해 주세요. 당신으로선 저에게 비난하실 게 있지요. 당신 얼굴과 당신 목소리에 비난이 들었습니다. 당신은 비난으로 가득 찼습니다. 그걸 내뱉으세요.

**제니퍼.** 이제 비난하기에는 너무 늦었습니다. 제가 몸을 돌려 방금 전 당신을 봤을 때, 당신이 어떻게 여기 와서 그의 그림을 냉정하게 바라볼 수 있는지 의아해 했습니다. 당신이 제 의문에 답했습니다. 당신한테 그 사람은 단지 영리한 짐승이었지요.

**리전.** [떨면서] 아, 그러지 마세요. 당신이 여기 계신 줄 제가 몰랐다는 걸 알면서요.

**제니퍼.** [아주 점잖은 자부심을 느껴서 자신의 머리를 약간 쳐들며] 제가 들었다는 사실만 중요하다고 보시네요. 그 말은 저한테도 그한테도 아무 영향을 미치지 못한다고요! 당신은 모르고 있어요. 정말로 끔찍한 것은 살아 있는 존재가 영혼을 가지고 있음을 당신이 인정하

---

* 개인의원(private doctor)은 공공의사(public doctor, 공공에 의해 고용된 의사)의 상대적 용어이니, 여기선 공공에 의해 고용되지 않은 의사(醫員) 또는 그가 운영하는 의원(醫院)으로 이해하자.

지 않는 것이란 점을요.

**리전.** [의심스럽다는 듯 어깻짓을 움찔하고는] 저는 해부과정 중에 영혼이란 기관을 본 적이 없습니다.

**제니퍼.** 당신이 경멸하는 여인 외에는 누구에게도 그런 어리석은 말을 감히 할 수 없다는 걸 알고 계십니다. 저를 해부하신다면 제 양심을 찾을 수 없을 겁니다. 제가 그걸 갖지 않은 걸로 보시나요?

**리전.** 저는 그걸 갖지 않은 사람들을 만나 봤습니다.

**제니퍼.** 영리한 짐승요? 제가 가져본 가장 친애하고 충직한 친구들 중 몇은 단지 짐승이었다는 걸 아시나요, 의사님? 당신은 그들을 해부해 보셨을 테지요. 제 모든 친구들 중에서 가장 친애하고 가장 위대한 사람은 오로지 동물만 가지는 아름다움과 사랑을 가졌더군요. 단지 짐승이란 이유로 동물에게 고통 주는 걸 옹호하는 사람들의 손에 제가 그이를 넘겨줘야 했을 때 느낀 걸 당신은 결코 느낄 수 없길 바랍니다.

**리전.** 이런, 결국은 저희를 아주 잔인하다고 보셨습니까? 사람들이 제게 말하길, 당신이 저와는 절교했지만 여러 주 동안 블룸필드 보닝턴네와 월폴네 식구들과 같이 지냈다더군요. 사람들이 이제는 저한테 당신에 대해 전혀 언급하지 않는 걸 보니 그게 사실인가 보군요.

**제니퍼.** 랠프 경 댁의 동물들은 응석받이 아이 같더군요. 월폴 씨가 매스티프의 앞발에서 가시를 빼냈을 때 제가 직접 그 불쌍한 개를 잡고 있어야 했습니다. 월폴 씨는 랠프 경을 방 밖으로 내보내야 했고요. 게다가 월폴 부인은 월폴 씨가 보는 앞에선 말벌을 죽이지 말아 달라고 정원사에게 일러두어야 했고요. 하지만 천성적으로 잔인한 의사들이 있고, 잔인함에 익숙해져서 무감각해진 의사들도 있더군요. 그들은 동물들의 영혼을 모른 체하다 보니 결국은 인간의 영혼을 볼 수 없게 되었고요. 당신은 루이스한테 끔찍한 실수를 저질렀지요. 하지만 당신이 개한테 같은 실수를 저지르도록 스스로 훈련하지 않았더라면 루이스한테 그러지 않았을 테지요. 당신은 개한테서 단지 말 못 하는 짐승 말고는 본 게 없고, 루이스한테서는 영리한 짐승 말고는 아무것도 볼 수 없었고요.

**리전.** [갑자기 결심하고는] 저는 그 사람한테 어떤 실수도 저지르지 않았습니다.

**제니퍼.** 아, 의사님.

**리전.** [완고하게] 저는 그 사람한테 어떤 실수도 저지르지 않았다고요.

**제니퍼.** 그이가 죽은 걸 잊으셨습니까?

**리전.** [그림을 향해 자기 손을 내뻗더니] 그 사람은 죽지 않았습니다. 저기 있어요. [그 책을 들어 올리고는] 그리고 여기에도.

**제니퍼.** [이글거리는 눈빛으로 몸을 솟구쳐] 그거 내려놓으세요. 당신이 어찌 감히 거기에 손을 대다니요?


리전은 사나운 폭발에 놀라서 사과하는 뜻으로 어깻짓을 움찔하고는 그걸 내려놓는다. 그녀가 그걸 들고는, 그가 유물을 더럽히기라도 한 듯이 살펴본다.

**리전.** 대단히 죄송합니다. 제가 가는 게 낫겠습니다.

**제니퍼.** [*책을 내려놓으며*] 죄송합니다. 제가 제가 분수를 잊었군요. 하지만 이건 아직 준비된 게 아닙니다. 이건 사적인 복사본입니다.

**리전.** 하지만 제가 없었더라면 그건 아주 다른 책이 됐을 테지요.

**제니퍼.** 당신이 없었더라면 이건 더 긴 책이 됐을 겁니다.

**리전.** 그럼 제가 그 사람을 죽였다는 걸 알고 계시나요?

**제니퍼.** [*갑자기 감동받아 부드러워져서*] 아, 의사님, 당신이 그걸 인정하시면, 당신이 그걸 자백하시면, 당신이 무엇을 했는지 깨달으시면, 그때는 용서가 있습니다. 저는 처음에 당신의 힘을 본능적으로 믿었습니다. 그다음에 저는 당신의 냉정함을 힘으로 오인했다고 여겼습니다. 저를 비난하실 수 있습니까? 하지만 그게 정말로 힘이었다면, 그게 우리 모두가 때로 저지르는 실수에 불과했다면, 저는 당신과 다시 친구가 되어 너무나 기쁠 것입니다.

**리전.** 제가 실수를 저지르지 않았다고 말씀드렸지요. 저는 블렌킨솝을 치료했습니다. 거기에 무슨 실수가 있었습니까?

**제니퍼.** 그분은 회복했지요. 그런 어리석은 자긍심은 그만두세요, 의사님. 실패를 실토하고 우리의 우정을 구하세요. 기억해 보세요. 랠프 경이 당신의 약을 루이스에게 투약했지요. 그래서 그의 병이 악화된 거고요.

**리전.** 제가 가식적으로 당신의 친구가 될 수는 없습니다. 무언가가 제 목을 졸라 왔습니다. 진실이 드러나야 합니다. 저는 그 약을 스스로 블렌킨솝에게 투여했습니다. 그건 그의 병을 악화하지 않았습니다. 그건 위험한 약입니다. 그게 블렌킨솝을 치료했습니다. 그게 루이스 두비댓은 죽었고요. 제가 그걸 다루면 그건 치료합니다. 다른 사람이 다루면 그건 죽입니다. 때로는 말입니다.

**제니퍼.** [순진하게: 아직 그 모든 걸 납득하지 못하고] 그럼 당신은 왜 랠프 경한테 그걸 줘서 루이스에게 투약하게 하신 거죠?

**리전.** 말씀드리죠. 제가 당신을 사랑해서 그랬습니다.

**제니퍼.** [천진난만하게 놀라서] 사 당신이! 연세 지긋한 남자가!

**리전.** [벼락 맞은 듯, 두 주먹을 하늘로 쳐들며] 두비댓, 당신을 위한 복수가 이루어졌군!* [두 손을 떨구고 벤치에 주저앉는다] 난 한 번도 그걸 생각해본 적이 없습니다. 내가 당신한테는 우스운 구닥다리로 보이는 모양이군요.

**제니퍼.** 하지만 결코, 당신을 언짢게 하려는 뜻이 아니었습니다, 정말로요. 하지만 당신은 분명 저보다 적어도 스무 살 이상은 많아 보이는데요.

**리전.** 아, 물론. 아마 더 많을지도. 그게 대단한 차이가 아니란 걸 알아내는 데 스무 해가 걸리지는 않을 겁니다.

**제니퍼.** 하지만 그래도, 어떻게 그 사람의 부인인 제가 당신을 떠올릴 수나 있다고 생각할 수 있죠?

**리전.** [자기 손가락을 신경질적으로 흔들며 그녀의 말을 가로막으며] 예, 예, 예, 예, 잘 이해합니다. 그걸 되풀이하실 필요가 없습니다.

**제니퍼.** 하지만 아, 이제야 점점 저한테 분명해지는군요. 처음엔 너무 놀랐지만 말이에요. 당신이 고의로, 아! 아! 그를 살해한 이유가

---

* 자신의 고백에 대한 제니퍼의 즉각적 반응을 통해 그는 그녀의 사랑을 차지하겠다는 계획이 실패했다는 걸 단번에 알아차렸다는 뜻이다.

끔찍한 질투심 때문이라고 감히 나한테 털어놓다니.

**리전.** 제가 죽인 것 같군요. 정말로 일이 그렇게 되었습니다.


살인하지 말라.

하지만 살려 두려고 주제넘게 애쓸 필요는 없다.[*]


그런 것 같아요. 제가 죽였어요.

**제니퍼.** 게다가 그걸 나한테 털어놔! 내 면전에다! 냉담하게! 두려워
하지도 않고!

**리전.** 전 의삽니다. 두려워할 게 없습니다. 비비한테 도움을 청한 게
기소 범죄는 아닙니다. 아마 그렇게 되어야 하겠지만 지금은 아닙니
다.

**제니퍼.** 전 그걸 뜻한 게 아니에요. 제가 몸소 법에 따라 당신을 죽이
는 게 두렵다는 뜻이에요.

**리전.** 저는 당신에 대해서라면 너무나 절망적인 천치이기 때문에, 저
로선 그걸 조금도 신경 쓰지 않는 편이 낫습니다. 당신이 그렇게 한
다면 저를 언제나 기억하시게 될 테지요.

**제니퍼.** 전 언제나 당신을, 위대한 남자를 죽이려 한, 작은 남자로 기
억할 거예요.

**리전.** 실례가 될지 모르겠지만, 전 성공했습니다.

**제니퍼.** [*확신에 차서 차분하게*] 아니에요. 의사들은 자기네가 삶과

---

[*] 아서 휴 클러프(Arthur Hugh Clough, 1819-1861)의 시 '현대판 십계명(The Latest
Decalogue, 1862)'의 일부.

죽음의 열쇠를 쥐고 있다고 생각하지요. 하지만 달성된 것은 그들의 의지가 아닙니다. 저는 당신이 어떤 영향도 미쳤다고 보지 않아요.

**리전.** 아마 그러시겠지요. 하지만 전 영향을 미치려고 작정했습니다.

**제니퍼.** [*놀라서 그를 바라보지만, 동정심은 없이*] 게다가 당신은 여자 때문에 시샘하는 이유만으로 한 남자의 훌륭하고 아름다운 삶을 파괴하려 했어요. 그 여자가 관심을 가질 거라고 당신으로선 기대할 수가 없었는데도 말이에요!

**리전.** 제 두 손에 키스한 분이지요. 저를 믿은 분이고요. 자기의 우정이 죽을 때까지 영원할 거라고 저에게 말해준 분이기도 하고요.

**제니퍼.** 그리고 당신이 배신한 사람이지요.

**리전.** 아니지요. 제가 구해낸 분입니다.

**제니퍼.** [*점잖게*] 이런, 의사님, 뭐로부터요?

**리전.** 끔찍한 걸 알려 주는 것으로부터.* 당신의 삶을 망치는 것으로부터.

**제니퍼.** 어떻게요?

**리전.** 그건 중요하지 않습니다. 제가 당신을 구했습니다. 저는 당신이 가져 본 최고의 친구였습니다. 당신은 행복합니다. 당신은 건강합니다. 그 사람의 작품은 당신에게 영원한 기쁨이자 자긍심입니다.

**제니퍼.** 게다가 그게 모두 당신이 해 준 거라고 여기시는군요. 아, 의사님, 의사님! 패트릭 경이 옳아요: 당신은 자신을 작은 신이라고 생각한다고요. 어쩜 그렇게 어리석을 수 있죠? 당신은 저의 영원한 기

---

* 제니퍼로 하여금 남편의 진면목을 모르게 하고 싶었다는 뜻이다.

뽐과 자긍심인 그 그림들을 그리지도 않았고, 제 귀에 언제나 천상의 음악으로 남게 될 말들을 해 주지도 않았어요. 저는 이제 피곤하고 슬플 때마다 그걸 듣는답니다. 그게 제가 늘 행복한 이유예요.

**리전.** 그래요, 이젠 그 사람이 죽었지요. 당신은 그가 살았을 때는 늘 행복했나요?

**제니퍼.** [*상처받아서*] 아, 당신은 잔인, 잔인해요. 그이가 살았을 때 전 제 축복이 어마어마하다는 걸 몰랐습니다. 저는 천박하게도 사소한 것들에 대해 걱정했습니다. 저는 그에게 친절하지 않았습니다. 저는 그를 차지할 자격이 모자랐습니다.

**리전.** [*신랄하게 비웃으며*] 하!

**제니퍼.** 저를 모욕하지 마세요. 욕되게 하지 마시라고요. [*그녀는 책을 잡아채어 자신의 심장에다 대고는 양심의 가책이 터져 나와 외치며*] 아, 남자 중의 왕인 내 사람!

**리전.** 남자 중의 왕! 아, 이건 너무 끔찍하고 너무 기괴하군요. 우리 잔인한 의사들은 당신이 그 비밀을 모르도록 하려고 충직하게 애써 왔어요. 하지만 모든 비밀처럼, 그 비밀이 자체로는 지켜지지 않을 겁니다. 묻힌 진실은 싹이 나서 햇빛을 향해 뚫고 나옵니다.

**제니퍼.** 무슨 진실요?

**리전.** 무슨 진실요? 이런, 남자 중의 왕이라는 그 루이스 두비댓은 시종일관 완벽한 불한당이었고, 가장 믿을 수 없을 정도로 야비한 악당이었으며, 자기 부인을 비참하게 만든 사람 중에서도 가장 냉혹하게 이기적인 악한이었습니다.

**제니퍼.** [*흔들리지 않은 채, 조용하고 사랑스럽게*] 그가 자기 부인을 이 세상에서 가장 행복한 여자로 만들어 주었지요, 의사님.

**리전.** 아닙니다. 지상의 모든 진실에 맹세컨대 그 사람은 자기 과부를 세상에서 가장 행복한 여자로 만들었습니다. 하지만 그 여자를 과부로 만든 사람은 접니다. 그리고 그 여자의 행복은 제 정당성의 입증이며 제 보상입니다. 이제 당신은 제가 뭘 했는지, 제가 그 사람을 어떻게 생각했는지를 압니다. 원하는 만큼 저한테 화내세요. 당신은 적어도 저의 본 모습은 아십니다. 만약 당신이 언젠가 어느 연세 지긋한 남자를 사랑하게 된다면, 당신이 사랑하는 사람이 어떤 사람인지 알게 될 겁니다.*

**제니퍼.** [*친절하고 조용하게*] 저는 더 이상 당신한테 화나지 않습니다, 콜렌조 경. 당신이 루이스를 좋아하지 않았다는 걸 잘 알고 있었습니다. 하지만 그건 당신의 잘못이 아닙니다. 당신이 이해하지 못한 겁니다. 그게 전부입니다. 당신은 결코 그이를 믿을 수 없었습니다. 그건 당신이 저의 종교를 믿지 않는 것과 똑같습니다. 이건 당신이 갖지 않은 육감 같은 것입니다. 그리고 [*그를 향해 점잖게 안심시키는 동작을 하며*] 당신이 저를 그리 끔찍하게 충격을 주었다고 생각하지 마세요. 그의 이기심에 대해 당신이 무슨 말을 하는지 저는 아주 잘 압니다. 그는 자기의 예술을 위해 모든 걸 희생시켰습니다. 어떤 의미에서 그는 심지어 모두를 희생시켜야 했습니다.

**리전.** 자신을 제외한 모두지요. 자기의 이기심을 숨겼기 때문에 그는 당신을 희생시킬 권리를 잃었고 저에게 자신을 희생시킬 권리를 주

---

* 리전은 자신에 대해 더 이상 숨기지 않고 모든 것을 드러냈기 때문에, 제니퍼가 나중에라도 자신을 사랑하게 되면, 그녀는 자신이 어떤 사람인지를 비로소 알게 될 거라는 뜻이다. 즉 제니퍼로선 사랑의 감정이 없이는 리전이 한 일을 이해하지 못할 거란 말이다.

었지요. 전 그렇게 했고요.

**제니퍼.** [*머리를 흔들며, 그의 잘못을 안타까워하며*] 그는 여자들이 아는 것을 아는 남자 중 하나였어요. 자기희생은 헛되고 비겁하다는 것을 말이에요.

**리전.** 그래요, 그 희생이 거절되고 팽개쳐졌을 때이지요. 그게 신성한 양식(糧食)이 될 때가 아니고요.

**제니퍼.** 전 그걸 이해할 수 없어요. 게다가 당신하고 논쟁할 수도 없고요. 당신은 절 혼란시키기에 충분히 영리하니까요. 하지만 절 흔들지 마세요. 당신은 너무 온전히, 너무 미친 듯이 잘못되어서 루이스를 너무 이해할 수 없어요.

**리전.** 아! [*비서의 목록을 들어올리며*] 저한테 팔 다섯 그림에다 표해 두었습니다.

**제니퍼.** 그림이 당신한테 팔리진 않을 겁니다. 루이스의 채권자들은 팔라고 고집했지만, 오늘이 제 생일이어서 저한테 주려고 제 남편이 아침에 그림을 다 사들였답니다.

**리전.** 누가요?!!!

**제니퍼.** 제 남편요.

**리전.** [*말을 재빨리 하기도 더듬기도 하면서*] 어떤 남편? 누구의 남편? 어느 남편? 누구한테? 어떻게? 뭐요? 당신이 다시 결혼했다는 뜻입니까?

**제니퍼.** 루이스가 과부를 싫어했다는 것과, 한 번 행복한 결혼을 경험한 사람들은 늘 다시 결혼한다는 것을 잊으셨나요?

**리전.** 그럼 제가 아무 상관도 없는 살인을 저질렀군요!

*비서가 카탈로그 한 무더기를 가지고 돌아온다.*

**비서.** 카탈로그의 첫 번째 묶음이 시간에 맞춰 막 나왔습니다. 화랑
문이 열렸습니다.

**제니퍼.** *[리전에게 정중하게]* 그림을 좋아해 주셔서 감사합니다, 콜렌
조 경. 안녕히 가세요.

**리전.** 안녕히 계세요. *[그가 문을 향해 가다가, 머뭇거리다가, 뭔가를
더 말하려고 돌아서다가, 소용없다고 여겨서 포기하고 간다].*

# 의사들에 관한 서문

## Preface on Doctors

지금 우리 사회에서 제공되는 의료 서비스가 끔찍하게 불합리한 것은 우리 의사들의 잘못이 아니다. 우리가 자신을 위해 빵을 구워주는 대가로 제빵사에게 금전적 이익을 준다는 걸 관찰한 후, 합리적인 어떠한 국가든지 이번엔 우리의 다리를 잘라주는 대가로 외과의에게 금전적 이익을 주어야 한다는 사실은 우리로 하여금 정치시스템의 인도주의*를 단념하도록 만들기에 충분하다. 하지만 그것은 정확히 우리가 해 온 일이다. 게다가 절단이 더 무시무시할수록 절단하는 사람은 더 많은 수입을 거둔다. 내성발톱을 교정해준 사람은 수 실링을 받는 반면에, 내장을 잘라내 준 사람은 실습을 위해 가난한 사람을 대상으로 하는 경우를 제외하곤 수백 기니를 받는다.

분개한 목소리가 이 수술들이 필요하다고 웅얼댄다. 이 수술들이 필요할지도 모른다. 사람을 교수형에 처하는 일도 집을 해체하는 일도 필요할지 모른다. 하지만 우리는 사형집행인이나 가옥해체업자를 그 일의 판사로 삼지는 않으려고 세심한 주의를 기울인다. 우리가 그렇게 하면, 누구의 목도 안전할 수 없을 것이고 누구의 집도 안정적일 수 없을 것이다. 하지만 우리는 의사를 판사로 만들어 주고, 그가 우리한테 유리하게 결정하면 그에게 육 펜스에서 수백 기니의 벌금을 부과

---

* '정치시스템의 인도주의(political humanity)'는 정치 시스템이 보여 주어야 할 인간에 대한 배려나, 정치가 지향해야 할 인간 중심적 가치를 뜻하는 듯하다.

한다[*]. 나는 정강이를 심하게 다칠 때마다 어떤 외과의로 하여금 다음과 같은 어려운 질문에 맞닥뜨리게 한다. "이 남자가 자기 다리를 사용하는 것보다 내가 한 주머니의 기니를 더 잘 이용할 수 있지 않을까? 이 사람이 두 다리보단 한 다리로 글을 더 잘 쓸 수 있지 않을까? 게다가 그 돈이야말로 당장 나한테 이 세상에서 효과를 낼 테니까. 내 아내와 귀여운 아이들을 생각해야지; 저 다리는 그대로 두면 괴사할지도 몰라; 수술하는 게 늘 안전해; 저 사람은 두 주면 회복할 거야; 요즘은 인공 다리가 아주 잘 만들어져서 천연 다리보다 훨씬 나아; 진화는 모터를 향하고, 다리 없는 세상을 향하지; 등등." 하중이 가해질 때 대들보의 거동에 관해 공학자가 수행하거나, 혜성의 귀환에 관해 천문학자가 수행하는 계산보다 더 정확하게 계산을 수행하는 직업은 외과의다. 이 계산에 따라 자기들이 오로지 수술하고 싶어 한다는 이유만으로 수술이 필요하다고 믿어 버림으로써 우리는 모든 측면에서 불필요하게 신체가 해체되어야 하는 상황을 맞게 된다. 부자의 피 흘리기라고 은유적으로 불리는 과정이 우리의 대부분만큼만 정직한 외과의들에 의해 은유적으로 뿐만 아니라 문자 그대로 매일 거행된다. 결국 거기에 무슨 해로움이 있는가? 외과의가 부자 남자(또는 여자)의 다리나 팔을 절단할 필요는 없고, 맹장이나 목젖을 제거할 수는 있다. 그 경우, 환자는 두 주일 정도 침대에 누워 있으면 아무 문제가 없고, 간호사와 일반의, 약사, 외과의사의 형편은 더 좋아질 것이다.

---

[*] 환자 편에서 판단하면 의사로서는 돈 벌 기회를 놓치고 만다는 뜻이다.

# 1. 의업(醫業)이 가진 의심스러운 평판

다시 나는 한 고결한 직업의 높은 평판과, 그 구성원들의 명예와 양심에 대한 오래된 경구들을* 분개해서 웅얼대는 목소리를 듣는다. 나는 의업이 높은 평판을 가지고 있는 게 아니라 오히려 악명 높은 평판을 가지고 있다고 대꾸해야 한다. 내가 아는 사려 깊고 박식한 사람들은 모두, 현재 질병이란 비극으로 말미암아 우리가 깊이 신뢰하지 않는 직업의 손에 우리 자신을 어쩔 수 없이 넘겨준다고 느끼고 있다. 왜냐하면 그 직업이 지식을 추구하는 과정에서 가장 메스껍게 잔인한 처사를 옹호하고 저지르는 데다, 같은 이유로 우리 자신과 우리의 자식들에게 똑같이 잔인한 처사를 저지르는 것을 정당화하거나 특허 받은 소화기를 테스트하기 위해 런던을 불태우는 일도 정당화할 뿐만 아니라, 그 직업이 대중에게 충격을 주었을 때에도 숨 막힐 정도로 뻔뻔한 거짓말로 대중을 안심시키려 하기 때문이다. 그것이 지금 의업이 가진 평판이다. 이런 평판이 온당하건 아니건 아무튼 존재하는 게 사실이다. 더구나 이 점을 깨닫지 못한 의사는 바보의 천국에 살고 있다. 명예와 양심에 대해서 말하자면 의사들은 다른 어떤 계층의 남자들과 비교하더라도 더도 덜도 아닌 딱 그들만큼만 가지고 있다. 한 편에서 강한 금전적 이익을 챙기는 마당에 어느 누가 감히 공명정대한 체하겠는가? 의사가 판사보다 덜 고결하다고 보는 사람은 아무도 없지만, 판결이 원고나 피고, 검사, 수감자 중 누구에게 유리하냐에 따

---

\* 이 부분은 '나는 환자에게 도움이 된다고 생각한 처방을 따를 뿐 환자에게 해를 끼칠 수 있는 처방은 절대로 따르지 않겠다'가 포함된 히포크라테스 선서를 떠올리게 한다.

라 급여와 평판이 정해지는 판사는 적군한테 돈을 받는 장군만큼이나 못 미더울 것이다. 누군가가 어떤 의사를 내 판사로 삼도록 나한테 제안하고는, 어마어마한 액수의 뇌물을 그에게 주면서 그가 판결과정에 실수를 저질러도 자신에게 불리한 게 결코 밝혀질 리가 없다는 것을 사실상 보장함으로써 판결이 기울어지게 하는 것은 인간 본성이 견뎌낼 것으로 확인한 긴장의 한계를 훨씬 넘어서는 일이다. 기존 상황하에서 의사들이 불필요한 수술을 하지 않으며, 금전상 이득이 되는 병을 조작하지도 않고, 그 기간을 늘리지도 않는다고 주장하거나 믿는 것은 전혀 과학적이지 않다. 의심에서 자유롭다고 주장할 수 있는 의사는 기왕의 환자가 치료되자마자 새로운 환자가 병상을 차지할 만큼 인기가 많은 의사뿐이다. 게다가 기억해야 할 이상한 심리학적 사실이 있다. 교수형이, 처형된 죄수를 변호한 변호사를 광고하는 것과 꼭 마찬가지로 중병이나 죽음이 의사를 광고한다는 것이다. 예를 들어서, 어떤 왕족의 목에 이상이 있거나 배에 통증이 있는 경우를 생각해보자. 만약에 의사가 습포찜질이나 박하 알약 같은 하찮은 치료로 손쉽게 완치시켰다면 아무도 그 의사를 알아주지 않는다. 하지만 그가 목을 수술하다가 환자를 죽이거나, 내장 기관을 적출해서 환자가 통증과 고열로 생사를 헤매는 동안 온 국민을 긴장하게 만들면 그의 재산이 늘게 되는 한편, 가족 중에 같은 증상이 생겼을 때 이 의사를 불러들이는 일을 등한히 한 모든 부자 남자는 환자에게 최선의 의무를 다하지 못한 것으로 여겨진다. 유럽에 살아남은 왕이나 여왕이 있다는 게 놀랍다.

## 2. 의사의 양심

의사의 명예와 양심을 믿는 데에는 또 다른 어려움이 있다. 의사들은 다른 영국 남자들과 마찬가지로 대부분 명예도 양심도 없다. 의사들이 공통적으로 이들과 혼동하는 것이 있는데, 그건 바로 감상벽(感傷癖)이며, 남들이 하지 않는 것을 하는 것과 남들이 하는 것을 하지 않는 것에 대해 엄청나게 두려워한다는 점이다. 이것은 물론 일종의 실용적이거나 주먹구구식 양심에 해당한다. 하지만 이것은 충분히 많은 사람들이 같이 해 주기만 하면, 당신도 그걸 좋고 나쁘고를 가리지 않고 하리란 걸 의미한다. 이것은 해적선이나 산적무리에서 질서를 유지할 수 있게 만드는 종류의 양심이다. 결국에는 다수의 동의가 윤리학이 인정하는 유일한 정당화의 근거라는 점에서, 다른 종류의 명예나 양심은 존재하지 않는다고 할 수 있다. 의심할 여지없이 이것은 정치적 관행에서 유효하다*. 인류가 이러한 사실들을 알고서 의사들의 의견에 동의한다면, 의사들은 정당할 테고 달리 생각하는 사람들은 정신병자일 것이다. 하지만 인류는 의사들의 의견에 동의하지도 않고 이 사실을 알지도 못한다. 의사의 인기에 대해 할 수 있는 말은 의사를 맹신하는 것에 대한 실질적인 대안이 나올 때까지는, 의사에 대한 진실은 너무 끔찍해서 우리는 감히 그것을 마주할 수 없다는 것

---

\* 윤리적 판단의 기준이 단순히 많은 사람들의 동의에 의해 결정된다는 관점에 대한 작가의 비판적 시각을 드러낸다.

뿐이다. 몰리에르는 의사들을 꿰뚫어 보았음에도* 그들을 불러들여야 했다. 나폴레옹은 의사들에 대해 환상이 없었지만, 센 약 한 병에 육 펜스를 지불한 가장 무지몽매한 사람과 똑같은 치료를 받으며 죽어야 했다. 이러한 궁지에 처하자 대부분 사람들은 참을 수 없는 불신과 곤궁으로부터 스스로 벗어나기 위해, 그리고 자기네 양심이 법률과 실질적으로 상충하지 않도록 스스로를 지키기 위해, 믿는 것을 가질 수 없으면 가진 것을 믿어야 한다는 오래된 규칙에 마지못해 의지한다. 당신의 아이가 아프거나 부인이 죽어가는 순간 그리고 당신이 그들을 좋아할 때, 또는 그들을 좋아하지 않을지라도, 당신이 동료 생명체가 고통이나 위험에 처한 참상을 목격하고는, 모든 개인적 원한을 잊을 만큼 충분히 인간적일 때, 당신이 바라는 것은 위로와 안심, 비록 지푸라기라 하더라도 붙잡을 무언가다. 이것을 의사가 당신에게 가져다준다. 당신은 무언가 반드시 이뤄져야 한다는 강한 긴박감을 느끼고, 의사는 무언가를 한다. 때때로 그가 하는 일이 환자를 죽이기도 하지만, 당신은 그것을 알지 못한다. 그리고 의사는 인간의 기술로 할 수 있는 모든 것을 다 했다고 당신을 안심시킨다. 그리고 이제 막 가족을 잃은 아버지와 어머니, 남편, 부인, 형제자매에게 "당신이 순진해서 사랑하는 가족을 자기 손으로 죽였다"라고 말할 만큼 무자비한 사람은 없다.

---

* 몰리에르(1622-1673)는 루이 14세를 위해 상상병 환자(Le Malade imaginaire", 1673년 초연)를 썼다. 작가는 자신의 마지막 작품에서, 아픈 데가 없음에도 아프다고 상상하는 건강 염려증 환자와 그로부터 돈을 긁어내는 의사를 둘러싼 이야기를 펼친다.

# 3. 별난 사람들

게다가, 환자가 성인이면서 심하게 아프지는 않아서 조처가 취해져야 한다고 스스로 결정할 수 있는 경우를 제외하면 의사를 부르는 일은 이제 의무화되었다. 환자가 의사의 위로를 받지 못하고 사망하면 우리는 과실치사나 방치죄로 기소당할 수 있다. 대중 앞에 이 위협을 붙들어 둔 건 별난 사람들이다. 이른바 별난 사람들은 성경에는 오류가 없다고 믿음으로써 그리고 자기네 믿음을 대단히 심각하게 받아들임으로써 그 이름을 얻었다. 질병의 치료에 대한 성경의 입장은 아주 명확하다. 야고보서 제5장에는 다음과 같은 명확한 지침이 들어 있다.

제14절. '너희 중에 병든 자가 있느냐? 저는 교회의 장로들을 청할 것이요 그들은 주의 이름으로 기름을 바르며 위하여 기도할지니라.'

제15절. '믿음의 기도는 병든 자를 구원하리니 주께서 저를 일으키시리라. 혹시 죄를 범하였을지라도 사(赦)하심을 얻으리라.'

별난 사람들은 이 지침을 따르고는 의사의 도움을 받지 않는다. 그래서 그들은 자기네 아이가 죽으면 과실치사로 기소된다.

내가 젊었을 때는 이 별난 사람들은 대개 무죄로 풀려났다. 증인석에 있던 의사가 아이가 의료적 도움을 받았더라면 살았겠는가라는 질문을 받으면 기소는 실패하고 만다. 물론 분별력과 명예를 가진 어떤 남자라도 이 질문에 분명하게 대답하거나 대답할 수 있는 체함으로써 비범하게 박식하다는 입장을 취하는 건 불가능하다. 이에 따라 판사는 배심원들에게 피고를 무죄 평결하라고 명령해야 했다. 그러므로 예리한 법 감각을 가진 판사는(그런데 판사석에서 이런 경우는 아주 드물다) 성서의 권위에 의문을 품었다는 혐의를 받은 피고(신성모독죄에 따른)와, 성서를 행동지침으로서 무지하고 미신적으로 받아들였다는 혐의를 받은 피고에게 형을 선고해야 하는 부담에서 벗어났다*. 오늘날에는 이 모든 게 달라졌다. 의사는 신처럼 전지(全知)하다고 주장하기를 망설이지 않을 뿐만 아니라, 일반인의 어떠한 회의주의도 법에 따라 처벌하라고 강력히 요구하기를 망설이지 않는다. 현대의 의사는 자신이 치료하던 디프테리아 환자의 사망확인서에 서명하는 일을 아무렇지도 않게 여기며, 증인석에서 선서를 하고는 디프테리아로 죽은, 피고의 아이가 성 야고보의 치료가 아니라 자기의 치료를 받았더라면 죽지 않았을 거라고 배심원에게 장담하면서 별난 사람을 육 개월 동안 감옥에 가둬야 한다고 증언하는 일을 아무렇지도 않게 여긴다. 게다가 그는 무사할 뿐만 아니라 대중의 박수를 받으며 그렇게 한다. 논리적인 절차에 따르자면 그를 과실치사죄나, 성 야고보의 경우

---

* 법에 따르기 위해 의사를 불렀는데도 환자가 죽을 수 있고, 종교에 따르기 위해 성직자를 불렀는데도 환자가 죽을 수 있다. 환자의 보호자는 이러나저러나 피고가 될 수 있다. 판사가 법을 엄격하게 적용하는 경우, 성경의 권위를 의심한 사람(치료를 위해 의사를 부른 사람)은 신성 모독법에 따라 처벌해야 하고, 성경을 미신적으로 받아들인 사람(의사 대신에 성직자를 부른 사람)은 과실치사죄나 방치죄로 처벌해야 할 입장이었다. 그런데 예리한 법 감각을 가진 소수의 판사들만이 두 가지 상반된 이유로 사람들을 처벌하는 상황을 면할 수 있었다는 뜻이다.

에는 위증죄*로 기소해야 하겠지만 말이다. 그러나 어떤 변호사도 두 사례의 통계자료를 요구하는 건 꿈도 꾸지 않는 것 같다. 별난 사람들과, 의사를 믿는 사람들의 디프테리아로 인한 사망률을 비교하는 통계자료만이 근거 있는 견해를 제공할 수 있는데도 말이다. 의사가 얼빠진 것만큼이나 변호사는 미신에 사로잡혔다. 그래서 의사의 돌봄이 있었음에도 같은 병으로 매일 죽는 수백 명과 꼭 마찬가지로, 별난 사람은 자신의 아이가 의사의 개입 없이 죽었다는 것 말고는 아무것도 입증된 게 없는데도 동정도 받지 못한 채 감옥에 간다.

## 4. 의업이 무오(無誤)하다는 교조(敎條)가 의사에게 미치는 반작용**

반면에 의사가 의료과오행위와 관련하여 피고가 되었을 때에는 그는 과거에 자신이 무한한 지식과 오류 없는 기술을 가졌다고 주장한 것의 필연적인 결과와 싸워야 한다. 그는 배심원과 판사, 심지어 자신의 변호사에게도, 모든 의사는 환자의 혀를 한 번 보고, 맥을 한 번 짚어 보고, 체온계를 한 번 읽어 보면 환자의 병을 절대로 정확히 진단할 수 있을 뿐만 아니라, 사체를 해부하면 사인이 무엇인지와 독살이 의

---

* 앞에서 작가는 '피고의 아이가 성 야고보의 치료가 아니라 자기의 치료를 받았더라면 죽지 않았을 거'라고 배심원에게 장담한 의사 이야기를 했다. 성경에 기반한 치료법을 따르는 사람들을 비판하면서 자신의 치료가 더 나았을 것이라는 의사의 주장은 아직 검증된 바가 없으니, 의사는 위증죄로 처벌받아야 함을 말한 것이다.
** 작가는 전지니 무오니 교조니 하는, 특정 종교를 떠올리게 하는 용어를 반복함으로써 의료 집단과 종교 집단의 유사성을 강조한다.

심되는 경우에는 사용된 독극물의 성질이 무엇인지까지 틀림없이 알아낼 수 있음을 믿으라고 훈계해 왔다. 이제 이 모든 추정된 완벽과 무오는 상상에 불과하다. 따라서 의사의 실수가 필연적으로 고의적이며 부도덕한 의료과오(전지한 의사가 실수를 저지를 리 없다는 전제에서 생긴 피할 수 없는 추론)인 것처럼 의사를 다루는 것은, 육 펜스짜리 불사약을 비치하지 않는다고 가장 가까운 약국을 비난하거나 갤런 크기 양철통 몇 개에 들어갈 영구기관을 팔지 않는다고 가장 가까운 자동차 수리소를 비난하는 것만큼 불공평하다[*]. 하지만 만약 약제사와 차량제조 업자가 불사약과 영구기관을 상습적으로 광고해서 자기들이 그걸 공급할 수 있다는 강력한 믿음을 심어 주는 데 성공한다면, 속은 환자가 죽게 만든 책임이나 자동차에다 가솔린을 들이부어서[**] 운전사가 화상을 입게 만든 책임으로 기소 당하게 되는 경우 그들은 비로소 자기들이 난처한 입장에 놓였다는 점을 깨달을 것이다. 그 입장이란 의사가 무지와 실수를 변명으로 삼아 의료과오 혐의에 맞서 자신을 항변할 때 깨닫게 되는 곤경을 뜻한다. 그의 해명은 전적으로 순진한 사람들에게만 받아들여지며, 그는 상황을 아는 일반인들로부터도 거의 동정을 받지 못한다. 왜냐하면 그가 스스로 불신을 자초했기 때문이다. 의사가 이 곤경에서 벗어나기 위해서는 다음과 같은 사실들을 배심원에게 일깨워 주어야 한다. 첫째는, 의학이 여전히 치료

---

[*] 의사에게 전지전능함을 기대하는 것은 현실적이지 않은데, 이러한 기대로 말미암아 의사의 실수를 비난하는 것은 부당하다고 지적한다.

[**] 글이 풍자를 위한 것이니 과장된 점을 감안해야 한다. 그 운전사는 불사약을 믿는 부자 노인만큼이나 멍청하다. 게다가 그는 터무니없는 실수도 잘 한다. 글에는 쉽게 속는 대중을 질타하는 목소리도 들었다는 점을 염두에 두자.

를 파는 마법과 완전히 구분되지 않는다는 사실이다. 둘째는, 진단이
때로 현미경 아래의 병원성 세균을 식별하는 것을 포함하기도 하지
만, 어떤 엄밀한 과학에서도 받아들이지 않을 만큼 느슨한 용어를 선
택하는 경우가 더러 있는데, 그 경우에도 진단은 불확실하고 어려운
문제라는 점에 대해 의사들의 의견이 갈린다는 사실이다. 셋째는, 가
장 좋은 의학적 견해와 치료가 의사에 따라 크게 다를 수 있다는 사실
인데, 예를 들자면, 어떤 의사는 장티푸스처럼 낯익은 질병에 대해 여
섯 또는 일곱 가지의 지정된 독극물을 처방하는 반면, 다른 의사는 어
떤 약도 전혀 허용하지 않을지도 모르며, 어떤 의사는 환자를 먹게 하
는 반면 다른 의사는 굶길지도 모르며, 어떤 의사는 다른 의사가 불필
요하고 위험하다고 보는 수술을 감행할지도 모르며, 어떤 의사는 다
른 의사가 엄격히 금지하는 술과 고기를 환자에게 줄지도 모른다는
점 등등인데, 이러한 모든 차이점이 좋은 의사와 나쁜 의사 사이에서
가 아니라(어떤 의학적 주장에 따르면 나쁜 의사는 존재할 수 없다고
하니), 같은 정도의 명성과 권위를 지닌 의사들 사이에서 발생한다는
것을 유념해야 한다. 배심원들에게 이 사실들이 사실임을 설득하는
게 보통 불가능하다. 배심원들은 거의 사실에 주목하지 않는다. 그들
은 의사가 전지전능하다는 것에 대한 어떠한 의심도 불경스러운 것으
로 여기도록 배웠다. 심지어 의사가 자신이 치료를 장담했던 바로 그
병으로 죽는다는 사실도 간과된다. 우리는 입술을 삐죽 내밀며 고개
를 내저으면서 "저들은 남의 병은 고치면서 자기 병은 고치지 못한다"
라고 말하지 않는다. 저들의 명성은 어느 아프리카 왕의 궁전과 마찬
가지로 사람의 시신을 기초로 해서 서 있다. 그 결과로써 배심원은 피

고가 의료과실로 기소된 의사일 때 피고에게 불리하게 평결한다.

의사들은 자기네 입장에선 다행히도 거의 이런 처지에 놓이지 않는데, 이유는 의사에게 불리한 걸 입증하기가 무척 어렵기 때문이다. 의료과실 사건의 유일한 증거는 전문가 증거 즉, 다른 의사가 제시하는 증거다. 그런데 모든 의사는 동료를 저버림으로써 직업상 연대의 불문율을 어기느니 동료가 한 지역 전체에 심각한 해를 끼치도록 내버려둘 것이다. 의사의 허물을 넌지시 누설하는 사람은 간호사다. 이유는 모든 간호사는 자신이 좋아하는 특정한 의사가 있기 때문이다. 그녀는 보통 자신의 환자들에게 모든 다른 의사들은 형편없는 멍청이라고 장담하고는, 이들이 저지른 실수에 대한 험담으로 환자의 지루함을 달래 준다. 그녀는 심지어 자기가 의사보다 더 많이 안다는 걸 환자에게 믿게 하기 위해 의사의 허물을 누설할 것이다. 하지만 그녀는 자신의 생계를 위해, 의사의 허물을 감히 공개적으로 폭로하지는 못한다. 게다가 의사들은 무슨 일이 있어도 서로 연대한다. 이따금 윌리엄 걸 경*같이 확고한 입장을 취하는 의사가 증인석에 가서 환자가 어떤 방식으로 치료받았는지를 증언할 테지만 그러한 행동은 자신의 동료들에게 거의 비열한 짓으로 여겨진다.

---

* 윌리엄 걸 경(Sir William Withey Gull, 1816-1890)은 영국의 의사로서 1871년 왕세자(훗날의 에드워드 7세)가 장티푸스로 숨이 넘어가는 것을 살려낸 공로로 준남작 작위를 받고 빅토리아 여왕의 주치의가 되었다. 그는 변호사였던 찰스 브라보(Charles Bravo, 1845-1876)가 안티몬이란 독극물에 의해 사망했다고 증언했다. 변호사의 부인 플로렌스한테 혐의가 쏠렸으나 이 사건은 영국 법 역사상 가장 유명한 미결 사건 중 하나로 남았다.

# 5. 왜 의사들은 서로 다르지 않은가

의사가 하는 행위는 늘 올바르다는 중심 관점에 의사들이 동의하기를 동의하지 않는다면 그들 사이에는 어떤 공공연한 합의도 존재하지 않을 것이다. 그러나 2기니를 받는 의사는 5실링 받는 의사가 결코 옳다고 여기지 않는다. 만약 그가 그렇게 여긴다면, 1파운드 17실링을 더 청구했다는 걸 고백하는 것으로 여겨질 것이다. 마찬가지로 5실링을 받는 의사는 길모퉁이 부근의 6펜스짜리 외과의사가 자기와 맞먹는 수준이라는 견해를 지지할 수는 없다. 따라서 일반인도 무오류가 그리 무오류하지 않다는 걸 깨우쳐야 한다. 왜냐하면 무오류에는 두 가지 품질이 있어서 두 가지 가격으로 구입이 가능하기 때문이다.

하지만 같은 가격을 받는 같은 등급끼리도 합의는 없다. 19세기 말 첫 번째 대규모 인플루엔자 유행 중에 런던의 한 석간신문이 환자인 기자를 당일 모든 유명 전문의들에게 보내서 받은 진단과 처방을 공개했는데, 의학 신문들은 유명한 내과의에 대한 신뢰성을 훼손했다고 이 방식을 맹비난했다. 병은 같았는데 처방이 달랐고 진단도 달랐다. 이제 어떤 의사가 같은 환자에게 다르게 처방한 동료를 옳다고 여기면서 자신의 처방도 옳다고 여길 수는 없다. 의사들과 충분히 잘 아는 사이여서 이들로부터 거리낌 없이 의료 관련 이야기를 들어본 사람은 누구나 그들이 서로의 실수와 오류에 대한 이야기로 가득 차 있다는 것을 알게 되고, 자기들이 전지전능하다는 주장이 몰리에르나 나폴레옹한테 통하지 않았듯이 자기들끼리도 통하지 않는다는 것을 알게 된다. 하지만 바로 이런 이유로 어떤 의사도 감히 다른 의사를 의료과실로 비난하지 못한다. 그는 자신의 의견에 대한 확신이 없다 보니 그걸로 다른 사람을 망칠 수는 없는 것이다. 그는 그런 행동이 자기네 전문 분야에서 허용되면 어떤 의사의 생계나 명성도 한 해가 못 갈 것을 안다. 나는 그를 비난하지 않는다. 나라도 똑같이 할 것이다. 하지만 이런 상황의 결과로 말미암아 의료계는 자기네 약점을 숨기기 위한 음모단으로 전락할 것이다. 의심의 여지없이 어떠한 직업에 대해서도 같은 말을 할 수 있다. 모든 직업은 일반 대중에 대한 음모단이다. 나는 의료 음모단이 군사 음모단과 법률 음모단, 성직 음모단, 교육 음모단, 왕실 및 귀족 음모단, 문학 및 예술 음모단, 그리고 노동조합에서 대형 거래소에 이르기까지, 우리가 사회라고 부르는 거대한 갈등을 일으키는 무수한 산업, 상업, 금융 음모단보다 더 낫거나 더 나쁘다는 걸 시사하지 않는다. 하지만 의료 음모단은 덜 의심받는다. 사회 개혁의 필수 전제로 마지막 왕을 마지막 사제의 창자로 목 졸라야 죽이자고 주장하던 급진주의자들은* 아무런 불평도 없이 강제적인 세례를 강제적인 예방접종으로 대체했다.

# 6. 수술 열풍

따라서 모든 것이 의사 편이다. 사람이 병으로 죽으면 남들은 자연사했다고 말한다. 회복하면 (대부분 회복한다) 의사가 치료의 공로를

---

* 마지막 왕을 마지막 사제의 창자로 목 졸라 죽이자는 구호는 18세기 말 프랑스 혁명 시기의 극단적 급진주의자들 사이에 널리 퍼진 말로, 기존의 왕정과 종교 권력을 완전히 제거하겠다는 상징적 표현이다.

차지한다. 외과에서는 환자가 병원이나 요양원에서 살아서 나오면 모든 수술이 성공적이라고 기록된다. 그 병증에 대한 이후의 역사가 정직한 의사로 하여금 다시는 그 수술을 실행하지도 추천하지도 않겠노라고 맹세하게 만들 수 있는 경우라도 말이다. 팔다리를 절단하고 기관을 적출하는 것을 포함하는 광범위한 수술은 그 필요성을 직접적으로 검증할 수는 없다. 소매나 치마에 유행이 있듯이 수술에도 유행이 있어서, 한때 절망적이던 수술을 꽤 안전하게 수행할 수 있는 방법을 찾아낸 한 외과의사의 성공은 대체로 의사들뿐만 아니라 환자들 사이에서도 그 수술에 대한 열풍으로 이어진다. 수술대에 매혹된 뭇 남녀가 있다. 이들은 허영심과 건강 염려증, 끊임없이 주목받고 싶어 하는 욕망 등으로, 자신의 기관과 팔다리의 중요성을 거의 인식하지 못하는, 절반만 살아 있는 사람들이다. 이들은 바닷가재나 도마뱀처럼 절단을 대단찮은 것으로 보는 듯한데, 이 동물들은 적어도 발톱이나 꼬리를 잃으면 새것이 나온다는 핑계라도 있다. 이 책이 출판 준비 중인 동안, 법원은 한 남자가 기차에 치여 두 다리가 절단된 일로 철도회사를 상대로 손해배상을 청구한 사건을 심리했다. 그는 놀고먹으려고 철도회사로부터 연금을 타내기 위해 스스로 일을 꾸몄다는 게 입증되는 바람에 패소했다. 그가 너무 아둔하여, 승소해서 기대 이상의 배상을 받는다 하더라도 잃어야 할 게 얼마나 소중한지를 깨닫지 못한 것이다.

이 놀라운 사건은 유행하는 수술을 감당할 수 있는 계층에는 소수의 특별한 사람들이 존재한다고 주장할 수 있는 가능성을 열어 준다. 이들은 자기 신체를 온전히 유지하는 것(출산할 능력을 포함하여)의 상대적 중요성과, 선풍적인 수술을 받은 영웅으로서 스스로에 대해 말하는 즐거움 그리고 이런 말을 듣는 즐거움의 진정한 가치를 분별할 능력이 너무 없기 때문에, 큰 수술비나 개인적인 간청을 통해 외과 의사들이 수술을 해 주도록 유도한다는 것이다. 이제 한 번 수술이 이루어지면 그게 불필요했음을 어느 누구도 증명할 수 없다는 점은 아무리 되풀이해서 말해도 지나치지 않다. 내가 다리 절단을 거부하는 경우 다리가 괴사해서 내가 죽으면 내가 틀렸음을 증명할 수 있지만, 다리 절단을 허락하는 경우 내가 아무리 집요하더라도 다리가 괴사하지 않았을 거라는 점은 아무도 증명할 수 없을 것이다. 따라서 수술은 외과의사에게는 안전한 편일뿐만 아니라 이득이 되는 편이다. 그 반작용의 결과로 우리는 "보수적인 외과의사"라는 독특한 부류의 의사들이 존재한다는 얘길 듣게 되는데, 이들은 가능한 한 수술을 하지 않는 것을 원칙으로 삼아서, 수술을 최후의 수단으로 여길 만큼 충분히 생명력이 넘치는 사람들이 선호하는 의사들이다. 하지만 어떤 외과의사도 보수적인 견해를 가질 의무가 없다. 만약 그가 어떤 기관이 잘해야 쓸모없는 잔존물이고 그걸 제거하면 환자가 2주 내로 아무 문제없이 회복할 것이라고 믿는 반면에 자연치유를 기다린다는 건 한 달간의 병을 앓아야 한다는 걸 의미한다고 생각한다면, 비수술적 치료가 유사한 치료 중에서 가장 확실하더라도 그는 수술을 권장할 명백한 정당성을 갖는다. 따라서 보수적인 외과의사와 급진적이거나 적출을 주로 하는 외과의사는 궁극적 치료에 관한 한 둘 다 옳을 수 있으므로 그들의 양심은 그들의 의견 차이를 해결하는 데 도움이 되지 않는다.

# 7. 순진함과 클로로포름

관찰이나 논증도 없이, 심지어 이 둘에 반(反)하여도, 믿고자 하는 강한 이해관계에 근거한, 믿으려는 단순한 욕구만으로도 믿음이 거의 무제한의 양과 강도로 생성될 수 있다는 사실보다 확실한 과학적 사실은 세상에 없다*. 누구나 사춘기 청소년들의 연애 감정의 경우에 이 것을 인식한다. 이들은 다른 사람들에게는 분명히 평범한 데다가 심지어 불쾌하기까지 한 소녀와 소년들한테서 천사와 영웅을 본다. 하지만 이것은 인간 활동의 모든 영역에 해당된다. 가장 냉철한 유물론자도 자식이나 아내를 잃고, 그들과 다시 소통하고 싶은 욕망이 저항할 수 없을 만큼 강해지면, 탁자를 두드리거나 칠판에 쓰는 영매(靈媒)를 찾게 될 것이다. 구두 수선공은 가죽만 한 것이 없다고 믿는다. 외세에 의해 영국이 정복당하는 것을 최악의 정치적 불행이라고 여기는 제국주의자는 영국에 의해 외국이 정복당하는 것은 정복당하는 이들에게 은혜가 될 것이라고 믿는다. 의사들도 다른 사람들처럼 이러한 착각에서 벗어날 능력이 없다. 그렇다면 현재의 상황에서 많은 불필요하고 해로운 수술이 계속될 수밖에 없으며, 환자들이 현대의 수술과 마취가 수술을 실제보다 훨씬 덜 심각한 문제로 만들었다고 여기도록 부추겨진다는 것을 누가 의심할 수 있는가? 의사들은 수술에 대해 대중에게 글을 쓰거나 말을 할 때, 클로로포름이 수술을 통증 없게 만든다고 넌지시 비치기도 하고, 종종 많이 말하기도 한다. 수술을

---

* 인간의 믿음이 종종 객관적인 증거나 논리적 사고에 근거하지 않고, 오히려 개인의 욕구나 이해관계에 의해 형성된다는 점을 말한다.

받아본 사람들은 그게 사실과 다르다는 것을 더 잘 안다. 환자가 칼을 느끼지 못하다 보니 수술이 외과의사에게는 수월해지지만 환자는 마취의 대가로 몇 시간 동안의 끔찍한 후유증을 겪어야 한다. 그리고 그게 끝나면 외과의사가 만든 상처가 주는 통증이 남게 되는데, 이 상처는 다른 상처와 마찬가지로 치유되어야 한다. 이것이 외과의사들이 때로 수술에 대해 대단히 가벼이 이야기하는 이유다. 이들은 보통 환자가 의식을 회복하기도 전에 수술비를 주머니에 챙기고 집*을 나서기 때문에, 일반의나 간호사가 목격하는 고통을 알지 못한다. 이런 외과의사들은 바너비 럿지**의 교수형집행인이 처형을 이야기하듯이 시시때때로, 수술 받는 것이 감각적으로나*** 비용적으로 호사로운 것인양 이야기한다는 말이다.

## 8. 의사의 빈곤

설상가상으로 의사들은 끔찍하게 가난하다. 내 어린 시절의 아일랜드 신사계층 의사는 네 번을 방문하고서 1기니 이상 받았는데, 오늘날 영국 사회에서 그에 맞먹는 의사는 보기 어려운 것 같다. 평범한 영국의 일반의보다 기차역의 짐꾼이 되는 것이 낫다. 짐꾼은 회사로부터

---

* 당시엔 웬만한 수술이 환자의 집에서 이루어졌음을 말한다.
** '바너비 럿지(Barnaby Rudge)'는 찰스 디킨스가 1841년에 출간한 소설의 제목이다. 이 역사소설은 고든 폭동(Gordon Riots) 즉, 1780년 런던에서 발생한 반가톨릭 폭동을 배경으로 쓰였는데, 이 사건으로 25명이 처형되었다.
*** '감각적으로(in sensation)'란 말이 묘하다. 수술을 통해 환자가 바람직하면서 즐겁기까지 한 경험을 한다는 뜻인 듯하다. 작가의 풍자 감각을 보여 주는 표현이다.

전속조건 보수로 주당 18에서 23실링을 받으며, 일반인으로부터 추가로 받는 요금은, 삼등석의 2페니 팁을 제외하고도(나는 이걸 고려에서 제외할 필요가 있는지 전혀 확신이 들지 않는다), 2등석 승객의 경우 의사의 수수료에 해당하고, 1등석 승객의 경우에는 의사 수수료의 두 배에 해당한다. 교육받은 계층이 이렇게 대우받으면 약탈자 계층이 되기 마련인데, 의사들도 예외가 아니다. 그들은 진찰과 약값으로 수치스러울 만큼 적은 요금을 받으라는 말을 듣는다. 그들의 환자들은 대부분 너무 가난하고 무지하여, 의사의 좋은 조언을 비현실적이고 마음을 아프게 하는 것으로 여길 것이다. 더 이상 지불할 수 없는 남자가 겨우 주는 18펜스를 거절할 수 없을 정도로 의사가 가난할 때, 남자나 그의 병든 아이에게 필요한 것은 약이 아니라 더 많은 여가와 더 나은 옷, 더 나은 음식, 더 잘 배수되고 환기되는 집이라고 조언해 봐야 소용이 없다. 그에게 물만큼 값싼 무언가를 병에 담아 주면서, 그게 효험이 없으면 또 18펜스를 가지고 다시 오라고 말해 주는 게 더 친절한 일이다. 그걸 한 주일 내도록 매일 반복했다면, 당신한테 과학적 양심이 얼마나 남아 있겠는가? 만약 당신이 18펜스짜리 의사가 6펜스짜리 의사보다 확실히 사회적으로 우월하다는 생각에 필사적으로 매달릴 만큼 마음이 나약하다면, 당신은 평생 비참하게 가난할 것이다. 반면 6펜스짜리 의사는 낮은 가격과 빠른 환자 회전율로 당신보다 훨씬 더 많은 돈을 벌면서 더 많은 사람을 죽이지도 않는다[*].

환자들의 폐가 나쁜 환기조건에 견딜 수 없는 것처럼, 의사의 인격

---

[*] 경제적 성공보다는 사회적 지위에 집착하는 것의 어리석음을 지적함으로써 당시 영국 사회의 계급의식과 허영심을 간접적으로 비판한다.

은 그런 조건에서 견딜 수가 없다. 그가 자존심을 지킬 수 있는 단 하나의 방법은 자신이 배운 과학적 지식을 모두 잊어버리고, 단지 환자들보다 덜 무지하고 병상에 더 익숙하다는 이유로 비용을 받지 않고 해 줄 수 있는 치료에 전념하는 것이다. 마침내 그는 빈곤한 가정환경에서 환자를 돌보는 데 필요한 일정한 기술을 습득하게 되는데, 이것은 대형 시설에서 엘리베이터와 진공청소기, 전기 조명, 증기난방, 그리고 주방을 실습실과 엔진실처럼 꾸민 기계장치들로 훈련된 가정부들이 세상에 나가 일반 하녀로서 고생하며 일을 새롭게 배우고, 장작 몇 다발도 사치로 여길 만큼 전전긍긍 절약해야 하는 가정의 볼품없는 습관과 비참한 임시방편을 익히며 적응해 나가는 것과 같다.

# 9. 성공한 의사

자신의 성공으로 말미암아, 의사의 빈곤에 대해 대중의 여론을 눈멀게 하는 의사는 거의 완전히 타락한 거나 마찬가지다. 그가 잘나간다는 건 그의 진료가 점점 더 한가한 부자들에게게만 국한된다는 걸 의미한다. 이들 대부분의 병에 대한 적절한 조언은 애버네시의 "하루에 6펜스를 벌고 그걸로 생활하라"* 로 전형화 된다. 하지만 빈곤계층에서와 마찬가지로, 여기서도 적절한 조언은 즐겁지도 실용적이지도 않다. 그리고 평생 병약자라고 설득당할 수 있는, 건강 염려증을 가진 모

---

* 존 애버내시(John Abernethy, 1764-1831)는 영국의 외과의사로서 직설적인 의료 조언으로 유명했다. 해당 문구는 '의료 개입이나 비싼 치료보다는 검소한 생활과 자기 절제로 건강을 유지할 수 있다'는 뜻으로 해석된다.

든 부유한 남녀는 의사에게 연간 50에서 500파운드까지의 수입을 의미한다. 수술은 외과의사가 두어 시간 만에 비슷한 금액을 벌 수 있게 해 주는데, 만약 그 의사가 요양원도 운영한다면, 가장 비싼 호텔을 운영하는 것 마냥 동시에 상당한 이익을 낼지도 모른다. 이러한 이익은 너무나 크다 보니, 고달픈 금전적 걱정이 없다는 점에서 부유한 의사가 가난한 의사에 비해 가지는 도덕적 이점을 상당 부분 깎아 먹는다.[*] 진짜 치료가 환자나 의사에게 너무 비싸서 가짜 치료를 처방하고 싶은 유혹이 부유한 의사에게는 존재하지 않는다는 건 사실이다. 그는 항상 진짜 치료를 받을 수 있는 많은 환자를 가지고 있으며, 이들은 그에게 충분히 진지한 과학적 업무를 제공하여, 자신의 가난한 동료들처럼 무지와 시대착오, 과학적 양심의 퇴화에 빠지지 않도록 지켜 준다. 하지만 반면에 그의 지출은 엄청나다. 독신이라고 해도, 런던 서부지역의 물가로는, 자기 생명보험이라도 들 여유가 있으려면 한 해에 천 파운드 이상은 벌어야 한다. 집과 하인들, 마차(또는 자동차)는 자신의 환자들에게 익숙한 수준이어야 한다. 자신만을 위한 요구사항이야 방 두 개와 그 중 하나에 야전침대 하나가 있으면 충족되겠지만 말이다. 무엇보다도, 이러한 지출을 메우기 위한 수입은 그가 일을 멈추자마자 중단된다. 자신이 침대에 있거나 동호인 클럽에 있는 동안에도, 매니저와 서기, 창고직원, 노동자들이 자신의 사업을 계속 운영해 주는 사업가와는 달리, 의사는 대리로는 한푼도 벌 수 없다. 그는 유난히 쉽게 감염에 노출되고, 날씨에 관계없이 밤낮으로 일해야 하

---

[*] 의사들의 경제적 안정이 반드시 도덕적 우위로 이어지지 않는다며, 과도한 이익추구가 의사의 윤리성을 훼손할 수 있다고 지적한다.

며, 종종 한 주일 내도록 하루도 충분한 잠을 누릴 수 없지만, 그가 외출을 멈추는 순간 돈도 들어오지 않는다. 따라서 그로서는 병에 걸릴까 봐 특히 두렵고, 성공이 영구적이라는 확실한 보장도 없다. 그는 해가 빛나는 동안 건초를 만드는 일을 감히 멈출 수가 없다. 왜냐하면 해는 언제든 질 수 있기 때문이다. 일반인은 이 정도의 압박감을 버텨 내지 못한다. 이러한 압박감을 받으면 의사들은 불필요한 방문을 해서는 처방전을 쓰게 되는데, 이 처방전은 예전에 아일랜드 재단사가 우리 아버지의 손가락에서 사마귀를 뺀다며 마법을 부리기 위해 문질렀던 분필만큼이나 터무니없다. 그들은 수술을 촉진하기 위해 외과의사들과 음모하기도 하고, 상상병 환자의 망상을 부추기기도 한다(완벽한 건강이란 건 존재하지 않듯이 누구도 정말로 건강하지는 못하기 때문에 상상병 환자는 항상 실제로 아프다). 이기적인 건강염려증 환자들이 의사들의 건강과 힘, 인내심을 이용해 먹는 것처럼, 의사들은 인간의 어리석음과 허영심, 죽음에 대한 두려움을 이용해 먹는다. 그들은 이러한 일을 모두 해야만 하는데, 그렇지 않으면 어느 누구도 감수하라고 공정하게 요구받을 수 없는 금전적 위험을 감수해야 한다. 그리고 세상이 건강해질수록 그들은 사기행위에 더 많이 의존해야 하며, 모든 의사들이 철저한 부패로부터 자신을 지키기 위해 충분히 하는 정말로 유익한 활동에 더 적게 의존하게 된다. 가령, 심지어 숙녀에게 에테르 강장제를 처방한 적이 있는 가장 뻔뻔한 사기꾼도 숙녀로서 강장제가 필요한 이유가 가난한 여성이 진 한 잔을 필요로 하는 이유와 마찬가지로 사치스러운 것임을 알고는 있지만, 출산을 돕는 일을 충분히 자주 해야 자신이 완전히 헛되게 사는 건 아니라고 느낀다*.


## 10. 외과의사의 자존심에 관한 심리학

외과의사는 종종 일반의보다 더 파렴치하지만, 더 쉽게 자존심을 유지한다. 인간의 양심은 매우 의심스러운 먹이로도 존속할 수 있다**. 매우 어려운 일을 하며 그걸 매우 잘 해내는 사람은 결코 자존심을 잃지 않는다. 근무태만자와 서툰 사람, 꾀병부리는 사람, 겁쟁이, 약골이야 자신의 실패와 사기로 인해 창피를 당할 수 있지만, 솜씨 좋고 원기왕성하며, 능수능란한 사람은 죄를 저지를 때마다 더 자랑스러워하며 대담해진다. 보통 사람은 절제와 정직, 성실에 기초하여 자존심을 세워야 할지 모르지만 나폴레옹 같은 사람은 자기의 존엄성을 지키기 위해 그런 버팀목이 필요 없다***. 만약 넬슨의 양심이 한밤중의 고요한 시간에 그에게 속삭였다고 해도, 발트 해와 나일 강, 세인트 빈센트 곶에 관해 속삭였지, 자기 아내에 대한 불성실에 관해 속삭이지는 않았

---

* 작가는 의사들이 금전적 압박 때문에 비윤리적이거나 불필요한 처방을 내릴 수밖에 없는 현실을 지적한다. 그러나 이러한 상황에서도 의사들은 출산을 돕는 것과 같은 중요한 일을 자주 함으로써 자신의 직업에 보람을 느끼고 자기 존중을 유지할 수 있다는 뜻이다.
** 인간은 자신의 비윤리적 행동을 합리화하는 능력을 가지고 있으며, 양심이라는 것이 생각보다 훨씬 더 타협적이고 유연할 수 있다는 것을 풍자적으로 지적한다.
*** 여기서 보통 사람과 나폴레옹을 비교하는 이유는, 사람들이 자신의 자존감을 유지하는 방식이 다름을 언급하기 위해서다. 보통 사람들은 자신의 자존감을 유지하기 위해 도덕적 가치에 의존하는 반면에, 나폴레옹과 같은 사람들은 자신들의 뛰어난 능력과 업적만으로도 충분히 자존감을 유지할 수 있었을 거란 뜻이다.

음이 분명하다[*]. 보는 사람이 없을 때 어린아이를 유괴하는 사람은 자존심이나 자존감을 거의 가질 수 없겠지만, 능숙한 강도는 스스로를 자랑스러워할 게 틀림없다. 지금 서문을 쓰고 있는 이 연극에서 나는 한 예술가를 묘사했는데, 그는 자신의 예술적 양심에 너무나 온전히 만족하여, 이 예술적 양심을 제외한 모든 다른 관계에서는 일말의 불편함을 느끼지도 않고 철저히 이기적이며 파렴치했으면서도 그 양심의 지지로 성자처럼 죽음을 맞이하기까지 했다. 개인적인 매력을 드러내는 데 재능이 있는 여성들에게서도 같은 걸 관찰할 수 있다. 이들은 자신을 아름답게 만드는 데 생각과 노동, 기술, 창의력, 취향, 인내를 기울이는데, 이는 못생긴 여성 열두 명을 정직하게 유지하는 것보다 더 많은 노력을 요구한다. 이 재능으로 말미암아 그들은 자신에 대해 높은 평가를 유지하고, 매력이 없는 데다 사적으로 부주의하기까지 한 여성들에 대해서는 분노와 경멸을 품게 된다. 동시에 그들은 부끄럼도 없이, 거짓말하며 속이고, 중상모략하고, 자신을 판다. 사실, 우리의 대부분은 기껏 하나의 기준을 지키기 위한 윤리적 에너지를 가지고 있을 뿐이다. 정말로 융통성 없는 명예의 기준 말이다. 안드레

---

* 영국의 호레이쇼 넬슨(Horatio Nelson, 1758-1805) 제독이 치른 발트해전은 1801년 덴마크-노르웨이 함대를 격파하여 발트해에서 영국의 해상 우위를 확립한 해전을 말하며, 나일 강 전투는 1798년 나일 강 하구 근처에서 프랑스 함대를 격파하여 나폴레옹의 이집트 원정을 무산시킨 전투를 말하며, 포르투갈의 남서단에 위치한 세인트 빈센트 곶 해전에서는 1797년 스페인 함대를 물리치는 데 중요한 역할을 함으로써, 대중적인 인기를 얻었고 영국 해군에서 중요한 인물이 되었다. 그는 유부녀인 엠마 해밀턴(Emma Hamilton, 1765-1815)과의 관계를 이어가기 위해 부인과 이혼했다. 작가는 넬슨이 자신의 군사적 과업에 비해서는 사생활로 고민을 덜 했다는 점을 강조한 것이다.

아 델 사르토*는, 내 희곡의 루이스 두비댓처럼, 자신의 뛰어난 디자인 실력과 프레스코 화의 독창성을 습득하기 위해, 열두 명의 평범한 시장과 교구 위원의 평판을 이루는 데 필요한 것보다 더 많은 성실과 근면을 기울였을 게 틀림없다. 하지만 (바사리**를 믿기로 한다면) 프랑스의 왕***이 자기를 대신해 그림을 구입해 달라고 맡긴 돈을 안드레아는 자신의 부인****한테 쓰려고 훔쳤다. 이러한 경우는 저명한 예술가에게 국한되지 않는다. 성공하지 못하고, 솜씨가 떨어지는 사람들은 성공한 사람들보다 종종 훨씬 더 양심적이다. 평범한 숙련노동자들 중에는 강하고 끈기 있으며, 능숙하여 상당한 임금을 받으면서 절대 실직하지 않는 사람들이 많이 있다. 따라서 그들은 자기들에 대해 높은 자부심을 가지지만, 이기적이고 압제적이며, 식탐하는 데다 주정뱅이로 산다. 그들의 처자는 대가를 치르고서야 이러한 사실을 알게 되겠지만 말이다.

이 재능 있고 활력이 넘치는 사람들은 자신의 부끄러운 비행을 통해 자존심을 유지할 뿐만 아니라, 그들의 재능이 모두에게 이익이 되고 모두의 관심을 끄는 반면에 그 악덕으로 인해 소수에게만 피해를 주

---

* 안드레아 델 사르토(Andrea del Sarto, 1486-1530)는 피렌체의 화가. 사르토가 재단사니, 델 사르토는 '재단사의 아들'이란 뜻이다.
** 조르조 바사리(Giorgio Vasari, 1511-1574)는 이탈리아의 화가이자 작가로, 이탈리아 르네상스 예술가들에 대한 전기로 유명해졌다.
*** 프랑수아 1세(재위, 1515-1547)를 말한다. 1516년 안드레아의 그림 '피에타'를 받은 왕은, 1518년 그를 초대했는데, 그는 왕이 맡긴 돈을 피렌체의 집을 사는 데 써버리는 바람에 프랑스에서 추방되었다고 한다. 하지만 일부 역사가들은 이 이야기를 믿지 않는다고 한다.
**** 안드레아는 1512년, 루크레치아 델 페데와 결혼했다. 그는 아내를 피렌체에 남겨두고 프랑스로 갔다.

기 때문에, 다른 사람의 존경을 잃지도 않는다. 배우, 화가, 작곡가, 작가 등은 예술이 출중하기만 하면 아무리 이기적이어도 대중으로부터 비난받지 않을 수 있다. 그리고 그는 자신의 이기심에도 불구하고 스스로 고귀하고 순교자처럼 느낄 만큼 충분한 노력과 희생 없이는 자신의 예술적 조건을 충족시킬 수 없다. 한 예술가의 이기심은 대중에게 이익이 될 수도 있다. 그가 주변 사람들을 위험에 빠트리는 모든 고려사항에 개의치 않고 대중의 만족에만 집중함으로써 말이다. 자신을 위해 남을 희생시키는 것은 그가 만족시키는 대중을 위해서 그렇게 하는 것이며, 대중은 그러한 배치상황에 매우 만족한다. 실제로 대중은 예술가의 악덕에 관심을 갖는다.

대중은 외과의사의 악덕에는 관심을 갖지 않는다. 외과의사의 예술은 대중의 만족을 위해서가 아니라 대중의 비용으로 수행된다*. 우리는 극장이나 미술관, 콘서트 장에 가듯이 즐거움과 기쁨을 찾기 위해 수술대에 오르지는 않는다. 우리는 더 나쁜 일이 들이닥치지 않도록, 고통 받고 불구가 되기 위해 수술대에 오른다. 우리가 이 공포에 직면하고 이 절단을 감당하도록 우리에게 보장을 제공하는 전문가들은 오직 우리의 이익만을 생각해야 하며, 우리 사례를 과학적으로 판단해야 하며 친절하게 다루어야 하는 것이 매우 중요하다. 먼저 과학을 위해, 그 다음 친절을 위해 우리가 어떤 보장을 받는지 살펴보자.

---

* 작가는 독자로 하여금 화가 루이스 두비댓과 외과의사 월폴 중 누구의 악덕이 더 심각한지를 견주어 보게 한다.

# 11. 의사는 과학자인가?

　모든 의사가 과학자라는 대중의 착각이 널리 퍼져 있다는 데 의문을 제기할 사람이 없을 것이라고 나는 생각한다. 과학을 증류기와 알코올램프, 자석, 현미경으로 마술을 부리는 것 이상으로 이해하는 아주 소수의 계층만이 이 착각에서 벗어날 수 있다. 충분히 무지한 사람에게는 모든 무역선의 선장이 갈릴레오이고, 모든 오르간 연주자가 베토벤이고, 모든 피아노 조율사가 헬름홀츠이고, 올드 베일리*의 모든 변호사가 솔론**이고, 세븐 다이얼스***의 비둘기 상인이 다윈****이고, 모든 대서업자(代書業者)가 셰익스피어이고, 모든 기관차가 기적(奇蹟)이고, 그 운전사는 조지 스티븐슨만큼 놀랍다. 사실, 평범한 의사들은 자기네 재단사보다 과학적이지 않거나, 거꾸로 표현하고 싶다면, 자기네 재단사들이 의사들보다 덜 과학적이지 않다. 의사 노릇은 과학이 아니라 기술이다. 과학 저널 중 하나를 구독하고 과학운동에 관한 문헌을 따를 만큼 과학에 충분히 관심이 있는 보통 사람이, 과학에는 관심이 없으면서 단지 생계를 위해 진료하는 의사들(아마도 대다수)보다 과학에 대해 더 많이 안다. 의사 노릇은 사람들을 건강하게 유지하는 기술도 아니다(어떤 의사도 무엇을 먹어야 하는지에 대해 자기 할

---

*　올드 베일리(Old Bailey): 런던의 중앙형사재판소.
**　솔론(Solon, BC 640?-560?): 아테네의 법률 제정가이자 시인.
***　세븐 다이얼스(Seven Dials): 런던 웨스트엔드의 코벤트 가든 지역에 있으며, 한때 런던의 악명 높은 빈민가였다.
****　'종의 기원'에서 다윈은 비둘기 사육사들이 다양한 특성을 가진 비둘기를 어떻게 선택적으로 교배시키는지를 들어 자연 선택의 원리를 설명했다. 이 문장에서 든 여러 사례는 무지한 사람들이 어떻게 일상적인 직업인들을 실제보다 과장되게 평가할 수 있는지를 보여 주기 위한 것이다.

머나나 근처의 돌팔이보다 더 잘 조언할 수 있을 것 같지 않다). 그것은 병을 치료하는 기술이다. 예외적으로 진료 의사가 과학에 기여하는 경우도 있다(내 연극은 매우 주목할 만한 인물*을 묘사한다). 하지만 그가 여느 시골뜨기처럼 과학적 방법에 대한 개념이 없고, 증거와 통계를 다루는 일이 숙달을 필요로 한다는 걸 믿지 않는 바람에 임상 경험에서 재앙적인 결말을 끌어내는 경우가 훨씬 더 잦다. 돌팔이와 자격 있는 의사의 주된 차이는 후자만이 사망진단서를 발급할 수 있다는 점인데, 양자가 대략 같은 빈도로 자기 환자를 사망에 이르게 하는 것 같다. 자격 없는 실무자들은 현재 위생사로서 큰 수입을 거두는데, 이들이 무엇을 하는지 잘 이해하면서 교양까지 갖춘 아마추어 과학자들도 단순히 속고 있는 무지한 사람들과 비슷한 빈도로 이 실무자들을 찾아간다. 접골사들은 우리의 최고 외과의사들 바로 앞에서, 교육수준이 높고 부유한 환자들로부터 재산을 모은다. 그리고 가장 잘 나가는 등록 의사 중 일부는 이단적 방법 즉, 전통적인 방법과는 전혀 다른 방법으로 병을 치료하며, 오로지 편의를 위해 자격을 갖추기도 한다. 주술(呪術)을 지시하고 부적을 파는 마을 주술사들을 제외하면, 이 나라에서 가장 겸손한 전문 치유사는 약초꾼들이다. 이들은 병을 치료하기도 하고 출산을 막아 주기도 하는 신비한 성질을 가진 약초를 찾느라 일요일이면 들판을 헤맨다. 이들 각각은 자신이 큰 발견을 바로 앞두고 있으며, 거기에 버지니아 스네이크 루트**가 주된 요소

---

* B. B. 즉, 블룸필드 보닝턴을 가리킨다. 양심 없는 예술가 두비댓도 그의 치료 중에 죽었다.
** 버지니아 스네이크 루트(Virginia Snake Root)는 학명이 Aristolochia serpentaria인데 북미 원주민들이 사용하던 약초로, 배탈, 염증, 통증 완화 등에 사용되었다.

가 될 것이라고 믿는다. 그 이유는 아무도 모른다! 마치 수은이 연금술사들을 사로잡았던 것처럼 버지니아 스네이크 루트가 약초꾼들의 상상력을 사로잡는다. 주중에는 페니로얄*과 민들레 등을 파는 가게를 운영하는데, 거기에는 이 약초들이 치료할 것으로 여겨지는 질병 목록이 적힌 표가 붙어 있으며, 계속 구매하는 사람들에게는 만족스럽게도 이 약초들이 실제로 치료해 주는 것처럼 보이기도 한다. 나는 약초꾼의 과학과 정식으로 등록된 의사의 과학 사이에는 어떤 차이가 있는지 결코 알아차릴 수 없었다. 나의 한 친척은 최근에 휴가와 기분전환이 필요한 정도의 평범한 증상으로 의사의 진찰을 받았다. 의사는 환자의 심장이 조금 약해졌다고 확신했다. 디기탈리스** 제제(製劑)가 심장에 특효약으로 전문가에 의해 분류되었으므로, 의사가 강한 용량을 즉시 투여했다. 다행히 그 환자는 쉽게 죽지 않는 강인한 노부인이었다. 그녀는, 기독교 과학으로 전향해서 얻는 것보다 나쁘지 않은 결과로 회복했는데, 이 기독교 과학이 유행한 것은 의사에 대한 대중의 실망과 미신 탓이다. 내가 디기탈리스 투여가 신중했느냐에 관심이 있는 게 아님을 주목해야 한다. 요점은 농부가 약초꾼한테 자문받았더라도 꼭 같은 식으로 완쾌했을 거라는 점이다.

---

* 페니로얄(Pennyroyal): 박하 속의 한 종으로서 향이 강해서 방충효과가 있긴 하지만, 독성이 있어 식용으론 적당하지 않다고 알려졌다.
** 디기탈리스(digitalis): 다년생 풀로서 독성이 강해서 사용에 주의가 필요하다. 심근수축을 강하게 하여 심부전에 효과가 있으므로 강심제로 쓰인다.

# 12. 세균학이라는 미신

　요즘 모든 사람들-심지어 의사들까지도-이 일반 신문에서 얻는 피상적인 과학 지식은 의사를 과거보다 더 위험하게 만들 뿐이다*. 현명한 사람들은 예전에는 1860년 이전에 자격을 딴 의사들한테 진찰받으려고 주의를 기울였는데, 이 의사들은 대체로 세균이론과 세균치료법을 개의치 않거나 얕잡아 보았다. 하지만 이제 이 베테랑들이 대부분 은퇴했거나 죽었기 때문에, 우리는 세균에 대해 듣기를 마치 성 토마스 아퀴나스가 천사에 대해 듣다시피 한 세대의 손에 맡겨져 있다**. 이 세대의 의사들은 갑자기 모든 의술이 '세균을 찾아 죽여라'라는 공식으로 요약될 수 있다고 결론지었다***. 게다가 의사들은 그것조차도 어떻게 해야 하는지 몰랐다. 대부분의 세균을 죽이는 가장 간단한 방법은 이들을 열린 거리나 강에 내던져 햇볕을 쬐게 하는 것이다. 이 점이 대도시들이 모든 하수를 열린 강으로 마구잡이로 내쏟을 경우, 물이 종종 도시에서 30마일 위보다 20마일 아래에서 더 깨끗한 이유를 설명한다. 하지만 의사들은 본능적으로, 고무적인 모든 사실들을 피할 뿐만 아니라, 수많은 병원성 세균으로 가득 찬 대기에서 누구나 아마도 사흘은 생존할 수 있다는 것을 기적처럼 보이게 만드는 이 사실들

---

* 신문에서 얻은 지식으로 인해 사람들(의사를 포함해서)이 자신들의 능력을 과대평가할 수 있으니, 이는 환자뿐만 아니라 의사에게 위험한 결과를 초래할 수 있다는 뜻이다.
** 토마스 아퀴나스(1225-1274)가 천사에 대해 많은 기록을 남겼지만, 이건 직접 천사를 목격하거나 경험한 게 아니라, 듣거나 읽은 것에 불과하다. 이 세대의 의사가 세균에 대해 아는 것 역시 아퀴나스가 천사에 대해 아는 것이나 마찬가지로, 들어서 아는 정도에 불과하다는 뜻이다.
*** 극중에서 비비도 같은 말을 했다.

을 애써 감춘다. 그들은 세균이 정식으로 자격을 갖춘 의사가 투여하는 살균제에 의해 멸균되기 전까지 죽지 않은 것으로 간주한다. 유럽 전역에 걸쳐 사람들은 공공통지문과 함께 이걸 위반하면 처벌 받는다는 경고도 받는다. 이에 따라 이들은 세균을 햇볕에 내던지지 말고, 손수건에 조심스레 모아서는 손수건을 호주머니의 어둠과 따스함 속에서 햇볕으로부터 보호해서 그걸 세탁소로 보내, 다른 모든 사람들의 손수건과 뒤섞이게 해야 한다. 그 결과가 어떠한지는 지역 보건당국에 너무나 잘 알려져 있다.*

세균을 죽여야 한다는 최초의 광풍으로, 외과기구들을 석탄산오일에 담갔는데, 이것은 아무것도 담그지 않고 사용하는 것보다는 큰 개선이었지만 세균들이 석탄산오일을 너무 좋아해서 그 안에서 들끓는 바람에, 항균의 관점에서는 성공적이지 못했다. 포르말린은 결핵균에 영양을 풍부히 공급하여 사람을 죽인다는 사실이 발견되기 전까지는 결핵환자의 순환계에 주입되기도 했다. 질병에 관해 항간에 널리 퍼진 이론은 보통의 의학이론과 같다. 즉, 모든 질병에는 에덴동산에서 때맞춰 창조된 세균이 있어서, 그 후로 지속적으로 증식하여 악성질병을 전파시킨다는 것이다. 이것이 대강이라도 사실이었다면 인류전체는 오래 전에 멸종했을 것이며, 모든 전염병은 나타날 때처럼 신비스럽게 사라지는 대신 전 세계로 퍼졌을 것이 처음부터 명백했다. 질병의 전형적인 세균은 원인이 아니라 증상일 수 있다는 것 또한 명백했다. 시간을 잘 지키지 않는 사람은 늘 서둘지만, 서두는 것이 시

---

* 의사들이 지나치게 세균을 두려워하고 이를 제거하는 데에만 집중하는 것은 의료 시스템의 한계를 드러내는 것이라고 본 것이다. 이는 환자의 전체적인 건강과 자연적인 치유력을 고려하지 않은 편협한 접근 방식이라고 비판한다.

간을 지키지 않는 원인이라는 결론이 따라오지는 않는다[*]. 오히려 환자에게 문제가 되는 것은 게으름이다. 군인을 더러운 막사에 과밀하게 수용하면 천연두가 발생할 것이라고 플로렌스 나이팅게일이 솔직하게 말했을 때, 그녀는 천연두가 특정 세균의 유입으로만 발생할 수 있다는 사실을 모르는 무지한 여성으로 무시당했다[**].

이것이 천연두에 대해 취해진 입장이라면, 천연두 균을 아직 세균학자가 현미경으로 밝혀내지도 못했지만, 결핵과 파상풍, 장티푸스, 말타열, 디프테리아 등 전형적인 바실루스가 확인된 질병들에 대한 확

---

[*] 세균은 그 질병의 원인이 아니라 그 질병의 결과로 나타나는 증상일 수도 있다는 점을 지적한다. 예를 들어, 질병이 발생하면 특정 미생물이 그 환경에서 번성하게 되는데, 사람들은 이 미생물이 질병의 원인이라고 잘못 생각할 수 있다는 것이다. 이는 마치 약속시간에 늦는 사람이 항상 서두르지만, 서두름이 늦는 것의 원인이 아니라 그 사람의 게으름이 문제인 것과 비슷하다. 따라서 질병과 미생물의 관계를 단순히 인과 관계로만 볼 것이 아니라 더 복잡한 상호작용을 고려해야 한다는 메시지를 담고 있다.

[**] 플로렌스 나이팅게일(Florence Nightingale, 1820-1910)은 영국의 간호사로서 크림전쟁(1853-1856) 중 터키에 있는 군 병원의 열악한 위생 상태를 목격했다. 그녀는 군 병원에 환기, 청결, 위생적인 물 공급을 개선하기 위해 노력하여 결국, 청결한 환경을 조성하고 기본적인 위생 관리를 철저히 함으로써 사망률을 42%에서 2%로 크게 감소시켰다. 나이팅게일은 군 병원에서 수집한 데이터를 바탕으로 사망 원인을 분석하고 이를 시각화했다. 그녀는 폴라 에어리어 차트(polar area chart)라는 새로운 통계 도구를 사용해 위생의 중요성을 강조했다. 그녀의 데이터 분석은 당시 의료계에 큰 영향을 미쳤고, 과학적 접근을 통해 위생 문제를 해결하는 데 기여했다. 그녀의 노력으로 인해 군 병원의 위생 상태가 크게 개선되었고, 이는 전 세계적으로 병원 위생 관리의 모범 사례가 되었다. 이와 같은 일화들은 플로렌스 나이팅게일이 '무지한 여성'이 아니었음을 보여준다. 따라서 '군인을 더러운 막사에 과밀하게 수용하면 천연두가 발생할 것'이라는 그녀의 주장은 단순한 의견이 아닌, 실증적인 경험과 과학적 분석에 기반한 것이었다.

신의 열정은 어떠했을까!* 바실루스가 없을 때는, 그것 없이는 질병이 존재할 수 없으므로 바실루스가 단지 관찰되지 않을 뿐이라고 여겼다. 흔히 그러하듯이, 바실루스가 질병을 앓지 않는 사람들에게서 발견되는 경우, 그 바실루스를 사기꾼이나 가짜 바실루스라고 부름으로써 이 이론은 유지되었다. 대중이 의사의 진단능력에 대해 끝없는 신뢰를 보여 주듯이, 의사들도 분석적인 세균 사냥꾼들에 대해 같은 신뢰를 보여 주었다. 이 마녀사냥꾼들은 당신의 우물에서 길어온 물 샘플에서부터 당신의 폐 조각에 이르기까지 무엇이든 7실링 6펜스에 최종 구성성분 증명서를 발급하곤 했다. 내가 분석가들이 부정직했다는 걸 암시하는 게 아니다. 의심의 여지없이 그들은 돈을 위해서 분석을 최대한으로 수행했다. 아마도 그들은 어느 정도의 쓸모가 있을 정도로는 분석을 수행할 여유가 있었을 것이다**. 하지만 다음과 같은 사실이 남아 있다. 즉, 과학적 엄밀성과 필요한 장비를 갖춘 독립적인 개인 개업의***가 수천 파운드 이상 받지 않고는 철저하고 안전하게 할 수 없는 수술을 의사들이 아무런 거리낌도 없이 반 크라운만 받고 실행하듯이, 분석가들은 병리학적 샘플의 구성성분에 대한 과학의 최종결론

---

* 해당 균이 아직 발견되지도 않은 천연두에 대해서마저 특정 균이 병의 원인이라는 입장이라면, 이미 균이 발견된 병에 대한 확신이야 더 말할 것도 없다는 뜻이다. 천연두 바이러스는 1930년대에 전자현미경을 통해 처음으로 관찰되고 연구되었다. 이로 인해 천연두 바이러스의 존재와 구조가 명확히 밝혀졌으며, 이는 바이러스학과 미생물학 연구에 중요한 전환점이 되었다. 즉, 천연두는 세균이 아니라 바이러스에 의해 전파된다는 점은 작가가 이 서문을 쓰고 20년도 더 지나서야 밝혀진 것이다.

** 당시의 분석가들이 제한된 자원 내에서도 최소한의 유용한 결과를 제공하려 노력했다는 것을 말하는 한편, 그 분석의 깊이나 정확성에 대해서는 어느 정도 의문을 제기한다.

*** 개인개업의: 원문은 private practitioner라고 되어 있는데 제5막에 나오는 개인의원 (private doctor)과 같은 걸로 보인다.

을 두 시간의 택시요금으로 얻을 수 있다는 가정에 기대어 분석을 실행한다.

## 13. 예방접종의 경제적 어려움

나는 의사들이 질병과 치료에 관해 거의 모든 가능한 명제를 주장도 하고 부인도 하는 것을 들었다. 나는 요즘 의사들이 뱃멀미가 전염성이 있다고 꿈에도 생각하지 않는 것과 마찬가지로, 그리고 임상 관찰자로서 그렇게 위대했던 시더넘*이 천연두가 전염성이 있다는 걸 꿈에도 생각하지 않았던 것과 마찬가지로, 의사들이 폐결핵과 폐렴이 전염성이 있다고 꿈에도 생각하지 않던 시절을 기억할 수 있다. 나는 의사들이 전염 같은 것이 있다는 것을 부인하는 걸 들었다. 나는 그들이 파상풍과는 다른 특정 질병으로서의, 광견병의 존재를 부인하는 것을 들었으며, 의사들이 예방 조치와 예방 법규가 인류를 전염병에서 구할 유일하고 확실한 방법이라고 옹호하는 것을 들었고, 이 두 가지가 암과 정신병을 퍼뜨린다고** 비난하는 것도 들었다. 하지만 내가 의사로부터 들어본 적이 없는 반론은 널리 사용되는 접종방식에 의한 예방이 우리의 개인의원진료 시스템하에서는 경제적으로 불가능하다는 반론뿐이다. 그들은 누군가로부터 1실링에 무언가를 사서 그것의

---

* 토머스 시더넘(Thomas Sydenham, 1624-1689): 영국의 히포크라테스라 불리는 내과 의사. 경험에 의한 치료에 주력한 그는 질병의 원인에 대한 이해는 부족했다.
** 과도한 예방의식이 인간한테 스트레스를 주어 오히려 다른 병을 유발할 수 있다는 뜻이니, 바로 앞의 말과는 상반된 것이다.

1펜스어치를 자기 환자의 피부 아래에 주사하고 반 크라운을 받고는, 이 원시적인 의식이 그 누군가에게도 자신들에게도 수익을 주기 때문에 예방문제는 만족스럽게 해결되었다고 결론짓는다. 그 결과는 상처에 더러운 것이 들어갔을 때의 일반적인 결과보다 때로 나쁘지 않지만, 접종이 유효하지 않으면 즉, 눈에 띄는 질병과 불구를 일으키지 않으면 의사도 환자도 썩 만족하지는 않는다*. 때로 의사와 환자는 그들이 예상치 못한 방향으로 대가를 치르게 된다. 개인개업의에 의한 일반적인 접종의 결과는 최악의 경우, 가장 남부끄럽고 두려운 질병과 구별할 수 없을 정도로 나쁘다. 그리고 의사들은 접종의 신뢰성을 지키기 위해, 환자나 환자의 부모가 접종과 무관하게 이 병에 걸렸다고 탓하게끔 내몰린다. 이러한 변명은 당연히 그 가족을 수긍하게 만들지도 못하며, 대중의 반발을 일으킨다. 이 과정에서 의사들은 당면한 분쟁에 몰두하느라, '접종이 유발한 질병과 환자가 걸린 질병을 구분하는 게 종종 불가능하다'라는 것을, 인정하기도 하고 심지어 자기에게 유리하다는 판단에 따라 주장까지 함으로써 순진하게 자신을 변명한다**. 양측 모두 예방접종의 과학적 타당성이 쟁점이라고 생각한다. 그들이 환자의 몸에 주입하려 했던 특정 병원균이 재앙과는 전혀 무관하다는 생각도, 우연히 함께 주입된 오염물이 문제일 수 있다는 생각도 결코 하지 않는다. 천연두나 우두처럼 세균이 아직 발견되지 않

---

* 예방접종 후에 비록 부정적이라 하더라도 뚜렷한 반응이 보이지 않으면 환자나 의사는 예방접종이 효과가 없다고 본다는 말이다.
** 앞에서 이 의사들은 환자나 환자의 부모가 접종과 무관하게 이 병에 걸렸다고 탓했다. 그러다가 대중의 비난이 심해지자 이제 와서는, 양자 즉, 접종이 유발한 병과 당장 환자가 걸려서 온 병과는 종종 구분하기 불가능하다고 주장해서 스스로 환자의 신뢰를 저버린다. 심지어 이런 논리가 자기에게 유리할 줄로 안다.

은 경우, 접종하는 것은 문제의 병을 앓고 있으며 화학적으로 깨끗하지 않은 송아지로부터 긁어낸 정의되지 않은 물질일 뿐이다. 긁어낸 물질에 세균이 있을 가능성에 기대를 걸고는 이걸 죽이지 않기 위해, 다른 세균이 섞여 들어오는 것에 대한 어떤 예방조치도 하지 않는다. 이러한 접종의 결과로 무슨 일도 일어날 수 있다. 그러나 이것이 국가기관에서 준비하고 심지어 공급까지 하는 유일한 종류의 물질이다. 즉, 재료의 질을 떨어뜨리고 예방과정을 건성으로 하고 싶은 상업적 유혹으로부터 자유로운 유일한 기관에서 말이다.

균이 확인되더라도 완전한 예방조치는 실현되지 않는다. 균 배양이 비싸지 않다는 건 사실이다. 소 두 마리를 사육하고 간수하는 비용이면 지구상에 인간이 처음 나타난 이후 전 인구에게 접종하기에 충분한 균을 배양하고 간수할 수 있다. 하지만 백신이 필요한 균을 적절히 약화된 상태로만 유지하기 위한 예방조치는 소고기 스테이크를 소비하고 배급하기 위한 예방조치와는 매우 다르다. 그러나 사람들은 담배 몇 온스와 핀 몇 묶음을 구하길 기대하는 것처럼, 백신과 항독성혈청 등을 개인 상점에서 "싼 값"으로 소매구입하길 기대한다.


## 14. 예방접종의 위험성

문제는 주입할 물질에서 그치지 않는다. 환자의 상태라는 문제가 있다. 암로스 라이트 경의 발견은 1894년 코흐의 투베르쿨린을 서둘러 중단하게 했던 그 끔찍한 결과들이 우연이 아니라, 잘못된 시기에 위험할 정도로 강한 백신을 주입함으로써 발생한 완벽히 질서정연하고 불가피한 현상이었으며, 질병에 대한 저항력을 자극하는 대신 오히려 질병을 키웠음을 보여 주었다. 환자에게 알맞은 순간을 알아내기 위해서는 실험실과 전문가 팀이 필요하다. 그런 실험실도 그런 경험도 없는 일반의는 늘 운에 맡겼는데, 운이 나빴을 때는 결과가 접종 때문이 아니라 다른 원인 때문이라고 주장했다[*]. 가령, 환자의 과도한 음주와 방종이 원인이란 핑계는 인기가 있긴 했지만 별로 세련되진 못했다. 하지만 이제는 몇몇 의사들이 접종 시 환자의 "옵소닌 지수"를 참고하지 않으면 위험하다는 걸 알게 되었으면서도, 그리고 그러한 위험은 상상이며 옵소닌은 열풍이나 일시적 유행이라고 비난하는 다른 의사들은 옵소닌 지수란 게 자기들이 수행할 수단이나 지식을 갖추지 못한 절차를 포함하기 때문에 그렇게 비난하는 게 분명하면서도, 경제적 상황의 변화에 대한 이해는 여전히 없다. 그들은 질병을 근절하는 어떤 방법의 실용성이 효능뿐만 아니라 비용에 달렸다고 통고받은 적이 없다. 가령, 현재 세계는 라듐에 대해 열광하는데, 이는 로마 가톨릭 신자들이 루르드의 성모발현에 대해 열광한 것과 마찬가지다. 전 세계의 모든 아이가 우유 한 파인트 당 반 온스의 라듐을 섭취함으로써 평생 동안 모든 질병에 대해 완벽한 면역을 가질 수 있다는 게 확인되었다고 가정해 보라. 세상은 조금도 더 건강해지지 않을 것이다.

---

[*] 극 중에서 비비도 이런 의사 중 하나였다.

왜냐하면 왕세자도 시카고 고기왕[*]의 아들조차도 그 치료비를 감당할 수 없기 때문이다[**]. 그럼에도 의사들이 즉석에서 그걸 처방하는 일을 자제할지는 의문이다. 지금 의사들은 콘월조차 갈 수 없는 사람들에게 이집트나 다보스에서 겨울을 보내라고 권유할 만큼 무모하기도 하고, 가난한 사람에게 분명히 생필품 값을 줄이지 않고는 구할 수 없는 사치품인 샴페인과 젤리, 오래된 포트와인을 섭취하라고 지시하기도 한다. 이런 일 때문에 우리는 사람이 의학교육을 받으면서 약간의 상식이라도 유지하는 것이 가능한지 종종 의문을 품게 된다.

이러한 배려부족은 환자가 아무리 허세를 부린들, 의사(자신도 환자의 형편이나 별반 다르지 않다)가 영국 가정의 평균 수입이 연간 약 2,000파운드라고 가정할 수 없는 가난한 계층을 상대할 때만 치유된다[***]. 가정을 해체하고 오래된 가문의 저택을 희생적으로 팔아 버리고는, 2년 전에도 존재하지 않았고 아마도 2년 후에도 존재하지 않을 특정 치료법에 헌신하는 외국의 요양원(단지 평범한 호텔을 유지하기

---

* 20세기 초반에 '시카고 고기왕'으로 불린 부자는 구스타프스 프랭크 스위프트(Gustavus Franklin Swift, 1839-1903)와 필립 댄포스 아머(Philip Danforth Armour, 1832-1901)이다. 이 두 사람은 각각 스위프트 앤 컴퍼니(Swift & Company)와 아머 앤 컴퍼니(Armour & Company)라는 거대 육류 가공 회사를 설립하고 운영했다.

** 라듐은 마리 퀴리와 피에르 퀴리가 1898년에 발견한 이후로 과학계와 의료계에서 큰 관심을 받았으며, 초기에는 라듐의 공급이 제한적이었기 때문에 가격이 상당히 높았다. 쇼가 이 글을 집필할 당시(1910년대) 라듐 반 온스의 가격은 약 140만 달러에서 170만 달러 사이였을 것이다. 그러니 상당한 부유층에게도 감당하기 어려운 금액이었으므로 라듐을 사용한 치료는 매우 비현실적이었다. 라듐의 방사능이 우라늄의 200만 배라는 걸 모르던 시절에는 이걸 만병통치약이라고 광고하기도 했다.

*** '배려부족'은 의사들이 환자들의 경제적 상황을 충분히 고려하지 않고 고비용의 치료법이나 요양을 제안하는 태도를 지칭한다. 가난한 계층을 상대할 때에는 이러한 배려부족이 치유될 수밖에 없는 이유는 의사들 자신도 경제적으로 어려운 상황에 처해 있어 현실적인 해결책을 찾아야 한다는 걸 이심전심으로 잘 알기 때문이다.

위한 구실로 삼을 경우는 제외하고<sup>*</sup>)으로 은퇴하는 것이 꽤 쉽다는 가정을 할 수 없는 가난한 계층을 상대할 때만 말이다. 가난한 지역에서는 의사가 환자에게 저렴한 치료법을 찾아 주어야 하며, 그렇지 않으면 과도한 처방으로 자기 환자를 굴욕스럽게 하든지, 공공병원으로 보내어 결국은 놓쳐야 한다. 예방접종에 관해서는, 완전한 과학적 절차를 따르느냐와, 일반접종과 같이 저렴하고 불결하고 위험하고 과학적으로 그럴싸한 모조품을 사용하느냐의 양자택일만 남았다. 전자는 공공기관에서 공공서비스로 매우 잘 조직되어야만 합리적인 비용으로 제공될 수 있다. 후자는 18세기의 접종과 마찬가지로, 과학적이든 아니든 모든 종류의 백신 접종이 범죄로 규정되어 끝날 가능성이 없지 않다. 가난한 의사는 (즉, 평균적인 의사는) 당연히 일반접종을 극도로 옹호하는데, 그 이유는 그것이 그에게는 자녀들의 빵을 의미하기 때문이다. 아무 종류의 치료나 수술에 대해 의료계의 일반 구성원들로부터 열렬하고 사실상 만장일치의 지지를 받기 위해 오로지 필요한 것은, 다소 허름한 옷을 입은 사람이, 수술하기에는 더러운 집의, 수술하기에는 더러운 방에서, 아무런 도움도 없이 쉽게 실행할 수 있는 것이며, 그 재료비는 말하자면 1펜스인데, 연간 100파운드의 수입을 가진 환자에게는 반 크라운의 치료비를 받는 것이다. 반면에, 위생 조치가 매우 정교하고, 어렵고, 정밀하며 비용이 많이 들어, 개인의원 진료의 수단을 초과할 정도라면, 일시적인 유행에 불과하다며 무시와 분노를 사게 된다.

---

\* 요양원이나 치료센터가 진정한 의료 목적보다는 숙박시설을 운영하기 위한 구실로 존재하기도 한다는 점을 비판하는 표현이다.

## 15. 노조주의와 과학

여기서 우리는 예방접종에 관한 논쟁이 과학적인 것이라고 상상하는 사람들을 너무나 놀라게 하는 그 맹렬한 적대감을 설명할 수 있다. 이 논쟁은 실제로 과학과는 아무런 상관이 없다. 자신의 능력 이상으로 체면을 유지하려고 애쓰는 매우 가난한 사람들로 대부분 구성된 의료계는 상당한 분량의 수입을 잃을 위험에 처해 있다[*]. 이 수입은 쉽게 그리고 정기적으로 얻을 수 있는 것이기도 한데, 왜냐하면 이 땅에 태어난 국민이면 건강하든 아니든 질병과 무관하게 의사를 찾아가야 하기 때문이다. 게다가 전염병을 따라오는 공포와 엄청난 재접종 수요로 말미암아 이따금씩 찾아오는 뜻밖의 횡재가 있다. 이러한 상황에서 예방접종은 실제로는 두 배나 더 더럽고 위험하고 비과학적인 방법일지라도 필사적으로 옹호될 것이다. 방어 논리에 담긴 분노의 정서 즉, 접종반대론자가 악의적이고 어리석은 감정으로 잔인하고 파괴적이며 경솔한 행동을 하고 있다는 느낌은 문제의 경제적 측면을 전혀 모르는 관찰자에게는 너무 당혹스럽다. 자신을 법의 반대편에 둠으로써, 그리고 법적 처벌에다가 사적 박해까지 더해 주는 저항의 반대편에 둠으로써 잃을 것은 상당히 많은 반면, 얻을 것은 아무것도 없는 접종반대론자가 사악하고 유해한 미신을 몰아내자는 개혁가의 관심 외에는 아무런 관심이 없다는 것을 아는 관찰자에게는 말이다. 그러나 이러한 정서는 의사의 빈곤이라는 비극과, 저렴한 예방접종이

---

[*] 작가는 앞에서 예방접종 프로그램을 일반접종으로서 일반의에게 맡기는 것보단, 공공기관에게 맡기는 것이 바람직하다고 보았다. 게다가 그는 접종반대론자의 활동이 일반의가 수입을 올릴 여지를 줄인다고 보았다.

주는 수익성을 고려할 때 이해된다[*].

　이런 경제적 압박에 직면하여, 의학교육이 의료행위보다 조금이라도 더 과학적일 수 있다고 기대하는 것은 어리석다. 모든 치료방법이 마지막으로 거쳐야 하는 시험이 바로 의사들에게 수익성이 있느냐. 큰 용량으로 특정 증상을 일으키는 약물이 매우 작은 용량으로는 그 증상을 억제한다는 하네만의 주장보다 과학에 덜 불쾌한 주장을 찾는 것은 어려울 것이다[**]. 더 현대적인 의료행위에서 충분히 적은 양의 장티푸스 접종이 우리를 병으로 무너뜨리는 대신 병에 저항할 힘을 북돋아 준다는 것이 발견되듯이 말이다. 하지만 하네만과 그의 추종자들은, 약을 많이 복용하게 해서 생긴 수입에 의존하던 수 세대의 약사 겸 의사들[***]에 의해 한 세기 동안 몹시 박해받았다. 일반적인 예방접종과 동종요법이라는 두 사례는 나머지 모든 사례의 전형적인 모습이다[****]. 현재의 조건하에서 노동조합의 목적이 그 구성원들이 수행하는 작업의 기술적 품질을 개선하는 것이 아니라, 그들에게 생계임금을 보장하는 것이라는 점과 마찬가지로, 오늘날 의료계의 목적은 개인의원의 수입

---

[*]　의사들은 백신 접종으로 안정적인 수입을 얻기 때문에 이를 강하게 옹호하고, 접종반대론자는 이러한 경제적 이익과 상관없이 오로지 부패한 시스템을 개혁하려는 의도로 행동한다는 뜻이다.

[**]　새뮤얼 하네만(Samuel Hahnemann, 1755-1843)은 독일의 내과의사이며 유사요법(類似療法)의 창시자이다. 그는 건강한 사람에게 어떤 증상을 일으키는 물질을 묽게 해서 유사한 증상을 가지는 환자에게 투여하면 치유할 수 있다고 주장했다. 이 주장은 논란을 일으켰으며 반대에 직면하기도 했지만 대체약물을 찾는 기반을 마련했다. 작가가 보는 과학적 관점에서 하네만의 주장은 못마땅한 점이 별로 없다는 뜻이다.

[***]　원문은 apothecary-doctors라고 되어 있다. 의약이 정확히 구분되지 않던 시절을 염두에 두어야 한다.

[****]　이 두 사례는 의료 행위에서 경제적 이익이 어떻게 과학적 진리와 공중보건보다 우선시되는지를 보여 주는 대표적인 예시라는 뜻이다.

을 보장하는 것이다. 이 고려사항이 과학과 공중보건에 대한 모든 관심과 충돌할 때는 후자가 전자에게 굴복해야 한다. 다행히도 이 양자가 항상 충돌하는 것은 아니다. 일정한 한도 내에서 의사들은 목수나 석공들처럼 대중이 그들에게 원하는 일을 해서 생계를 꾸려야 한다. 그리고 대중의 요구가 온전히 비효율성에 기초해야 한다는 것은 본질상 가능하지 않기 때문에, 의사들이 상상에서와 마찬가지로 현실에서 유용성이 있다는 점은 인정할 수 있다. 하지만 최고의 목수나 석공이 자신을 실직시킬 가능성이 있는 기계의 도입이나 자신의 경쟁자가 될 수도 있는, 비숙련 노동자의 아들을 위한 공공 기술 교육에 저항할 것처럼, 의사도 자신의 수입을 위협하는 과학의 모든 발전에 온갖 힘을 써서 저항할 것이다. 과학적 위생의 발전이 개인의원의 방문을 줄이고 공공 조사관의 방문을 늘리는 경향이 있는 한편, 과학적 치료법의 발전이 고도로 조직된 실험실과 병원, 공공기관을 포함하는 방향으로 나아가기 때문에, 우리가 의료계라고 부르는 개인의원들의 조직은 불행히도 점점 더 과학을 대표하는 게 아니라, 절망적이고 쓰라린 과학무용론에 다가가고 있다. 결국 상황은 평균적인 의사가 자신의 생계를 위하여 공중 보건 서비스직의 임명에 의존하거나 희망을 걸 때까지 악화될 듯하다.

의학에 대한 우리의 확신*은 이만하면 충분히 언급했다. 이제는 더 고통스러운 주제인 의학적 친절을 다루어 보자.

---

* 의학에 대한 우리의 확신이란 의학이 의사의 수입보다는 과학적 진리와 공중보건을 우선시해야 한다는 일반인의 믿음을 말한다.

# 16. 의사와 생체실험

　인간성이 상냥하다는 평판이 의사들에게 중요하다는 것이 워낙 분명하고, 실제로 이들이 아무런 대가 없이 행하는 자선활동의 양(그 대부분은 순전히 선의로 인한 것)도 상당하기 때문에, 이들이 모든 신뢰를 저버릴 뿐만 아니라, 무법자와 악당이나 다름없는 처신을 드러내 놓고 고의로 저지르는 것이 처음에는 이해되지 않는 듯하다. 의료 관련 전문지식을 추구하는 과정에서 자기들은 법과 명예, 연민, 후회라는 제약뿐만 아니라, 법을 지키는 시민과 남태평양의 해적을 구별하거나 철학자와 종교재판관을 구별하는 모든 제약에서 자유로워야 한다는 것을 주장함으로써 말이다. 여기서 우리가 경제적 동기나 감정적 동기를 찾으려 해 봐야 헛수고일 뿐이다. 모든 세대마다 바보와 악당들이 이러한 주장을 해 왔지만, 당대의 가장 강력한 지성인들을 따른 정직하고 분별 있는 사람들은 이를 거부하고 이 노골적인 파렴치 행위를 폭로해 왔다. 셰익스피어와 존슨 박사*에서부터 존 러스킨과 마크 트웨인에 이르기까지 인류의 가장 인기 있는 대변자들은 생체실험자의 잔인함에 대한 정상적인 인간의 자연스러운 혐오감을 드러냈으며, 그 어리석은 궤변에 대한 유능한 사상가들의 경멸감을 드러냈다. 만약 의료계가 생체실험자들의 관행과 원칙을 겨냥한 전반적인 직업적 저항에서 생체실험 반대협회들보다 앞서 나가기만 한다면, 영국내의 모든 의사는 자기의 인간성을 재확인해준 데 따르는 엄청난

---

* 새뮤얼 존슨 박사(Samuel Johnson, 1709-1784): 영국의 문학가. 그가 1755년에 만든 영어사전은 영문학 발전에 크게 기여했다.

위안과 화해로 말미암아 실질적인 이익을 얻을 것이다. 천 명 중 한 명의 의사도 생체실험을 하지 않을 것이며, 생체실험에 대해서는 금전적이건 지적이건 일절 관심이 없을 것이며, 자신의 개를 잔인하게 다루지도, 남들이 그렇게 하도록 허용하지도 않을 것이다. 의사가 다른 어리석은 유행에 동조하는 것처럼, 의사가 생체실험을 옹호하는 직업적 유행을 따르고, 셰익스피어와 존슨 박사, 러스킨, 마크 트웨인 같은 사람들이 무지한 감상주의자라고 당신한테 장담하는 것은 사실이다. 그가 다른 어리석은 유행을 따르는 것과 마찬가지로 말이다. 수수께끼는 생체실험이 그것을 따르는 사람들에게 그렇게 해로운데도 어떻게 유행하게 되었는가 하는 점이다. 몇몇 사람들이 신문에 편지를 써서 생체실험을 통해 특정 질병을 치료하는 방법을 배웠다고 주장함으로써 절망적인 환자들을 자기네 문 앞으로 몰려들게 하는 뻔뻔한 거짓말의 효과를 최대한 감안하더라도, 그리고 그 행위가 법적으로 전혀 문제가 없다고 감언이설로 말하는 사람의 장담을 최대한 감안하더라도, 의료계가 얻을 건 아무것도 없으면서 모든 걸 잃게 되는 태도를 취하는 어떠한 문명화 동기도 찾기가 여전히 어렵다.


## 17. 원시 야만족의 동기

나는 문명화 동기라는 말을 신중하게 사용한다. 왜냐하면 원시부족의 동기는 찾기가 충분히 쉽기 때문이다. 마호멧이 아닌 모든 원시족장은 자기 부족의 상상력을 자극하길 바란다면, 그리고 그렇게 하지 않고는 자기 부족을 다스릴 수 없다면, 소름끼치게 잔혹하거나 역겹도록 잔혹한 행동을 통해 때때로 그들을 공포에 떨거나 역겹게 만들어야 한다는 걸 깨닫는다. 우리는 이러한 부족들보다 우리가 상상하는 정도의 우월한 처지에는 훨씬 못 미친다. 표트르 대제가 자신의 극악무도한 잔혹행위와 괴상한 탈선행위로 백성을 매혹하고 위협하지 않았더라면 러시아에서 그가 이룬 변화를 정말 초래할 수 있었을지는 매우 의심스럽다. 그가 19세기 영국의 왕이었다면, 우리 국민을 충분히 일깨워서 무언가를 하게 하려면 콜레라 전염과 전쟁, 또는 폭동과 같은 거대한 우발적 재앙이 발생하길 기다려야 했을 것이다. 표트르가 러시아인을 다스렸던 것처럼 우리를 다스리기 위해, 의사는 생체실험의 도움을 받는다. 끔찍한 일을 저지르는 사람이 초인적이라는 관념과, 그가 통치자와 복수하는 사람, 치유자 등으로서 훌륭한 일도 할 수 있다는 관념은 결코 야만인에게만 국한되는 것이 아니다. 우리 형법이 저지른 다양한 악행과 어리석음이 법에 대한 일반적인 이해나 법학이론에 대한 연구에 의해서도 아니고, 심지어 단순한 복수심에 의해서도 아니고, 어떤 종류의 재앙도 인간희생으로 속죄되어야 한다는 미신에 의해서 지지받는 것처럼, 우리 의사들이 저지른 악행과 어리석음도 과학과는 아무 관련이 없는 미신에 뿌리를 두고 있다. 철갑선의 전통적인 명명식이 이 병기의 유효성과 아무 관련이 없는 것과 마찬가지로 말이다. 찰스 2세가 앓은 마지막 병의 치료과정을 기록한 매콜리*의 묘사만 봐도, 왕의 내과 의사들이 불운한 환자를 괴롭히고

---

* 토머스 매콜리(Thomas Babington Macaulay, 1800-1859): 영국의 역사가이자 수필가, 시인, 정치가. 그의 저서 '제임스 2세 즉위 이후의 영국사'는 영국사에 기여한 바가 크다고 알려졌다.

역겹게 만드는 과정을 통해 자연을 거스르는 것이야말로 죽음을 피하기 위해 걸어볼 수 있는 유일한 모험이라고 얼마나 강하게 느꼈는지를 알 수 있다*. 참으로, 이것은 2세기 이상 전의 일이었다. 하지만 나는 나의 19세기 할아버지가 자기네 시대의 부항에 의한 방혈과 불에 쬠, 구역질나는 약물들의 유익한 효과에 대해 온전한 믿음을 가지고 이야기하는 것을 들었다. 그리고 몇몇 더 현대적인 치료법들도 나에게는 상당히 야만적으로 보인다. 바로 이러한 방식으로 생체실험이 의사에게 이득을 준다. 그것은 우리 안에 자리한 야만인의 속성인 두려움과 순진함에 호소한다. 만약 이 두려움과 순진함이 없었다면 개인의원의 일자리 절반과 그 영향력의 8분의 7은 사라졌을 것이다.

---

* 매콜리의 구체적 묘사에 따르면, 찰스 2세(재위, 1660-1685)는 그의 첫 번째 발작 후에 여러 의사들로부터 다양한 치료를 받았으며, 이는 그를 더욱 고통스럽게 했다. 그의 의사들은 발작을 간질, 뇌졸중 등으로 진단하고 다양한 약물과 치료법을 시도했다. 그는 반복적인 사혈, 뜨거운 철 사용, 피부에 물집을 만드는 약물 등 다양한 방법으로 고통을 받았고, 결국 여러 가지 약물과 치료법이 그의 상태를 악화시키면서 그의 마지막 날까지 계속되었다. 이는 당시에 과학적 근거보다는 미신과 전통적인 치료법에 의존했던 의학적 관행을 보여준다. 당시 의사들이 이런 방법을 사용한 이유는 그것이 자연의 법칙을 거슬러서라도 죽음을 피할 수 있는 유일한 방법이라고 강하게 믿었기 때문이다.

# 18. 더 높은 동기. 지식의 나무[*]

　하지만 생체실험의 편에서 가장 강력한 힘은 호기심이라는 막강하고도 정말로 신성한 힘이다. 여기에는 마치 사람들이 호랑이의 피에 대한 갈망을 뿌리 뽑으려고 애쓰는 것처럼, 자신들로부터 뿌리 뽑으려고 애쓰는 퇴화하는 부족본능은 없다[**]. 그와는 반대로, 원숭이가 가진 호기심이나, 파리의 다리와 날개를 뽑아내어 그것 없이 어떻게 되는지 보려는 아이가 가진 호기심, 또는 창문에서 떨어뜨려진 고양이가 항상 다리로 착지한다는 얘기를 듣고는 제일 가까이 있는 고양이를 집에서 가장 높은 창문(나는 겨우 2층에서 해봤다고 항변하지만)에서 떨어뜨리는 실험을 해 보는 아이가 가진 호기심은 철학자와 시인, 생물학자, 자연주의자의 지식을 향한 목마름에 비하면 아무것도 아니다[***]. 나는 항상 아담을 경멸해 왔다. 왜냐하면 그가 뱀에게 유혹받은 여자한테 유혹을 받은 후에야 지식의 나무에서 사과를 따먹을 수 있었기 때문이다[****]. 나는 주인이 등을 돌리는 순간 나무의 사과를 다 따먹었을 것이다. 그레이가 "무지가 더 없는 행복인 곳에서는, 지혜로

---

[*]　지식의 나무(the tree of knowledge): 구약의 창세기 제2장 9절과 17절의 '선악을 알게 하는 나무(the tree of the knowledge of good and evil)'가 출처다.
[**]　호기심은 동물 생체실험을 지탱하는 가장 강력한 힘으로서, 결코 퇴화하지 않을 인간의 본능이며, 인간이 스스로 이걸 뿌리 뽑으려고 할 리도 없다는 뜻이다.
[***]　학자들의 지식을 향한 갈증이 아이들의 순진한 잔인함보다 더 비윤리적일 수 있다는 말이다.
[****]　이 비유를 통해 작가는 의사들이 지식을 탐구한다면서 주체적으로 판단하지 못하고 남들이 한다니까 덩달아 생체실험을 따라하는 처신을 비난한다.

워지는 것이 어리석다네"*라고 읊었을 때, 그는 지혜로워지는 것이 신성하다는 것을 잊었다. 아무도 행복을 특별히 바라지는 않기 때문에, 또는 행복을 얻을 수 있더라도 잠시 이상 그걸 견딜 수 있는 사람이 아무도 없기 때문에**, 그리고 생명력의 가장 깊은 법칙에 따라 누구나 신성해지길 열망하기 때문에, 지식을 향한 목마름이 줄어들기를 기대하는 것이나, 이 목마름이 다른 어떤 목적에 종속되기를 동의하리라고 기대하는 것은 어리석은 데다 참으로 신성 모독적이고 절망적***이다. 나중에 우리는 무조건적인 지식추구에 대해 이런 식으로 생겨난 주장이 무조건적인 활동에 대한 모든 환상들만큼이나 헛되다는 것을 알게 될 것이다. 그럼에도 지식에 대한 권리는 기본적인 인권으로 간주되어야 한다. 과학자들이 과학의 업적을 인정받기 위해 그렇게 힘들게 싸워야 했고, 일반인들에게 달갑지 않은 무언가를 발견할 때 여전히 아주 격렬하게 박해받는다는 사실 때문에 자신들은 그 권리에 대해 몹시 방어적인 태도를 취하게 된다. 게다가 과학적이라는 인상을 주는 연구방법을 자제하라는 대중의 외침을 들을 때, 과학자들이 맨 먼저 드러내는 본능은, 더 생각해 보지도 않고 그 방법을 옹호하러 다시

---

* 이 구절은 영국의 시인 토머스 그레이(Thomas Gray, 1716-1771)의 '이튼 칼리지를 멀리서 바라보며 읊은 시(Ode on a Distant Prospect of Eton College)'의 맨 마지막에 나온다. 지식을 추구하는 것도 행복을 방해할 정도가 되어서는 안 된다는 뜻이다.
** 작가의 행복관이 드러나는 대목으로서, 사람들은 완전하고 지속적인 행복을 특별히 바라지는 않는다는 의미다. 인간은 끊임없이 새로운 자극과 도전을 필요로 하는 매우 복잡한 존재다. 그런데 지속적인 행복이란 일종의 정체 상태를 만들고, 결국에는 지루함이나 불만족으로 이어질 수 있으므로, 결국 인간에게 현실적으로 불가능하거나 감당하기 힘든 상태라는 뜻이다.
*** 작가는 지식을 추구하는 것이 인간의 가장 고귀한 열망이며, 이를 저해하는 어떤 시도도 근본적으로 잘못되었다고 주장한다.

집결하는 것이다. 결국 그들은 때때로, 생체실험의 경우에서처럼, 자기들이 잘못된 쟁점에 대해 싸우고 있다는 것을 곧 알게 된다.


## 19. 논거의 결함

나는 그들의 오류를 설명하기 위해 여기서 잠시 멈춰야 할 것 같다. 알 권리는 살 권리와 같다. 지식은 삶과 마찬가지로 바람직한 것이라는 가정하에서 보자면, 알 권리는 기본적이며 무조건적이다. 그러나 어떤 바보라도 무지가 더 없는 행복이라는 것도, "조금 아는 것은 위험한 것이다"(적은 지식이 우리가 도달할 수 있는 최대치임에도)라는 것도 쉽게 증명할 수 있다. 삶이 주는 고통이 삶이 주는 기쁨보다 더 크고 지속적이므로 우리 모두 죽는 게 더 낫다는 것도 쉽게 증명할 수 있듯이 말이다. 그 논리는 반박할 수 없지만, 그 논리의 유일한 효과 덕분에 우리는 그 논리가 이끄는 결론이 이 정도에 불과하다면 논리의 엄청난 패배라고 말한다. 결국 우리는 어리석은 짓을 간단히 일축하고, 본능에 따라 즉, 당연한 권리로 계속 살며 배울 테니 말이다.* 우리는 어떤 사람이 무덤 속에서 더 행복할 것이라는 증명에 근거하여 그를 죽여서는 안 된다는 가정하에 법을 제정한다. 심지어 그가 암으로 천천히 죽어가며 의사에게 빨리 자비롭게 죽여 달라고 애원하더라도 말이다. 합법적으로 죽임을 당하려면 그는 살인을 저질러 남의 살 권

---

* 비록 '무지가 더 없는 행복이고, 조금 아는 것은 위험하다'는 논리가 반박할 수 없을 만큼 그럴듯할지라도, 우리에게 아무 도움을 주지 못했으니 논리의 패배라고 말할 수 있다. 결국 인간은 논리에 따라서가 아니라, 본능과 권리에 따라 살며 배운다는 뜻이다.

리를 침해해야 한다. 하지만 그가 무조건적으로 살 자유를 누리는 것은 아니다. 사회에서 그는 매우 엄격한 조건하에서만 살 권리를 행사할 수 있다. 의무 군복무가 있는 나라에서는 공동체의 생명을 지키기 위해 자기 개인의 목숨을 버려야 할 수도 있다.

이것은 지식에 대한 권리의 경우에서도 마찬가지다. 실제로는 지식에 대한 권리는 아직 매우 불완전하게 인정되는 권리이다. 하지만 지식추구 없이 사는 게 더 낫거나 행복할 거라는 이유로 성인이 지식을 추구할 권리가 거부당해서는 안 된다는 것이 이론상으로는 인정되고 있다. 부모와 성직자는 그들의 권위를 인정하는 사람들에게 지식을 금지할 수 있으며, 사회적 금기가 신성모독과 외설, 치안방해를 억제하는 법적제재에 의해 효과적으로 지켜지고 있지만, 이제 어떤 정부도 지식 자체가 나쁜 것이라는 이유나, 우리가 지식을 지나치게 많이 향유할 수 있다는 이유로 국민의 지식추구를 공개적으로 금지하지는 않는다.


## 20. 지식에 대한 권리의 한계

그러나 어떤 정부도 지식의 추구를, 생명과 자유, 행복의 추구와 마찬가지로(미국 헌법에 나와 있듯이), 모든 사회적 제약에서부터 풀어주지는 않는다. 특정 지식이 인류의 지식창고에 아무리 중요하고 흥미로운 내용을 추가하더라도, 성인 여성이 섭씨 260도에서 얼마나 생존할 수 있는지 알고 싶다는 이유로 어떤 사람도 자기 어머니를 난로에 넣도록 허용될 수는 없다. 그렇게 하는 사람은 지식에 대한 권리뿐만 아니라 살 권리와 모든 다른 권리들 또한 동시에 너무 쉽게 잃고 말 것이다. 지식에 대한 권리는 유일한 권리가 아니고, 다른 권리도 존중되어야 하며, 다른 사람의 지식에 대한 권리도 존중되어야 하므로 제한되어야 한다. 어떤 사람이 사회에 "지식을 추구하기 위해 우리 어머니를 고문해도 되는가?"라고 묻는다면, 사회는 "안 된다"고 대답한다. 그가 "그렇게 해서 암을 치료하는 방법을 발견할 가능성이 있다 해도 안 되는가?"라고 애원해도, 사회는 "안 된다"고 대답한다. 그 과학자가 실망을 달래며 개를 고문해도 되느냐고 묻는다면, 셰익스피어와 존슨 박사 같은 사람들은 "안 된다"라고 할지 모르지만, 개가 동료 생명체이자 때로는 좋은 친구라는 걸 깨닫지 못하는 어리석고 무정한 사람들은 "된다"라고 대답할지도 모른다. 하지만 "개를 고문해도 된다"고 말하는 사람들조차 "내 개를 고문해도 된다"고는 절대 말하지 않는다. 그리고 아무도 "지식을 추구하기 위해 마음대로 해도 된다"고 말하지 않는다. 가장 어리석은 사람들조차도 "당신네 어머니를 불태우지 않고는 지식을 얻을 수 없다면, 지식 없이 지내야 한다"고 사실상 말하는 것과 마찬가지로, 가장 지혜로운 사람들은 "개를 고문하지 않고는 지식을 얻을 수 없다면, 지식 없이 지내야 한다"고 말한다.

## 21. 그릇된 대안

그러나 실제로는 당신은 지혜로운 사람을 설득할 수 없다. 이 대안이 바보가 아닌 다른 누구에게든 강요될 수 있다거나, 바보가 잔인한 실험이나 인간적인 실험에서 무엇이든 배운다는 믿음을 줄 수 있다고 말이다. 자기네 돼지를 구워 먹기 위해 집을 불태운 중국인은* 분명히 저녁을 요리할 덜 파괴적인 방법을 전혀 생각해낼 수 없었을 것이다. 그래서 결국은 그 구이를 망쳤을 것이다(평균적인 생체실험자가 하는 실험의 완벽한 예). 그러나 이것이 그 중국인이 옳았다는 것을 증명하지는 않았다. 이것은 그 중국인이 무능한 요리사였으며 근본적으로 바보였다는 걸 증명했을 뿐이다.

또 다른 유명한 실험을 보자. 이는 위생개혁에 관한 것이다. 네로 시대의 로마는 오늘날의 런던과 같은 곤경에 처해 있었다. 만약 누군가가 런던을 불태우는 바람에 런던시가 지방의회의 위생 규정과 건축법 조항에 따라 재건된다면, 런던은 엄청나게 개선될 것이며 시민들의 수명도 상당히 연장될 것이다. 네로는 로마에 대해서도 같은 방식으로 주장했다. 네로는 방화범들을 고용해서 로마에 불을 지르게 했고, 로마가 불타는 동안 과학적인 환희**에 빠져 하프를 연주했다. 나는 네로의 사고방식에 너무 공감하기 때문에, 절망적인 위생개혁가들의 자문에 답해 줄 때 런던이 건강해지려면 지진이 필요하다고 종종 말해 왔다. 그렇다면 나한테 질문하고 싶은 사람이 있을지 모른다. 공

---

* 영국의 수필가 찰스 램(Charles Lamb, 1775-1834)의 수필 '구운 돼지에 관한 논문(A Dissertation upon Roast Pig)'에 나오는 이야기. 옛날 중국에 보보라는 아이가 불장난을 하다가 오두막을 태웠는데, 집안의 돼지가 타 죽었다. 맛있는 냄새에 끌려 돼지고기의 맛을 보니 맛이 아주 좋았다. 결국 보보의 아버지까지 알게 되자, 부자는 집을 불태워 돼지를 구워 먹는 희한한 방법을 남모르게 계속 써먹었다는 내용이다. 새로운 방법에 저항하기 어려운 인간의 속성을 수필가가 풍자한 것이다.
** 과학적인 환희: 자신의 행위가 제 나름으로는 합리적인 추론에 의한 실험이므로 그 결과를 지켜보는 마음이 자기 딴에는 과학적이었을 거라는 뜻이다.

공의식이 있는 사람으로서 나는 왜, 나와 다른 사람들에게 미칠 결과를 용감하게 무시하고는 방화범을 고용해서 런던에 불을 지르지 않느냐고 말이다. 만약 어떠한 생체실험자라 하더라도 자신의 신념에 대한 용기가 있다면 그렇게 할 것이다*. 합리적인 대답은 불태우지 않고도 런던을 건강하게 만들 수 있다는 점이며, 우리가 인간적이고 경제적인 방식**으로 런던을 건강하게 만들 만큼 시민적 덕목을 갖추지 못했으니, 그런 식으로 런던을 재건할 만큼 시민적 덕목도 갖추지 못할 것이라는 점이다. 고대의 히브리 전설에서 하느님은 네로가 로마에 대해 했던 것처럼, 세상에 대한 인내심을 잃고는 단 하나의 가족을 제외한 모든 사람을 익사시켰다. 하지만 결과적으로 그 가족의 후손들은 자기네 선조들이 저지른 모든 악행을 너무나 완벽히 재현했으니, 홍수가 초래한 비참함도 당하지 않게 할 수 있었다***. 상황은 이전과 다름없이 계속되었다. 마찬가지로 생체실험이 치료했다고 주장하는 질병의 목록은 길지만, 런던 호적장관의 보고에 따르면 사람들은 생체실험이 전혀 알려지지 않은 것처럼 여전히 그 질병들로 인해 죽어 가고 있다. 어떤 바보라도 도시를 불태우거나 동물을 해부할 수 있으며, 유난히 어리석은 바보는 그러한 활동의 결과로 인류에게 엄청난 혜택이 생긴다고 약속할 가능성이 높다. 하지만 사업의 건설적이고 박애적인 부분이 수행되어야 할 때, 네로나 생체실험자가 인간적인 방법을 고안하지도 추진하지도 못하게 만들었던 것과 똑같은 상상력부족

---

\* 앞에 예를 든 것과 유사한 과격한 행동을 할 것이란 뜻이다.
\*\* 인간적이고 경제적인 방식: 불태우지 않는 방식.
\*\*\* 노아의 홍수로 인간의 악덕을 모조리 뿌리 뽑은 것도 아니니, 그로 인해 생긴 비참함도 불필요했다는 뜻이다.

과 똑같은 어리석음과 잔인함, 똑같은 게으름과 인내심부족으로 말미암아 그는 자신이 만든 혼돈에서 질서를, 비참함에서 행복을 가져오지 못한다*. 한때는, 칼을 써서 탐색하지 않고 사람의 몸 안에 돌이 있는지 없는지를 알아내는 일도, 기구를 타고 태양을 방문하지 않고 태양이 무엇으로 만들어졌는지 알아내는 일도 불가능했다고 주장하는 것이 충분히 합리적으로 보였다. 이 두 가지 불가능한 일은 해결되었지만 생체실험자들이 해결한 게 아니다. 뢴트겐선은 환자에게 고통을 줄 필요가 없으며 스펙트럼분석은 파괴를 수반하지 않는다. 인간적인 실험과 논증의 승리 이후에, 잔인함 밖에는 지식의 열쇠가 없다고 우리에게 장담하는 것은 쓸데없는 짓이다. 생체실험자가 우리에게 그렇게 장담할 때, 우리는 단순하고 경멸적으로 "당신은 자신이 다른 방법을 찾을 만큼 충분히 영리하지도, 인간적이지도, 열정적이지도 않다고 스스로 말하고 있다"고 대답한다.

## 22. 그 자체로서의 잔인함

이제 생체실험에 대한 비판이 지식추구 권리에 대한 공격이 아니라는 점이 분명해졌기를 바란다. 실제로, 그 권리의 신성함을 가장 깊이 믿는 사람들이 그 비판을 주도하고 있다. 인간이 결국 얻지 못할 지식은 없다. 그 지식이란 게 현재 우리의 능력을 넘어설지라도, 필요한 능

---

* 독재자가 파괴적인 행위를 할 때 가졌던 부정적인 자질이, 재건이 일어나야 할 때 그대로 유지되는 바람에, 결국 재건에 성공하지 못한다는 뜻이다.

력은 달성 불가능한 것이 아니기 때문이다. 따라서 어떤 조사 방법도 유일한 방법이 아니며, 특정 방법을 금지하는 어떠한 법률도 우리가 그 방법으로 얻고자 하는 지식으로부터 우리를 차단할 수는 없다[*]. 잔인함을 금지함으로써 우리가 잃게 되는 지식이라고는 잔인함 그 자체에 대한 직접적 지식뿐인데, 이는 인도적인 사람들이 피하고자 하는 지식이다.

하지만 의문은 남아 있다. 우리 모두가 정말 그 지식을 피하고자 하는가? 잔인한 방법보다 인도적인 방법을 정말로 선호해야 하는가? 실험이 아무 성과를 내지 못하더라도, 잔인함 자체를 자극적인 사치로서 즐길 수는 없는가? 잔인함이 인간의 원초적 즐거움 중 하나라는 사실을 회피하지 말고, 법률과 교육, 의학, 훈련, 스포츠 등등으로 다양하게 변장한 잔인함을 간파하는 것이 입법자의 끝없는 과제 중에서 가장 어렵다는 사실도 회피하지 말고 이러한 의문들을 대담하게 마주하자.

## 23. 우리 자신의 잔인함

얼핏 보면 잔인함을 인간의 권리 수준으로 격상시키는 것과 같은 제안을 논의하는 것이 불필요할 뿐만 아니라 심지어 부적절해 보일 수

---

[*] 인간의 지식 추구 욕구와 능력은 매우 강하고 창의적이어서, 한 가지 방법이 막히면 다른 방법을 찾아낼 수 있다는 것을 시사한다. 가령, 윤리적 또는 법적 제한이 있더라도 지식 자체를 얻는 것을 완전히 막을 수는 없으므로, 사회의 규범과 지식 추구 사이의 균형을 찾는 것이 중요하다는 뜻이다.

있다. 불필요해 보이는 이유는 어떤 생체실험자도 잔인함 자체를 사랑한다고 고백하지 않으며, 잔인해질 수 있는 일반적인 기본권을 주장하지 않기 때문이다. 부적절해 보이는 이유는 잔인함을 거부하는 것이 받아들여진 관습이기 때문이며, 생체실험은 사법적 고문과 마찬가지로 그 행위의 본질이 허용하는 한 자비롭게 이루어져야 한다는 조건하에 법에 의해 용인될 뿐이기 때문이다. 그러나 논쟁이 격화되는 순간, 양측 사이에 오가는 비난 탓에 우리는 몇 가지 매우 불편한 진실과 마주하게 된다. 언젠가 나는 런던의 퀸즈 홀에서 열린 생체실험 반대모임에서 연설해 달라고 초대받았다. 나는 여우 사냥꾼과 유순한 수사슴을 사냥하는 사람에다가, 급여일과 사분기일*에 따라서가 아니라 동물을 스포츠로 사냥하는 계절에 따라 자기네 일정표가 갈라지는 남녀들과 함께 연단에 올랐는데, 여우와 토끼, 수달, 자고새 등등은 각기 특정 날짜에 사냥하도록 정해져 있었다. 우리 중 몇 여성들은 우리의 동료 생명체들을 대량으로 학살하고, 무자비하게 포획하고, 냉혹하게 몰살시켜 얻은 모자와 외투, 머리 장식을 착용했다**. 우리는 정육점 주인에게 흰 송아지 고기를 공급하라고 요구하기도 했고, 푸아그라를 많이 그리고 꾸준히 소비했다. 이 두 가지 먹을거리는 모두 혐오스러운 방법으로 얻어진다. 우리는 아들들을 공립학교에 보내는데, 거기서는 볼썽사나운 태형이 어린 인간을 길들이기 위해 인정된

---

* 사분기일: 당시 영국에서는 3, 6, 9, 12월 하순 특정일을 기준으로 집을 세놓거나 하인을 고용하는 날로 정해 두었다.
** 생체실험 반대모임이라고 해서 가보니 기막히게도 참석자 중에 취미로 동물을 죽이는 사람들이 있어서 어이가 없었다는 뜻이다. 게다가 옷차림마저 사냥을 통해 얻은 걸 착용했다니, 말과 행동이 달랐던 참가자들에 대한 풍자가 담겼다.

방법이다. 그럼에도 우리 모두는 생체실험자들의 잔인함에 대해 히스테리성 분노를 터뜨렸다. 생체실험자가 그 자리에 있었다면, 그러한 비인간적인 인도주의자들을 보고 비웃었음이 틀림없다. 왜냐하면 이들의 일상 습관과 최신유행 오락 탓에 영국에서 일주일 동안 생긴 고통이, 유럽의 모든 생체실험자들 탓에 일 년 동안 생긴 고통보다 더 크기 때문이다. 나는 생체실험 반대에만 국한하지 않고 잔인함에 반대하는 매우 효과적인 연설을 했는데, 그 후로 나는 그 협회로부터 다시는 연설요청을 받은 적이 없으며 나도 그걸 기대하지 않았다. 그 이유는 내가 가장 부유한 기부자들에게 큰 모욕을 안겨 주어서 생체실험을 억제하려는 그 협회의 시도가 심각하게 방해받았을 것이기 때문이다. 그러나 그들이 나를 초대하지 않았다고 해서, 생체실험자들이 "너나 잘 해"라고 자유롭게 반박하는 것을 막지 못했으며, 정당하게 반박하는 것도 막지 못했다. 그러므로 우리는 생체실험의 잔혹성을 비난할 때 우월감을 가져서는 안 된다. 우리 모두가 똑같이 끔찍한 일을 저지르면서 그 정당성을 해명하는 일은 오히려 더 적다. 그러나 그렇게 자백함으로써 우리는 도덕적 태도를 단숨에 상실하고 만다. 의료계의 인도주의야말로 생체실험이 남용되지 않는다는 걸 보장해준다는 태도 말이다. 이는 마치 우리 강도들이 자기네는 너무 정직하여 절도를 남용하지 않는다고 보장하는 것과 같다. 우리는 사실 잔인한 국민이다. 게다가 우리가 저지르기로 작정한 범죄에 고상한 이름을 붙여 우리의 악덕을 위장하는 습관은 나의 안락을 위해서는 불행하게도, 나한테는 통하지 않는다. 생체실험자들은 자신이 속한 계층이나 자기보다 높은 계층보다 더 나은 체할 수 없다. 이러한 계층이 스포츠와 유행, 교육, 수련 등의 명목으로 동물들을 다양한 방식으로 희생시킬 수 있고, 심지어 정치경제란 명목으로 인간을 희생시킬 수도 있다면*, 생체실험자가 과학이란 명목으로 쾌락이나 이익 혹은 그 두 가지를 위해 잔혹행위를 할 수 없는 체하는 것은 무의미하다. 우리 모두는 남과 같은 결점을 지닌다. 생체실험자들은 그걸 우리에게 상기시키기를 망설이지 않으며, 사람들이 자기네를 유난히 잔혹하다며, 그리고 끔찍한 고문도구들을 고안했다고 낙인찍는 것에 대해 격렬하게 저항하기를 망설이지 않는다. 이 사람들이 즐거움에 대해 주로 가지는 생각은 잔인한 스포츠이며, 지독하게 잔인한 올가미가 갖춰야 한다고 이들이 믿는 요건은 '육군 및 해군 상점'** 카탈로그의 여러 페이지를 차지하는 데도 말이다***.

## 24. 잔인함에 대한 과학적 조사

인간에게는 잔인함에 대한 특정한 욕구가 있다. 이는 자신의 연민

---

\* 전쟁 혹은 시위진압을 통한 인명 살상을 의미한다.

\*\* '육군 및 해군 상점(Army and Navy Stores)'은 고유명사로서 19세기 후반부터 20세기 후반까지 영국에 존재했던 잡화점(정식 명칭은 Army & Navy Co-operative Society Ltd.)의 약칭이다. 1871년에 설립되었으며 본점은 런던 빅토리아로(Victoria Street)에 있었다. 원래는 육군과 해군을 위한 협동조합 상점으로 시작했으나, 나중에는 일반 대중에게도 개방되었다. 당시 이 상점은 영국 중산층과 상류층에게 인기 있는 쇼핑 장소였으며, 다양한 상품을 판매했으므로, 작가의 글에서 언급된 것처럼 당시의 사회상을 반영하는 상품들도 취급했을 것이다.

\*\*\* 이 문장은 전체적으로 당시 영국 사회의 위선을 드러내고 있다. 생체실험을 비난하는 사람들 중 상당수가 실제로는 잔인한 스포츠를 즐기고, 잔인한 도구들을 구매하는 모순적인 행동을 한다고 지적한다.

마저 감염시켜 야만적으로 만든다. 잔인함을 보고 단지 혐오감만 느끼는 부류는 드물다*. 잔인함을 보고 구역질하거나 까무러치는 사람들과 잔인함을 즐기는 사람들은, 처형과 태형, 수술, 또는 고통을 보여주는 다른 어떤 장면들, 특히 유혈과 구타, 살점이 찢기는 장면을 목격하기 위해 애쓴다는 측면에서 종종 닮았다. 잔인함에 대한 열광은 음주에 대한 열광처럼 발전할 수 있다. 그리고 생체실험의 매력에서, 심지어 반 생체실험 운동의 매력에서, 또는 잔인함에 대한 변명을 순진하게 받아들이는 면에서 잔인함이 가능한 요인이라는 것을 무시하려는 사람은 누구든지 잔인함의 과학적 조사자로 간주될 수는 없다**. 따라서 생체실험자들이 연구라는 명목하에 잔인함에 대한 잘 알려진 열정에 빠져 있다고 비난하는 사람들은 엄격히 과학적인 심리가설을 제시하고 있다***. 이 가설은 또한 단순하고, 인간적이며, 명백하고, 그럴듯하다. 다윈의 '종의 기원'이 자기가 원숭이와 사촌이었다는 생각을 받아들일 수 없던 사람들한테 상처가 된 것처럼 이 가설은 생체실험자들의 개인적 자만심에 상처가 될 수 있다(인간은 위턱을 움직일 수 없다는 말을 들었을 때 골드스미스가 느꼈던 분노****를 기억하라). 하지

---

\* 대다수의 인간에게는 잔인함에 대한 호기심이 있다는 뜻이다.

\** 과학적 행위의 동기를 단순히 지식 추구로만 보지 말고, 인간의 복잡한 심리적 요인, 특히 잔인함에 대한 욕구도 고려해야 한다는 것이다. 이는 연구 동기와 과학 윤리에 대한 더 넓은 논의를 촉발할 수 있는 중요한 관점을 제시한다.

\*** 이 문장은 과학 연구의 동기, 윤리, 그리고 인간 심리의 복잡성에 대한 깊은 통찰을 제공한다. '과학적인 심리가설'이라는 용어를 사용함으로써, 저자는 이 논쟁적인 주제를 객관적이고 과학적인 토론의 장으로 끌어올리려 시도한다.

\**** 골드스미스(Oliver Goldsmith, 1728-1774)는 영국의 유명한 작가로서 새뮤얼 존슨과 동시대 인물이다. 그는 뛰어난 작가적 재능에도 불구하고 지적 편향이 심하다고 알려졌다. 가령, 인간은 위턱을 움직일 수 없다는 말을 들었을 때, 그는 자신이 그런 간단한 지식도 모르고 있었다는 데 대해 몹시 화를 냈다고 한다.

만 과학은 오직 가설의 진실성만을 고려해야지, 자만심이 강한 사람들이 그것을 좋아할지 여부를 고려해서는 안 된다. 생체실험을 옹호하는 감상적인 투사들이 자신을 가장 인도적인 사람이라고 주장하는 것은 부질없는 짓이다. 그들은 고통을 완화하기 위해서만 고통을 가하고, 마취제 사용에 매우 신중하며, 병으로 고통 받는 세상을 향한 연민의 열정 외에는 어떤 열정도 없다고 주장한다. 정말로 과학적인 조사자는 이 문제가 감정적인 항변으로 해결될 수 없다고 답하며, 생체실험자가 연역적 추론을 거부한다면 자신이 선호하는 실험방법으로 자신의 결백을 증명해 보이는 게 더 낫다고도 답한다*.

## 25. 생체실험자의 감정을 검증하기 위해 제안된 실험실 검사

진부한 예로, 쥐를 고문한 이탈리아 사람의 경우를 생각해 보자. 표면상으로는 통증의 효과에 대해 알아보기 위한 것이었다고 주장했지만, 그가 알아낸 거라곤 근처의 치과의가 알려 줄 수 있는 것보다 적었다. 게다가 그는 실험을 수행하면서 느낀 황홀한 감정(실제로 사랑이

---

* '감정적인 항변(hysterical protestations)'이란 말은 생체실험자의 주장이 논리적이기보다는 감정에 치우쳐 있다고 비판하는 표현이다. 연역적 추론은 일반적인 원칙에서 특정한 결론을 도출하는 논리적 사고 방식이다. 쇼는 '생체실험자들이 연역적 추론을 거부한다'는 표현을 사용함으로써 과학적 논증이 중요하다는 점과 생체실험자들의 입장이 과학적 토론에 적합하지 않다는 점을 강조한다. 게다가 '생체실험자가 선호하는 실험방법으로 자신의 결백을 증명하라'는 말은, 그렇게 떳떳하면 자신의 몸을 대상으로 생체실험을 수행해서 결백을 증명하란 말이니 풍자의 뜻이 강한 표현이다.

란 단어를 사용하기도 했다)을 자랑스레 이야기했다. 다른 예로, 밥과 물을 못 얻어먹은 개가 점점 더 가벼워지고 약해지다가, 눈에 띄게 야위어서 결국 죽는다는 사실을 확인하기 위해 60마리의 개를 굶겨 죽인 신사에 대해 생각해 보자. 이 사실은 의심할 여지가 없는 진리이지만, 실험할 것도 없이 근처 경찰관에게 물어보기만 해도, 경찰관이 없으면 유럽의 어느 정상적인 사람에게 물어봐도 알 수 있었다. 그 이탈리아인은 잔인한 도락가라는 진단을 받았고, 너무 어리석어서 관심을 기울일 가치가 없다는 이유로 무시되고 말았다. 왜 이 진단을 과학적으로 검증하지 않는가? 쾌락적 황홀경에 빠진 사람들의 생리학적 증상을 확인하기 위해, 왜 신중한 일련의 실험을 하지 않는가? 그다음엔, 수학적 작업이나 기계설계에 종사하는 사람들에 대한 실험을 수행하여 냉철한 과학 활동의 증상을 확인해 보라. 그러고는, 잔인한 실험을 수행하는 생체실험자의 증상을 기록하고, 그걸 쾌락적 증상, 수학적 증상과 왜 비교해 보지 않나? 이러한 실험은 생체실험자들이 여태껏 수행한 어떤 실험과 마찬가지로 무척 흥미롭고 중요할 것이다. 예를 들어 말하자면, 이런 조사는 피고인의 유무죄를 판별하는 과정이 현재 우리 형사법원의 매우 부정확한 방법보다 훨씬 더 정확해질 수 있도록 연구방향을 열어 줄지도 모른다. 하지만 이러한 조사를 제안하는 대신, 우리의 생체실험자들은 모든 경건한* 항변과 모든 격앙

---

* 경건한(pious)이란 단어엔 '신앙적으로 독실한'이란 뜻이 있다. 작가가 이 단어를 쓴 이유는 생체실험자들의 반응이 마치 종교적 신념을 방어하는 것처럼 감정적이고 독단적이라는 것을 풍자적으로 표현하기 위해서다. 즉 이들은 생체실험이 과학적 객관성을 위한 것이라고 주장하지만, 자신들의 입장을 방어할 때에는 비과학적인 태도를 보인다고 비꼬았다.

된 비난을 우리에게 가할 태세를 취한다. 과학을 모르는 평범한 사람이 부적절한 행위로 말미암아 비난받을 때 그러하듯이 말이다.

## 26. 일상적 관행

그럼에도 대부분의 생체실험자들은 그러한 일련의 실험에서 아마 승리를 거둘 것이다. 왜냐하면 생체실험은 이제 도살이나 교수형, 태형과 같이 하나의 일상적 관행이 되었기 때문이다. 그리고 생체실험을 실행하는 많은 사람들은 그게 자기들이 선택한 직업의 일부로서 확립되었기 때문에 그렇게 할 뿐이다.* 생체실험을 즐기기는커녕, 그들은 그 일에서 자연스러운 혐오감을 극복하고 냉담해졌을 뿐이다. 사람이 충분히 자주 하는 일에 대해 필연적으로 냉담해지는 것처럼 말이다. 관행이 이렇게 위험한 위력을 가지기 때문에, 어떠한 확립된 상업적 또는 직업적 관행도 열정에서 비롯했음을 상식을 가진 사람들에게 납득시키기는 대단히 어렵다. 일상적인 일이 열정에서 한 번 생겨나면, 생계를 위해 그 일을 따르는 수천 명의 사람들이 곧 생겨나게 된다. 그래서 성직자의 종교적 확신에 대해 이야기하는 것은 언제나 부자연스러워 보인다. 왜냐하면 열 명의 성직자 중 아홉은 종교적 확신이 없기 때문이다. 그들은 세례를 주고, 결혼을 주례하고, 예배를 진행하는 등 일상적인 일을 수행하는 평범한 공직자로서, 변호사나 의

---

* 생체실험이 이제 일부 의학자들에게는 윤리적 고민 없이 수행하는 일상적인 업무가 되었다는 뜻이다.

사처럼, 자신의 직무로부터 안심하고 벗어나서 사냥하고, 정원을 가꾸고, 벌을 돌보기도 하고, 사교활동 등을 하러 가기도 한다. 마찬가지로 많은 사람들은 조금도 잔인하거나 상스럽지 않으면서도 잔인하고 상스러운 짓을 한다. 왜냐하면 그들이 자라면서 익숙해진 일상적 관행이 미신에 사로잡혀 잔인하고 상스럽기 때문이다. 자기 자식을 때리는 사람과 제자를 매질하는 교사가 모두 의식 있는 술주정꾼이라고 말하는 것은 터무니없다. 수천 명의 우둔하고 양심적인 사람들은 자신들이 맞았으며 자식들도 맞아야 한다고 생각하기 때문에 양심에 따라 자식들을 때린다. 자신을 성가시게 하는(모든 아이는 성가시기 마련이다) 존재를 본능적으로 때리고 상처 입힐 정도의 천박함과, 가장 지혜롭고 훌륭한 어른도 도달할 수 없는 완벽함을 아이에게 요구할 정도의 어리석음(아이가 맞지 않고 지내려면 완벽하게 진실하고 완벽하게 순종해야 한다)으로 말미암아 상당한 매질을 초래한다. 매질을 갈망하는 사람들이 아니라, 불편한 의무를 수행해야 한다는 점에 대한 분노로 더 세게 때리는 사람들 사이에서 말이다. 이 사람들은 단지 자신의 권위를 주장하기 위해, 또는 성경에 기록된 솔로몬의 훈시에 따라 신성한 명령이라고 스스로 여기는 것을 수행하기 위해 매질할 것이다.*하지만 성경은 솔로몬이 자신의 아들을 완전히 망쳤을** 뿐만

---

*  솔로몬의 훈시: 잠언 제13장 24절에 '초달(楚撻)을 차마 못하는 자는 그 자식을 미워함이라 자식을 사랑하는 자는 근실히 징계하느니라'라고 씌었다.
**  현명한 왕이라고 알려진 솔로몬이 죽자 그의 아들 르호보암이 부친의 정책에 따라 계속해서 백성들에게 과중한 부역과 세금을 부과하였다. 열왕기 상 제12장 15절에는 '내 부친은 너희의 멍에를 무겁게 하였으나 나는 너희의 멍에를 더욱 무겁게 할찌라. 내 부친은 채찍으로 너희를 징치하였으나 나는 전갈로 너희를 징치하리라 하니라'라고 씌었다.

아니라, 조상의 신을 외면하고* 감각적인 우상숭배**로 자신의 삶을 마쳤다고 조심스럽게 덧붙였다.

같은 방식으로 우리는, 여우 사냥개를 사랑할 정도로 인간적인 정육점 주인이 송아지의 목을 따서 천천히 피를 흘리며 죽게 하기 위해 발뒤꿈치를 매다는 것처럼 아무 생각 없이 생체실험을 수행하는 남녀를 발견한다. 정육점 주인이 그렇게 하는 이유는 소비자로서는 흰 송아지 고기를 먹는 것이 그리고 그것이 흰색이어야 한다고 고집하는 것이 관습이기 때문이다. 이는 유행을 따르는 사람들이 푸아그라를 먹기 때문에 독일 식료품 조달업자가 거위를 판자에 고정시켜 놓고 억지로 먹이를 먹이는 것과 같으며, 여성들이 물개가죽 재킷을 원하기 때문에 포경선원이 물개 무리에 달려들어서 곤봉으로 대량 학살시키는 것과 같으며, 매니아들이 뜨거운 바늘로 노래하는 새의 눈을 멀게 하고, 개와 말의 귀와 꼬리를 자르는 것과 같다. 잔인함이나 친절함 혹은 다른 어떤 것이 일단 관습이 되면, 그걸 자연스럽게 여기지 않는 사람들도 실행할 테지만, 이들의 삶의 규칙은 단지 다른 사람들이 하는

---

* 솔로몬이 조상의 신을 외면했다는 내용과 그가 치른 대가가 각각 열왕기 상 제11장 4절과 11절에는 '솔로몬이 나이 늙을 때에 왕비들이 그 마음을 돌이켜 다른 신들을 좇게 하였으므로 왕의 마음이 그 부친 다윗의 마음과 같지 아니하여 그 하나님 여호와 앞에 온전치 못하였으니'와 '여호와께서 솔로몬에게 말씀하시되 네게 이러한 일이 있었고 또 네가 나의 언약과 내가 네게 명한 법도를 지키지 아니하였으니 내가 결단코 이 나라를 네게서 빼앗아 네 신복에게 주리라'라고 씌었다.
** 감각적인 우상숭배(the sensuous idolatry)는 육체적 쾌락이나 물질적인 것들을 숭배하는 행위를 말한다. sensuous를 '감각적인'으로 번역한 것은 육체적 감각과 관련된 의미를 전달하면서도, 너무 노골적인 표현을 피하기 위해서다. 솔로몬이 영적, 도덕적 가치보다는 물질적, 육체적 욕망에 빠졌음을 암시한다. 지혜의 왕으로 알려진 솔로몬이 결국 감각적인 우상숭배로 삶을 마쳤다는 것은 인간의 나약함과 권력의 위험성을 보여 주는 예다.

대로 따르는 것이며, 만약 이들이 어떤 특이한 행동을 마음껏 한다면 직장을 잃고 굶주리게 될 것이다. 어느 존경받을 만한 사람이라도 생계를 잇기 위해 자신이 팔아야 하는 물품의 질에 대해 말로든 글로든 매일 거짓말을 하게 될 것인데, 그 이유는 그렇게 하는 것이 관습적이기 때문이다. 그는 거짓말을 했다고 자기 아이를 때릴 것인데, 이게 관습적이기 때문이다. 그는 아이가 불편하거나 무례한 진실을 이야기하면 거짓말을 하지 않았다고 또 때릴 것인데, 이게 관습적이기 때문이다. 그는 같은 아이에게 생일에 선물을 주고, 해변에서는 삽과 양동이를 사줄 것인데, 이유는 그렇게 하는 게 관습적이기 때문이다. 그동안 내내 그는 유난히 거짓말을 하는 편도 아니었고, 유난히 잔인하지도 않았고, 유난히 관대하지도 않았으며, 단지 윤리적 판단이나 독립적 행동이 불가능했을 뿐이다.

바로 이와 같이 잔학 행위와 어리석은 행동을 일상적으로 저지르는 좀스러운 생체실험자들의 무리를 우리는 발견하는데, 이유는 그렇게 하는 것이 관습이기 때문이다. 생체실험은 의과대학에서 강의를 준비하는 일상적인 일의 일부로서 관습적이다. 예로써, 학생들에게 심장의 움직임을 보여 주는 두 가지 방법이 있다. 하나는, 야만적이고 무식하고 사려 없는 방법으로, 토끼의 심장에 작은 깃발을 꽂아 그게 펄럭이는 것을 보게 하는 것이다. 다른 하나는, 우아하고 창의적이며, 박식하고 교육적인 방법으로, 학생의 손목에 맥박기록기를 장착하고, 그을린 종이 위로 바늘이 미끄러져서 자신의 심장의 움직임을 기록한 것을 보게 하는 것이다. 그러나 강사들이 토끼를 사용해서 가르치는 것이 관습이 되었는데, 그들은 자기네 궤도를 벗어날 만큼 독창적이지 않다. 그 다음엔 개구리를 가위로 자르는 시연이 있다. 가장 자비로운 사람이라도, 처음에는 그 작업이 자신에게 아무리 비위가 상할지라도, 몇 달 동안 강의를 반복하다 보면 결국, 게다가 아주 금방, 종이를 자르는 것처럼 개구리에 대해 아무런 감정도 느끼지 않게 된다. 이러한 서툴고 게으른 교수법은 개구리와 토끼의 저렴함에 기반을 두고 있다. 만약 기계가 개구리만큼 저렴하다면, 공학도들은 기계의 해부학과 그 부품의 기능만 배우는 게 아니라, 자기의 눈은 최대한으로 사용하면서, 두뇌와 상상력은 최소한으로 사용하는 바람에 기계를 잘못 사용하며 망가뜨리고 말 것이다*. 따라서 우리는 판에 박힌 교수법의 일환으로서 판에 박힌 생체실험을 가지게 되는데, 이로 말미암아 타고날 때부터 자비심이 많은 사람들조차도 곧 생체실험에 완전히 냉담한 태도를 갖게 된다. 판에 박힌 강의준비에서부터 일반 진료가 아니라 연구 작업으로 넘어가면, 그들은 이 습득된 냉담함을 실험실로 가져가게 되는데, 거기서는 모든 잔학 행위가 가능하다. 왜냐하면 모든 잔학 행위가 호기심을 충족시켜 주기 때문이다. 기계적으로 일하는 사람은 자신의 전문분야에서 항상 절대다수에 속하므로, 자신

---

* '눈은 최대한으로 사용하면서, 두뇌와 상상력은 최소한으로 사용한다'는 말은 당시의 의학 교육이 단순 관찰에 치중하느라 비판적 사고나 창의성을 충분히 고무하지는 못한다는 뜻을 담고 있다. 한편, '기계를 잘못 사용하며 망가뜨린다'는 말에는 생명체(개구리)를 단순한 학습도구로 취급함으로써 생체실험이 불필요하게 잔인할 수 있다는 비판이 담겼다.

의 실행이 인간적 열정*에서 비롯한다는 것이 추적되는 순간, 자신**과 전문분야의 대다수로부터, 그리고 대중으로부터 진지한 비웃음을 사게 된다. 이 대중은 평균적인 의사가 너무나 평범하고 품위 있어서 어떤 종류의 열정적 악행도 저지를 수 없다고 여긴다.

여기서 이제 우리는 다른 모든 용인되고 제도화된 잔혹행위에서와 마찬가지로, 생체실험에서 이러한 실망스러운 결말 즉, 생체실험을 실행하고 옹호하는 사람 중 무시할만한 비율만이 그것에서 어떤 만족을 얻게 된다는 결말에 이른다. 골즈워디 씨의 연극 '정의'***는 잔인한 사람을 하나도 극에 등장시키지 않고도, 독방 감금이라는 무익하고 혐오스러운 고문을 최악의 모습으로 보여 주었듯이, 실험실에서 생체실험을 처음 경험했을 때 역겨움을 느끼지 않았던 생체실험자를 단 한 명도 소개하지 않고도 생체실험에 의한 모든 고통을 극적으로 드러내는 것이 가능할 것이다. 이것이 어떤 생체실험자도, 그 남자 또는 그 여자(의과대학에서 많은 생체실험이 여성에 의해 이루어진다는 걸 고려하면)가 작업을 즐긴다는 의심에서 풀어 주는 것은 아니다. 학

---

* 여기서 인간적 열정(human passion)은 부정적 의미로 쓰였다. 즉 열정이 욕망과 비슷한 의미로 쓰여, 중정(中正) 혹은 부동심을 잃은 상태를 지칭하는 듯하다.

** 자신으로부터도 비웃음을 산다는 말이 묘하다. 그 비웃음은 자신이 평범하고 도덕적인 사람이라는 자아 이미지와, 그가 실제로 가지고 있는 인간적인 열정이나 욕망 사이의 괴리에서 나온 것이 아닐까?

*** 존 골즈워디(John Galsworthy, 1867-1933)는 영국의 극작가이자 소설가로서 1932년 노벨 문학상을 수상했다. 그의 희곡 '정의(Justice)'는 1910년 작품으로서, 감옥 시스템과 그 안에서의 비인간적인 대우, 특히 독방 감금의 비인간성을 비판하는 내용을 담았다. 작가는 독방 감금이 얼마나 큰 고통을 유발하는지 보여 주면서도, 그 고통을 가하는 사람들(교도관이나 시스템 운영자들)이 반드시 잔인하거나 악한 인물로 묘사되지 않는다. 대신, 그들은 단지 시스템의 일부로서 기능할 뿐이며, 그 시스템 자체가 문제의 핵심이라는 점을 강조한다.

교나 감옥에서 겪은 실제 경험을 기록한 모든 자서전에서, 우리는 기계적으로 일하는 사람들 중 여기저기에서 진정한 아마추어[*] 즉, 잔인함을 위해 잔혹한 직업을 구한 광적인 태형교사나 잔소리하는 교도관을 발견할 수 있다. 그러나 진정 기계적으로 일하는 사람은 그 관행의 보루다. 왜냐하면, 사드[**], 푸른 수염[***], 혹은 네로 같은 사람들은 대중의 분노를 일으킬 수 있지만, 자신의 의무를 다하는 사람 즉, 평범한 일을 하는 따분한 스미스 씨 같은 사람은 어떤 감정도 불러일으킬 수 없기 때문이다[****]. 그는 너무나 분명히 다른 사람들과 다를 바 없어서, 그가 하는 일이 끔찍하다는 생각을 품기가 어렵다. 만약 당신이 한 개인에 대한 대중의 혐오감이 순식간에 솟구치는 것을 보고 싶으면, 그 사람이 하는 일이 얼마나 분별 있느냐를 따지지 말고, 평범하지 않은 일을 하는 사람을 지켜보아야 한다. 조나스 한웨이[*****]라는 이름이 용감한 사람의 이름으로 남아 있는 이유는 그가 이 비 잦은 섬나라에서 처음

---

[*] 진정한 아마추어(the genuine amateur)에서 아마추어란 단어가 눈에 띈다. 이들은 잔인한 행위를 하나의 직업 즉 경제적 동기 때문이 아니라, 오로지 잔인함 자체를 열정적으로 즐기기 위해 해당 업무를 선택한 사람들이다. 따라서 아마추어란 단어는 그들의 행위가 도덕적으로 더 문제가 될 수 있음을 강조하기 위해 사용된 것이다.

[**] 마르퀴즈 드 사드(Marquis de Sade, 1740-1814): 사드 후작이란 호칭으로 불리는 프랑스의 귀족작가. 사디즘이라는 용어가 이 사람의 이름에서 비롯했다.

[***] 푸른 수염(Bluebeard): 아내를 여섯이나 죽였다는, 프랑스의 전설에 나오는 남자.

[****] 스미스(Smith)는 평범한 영국 남자의 성이다. 극단적인 악행을 저지르는 유명한 악인들에 대해서는 사람들이 쉽게 분노하고 비난하지만, 평범한 사람들이 일상적으로 행하는 잘못된 관행에 대해서는 문제의식을 느끼기 어렵다는 점을 지적함으로써, 사회에서 관행적으로 행해지는 악습이나 문제 행위들이 지속되는 이유를 설명한다.

[*****] 조나스 한웨이(Jonas Hanway, 1712-1786): 영국의 무역업자. 런던에서 처음으로 우산을 들고 다닌 사람으로 알려졌다. 우산을 나약한 사람의 상징으로 여겼던 당시의 대중으로선 처음엔 이를 꼴불견이라고 생각했으나, 그 실용성 때문에 차츰 그를 따르게 되었다.

으로 우산을 들고 감히 길에 나설 용기를 가졌기 때문이다.

## 27. 사람과 짐승 사이의 오래된 경계선

그러나 죽음이 가정을 위협할 때, 의료계에 너무 무력하게 의존해야 하기 때문에 그들에 대해 스스로 감히 진실을 말하지 못하는 사람들이 여전히 매달릴 수 있는 구별법이 있다. 이것은 옛날 방식으로 사람과 짐승을 구별하는 경계선이다. 우리 모두는 잔인하다고 사람들이 변명한다는 걸 인정하더라도, 유순한 수사슴을 사냥하는 사람이 사람을 사냥하지는 않는다. 그리고 그레이하운드를 풀어 토끼를 쫓게 하는 스포츠맨도 그 개를 인간 아이에게 풀어놓는다는 생각에는 경악할 것이다. 검은담비의 가죽을 벗겨 옷을 얻는 숙녀가 흑인을 벗기지는 않으며, 송아지 고기 커틀렛을 연약한 아기 고기 한 조각으로 개선할 수 있다는 생각을 떠올리지는 않는다.

실은 이 구별법에 어느 정도 신뢰를 둘 수 있던 시절이 있었다. 로마 가톨릭 교회는 여전히, 내가 감히 멍청한 고집이라고 부를 수밖에 없는 태도로, 그리고 성 프란시스와 성 안토니* 같은 분들이 있는데도 불구하고, 동물에게는 영혼도 권리도 없다고 주장한다. 그래서 당신이 짐승에게 어떤 짓을 하든, 그것으로 인해 짐승에게든 하느님에게든

---

* 성 프란시스(St. Francis of Assisi, 1181/82-1226)와 성 안토니(St. Anthony of Padua, 1195-1231): 짐승은 영혼도 권리도 없다는 기존의 기독교 교리와는 달리, 두 성인은 짐승에게도 관심과 사랑을 베풀어야 한다는 입장을 취했다. 전자는 심지어 짐승을 '나의 작은 형제들'이라고 불렀다고 한다.

죄가 될 수는 없다는 것이다. 만약 당신이 성 프란시스가 자신의 작은 형제들이라고 부른 존재들 중 가장 작은 존재에게 부당하거나 잔인하게 구는 경우, 당신 자신의 영혼에 죄를 짓는 것은 아닌지에 대한 논쟁에 뛰어들고 싶은 유혹을 뿌리치며, 나는 여기서 하나만 지적하고자 한다. 즉, 과학이 물질적 유기체에서 불멸하는 영혼으로의 진보단계와 같은 그러한 진화단계를 인정한다는 관념은 생체실험자의 견해로 보자면 더할 나위 없이 천박하게 미신적이라는 점이다. 진화론자들은 우리의 모든 과학자와 의사들한테서 그 자부심을 제거했다[*]. 그리고 오늘날 생물학이 진화의 전체 범위가 아니라, 분별도, 목적도, 생명도, 인간적인 것도, 신성한 것도 없는 특정 방법 즉, 소위 자연선택(전혀 선택이 아니라 단순한 사고(事故)와 운을 의미하는)에 얼마나 사로잡혀 있는지를 고려할 때, 생체실험자들이 인간 동물을 다른 동물보다 신성하다고 여길 거라고 믿는 게 어리석다는 것이 너무나 분명해졌기 때문에 더 이상 이 어리석음에 대해 애써 주장하는 것은 시간 낭비일 것이다. 사실상 당신이 한 번 생체실험자에게 개를 명예와 우정의 법률 바깥에 두는 권리를 인정하면, 당신 자신을 그러한 법률 바깥에 둘 권리도 그 해부자에게 인정하는 것이다. 왜냐하면 생체실험자에게 당신은 개보다 더 고도로 발달되었고 따라서 실험하기에 더 흥미로운 척추동물에 불과하기 때문이다.

---

[*] 여기서 '그 자부심'이란 '인간이 특별한 존재(불멸의 영혼을 가진)라는 관념'을 말한다. 쇼는 이전에 존재했던 인간의 특별함에 대한 믿음('자부심')이 과학의 발전, 특히 진화론의 영향으로 사라졌다고 주장한다. 결국 현대 과학은 인간과 다른 동물 사이의 근본적인 차이를 인정하지 않는다는 쇼의 관점을 드러낸다.

# 28. 인간을 대상으로 하는 생체실험*

　나는 한 의사가 폐결핵 치료법을 시험한 과정을 설명한 출판물을 손에 들고 있다**. 그 치료법은 주사기로 정맥을 찔러 강력한 살균제를 혈액순환으로 주입하는 것이었다. 그는 제안된 치료법이 위험하다는 것을 알아챈 후 자신에게 실험을 했다고 매우 정직하게 말하여 대중의 동정을 얻을 수 있었던 의사들 중 한 명이었다. 이 경우에 그 의사는 심각한 위험을 감수하고 실제로 스스로를 매우 곤란한 처지에 빠트릴 정도로 자신의 실험에 헌신적이었다. 하지만 그는 자신에서부터 시작하지 않았다. 그의 첫 실험 대상은 두 명의 병원 환자였다. 이 치료과학의 순교자 두 명이 경련 속에서 거의 사망했다는 통보를 병원으로부터 받자, 그는 토끼에게 실험했고, 토끼는 즉시 죽었다. 그는 두 명의 환자와 토끼에게 실험한 결과를 바탕으로 살균제를 수정한 뒤에야 비로소 자신에게 실험을 시작했다. 만약 실험이 토끼에게 이루어지지 않으면 자신들에게 이루어질 것이라는 두려움 때문에 상당히 많은 사람들이 생체실험을 묵인하듯이, 이 경우에는 토끼와 인간이 모두 동등하게 이용 가능했음에도, 훨씬 더 많은 정보를 제공하고 비용이 들지 않는다는 이유로 인간이 먼저 실험 대상이 되었다는 점을 주목할

---

\* 여기서 생체실험은 인간을 대상으로 하는 모든 의료 관련 실험을 의미한다.
\*\* 한 의사란 암로스 라이트를 말하며, 출판물은 '면역에 관한 연구 및 세균 감염의 진단과 치료에의 그 적용(Studies on Immunisation and Their Application to the Diagnosis and Treatment of Bacterial Infections, Archibald Constable & Co., 1909)'이란 책을 말한다.

만하다[*]. 한 번 생체실험자의 윤리를 허용하면, 인간을 대상으로 하는 실험을 승인할 뿐만 아니라 그것을 생체실험자의 첫 번째 의무로 만든다. 생체실험으로부터 배울 수 있는 아주 작은 양의 지식을 위해 기니피그가 희생될 수 있다면, 생체실험으로부터 배울 수 있는 엄청난 양의 지식을 위해 인간은 희생되지 않겠는가? 어쨌든, 이 전형적 사례가 보여 주듯이 인간이 희생된다. 덧붙이자면(이 논점에 영향을 미치는 것은 아니지만), 폐결핵으로부터 인류를 구하고자 했던 희망과 관련하여 의사와 환자, 토끼 모두가 헛되이 고통 받았다[**].

## 29. "거짓말은 유럽의 권력이다"

언급한 실험들을 설명하는 강의내용이 인쇄물로 배포되고 의료계에서 열렬히 논의되던 바로 그 시기에, 환자를 대상으로 실험한다는 것은 여전히 시끄럽고, 분노에 차 있으며, 고상하게 부인되었다. 몇몇 지성적인 의사들이 모든 치료가 환자를 대상으로 하는 실험이라고 올

---

[*] '비용이 들지 않는다는 이유로 인간이 먼저 실험대상이 되었다'라는 말이 눈에 띈다. 당시 의학 실험에 참여하는 사람들, 특히 가난한 환자들은 종종 무료로 또는 매우 적은 보상으로 실험에 참여했다. 반면 실험용 동물은 구입하고 관리하는 데 비용이 들었다는 뜻에서, 인간의 생명과 안전이 동물보다 덜 중요하게 여겨지던 상황을 비꼰 것이다.

[**] 이 내용은 영국 의사 암로스 라이트 경의 옵소닌 방법이 발견될 때의 것인데, 이 방법은 연극에서도 소개되었지만 결핵 치료에 나름 의미 있는 도움이 되었고, 면역학 발전에 중요한 기여를 했다. 그러니 헛되이 고통 받았다는 표현은 지나치다. 작가는 자신의 주장을 강조하기 위해, 실험결과를 부정적으로 묘사했을 가능성이 있다. 즉, 그는 역사적 사실을 정확히 전달하는 것보다는, 의학 실험의 윤리적 문제와 사회적 딜레마를 부각하는 데 더 관심이 있었을지 모른다. 따라서 독자는 문학적 표현과 역사적 사실, 작가의 의도 등을 비판적으로 바라볼 필요가 있다.

바르게 지적했음에도 말이다. 그리고 이것은 생체실험자의 입장에서는 명백하지만 대부분 간과되는 약점 즉, 자신의 말을 믿게 해 주는 모든 자격을 필연적으로 잃게 된다는 점이다*. 과학을 위해 생체실험을 망설이지 않는 사람이, 자기 입장에서는 일반인의 무지한 감상주의로부터, 생체실험을 보호하기 위해 이후에 그것에 대해 거짓말하기를 망설일 것이라고 기대하기는 어렵다. 공공의 양심이 불안하게 동요하고 생체실험을 금지해야 한다고 위협할 때, 동물에 대한 실험이 완전히 고통 없이 이루어진다고 자신의 명예를 걸고 공공에게 장담하기 위해 나서는, 저명한 지위와 높은 인격을 가진 의사 즉, 과학을 위해 자신을 헌신적으로 희생하는 의사는 결코 부족하지 않다. 하지만 그는 극심한 고통의 감각이 생리학적으로 미치는 영향을 확인하기 위한 실험이 생체실험 반대 운동을 자극한 바로 그 실험이란 점을 알아야 하며(쾌락의 생리학은 훨씬 더 흥미로운데도 연구되지 않은 채 남아 있다), 고통이 금지되면 감각이 요인인 실험은 모두 무효가 된다는 점을 알아야 한다**. 게다가, 실험이 매우 잔인한 경우라도 생체실험이 고통 없이 이루어 질 수 있다. 만약 누군가가 독을 바른 비수로 나를 너무 부드럽게 긁어서 내가 그 긁힘을 느끼지 못한다면, 그는 고통 없는 생체실험을 이룬 것이다. 하지만 내가 머지않아 고통 속에서 죽을 입장이면 그의 부드러운 처신이 자신의 인간애를 충분히 입증했다고 여

---

* 과학자가 자신의 연구를 보호하기 위해 진실을 왜곡할 수 있다는 가능성을 제기함으로써, 과학자의 말을 무조건적으로 신뢰할 수는 없다며 과학의 권위에 대한 근본적인 도전을 제기한다.

** 동물에 대한 실험이 완전히 고통 없이 이루어진다고 자신의 명예를 걸고 공공에게 장담한 의사를 겨냥한 말이다. 과학자들이 입으로는 '고통 없는 실험'을 주장하면서, 다른 한편으로는 고통의 효과를 연구하는 모순을 지적한 것이다.

기지는 않을 것이다. 코브라한테 물려도 우리는 거의 고통을 느낄 수 없으므로, 법적으로 말하자면, 그 생물은 고통을 주지 않는 생체실험자나 거의 다름없다. 만약 코브라가 사람들을 물기 전에 클로르포름을 주면 법을 완전히 준수하는 셈이다.

바로 여기에서 난처한 상황이 발생한다. 생체실험에 대한 대중의 지지는 거의 전적으로 생체실험자들이 그 관행으로부터 큰 공공의 이익을 기대할 수 있다고 장담하는 데 기초한다. 나는 그런 방어가 입증된다고 해도 유효하다는 뜻을 단 한순간도 내비치지 않는다. 그러나 중인들이 과학을 위해 모든 통상적인 윤리적 의무(진실을 말할 의무를 포함하여)가 정지된다고 주장하기 시작할 때, 아무리 합리적인 사람이라도 그들의 증언에 과연 무슨 가치를 부여할 수 있겠는가? 동물이 우정의 뜻으로 나의 손을 핥았을 때, 나는 그 동물을 잡아 고문하느니 차라리 거짓말을 쉰 번 하겠다. 만일 내가 개를 고문하는 사람이라면, 몸을 돌려 나 같이 명예로운 사람이 거짓말을 하리라고 어느 누가 감히 의심할 수 있느냐고 물을 면목이 나로선 분명히 없을 것이다. 대부분의 분별 있고 인간적인 사람들이 명예로운 사람들은 개한테조차 불명예스럽게 행동하지 않는다고 딱 잘라 대답할 것이라고 나는 기대한다. 고백할 죄가 더 있느냐고 목사가 물었을 때, 화를 내며 "저를 뭐로 보십니까?"라고 대답한 살인자를 생각해 보면, 자기들이 얻은 증거가 무가치한 것이라며 무시될 때 깊이 상처받는 생체실험자들이 매우 강하게 떠오른다.

# 30. 어떤 범죄도 옹호할 논거

그러나 생체실험의 치명적 약점은 그것이 유발하는 고통에서가 아니라 그것이 정당화되는 논거에서 발견된다. 생체실험에 관한 의료계의 규범은 단순히 최악의 무정부주의 수준이다. 여태껏 실로 어떤 범죄자도 생체실험자가 주장하는 것처럼 뻔뻔하게 주장한 적이 없다. 어떤 도둑도 다음과 같이 강변하지 않는다. 쓸 돈을 가지는 일은 명백히 중요하기 때문에, 도둑질의 목적은 도둑에게 쓸 돈을 제공하는 것이기 때문에, 그리고 도둑질의 많은 사례에서 이 목적을 달성했기 때문에, 도둑은 공적인 자선활동가이며 경찰은 무식한 감상주의자라고 말이다. 아직까지 어떤 노상강도도, 부시장을 교살하는 것을 일부 까탈스러운 사람들이 부정직하다고 여긴다는 이유로, 자기 자식을 빈곤의 고통을 겪도록 방치하면서 우는 도덕주의자를 공공연히 비난함으로써 우리를 괴롭히지는 않았다*. 도둑과 암살자들은, 아무리 좋은 것을 얻기 위해서라도 명예로운 사람들로서는 금지된 방법이 있다는 것을 잘 안다. 게다가, 아무리 멍청한 도둑이라도 도둑질을 멈추게 하는 것이 산업을 멈추게 하는 것이라고 주장한 적이 있던가?** 세상이 시작된 이래로 수행된 모든 생체실험을 통해서도 방사선 촬영이라는 무해하고 명예로운 발견만큼 중요한 것을 생산하지는 못했다. 그리고 방사선 촬영이 더 일찍 발견되지 못한 이유 중 하나는 새로운 임상방법

---

\* 자식을 굶기지 않기 위해 남의 돈을 훔치는 행위를 할 엄두를 내지 못한 도덕주의자를 강도가 공개적으로 비난하지는 않았다는 말을 하기 위해 상당히 강한 비유를 들었다.

\*\* '생체실험을 멈추게 하면 모든 의료 업무를 멈추게 하는 것'이라고 주장하는 생체실험자의 어리석음을 비꼰 말이다.

을 발견해야 할 사람들이 생체실험과 관련하여 감각에 치우친 악행과 살인자의 궤변으로 스스로를 타락시키고 마비시켰기 때문이다<sup>*</sup>. 에너지보존법칙은 다른 분야에서와 마찬가지로 생리학 분야에서도 유효하다<sup>**</sup>. 모든 생체실험자는 명예로운 연구자들의 대열에서 이탈한 자다. 하지만 생체실험자는 이를 알지 못한다. 그는 자신의 방법을 과학적이라고 부를 뿐만 아니라 다른 과학적 방법은 없다고 주장한다. 당신이 그의 잔인함에 대해 당연한 혐오감을, 그리고 그의 어리석음에 대해 당연한 경멸감을 드러내면, 그는 당신이 과학을 공격한다고 여긴다. 그러나 그는 과학의 방법과 본질에 대해 전혀 알지 못한다. 그가 악당인지 여부가 문제의 핵심인 게 분명함에도, 그는 단지 몇몇 과열된 생체실험 반대론자가 거짓말쟁이인지 여부가 진짜 핵심이라고 주장할 뿐만 아니라(그는 인간의 진술에서 얻을 수 있는 정확성으로 보자면 터무니없이 비과학적인 가정으로 이것을 입증하려 한다), 자신의 방법으로 과학적 증거를 제시하려고 꿈도 꾸지 않는다.

개화된 인물 중에, 지식에 다다르기 위해 이미 발견된 길이 많이 있으며, 더 많은 길이 발견되기 위해 기다리고 있다는 걸 의심하는 사람은 없다. 사실, 모든 길은 지식으로 통한다. 왜냐하면 가장 비열하고 어리석은 행동조차도 비열함과 어리석음에 대해 무언가를 우리에게

---

\* 생체실험이 단순히 비윤리적일 뿐만 아니라, 과학적 진보를 방해하고 연구자들의 윤리의식과 지적 능력을 저하시킨다고 비판한다.

\** 물리학에서의 상식인 에너지보존법칙이 생리학에서도 상식이 아닐 수는 없다. 하지만 쇼가 이 단어를 쓴 이유는 두 가지로 보인다. 첫째는, 모든 과학 분야에 보편적으로 적용되는 원칙(아마도 윤리까지 포함해서)이 있다는 것을 암시한다. 둘째는, 보존(제로섬)이라는 단어를 사용함으로써, 작가는 생체실험에 투입되는 노력과 자원이 다른 더 윤리적이고 생산적인 연구 방법에서 빠져나간 것이라고 말하고 싶은지 모른다.

가르치며, 때로 우연하게는 더 많은 것을 우리에게 가르칠 수도 있기 때문이다. 가령, 살인자는 경동맥과 경정맥에 대해 배운다(아마 가르치기도 한다). 게다가 잔 다르크의 화형이 훌륭한 관찰자에게 매우 교육적이고 흥미로운 실험이었음은 의심할 여지가 없으며, 만약 숙련된 생리학자들이 실험실 조건에서 그걸 수행했더라면 더 그러할 수 있었을 것이다. 샌프란시스코에서 발생한 지진*이 거대한 철골 건물의 안정성에 대한 실험으로서 엄청나게 가치 있다는 게 입증되었으며, 캠프다운호가 빅토리아호를 들이받은 사건**은 해전사상 가장 중요한 의문점을 해결해 주었다. 생체실험자의 논리에 따르자면, 중요한 결과가 우연히 발견되는 연구의 속성을 계속 따르기 위해, 우리 건축가들이 다이너마이트로 인공지진을 일으키고, 우리 제독들이 해군기동훈련에서 재앙을 획책하는 것이 정당화될 것이다.

만약 지식 획득이 모든 종류의 행동을 정당화한다면, 인간을 산 채로 태워 네로가 연회를 밝힌 것에서부터 가장 단순한 친절에 이르기까지 모든 종류의 행동을 정당화한다는 것이 진실이다. 게다가 그러한 진리의 관점에서 지식에 대한 추구를 명예의 법칙에서 면제해 주는 것은***무정부주의를 상상할 수 있는 가장 끔찍한 정도로 확대하는 것이며, 돈에 대한 추구나 정치권력에 대한 추구를 명예의 법칙에

---

* 1906년 4월 18일, 샌프란시스코에서 발생한 지진으로 3,000명 이상이 희생되었고, 250,000명 이상이 집을 잃었으며, 건물 28,000채 이상이 파괴되었다.
** 1893년 6월 22일, 지중해에서 영국 해군기동훈련 중에 캠프다운호가 복잡한 함대 기동 중 잘못된 교신으로 인해, 지중해 선단의 기함인 빅토리아호를 들이받아 후자가 15분 만에 전복되는 바람에, 358명의 승무원이 사망한 사건을 말한다. 이 사건은 해군 전술과 함선 설계에 크게 영향을 미쳤다.
*** '지식에 대한 추구를 명예의 법칙에서 면제해준다'라는 말은 도덕적 혹은 윤리적 원칙을 준수하지 않고 지식을 추구하도록 허용하는 것을 말한다.

서 면제해 주는 것보다 훨씬 나쁘다. 그 이유는 돈과 정치권력은 인간 복지의 겉모습에 대한 최소한의 고려 없이는 거의 달성될 수 없는 반면, 호기심 많은 악마는 고도로 흥미로운 실험을 통해 끊임없이 지식을 얻느라 온 인류를 고통 속에서 멸종시킬 수도 있기 때문이다. 이러한 극악무도한 주장을 묵인하는 한 명의 존경받는 과학자가 쉰 명의 암살자나 다이너마이트를 사용하는 범죄자보다 더 큰 위험을 초래한다. 이러한 주장을 내놓는 사람은 윤리적 백치이며, 그것이 과학적 주장이라고 생각하는 사람은 누구든지 과학이 무엇을 의미하는지 전혀 이해하지 못하는 사람이다. 지식으로 가는 길은 무수히 많다. 이 길들 중 하나는 암흑과 비밀, 잔인함을 통과하는 길이다. 사람이 다른 모든 길을 일부러 버리고 그 길로 향할 때, 그를 끌어당기는 것은 지식이 아니라 잔인함이라고 추론하는 것은 과학적이다. 지식에 이르는 다른 길들이 있기 때문이다. 그 사람에 반대하는 논거가 이렇게 강력하고 과학적인데, 그가 자신의 명예와 평판, 높은 인격, 숭고한 직업 등을 내세우는 것은 유치하다. 그는 이성을 통해서든 실험을 통해서든 자신의 결백을 입증해야 한다. 그렇지 않으면 인간의 지식을 완성하는 데 필수불가결하다는 이유로 진화가 인간에게 잔인함이라는 열정을 남겨 두었다고 대담하게 주장해야 할 것이다.

## 31. 네가 바로 그 사람이다

위에서 내가 쓴 내용이 의료계를 신랄하게 비판한 대가로 동정심 있는 독자들에게 강력한 도덕적 분노를 일으켰다면 나는 전혀 놀라지 않을 것이다. 나는 이러한 명예롭고 건전한 정서를 약하게 하고 싶지 않지만, 우리 모두가 그 죄책감을 공유하고 있다는 점은 지적해야 한다. 의사가 생체실험을 행하거나 옹호하는 것은 치료자이자 과학자의 자격으로서가 아니라, 전적으로 일반적인 직업의 자격으로서이다*. 그는 무지하고 얄팍하며, 쉽게 속고, 반쯤은 잘못 교육받았으며, 금전적으로 걱정이 많은 사람들처럼 진흙으로** 만들어졌다. 이 사람들은 광고하는 약사가 사라고 설득할 수 있는 모든 약병과 알약을 헛되이 써 본 후에야 그를 부른다. 생체실험에 대한 진정한 해결책은 의료계뿐만 아니라 다른 모든 직종이 저지르는 모든 해악에 대한 해결책과 동일하다. 즉, 그건 더 많은 지식이다. 불쌍한 별난 사람들을 감옥에 보내고, 생체실험자를 고소한 인정 있는 사람으로 하여금 생체실험자들에게 줄 배상금을 물도록 평결하는 배심원은 의사가 아니다. 생체실험을 우리 문명의 슬로건 중 하나로 만들기 위해 애쓰는 편집자와 시의원, 학생들이 이끄는 군중도 의사가 아니다. 이 사람들은 죽기가 너무 두려워서, 모든 질병을 치유해 줄 것을 약속하는 어떤 우상한테라도 필사적으로 매달리고, 자기들에게 때가 되면 죽어야 할 뿐만 아니라 신사답게 죽어야 한다고 말해 주는 사람을 십자가에 못 박을 영국 대중이다. 그들은 비겁함과 이기심이 솟구치는 가운데 의사들에게 자기들의

---

* 의사가 생체실험을 하거나 지지하는 것은 치료나 과학발전을 위해서라기보단 어떤 직업인도 지닌 단순한 호기심 때문이라는 말이니 의사로서는 듣기가 매우 고약한 말일 것이다.
** 구약 이사야 제64장 8절에는 '우리는 진흙이요 주는 토기장이니, 우리는 다 주의 손으로 지으신 것이라'고 되어 있다.

어리석음과 무지에 맞장구치라고 강요한다. 그들의 무지가 얼마나 완전하고 무분별한지는 생명통계에 대한, 그리고 공중보건 법률을 둘러싼 착각에 대한 얼마간의 지식이 있는 사람들만 깨달을 수 있다.


## 32. 대중이 원하지만 얻을 수 없는 것

이 불쌍한 대중의 요구는 합리적이지 않지만 매우 단순하다. 대중은 질병을 두려워하며 그것으로부터 보호받기를 바란다. 그러나 대중은 가난하므로 저렴하게 보호받기를 바란다. 대중의 요구에 대한 과학적인 대책은 이해하기가 너무 어렵고, 비용이 너무 많이 들고, 비용인상의 경향이 너무나 뚜렷하며, 돈이 부족하여 비위생적일 수밖에 없는 개인 주택에 대한 공공의 간섭이 증가하는 경향이 너무나 뚜렷하다. 따라서 대중이 바라는 것은 모든 질병을 예방할 수 있는 저렴한 마법의 부적이며, 모든 질병을 치료할 수 있는 저렴한 알약이나 간단한 묘약이다. 대중은 이러한 모든 부적을 내놓으라고 의사들에게 강요한다.


## 33. 백신 열풍

따라서 백신 접종을 불가항력적인 신념으로 받아들여 이 발명을 제너의 손에서 빼앗고, 그가 부인한 형태로 확립한 것은 의학계가 아니라 대중이었다*. 제너는 과학자가 아니었지만 바보도 아니었다. 그는, 젖 짜는 외양간에서 접촉 전염되거나 우두접종으로 우두에 걸린 사람들이 그가 예상했듯이 천연두에 면역되지 않는다는 걸 알자, 자신을 잘못 이끌었던 사례들을 말의 질병 탓으로 돌렸다**. 말은 우리가 그 젖을 마시지도 고기를 먹지도 않기 때문에, 양어머니인 소보다 우리의 상상 속에서 아마도 더 멀다고 여겨지는 존재다. 어쨌든, 소에 대해서는 한없이 쉽게 믿었던 대중은 어떤 조건으로도 말에 대해서는 믿지 않았다. 오늘날까지도 제너 식 백신접종법을 규정하는 법은 대중이 원했기 때문에 반(反) 제너 식으로 시행되고 있다. 백신 열풍을 불명예스럽게 만든 가장 터무니없는 거짓말과 미신은 모두 대중이 의사들에게 가르친 것이다. 거리에서 본 거의 모든 얼굴이 천연두 자국으로 끔찍하게 파였던 시절을 모든 노인들이 기억한다는 걸 맨 처음 주장하기 시작한 건 의사들이 아니었다. 백신접종을 도입한 후로 이 모든 볼썽사나운 모습이 사라졌다고 처음 주장한 것도 의사들이 아니었다. 제너 자신도 백신접종을 도입하기 전에 이 상상의 현상을 넌지시 말

---

* 에드워드 제너(Edward Jenner, 1749-1823)가 1798년 '우두의 원인과 효과에 관한 연구'라는 소책자를 발간한 후, 우두접종법에 대한 찬반양론이 격렬했으나, 전염병에서 해방되길 바라는 대중의 열망이 워낙 간절한 바람에 이 방법이 전파되는 과정에 제너가 배제되었다는 말이다.
** 제너가 종두법을 완성시키는 과정에서 많은 시행착오를 겪었다는 뜻이다. 가령, 그는 5살인 존 베이커에게 고창증(鼓脹症, horsegrease)에 걸린 말의 발굽 고름을 접종했다. 8일 째까지는 이상이 없었지만 존은 살이 썩는 궤양에 걸려 죽고 말았다. 결국 제너는 이 실험을 통해 이 아이가 천연두에 걸리는지를 확인할 수 없었다.

하며*, 이걸 천연두가 무해하게 되는 걸 보기를 기대했던 볼테르와 카테리나 2세, 메리 워틀리 몬테규 부인의 오래된 천연두 접종 관행 탓으로 돌렸다**. 천연두가 백신접종으로 근절되지는 않았더라도 적어도 훨씬 가벼워졌다고 사람들이 말하도록 만든 사람은 제너가 아니었다. 오히려 그는 백신접종 이전의 전염병에 감염된 사람들은 아무도 침대에 눕지 않았으며 심각하게 아프다고 생각하지도 않았다고 기록했다. 내가 아는 한, 제너도 다른 어떤 의사도 널리 퍼진 생각 즉, 백신이 발명되기 전에는 모든 사람이 으레 천연두에 걸렸다는 생각을 주입하지 않았다. 의사들이 이러한 착각에 감염된다는 것도, 대중의 일원으로서 비전문적인 상황에 놓이면 다른 사람들처럼 착각에 감염되기 쉬운 것도 사실이다. 그러나 만약 백신접종이 먼저 의사들에 의해 대중에게 강요되었는지 아니면 대중에 의해 의사들에게 강요되었는지 판단해야 한다면, 우리는 대중 탓이라고 판단해야 할 것이다.

---

* 상상의 현상(imaginary phenomenon)이란 백신접종에 관한 대중의 헛된 믿음을 말하는데, 제너 같이 유명한 의사도 그런 근거 없는 믿음에 사로잡혀 있었다는 말이다. 이 말에는 당시의 백신접종에 대해 회의적이었던 작가의 주관적 입장도 반영되었겠지만, 백신접종에 대한 대중의 과도한 신뢰와 무비판적인 수용 태도, 그리고 과학자들의 부정확한 설명에 대한 비판도 담겼다고 보아야 한다.

** 종두법(種痘法)의 연원은 15세기 중국까지 거슬러 올라간다. 그러니 제너의 공적은 이 방법을 더 연구하여 인류가 안전하게 사용하도록 책을 쓴 일이라고 봐야 한다. 여기선 마지막 인물만 소개하기로 한다. 레이디 메리 워틀리 몬태규 (Lady Mary Wortley Montagu, 1689-1762)는 작가와 시인으로도 알려졌다. 그녀는 일찍이 천연두에 걸렸는데 목숨은 건졌지만 얼굴에 흔적이 남았다고 한다. 남편이 오스만 제국의 영국 대사로 있는 동안, '접붙이기'라는 이름이 붙은 인두접종(人痘接種)을 알게 되었다. 거기서는 1718년 아들에게, 귀국 후인 1721년에는 딸에게 접종을 시켜 종두법을 옹호하기 시작했다. 그녀의 노력은 영국에서 인두접종을 도입하고 홍보하는 데 중요한 역할을 했다. 이로써 그녀는 종두법을 서양에 처음으로 도입한 인물이 되었다.

# 34. 통계적 착각

증거의 법칙과 통계에 대한 대중의 무지는 거의 더 커질 수 없을 정도다. 가장 흔한 질병에 걸리는 것조차도 예외적인 사건이라는 사실을 이해함으로써 질병의 통계를 다루는 일에서 합리성을 향해 적어도 첫 걸음은 내딛은 의사가 여기저기에 있을 수 있다. 모든 사람이 예전에 그 질병에 걸렸다고 대중을 납득시킴으로써 특정 예방책에 유리한, 겉으로 보기에는 압도적인 통계적 증거를 쉽게 만들어낼 수 있다는 사실을 깨달은 의사 말이다*. 따라서 어떤 질병이 보통은 인구의 15%에게 발병한다면 그리고 어떤 예방조치의 효과가 실제로는 그 비율을 20%로 증가시킨다면, 이 20%라는 수치 발표로 대중은 예방조치가 비율을 5% 포인트 증가시킨 것이 아니라 80% 감소시켰다고 믿게 될 것이다. 이것은 대중이 스스로 판단하도록 방치되면**, 그리고 모든 가능한 주제에 대해 과거에는 지금보다 상황이 훨씬 나빴다고 기억할 준비가 항상 되어 있는 노인들한테 영향을 받아(이러한 노인들이 지난 시절을 찬양하는 사람들***보다 훨씬 더 많다), 이전의 비율이 약 100%였다고 가정할 것이기 때문이다. 예를 들어, 광견병에 대한 파스퇴르 치료법이 크게 유행한 것은 광견병에 걸린 개에게 물린 사람은 모두 광견

---

* 합리성을 향해 잘 출발한 의사라도 결국엔 통계적 증거를 조작하거나 과장하기 위해 대중에게 '과거에는 모든 사람이 이 질병에 걸렸다'는 잘못된 인식을 심어 줄 수 있다는 점을 경고한다. 이렇게 하면 어떤 예방책(가령, 예방접종)이 매우 효과적이라는 통계적 결과를 만들어낼 수 있지만, 이는 실제 상황을 왜곡한 결과라는 것이다.
** 대중이 적절한 안내나 정확한 정보 없이 분위기에 휩쓸린다는 뜻이다.
*** 지난 시절을 찬양하는 사람들: 작가는 laudatores tempori acti(praisers of times past)이라는 라틴어 구를 사용했다.

병에 걸린다고 대중이 가정했기 때문이다. 청소년기에 나는 더블린의 의사들이 광견병에 대해 논의하는 것을 들은 적이 있는데, 당시는 파스퇴르 연구소가 존재하기 전이다. 그 주제는 저명한 외과의사가 품은 의심에서 생겨난 것이었는데, 그 의심은 광견병이 정말로 특정 질병인지, 아니면 찢어진 상처로 인해 유발된 평범한 파상풍인지에 대한 것이었다(당시에는 파상풍이 상처로 유발된다고 여겨졌기 때문에[*]). 개한테 물린 횟수 중 몇 퍼센트가 광견병으로 귀결되는지에 대한 통계는 없었지만, 그 사례가 물린 횟수의 2-3%보다 많을 것으로 추측한 사람은 아무도 없었다. 따라서 파스퇴르 연구소가 발표한 결과가, 광견병에 걸린 개한테 물리면 반드시 광견병에 걸린다고 생각하는 일반인에게 미친 영향만큼 나한테는 영향을 미치지 못했다[**]. 나에게는, 그 연구소에서 치료를 받은 환자 중 사망 발생 비율이 연구소가 존재하지 않았을 때[***] 예상되었던 것보다 더 높아 보였다. 차이가 있었다면 말이다.

---

[*] 상처가 파상풍의 직접적 원인은 아니다. 작가의 청소년기인 1860년대는, 상처로 파상풍균(Clostridium tetani)이 유입되어야 파상풍에 걸릴 수 있다는 게 알려지기 훨씬 전이다. 파상풍이 감염성 질환이란 걸 알아낸 사람은 이탈리아의 의사인 안토니오 카를레(Antonio Carle)와 조르지오 라토네(Giorgio Rattone)다. 이들은 1884년 파상풍으로 사망한 환자의 농양에서 추출한 물질을 토끼에 주입하여 파상풍 증상을 재현함으로써 파상풍이 전염될 수 있다는 걸 보여 주었다. 하지만 이들은 구체적인 병원체를 분리하거나 확인하지는 못했다. 파상풍의 원인균인 파상풍균을 순수 분리 배양하는 데 성공한 사람은 일본의 세균학자인 기타사토 시바사부로(Kitasato Shibasaburo, 1853-1931)다. 이 발견은 그가 독일에서 로베르트 코흐(Robert Koch, 1843-1910)의 지도하에 연구하던 1889년에 이루어졌다. 그러나 파상풍균에 Clostridium tetani라는 공식 명칭을 붙인 사람은 1919년 네덜란드의 미생물학자 마르티누스 베이예린크(Martinus Beijerinck, 1851-1931)다.

[**] 두 문장에서 작가가 '개한테 물린 횟수(dog bites)'와 '광견병에 걸린 개한테 물리면(the bite of a mad dog)'을 구분했으니, 앞의 개는 광견병에 걸렸는지가 불확실한 개 즉 임의의 개를 뜻한다고 봐야 한다.

[***] 파스퇴르 연구소는 1888년에 개소되었다.

의사들에 관한 서문

그러나 대중에게는, 죽지 않은 모든 파스퇴르 환자가 모든 마법사 중에서 가장 신뢰할 수 있는 사람 즉, 과학자의 은혜로운 선의의 마법에 의해 고통스러운 죽음에서 기적적으로 구원받은 것으로 보였다.

통계분석자들이 기록하지 않은 가정 때문에 통계가 얼마나 왜곡되는지를 심지어 훈련받은 통계학자들조차도 종종 이해하지 못한다. 이 통계학자들의 관심은 광고 목적으로 통계를 부당하게 사용하는 사람들의 노골적인 속임수에 너무 많이 사로잡힌다. 가령, 퍼센트에는 속임수가 있다. 거의 이름조차 없는 작은 마을에서 천연두 유행 기간 동안 두 사람이 감염된다. 하나는 죽고 다른 하나는 회복한다. 한 사람은 백신 접종 자국이 있고 다른 사람은 없다[*]. 즉시 승전보들이 발표된다. 백신 찬성론자는 그곳에서 단 한 명의 백신 접종자도 천연두로 사망하지 않았고 백신을 접종하지 않은 사람들은 100% 비참하게 죽었다고 하며, 백신 반대론자는 백신을 접종하지 않은 사람은 100% 회복했지만 백신을 접종한 사람들은 모조리 죽었다고 하면서 말이다. 다른 흔한 예를 들자면, 서로 다른 영양 수준과 교육 수준을 가진 두 사회 계층 간의 비교를 어떤 의료 처치의 결과와 이 의료 처치를 무시한 결과 간의 비교로 속일 수 있다[**]. 따라서 실크 모자를 쓰고 우산을 들고 다니면 가슴이 커지고, 수명을 연장하며, 질병에 대한 상당한 면역력을 준다고 증명하는 것은 쉽다. 이유는 이러한 물품을 사용하는 계층은 가슴이 더 크고, 더 건강하며, 더 오래 산다는 결과를 통계가 보

---

[*] 여기선 두 명으로 퍼센트를 계산해서 통계를 논하는 것은 무의미하다는 걸 말하려는 것이니, 사망자 혹은 생존자의 백신접종 여부는 언급되지 않았다.

[**] 두 계층 간의 치료성공률 비교를, 처치를 받은 사람과 무시하고 안 받은 사람 사이의 치료성공률 비교와 혼동해선 안 된다는 뜻이다.

여 주기 때문이다. 정말로 이러한 차이를 낳는 것은 실크 모자와 우산
이 아니라, 이들이 입증하는 부와 영양상태라는 것을, 그리고 금시계
나 폴몰가*의 클럽 회원권이 마찬가지 방식으로 비슷한 최상의 효력
을 갖는다는 것을 입증할 수 있다는 걸 알아내는 데 많은 통찰력이 필
요하지 않다. 대학 학위, 매일 목욕하기, 서른 벌의 바지를 소유하기,
바그너 음악에 대한 지식, 교회의 지정좌석 등, 요컨대 노동자들 대다
수가 누리는 것보다 더 많은 재산과 더 나은 양육조건을 뜻하는 것은
무엇이든 모든 종류의 특권을 주는 마법의 주문으로 통계적으로 둔갑
될 수 있다.

법으로 강제되는 예방조치의 경우, 이 착각은 더욱 터무니없이 커진
다. 왜냐하면 부랑자만이 이를 피할 수 있기 때문이다. 이제 부랑자들
은 어떤 질병에 대해서도 버틸 능력이 거의 없다. 그들의 사망률과 치
명률**은 항상 존경받는 사람들에 비해 상대적으로 높다. 어떠한 공공
규제든 준수만 하면 가장 만족스러운 결과를 낳는다는 것을 증명하는
일보다 더 쉬운 것은 없다. 이 규제가 실제로 사망률을 높인다고 해도,
그걸 증명하는 것은 똑같이 쉬울 것이다. 규제를 피할 수 없는 평균적
인 주택소유자가 피할 수 있는 평균적인 부랑자만큼 일찍 죽게 될 정
도로 규제 때문에 사망률이 충분히 높아지지 않는 한 말이다***.

---

* 폴몰(Pall Mall)가는 런던의 트라팔가 광장에서 세인트 제임스 궁까지의 클럽 거리이
다. 영국의 정치, 군사, 문화계 인사의 사교 클럽들이 있는 곳이다.
** 사망률(death rate)은 죽는 이유와 무관한 거고, 치명률(case-mortality rate=lethality)
은 특정 질병에 걸린 사람의 사망률을 말한다.
*** 부랑자와 같이 규제를 피할 수 있는 사람들이 주로 사회적으로 취약한 계층에 속하
기 때문에, 이들의 높은 사망률과 비교하면 규제가 긍정적인 효과를 내는 것처럼 보
일 수 있다는 뜻이다. 통계적 증거를 제시할 때, 사회적 배경이나 다른 중요한 요인들
을 무시한 채 단순히 숫자로만 판단하는 것이 얼마나 위험한지를 경고한 문장이다.

# 35. 관심과 무관심의 놀라움

계층 차이와 무관한 또 다른 통계적 착각이 있다. 주택소유자들의 흔한 불만은 공중보건 당국이 자주 값비싼 위생설비를 설치하도록 강요하는데, 몇 년 후에는 그 설비가 건강에 해롭다고 비난받기도 하고, 벌금형으로써 사용이 금지되기도 한다. 그러나 이러한 폐기된 실수들은 늘 우선 이들을 도입하면 사망률을 줄인다는 논증에 힘입어 이루어진다. 설명은 간단하다. 예를 들어, 이 나라의 모든 아이가 매달 한 파인트의 브랜디를 마셔야 한다는 법이 만들어졌다고 가정해 보자. 그런데 그 브랜디는 아이가 건강하며 소화기능 등이 정상적으로 작동하고, 치아가 자연적으로든 인공적으로든 튼튼할 때만 투여되어야 한다. 아마도 그 결과는 아이들의 사망률이 즉시 그리고 놀랍게 감소하여, 브랜디의 양을 갤런으로 늘리는 추가입법으로 이어질 것이다[*]. 브랜디 열풍의 직접적 해악이 부차적인 이점을 능가하기 전까지는, 반(反) 브랜디 당(黨)의 주장이 귀에 들어오지 않을 것이다. 그 부차적인 이점이란, 아이가 평소처럼 뛰어놀 수 없을 만큼 아프지 않는 한 현재 관례가 되어 버린 무관심을 아이의 전반적인 건강에 대한 관심으로 대체하는 것이다. 비록 이 관심이 아이의 치아에만 국한되더라도, 상

---

[*] 공공정책은 장기간에 걸쳐 다양한 효과를 검토한 뒤에 입법화되어야 하는데, 열풍을 앞에 둔 현실은 대중이나 정치인이나 관료나 너무 성급하여 입법화를 서둔다는 걸 풍자한다.

당한 양의 브랜디로도 상쇄할 수 없는 개선을 가져올 것이다*.

이 가상의 사례는 위생설비의 실제 사례를 설명한다. 우리 지역 위생 당국이 그 위생 설비를 오늘은 설치하라고 명령하고 내일은 비난하고 제거하라면서 말이다. 심지어 최악의 배관공의 머리에서 고안된 위생설비라도, 오랜 기간 동안의 온전한 무관심만큼 치명적일 수는 없다. 그 무관심은 흑사병과 콜레라처럼 대륙 전체를 휩쓰는 전염병으로 되갚아 준다. 오늘날 런던의 모든 하수를 공들여 처리해서 저 멀리 북해로 운반하는 대신에, 처리하지 않은 채 템스 강으로 방류하자는 제안이 나온다면, 우리 전문가들 모두가 공포에 질려 비명을 지를 것이다. 하지만 크롬웰이 아무것도 하지 않은 대신 그렇게 했더라면 아마 런던 대역병은 없었을 것이다**. 지역 보건 당국이 모든 가구주에게 위생문제를 전문으로 다루는 사람에게 위임하여 해당 사항을 검토하고 조치를 취하도록 강제할 때, 그 구체적 조치가 얼마나 잘못되었거나 심지어 해로울 수 있는지와 상관없이 처음에는*** 결과가 분명히

---

* 브랜디가 아이에게 준다고 예상되는 해악은 아이들의 건강에 대한 관심이 주는 혜택보다는 훨씬 작다는 뜻이다. 결국 브랜디 방법으로 얻은 부차적 이점 즉 아이에 대한 관심으로 아이들의 건강이 더 좋아진다는 뜻이다. 치아건강에만 국한하더라도 말이다. 결국 작가는 아이에 대한 관심이라는 달을 가리키기 위해 브랜디라는 손가락을 풍자적으로 사용한 것이다.

** 런던 대역병(the Great Plague of London)은 1664-1666년에 유행한 흑사병을 말하며, 당시 46만이던 런던 인구의 약 1/6이 사망했다. 이 문장은 공중보건 정책의 복잡성을 강조하며, 때로는 불완전한 해결책이라도 아무것도 하지 않는 것보다 나을 수 있다는 교훈을 주기도 한다는 뜻이다.

*** 여기서 '처음에는(at first)'이란 말이 중요하다. 무슨 방법이든 그 장기적 효과는 아직 모르더라도 당장은 개선에 도움이 된다는 말이다. 특정 방법이란 것도 공중 보건에 대한 관심이 있고 나서야 제안된다는 점을 강조한 것이다. 공중보건에 대한 무관심이야말로 인류의 난적이란 뜻이다.

좋아진다. 무관심이 일반적인 규칙으로 자리 잡은 상태가 관심을 기울이는 상태로 효과적으로 대체되지 않는 한, 통계는 관심 상태에서 채택된 특정한 방법들의 장점을 보여 주기 시작하지 않을 것이다[*]. 그리고 우리는 이 단계에 도달하지 못했으며, 보건 법률 제정에 있어서는 시작 단계에 불과하므로, 우리가 채택한 방법들의 가치에 대한 실질적인 증거는 아직 없다. 이것이 단순하고 명백함에도, 건강통계에서 결론을 도출할 때 무관심을 관심으로 바꾸는 효과를 아무도 고려하지 않는 것 같다. 모든 것이 사용된 특정 방법의 공로로 돌려진다. 하지만 이 방법은 사망률을 천 명당 다섯 명 증가시켰을 수 있는 반면에, 그에 수반되는 관심이 사망률을 천 명당 열다섯 명 감소시켰을 수도 있다. 천 명당 순 이득이 열 명이라는 공로가 그 방법에 돌려지고, 이는 더 많은 방법을 강제하는 구실이 된다[**].

---

[*]  무관심 상태에선 별다른 방법이 채택되지 않을 것이다. 따라서 특정한 보건 조치나 방법은 오로지 관심 상태에서나 채택될 것이다. 그러나 관심을 기울이는 사람들이 무관심한 사람들보다 훨씬 더 많아질 때까지는, 특정한 보건 조치나 방법이 얼마나 효과적인지를 통계적으로 입증하기는 만만치 않다는 뜻이다.

[**]  이 글에서 쇼는 공중보건의 개선이 특정 방법의 도입 때문인지, 아니면 전반적인 관심의 증가 때문인지 구별하기가 어려움을 지적하고 있다. 실제로는 공중보건에 대한 전반적인 관심 증가가 더 중요한 요인일 수 있음에도, 특정 방법의 도입이 개선의 주된 원인으로 오해될 수 있다고 그는 경고한다. 이러한 오판은 실제로는 효과가 없거나 심지어 해로울 수 있는 방법들을 더 널리 강제하는 결과를 낳을 수 있다는 것이 쇼의 우려다.

# 36. 문명으로부터 공로를 훔친다

직접적이든 간접적이든 장점이라곤 조금도 없는 특정한 방법들이 통계 덕분에 높은 명성을 얻을 수 있는 또 다른 길이 있다. 지난 한 세기 동안 문명은 세균성 열병을 촉진하는 조건들을 제거해왔다. 한때 유행했던 발진티푸스는 사라졌고, 흑사병과 콜레라는 위생상의 봉쇄로* 우리의 국경에서 막혔다. 우리는 여전히 천연두와 장티푸스의 유행을 겪고 있으며, 디프테리아와 성홍열은 빈민가에서 풍토병으로 자리 잡았다. 내가 어렸던 시절에는 위험한 질병으로 간주되지 않았던 홍역은 이제 매우 치명적이 되어 부모들이 이를 심각하게 받아들이도록 촉구하는 공고문이 공개적으로 게시된다. 그러나 이러한 경우에도 부유한 지역과 가난한 지역에서 사망률과 회복률의 차이는 세균성 질병을 예방하는 것이 가능하다는 일반적인 확신을** 전문가들 사이에서 이끌어 냈으며, 실제로 이들 질병은 이미 상당 부분 예방된다. 감염의 위험과 이를 피하는 방법은 예전보다 더 잘 이해되고 있다. 사람들이 결핵과 폐렴에 걸리지 않는다고 믿는 바람에 무모하게 그 병의 감염에 노출된 지 겨우 20년 남짓 지났다. 요즘은 결핵환자들을 나병환자처럼 취급하는 경향이 커지면서 결핵 환자들의 고통이 크게 증가하고

---

* 쇼가 아일랜드를 떠나기 한 해 전인 1875년에 제정된 영국 공중 보건법(the British Public Health Act)은 지역 보건 당국을 통해 전염병을 통제하고 위생 조건을 강제하는 데 중요한 역할을 했다. 위생상의 봉쇄는 전염병의 확산을 통제하고 예방하기 위한 포괄적인 공중 보건 노력의 일환이었으며, 이는 한때 흔했던 많은 전염병의 감소에 크게 기여했다.

** 경제적으로나 지적으로나 부유층이 가난한 계층보다 정부의 공중 보건 정책을 믿고 따를 확률이 더 높다보니 회복률이 높다는 뜻이다.

있다. 의심할 여지없이 무지한 과장과 비겁한 거절로 인해 위험의 인간적이고 필수적인 몫을 직면하지 않으려는 경향이 많다[*]. 이는 항상 그래왔다. 우리는 이제 나병에 대한 중세의 공포가 감염의 위험에 비해 어울리지 않게 과장되었으며, 천연두의 전염성에 대해서는 명백히 눈을 감고 있었음을 안다. 이후 천연두는 질병에 대한 공포를 퍼뜨리는 사람들에 의해 나병이 차지했던 위치로 격상되었다. 하지만 감염에 대한 공포는 이전보다 훨씬 더 큰 주의와 청결을 가져 왔다. 그 공포가 의사들조차 열병 환자를 가장 과학적으로 처리하는 방법이 그를 가장 가까운 도랑에 던져 놓고 안전할 만큼 떨어진 곳에서 석탄산을 끼얹고는, 화장준비를 마칠 때까지 기다리는 것인 양 말하게 만들었지만 말이다. 그리고 그 결과가 질병에 대한 일련의 승리로 드러났다.

자, 19세기 초에 누군가가 발진티푸스는 항상 새끼손가락 끝마디에서 시작한다며, 출생 직후 이 마디를 절단하면 그 병이 사라질 것이라는 이론을 제시했다고 지금 가정해 보자. 만일 그러한 제안이 받아들여졌다면 그 이론은 의기양양하게 확증되었을 것이다. 실제로 발진티푸스가 사라졌기 때문이다. 반면에 암과 정신병은(통계적으로) 소름끼칠 정도로 증가했다. 따라서 새끼손가락 이론의 반대자들은 손가락 절단이 암과 정신병을 확산시킨다고 주장했을 것이다. 예방접종 논쟁은 이러한 주장들로 가득하다. 말의 꼬리와 개의 귀를 절단하는 일에 관한 논쟁도 마찬가지다. 덜 알려졌지만, 유대인들이 시행하는 할례에 관한 논쟁과 특정 종류의 고기가 부정하다는 선언에 관한 논쟁도

---

[*] 인간이면 반드시 감수해야 할 위험의 몫이 있는데, 환자가 발생하면 주위의 건강한 사람들은 과도하게 몸을 사린다는 말이다.

마찬가지다. 어떤 치료법이나 수술을 광고하려면, 문명이 이룬 가장 안심할 만한 발전을 모두 골라내어 양자를 인과관계로 대담하게 제시만 하면 된다*. 대중은 얼굴을 찡그리지 않고 그 속임수를 받아들일 것이다. 그들은 이른바 대조실험**의 필요성을 전혀 모른다. 셰익스피어 시대와 그 이후 오랫동안 미라는 인기 있는 약이었다. 당신이 참을 수 있는 한 가장 뜨거운 물 한 파인트에 죽은 이집트인의 먼지를 한 줌 넣어 마시자 당신의 건강이 개선되었다. 당신은 이것이 미라가 얼마나 뛰어난 약인지를 증명한다고 여겼다. 그러나 미라 없이 뜨거운 물만 마시는 대조실험을 시도해봤다면 아무 뜨거운 음료라도 틀림없이 같은 효과를 냈을 것임을 알았을 것이다.

## 37. '바이오메트리카'***

통계와 관련된 또 다른 어려움은 계산의 기술적 어려움이다. 통계에 의해 확립된 상관관계로부터 결론을 도출하는 과정에서 실수를 하기 전에, 먼저 그 상관관계를 확인해야 한다. 분기별로 발간되는 '바이

---

* 어리석게도, 치료법이나 수술이 원인이고 발전이 그 결과라고 단정한다는 뜻이다.
** 김현철의 '경제학이 필요한 순간(김영사, 2023)'은 대조실험의 다양한 사례를 보여준다.
*** '바이오메트리카(BIOMETRIKA)'는 영국의 옥스퍼드 대학 출판부를 통해 1901년 창간된 학술지이다. 생명을 뜻하는 접두사 바이오(bio)에다가, 측정(measure)을 뜻하는 그리스 단어 μέτρον의 음역인 metron을 붙이고, 학문의 갈래에 붙이는 라틴어 접미사 -ika를 붙여 만든 단어이니 영한사전엔 나오지 않는다. 이 제목과 가장 비슷한 일반 명사는 생물통계학(biometrics 혹은 biostatistics)이다.

오메트리카' 즉, 칼 피어슨 교수[*]와 그의 동료들이 생물통계학[**] 분야에서 수행한 작업이 기록된 저널의 페이지를 넘겨보면, 첫 줄부터 내 이해력의 범위를 넘어 선다. 왜냐하면 수학은 나에게 하나의 개념일 뿐이기 때문이다. 가령, 나는 평생 로그를 사용해 본 적이 없으며, 4의 제곱근도 불안을 느끼지 않고 계산해 낼 수 없었다[***]. 따라서 나는 한 가지와 다른 것 사이의 상관관계를 통계적으로 확인하는 것은 매우 복잡하고 어려운 기술적 업무이며, 뛰어난 수학자 없이는 성공적으로 해결될 수 없다는 것을 부인할 수 없다. 그리고 나는 칼 피어슨 교수가 어떤 평범한 사회학자의 미숙한 추측에 대해 느끼는 엄청난 경멸감과 그가 사회에 끼치는 심각한 위험에 대한 분노에 이의를 제기할 수 없다.

길거리의 보통 사람으로선 '바이오메트리카'에 대해서 아무것도 모른다. 그가 아는 거라곤 "숫자로는 무엇이든 증명할 수 있다"는 것뿐인데, 이것도 자신이 믿고 싶은 것을 증명하기 위해 숫자가 사용되는 순간 잊어버리고 만다. 만일 그가 '바이오메트리카'를 구독한다면 학문상으로 계산된 상관관계로부터 도출된 모든 결론을 아마도 무조건 믿을 것이다. 칼 피어슨 같은 수학자도 자료를 수집하여 받아들이고, 상관관계로부터 결론을 도출하는 과정에서, 내가 설명해 온 것과 같은 흔한 착오를 통해 아주 조잡한 오류를 범할 수 있다. 비록 그가 구한 상관관계가 뉴턴이 감탄할 정도일 수 있지만 말이다.

---

[*] 칼 피어슨(Karl Pearson, 1857-1936)은 영국의 수리통계학자이자 우생학자다. 생물통계학의 선구자로서 '바이오메트리카'의 공동창간자다.

[**] 생물통계학: 원문은 biological statistics이다.

[***] 쇼는 자신이 중등교육을 마치지 못한 까닭을 당시의 완고한 교육방식 탓으로 돌렸지만, 사실은 자기의 성격 탓에 가까울 것이다. 그러다 보니 대수학을 공부하지 못한 게 평생의 한으로 남았다.

# 38. 환자가 만든 치료법

이러한 실수와 무지에서 의사들도 우리와 다르지 않다. 그들은 증거를 사용하는 방법에 대해서도, 생물통계학*에 대해서도, 사람들이 쉽게 믿는 심리학에 대해서도, 경제적 압박의 빈도에 대해서도 훈련받지 않는다. 더 나아가, 그들은 환자들이 쓰는 것과 같은 종류의 모자를 써야 하듯이, 자신의 환자들이 믿는 것을 전반적으로 믿어야 한다. 환자의 마음이 온전히 비어 있는 부분에선 의사가 제 마음대로 규칙을 정할 수 있겠지만, 환자가 편견을 가지고 있을 때는 의사는 그 편견을 지지하든지 환자를 잃든지 해야 한다. 사람들이 밤공기가 건강에 위험하며 신선한 공기가 감기에 걸리게 한다고 믿는다면, 환기를 처방하는 개인의원은 생계를 꾸릴 수 없을 것이다. '픽윅 문서'**의 시대만큼만 거슬러 올라가도, 사람들이 공기를 최대한 차단하기 위해 커튼을 단단히 둘러친 기둥 네 개짜리 침대에 자는 세상에 살고 있음을 우리는 알 수 있다. 만일 픽윅 씨의 의사가 그에게 창문을 열어 놓고 야전 침대에서 자는 것이 건강에 훨씬 좋을 것이라고 말했다면, 픽윅 씨는 그를 괴짜로 여겨 다른 의사를 불렀을 것이다. 만일 그 의사가 픽윅 씨에게 추위를 느낄 때마다 브랜디와 물을 마시는 일을 금지시켰다

---

* 생물통계학: 이전의 biological statistics와 달리 여기선 biometrics라고 했다.
** '픽윅 문서(The Pickwick Papers)'는 찰스 디킨스가 1836년부터 그 다음해까지 연재한 소설이다. 나중에 나온 전체 제목은 '픽윅 클럽의 유고문서(遺稿文書)(The Posthumous Papers of the Pickwick Club)'이다. 디킨스가 쓴 최초의 장편소설로 19세기 영국 사회를 풍자적이고 희극적으로 묘사했다. 픽윅 클럽의 설립자이자 종신회장인 새뮤얼 픽윅과 그의 회원들이 런던에서 출발하여 영국을 여행하며 여러 가지 유머러스한 모험을 겪는다. 국내 번역본은 '픽윅 클럽 여행기(허진 역, 시공사, 2020)'로 나왔다.

면, 그리고 고기나 소금을 1년 내내 먹지 않더라도 죽지 않을 뿐만 아니라 아무런 문제가 없을 것이라고 장담했다면, 픽윅 씨는 그를 위험한 미치광이라고 여겨 그의 곁을 떠났을 것이다. 그리고 이런 문제에 있어서 의사는 환자를 속일 수 없다. 의사가 약이나 백신을 믿지 않는데 환자는 이들을 믿는 경우라면, 의사는 색깔 있는 물로 환자를 속이고, 환자의 팔을 살짝 할퀴기 전에 세모날을 알코올램프의 불꽃에 통과시킬 수는 있다. 하지만 그는 환자가 모르게 환자의 일상습관을 바꾸게 할 수는 없다.*

## 39. 개혁은 또한 일반인한테서 나온다

대체로 의사는 환자의 미신보다 앞서가면 망한다는 것을 배우며, 그 결과 그는 그것보다 앞서지 않으려고 본능적으로 조심한다. 그러므로 모든 변화는 일반인한테서 나온다. 여러 해 동안 온갖 종류의 사기꾼과 괴짜를 포함한 일반인들이 선동을 벌인 후에야, 대중은 충분히 감명을 받았기 때문에 의사들이 신선한 공기, 찬물, 절제, 그리고 기타 새로운 위생습관에 대해 마음과 입을 열게 되었다. 현재 많은 오래된 편견들에 대한 형세가 뒤집혔다. 우리의 가장 인기 있는 고령 의사들 중 다수가 아침에 하는 찬물 목욕은 자연에 어긋나고 피로와 류머

---

* 아무 효과가 없는 것을 약인 양 속여서 줄 수도 있고, 백신을 주입하지도 않으면서 주입하는 척할 수는 있다는 뜻이다. 환자가 필요하다니 마지못해 이런 식으로 속이는 건 가능하다는 뜻이다. 즉, 약이니 백신이니 하는 것은 환자의 일상 습관에 비하면 건강에 미치는 영향이 비교적 덜 중요하다는 뜻이다.

치즘을 유발한다고 믿으며, 신선한 공기를 중시하는 것은 일시적 유행이고 매일 고급 와인 한두 잔을 마시는 게 모두에게 좋다고 믿는다. 하지만 의사들은 자신의 위치를 정확히 알기 전까지는 더 이상 그렇게 말할 엄두를 내지 못한다. 왜냐하면 최근에 시골 저택에 거주하는 많은 호감이 가는 환자들이* 아침 6시에 일어나 이슬 맺힌 풀밭을 맨발로 걷는 것으로부터 하루를 시작하는 것이 자기네 첫 번째 의무라고 확신하게 되었기 때문이다. 이러한 습관에 대해 회의를 조금이라도 보이는 사람은 즉시 "구닥다리 의사"로 의심받고는, 더 젊은 사람에게 자리를 넘겨주게 된다.

간단히 말해, 개인의원진료는 과학이 아니라 수요와 공급에 의해 좌우된다. 아무리 과학적인 치료법이라도 수요가 없으면 시장에서 자리잡을 수 없으며, 아무리 역겨운 엉터리 치료법이라도 수요가 있으면 시장에서 퇴출될 수 없다.


## 40. 유행과 전염병

그러나 수요는 주입될 수 있다. 아직 낡지도 않은 물품을 새 걸로 교체하고, 바라지도 않은 물건을 사도록 고객들을 설득하는 데 어려움

---

* 쇼 시대의 의사에게 '호감이 가는(desirable) 환자들'이란 어떤 환자일까? 학식이나 교양이 높든지, 부유하거나 권력이 있어서 가까이 하면 이득이 되든지, 하는 정도가 아닐까? 작가는 '고령 의사들'과 '호감이 가는 환자들' 사이의 대조를 통해 건강법에 대한 세대별 인식 차이를 알려 주는 한편, 건강에 대한 과도한 관심과 빠르게 변화하는 의학적 견해를 비꼰다.

의사들에 관한 서문

을 겪지 않는 일류 상인들은 이 점을 철저히 이해한다. 의사들을 상인으로 만들면, 우리는 그들이 상업적 속임수를 배우도록 강요하는 셈이다. 따라서 우리는 그해의 유행에 모자와 소매, 발라드, 게임뿐만 아니라 치료법과 수술, 특정 약물도 포함된다는 것을 알게 된다. 편도선과 충수, 목젖, 심지어 난소까지 희생되는 것은 그것들을 제거하는 것이 유행이기 때문이며, 그 수술이 수익성이 높기 때문이다. 유행의 심리학은 병리학이 된다. 그 사례들이 진짜인 것처럼 보이기 때문이다. 결국 유행은 유도된 전염병에 불과하며, 이는 전염병을 상인들이 유도할 수도 있고, 따라서 의사들도 유도할 수 있음을 증명한다.

## 41. 의사의 미덕

상황이 매우 나쁘다는 걸 인정해야 할 것이다. 게다가 잘못이 벌어질 때마다, 해결책이 아니라 비난받을 악역을 항상 요구하는 대중의 멜로 드라마적 본능은, 자기네 무관심과 미신, 무지를 탓하는 게 아니라 의사들의 타락을 탓할 것이다. 이보다 부당하고 해로운 일은 없다. 의사가 다른 사람들보다 더 낫다고 할 수는 없을 지라도, 확실히 더 나쁜 것도 아니다. 1907년* 코트 극장에서 '의사의 딜레마' 공연 중에 나는 예술가를 악당으로, 기자를 문맹인 무능력자로 만들고, 모든 의사

---

* 이 희곡은 1906년에 초연되었는데, 책으로는 1911년에 나왔다.

를 "천사"로 만들었다는<sup>*</sup> 이유로 비난받았다. 하지만 나는 자신의 경험이라는 근거를 넘어선 적이 없다. 나는 지난 근 40년 동안 의사들을 친구로 둔 행운을 누렸다(그들 모두는 자기네가 가진 기적적인 능력과 지식에 대한 일반인의 맹신으로부터 내가 자유롭다는 걸 고스란히 알았다). 게다가 나는 군인과 법률가, 성직자 사이에도 악당이 있는 것처럼 의료계에도 악당이 있다는 것을 알지만(의사들끼리 줄곧 직업적인 이야기만 하는 걸 들을 특권을 가진 사람은 이걸 곧 알게 된다), 내가 주머니에 한푼도 없을 때에도, 사적인 의료적 조언과 진료를 받는 데 있어서 나중에 최고 수준의 진료비를 감당할 수 있을 때와 마찬가지로 아무런 어려움이 없었다는 사실 때문에, 의사에 대한 반감을 나로서는 공유할 수가 없었다. 현재의 의료행위 조건의 피할 수 없는 결과로서 존재하며 커지는 반감 말이다. 질병과 신체적 이상에 대한 관심이 어떤 남녀를 내과와 외과로 향하게 하듯이 고통과 악덕에 대한 관심도 다른 사람들을 자선사업과 구조작업으로 향하게 하는데, 이런 모든 관심은 병적일 수 있다<sup>**</sup>. 하지만 진정한 의사에게 영감을 주는 것은 질병에 대한 혐오감과 생명력이 낭비되는 것을 차마 볼 수 없

---

\* 작가가 희곡에서 한 예술가를 악당으로, 한 기자를 무능력자로 묘사한 것은 사실이다. 하지만 모든 의사를 "천사"로 만들었다는 말은 사실과 크게 다르다. 독자들은 리전이 평범한 인간의 욕망 때문에 고민했다는 것을 기억할 것이다. 또한 월폴이 기회만 있으면 오로지 돈 때문에, 패혈증을 핑계 삼아 상대의 견과류형 액낭이란 걸 얼마나 떼어 내고 싶어 했는지 기억할 것이다.

\*\* 겉으로는 선행으로 보이는 것도 그 내면을 따져 보면 인간의 건강하지 못한 관심에서 비롯할 수 있다는 뜻이다.

어 하는 신성한 마음이다*. 어떤 사람이 기술적 적성이 아주 예외적으로 뛰어나기 때문에, 혹은 의사가 되는 것이 집안의 전통이기 때문에, 혹은 어리석게도 의사직을 돈벌이 좋고 신사적인 직업으로 여기기 때문에 내과나 외과로 향하지 않는 한, 치료자의 경력을 선택하는 그의 동기는 분명히 어짊이다. 실제 의료행위 때문에 그가 아무리 환멸을 느끼고 부패하더라도, 그의 애초 선택은 천한 인격에서 나올 수는 없는 것이다.

## 42. 의사의 고충

내가 개인의원진료에 대해 제기한 비난의 항목들을 살펴보면 그것들이 의사의, 경쟁이 치열한 상인으로서의 처지 즉, 그의 경제적 상황에서 비롯한다는 것을 알게 될 것이다. 게다가 의사들은 각별히 배려 없는 대우를 감수하면서도 환자를 특별히 잘 치료할 것으로 기대되는 입장임을 우리는 명심해야 한다. 정육점 주인과 제빵사는 굶주린 사람들이 돈을 내지 않으면 그들을 먹일 것으로 기대되지 않지만, 동료 인간이 도움 없이 고통 받거나 죽어가는 것을 방치하는 의사는 극악무도한 사람으로 여겨진다. 비록 우리가 병원 서비스를 진정으로 돈

---

* 차마 볼 수 없어하는 신성한 마음(a divine impatience): 중국 전국시대의 제선왕(齊宣王)은 종(鍾)을 만드는 데 희생으로 쓰기 위해 소를 끌고 가는 사람에게 양으로 바꾸라고 명령한 일이 있다. 맹자는 이를 두고 '눈앞의 짐승이 죽으러 가는 모습을 차마 볼 수 없어서(不忍) 아직 눈앞에 있지 않은 짐승으로 바꾸게 한 왕이야말로 진정으로 인(仁)을 실천할 수 있는 분'이라며 제선왕을 격려했다('맹자 양혜왕 상'). 그러니 진정한 의사는 맹자의 인을 실천하는 사람이라고 볼 수 있다.

벌이 수단이라고 치부하더라도, 대부분의 의사들이 자신의 경력 내내 상당히 많은 무료진료를 한다는 사실이 남아 있다. 게다가 유료진료에서 의사는 상인과는 다른 입장에 있다. 비록 그가 파는 물건 즉, 진찰과 치료는 모든 계층에 대해 똑같이 해 주지만, 그가 받는 진료비는 소득세처럼 계층별로 차등화 되어야 한다*. 유행을 따르면서도 성공적인 의사는 때때로 가난한 환자를 걸러낼 수도 있고, 결국 의사협회를 이용하여 의사 마음대로 저렴한 진료비를 받지 못하게 만들 수도 있다. 하지만 보통의 일반의는 환자의 납세 능력을 고려하지 않고는 진료청구서를 작성하지 않는다.

게다가 의사 일의 특성상 긴급 상황에 대비해야 하므로 자신의 건강과 안락을 무시하는 결과가 나타난다. 아무런 문제가 없을 때 우리는 의사에게 예의 바르고 사려 깊게 대하며, 친구로 만나거나 손님으로 환대한다. 하지만 아기가 위막성 후두염에 걸리거나, 어머니의 체온이 40도에 이르거나, 할아버지의 다리가 부러지면, 의사를 오로지 치유자이자 구원자로 여기지 않을 사람이 없다. 그는 배고프고, 피곤하며, 졸리고, 연달아 며칠 밤 동안 고문도구인 호출 벨소리에 깨느라 기진맥진할 수 있다. 하지만 갑작스러운 병이나 사고를 당하면 누가 이걸 생각이나 하겠는가? 우리는 화재 현장에서 소방관의 건강상태를 생각하지 않는 것과 마찬가지로 환자를 돌보는 의사의 건강상태를 생

---

\* 국민의 건강을 책임지는 의사의 서비스는 환자의 경제적 형편과 무관하게 균등해야 하지만, 그가 받는 치료비는 차등화 함으로써 수지를 맞추어 주어야 한다는 작가의 주관적 견해가 담겼다. 페이비언 사회주의자인 작가로서는 지극히 당연한 입장이다. 이런 입장은 우리나라의 국민의료보험제도(소득이나 재산에 따라 보험료를 달리 부담하도록 하는)와 어느 정도 부합한다고 볼 수 있다.

각하지 않는다. 다른 직업에서는 야간작업이 특별히 인정되고 대비가 마련된다. 노동자는 하루 종일 자고, 저녁에 아침을 먹고, 한밤중에 점심이나 저녁을 먹고, 아침에 잠자리에 들기 전에 저녁이나 야식을 먹으며, 야간근무를 견딜 수 없으면 주간근무로 바꾼다. 하지만 의사는 밤낮 구분 없이 일할 것으로 기대된다. 노동조합원을 주로 상대하는 진료소*에서는 환자들이 대규모로 맡겨져서 그 수가 많다 보니, 불행한 조수나 조수가 없는 소장은 한 시간도 못 자고 호출될 것을 알고 종종 옷을 벗지 않는다. 이러한 비인간적인 조건에 따르는 긴장에는 늘 감염의 위험이 더해진다. 왜 인내심이 없는 의사들이 난폭해지지 않고, 통제 불능이 되지 않으며, 인내심이 있는 의사들이 멍청해지지 않는지 의아하다. 아마 어느 정도는 그렇게 될 것이다. 게다가 급여는 형편없는 데에다가, 너무 불확실해서 선불이 아니면 진료를 거부하는 것이 종종 자기방어의 필수적인 수단이 된다. 한편, 지방법원은 의사의 진료비가 사례금**이라는 전통을 오래전에 끝냈다. 파제트***의 전기가 말해 주듯이 가장 저명한 의사들조차도 전성기에 이르기 전까지는 때때로 비참하고 비인간적으로 가난하다.

요컨대, 우리가 의사의 도움을 필요로 하는 것보다 의사가 훨씬 더 자주 우리의 도움을 필요로 한다. 몰리에르의 비웃음, 기독교 과학자

---

* 우리로 치자면, 면단위의 보건지소를 떠올리면 되겠다.
** 사례금(honorarium)이란 형편에 따라서 안 줘도 되는 걸로 여겨질 수 있다. 지방법원의 결정은 의사에게 공정한 보상을 보장하도록 강제했다는 뜻이다.
*** 파제트(Sir James Paget, 1814-1899)는 영국의 외과의사로서 과학적 병리학의 창시자 중 하나이다. 그의 연구는 현대의학의 여러 분야에서 중요한 기초가 되었다. 특히 그의 이름을 따서 명명된 파제트 병(Paget's Disease, 변형성 골염)과 유방 파제트 병(Paget's disease of the breast, 유방암의 일종)이 있다.

의 치료를 받았던 고 해럴드 프레드릭[*] 같이 박식하고 똑똑한 작가의 죽음(결국 프레데릭은 치료 중 죽고 말았으니, 자신의 책에서 의사들에 대한 경멸적인 불신과 혐오를 피로써 봉인한 셈이다), 마르텐 마르텐스 씨[**]의 소설 '새로운 종교'에서의 의료행위에 대한 정당하다고 인정되면서도 통렬한 폭로 등은 의사에게 거의 영향을 미치지 않았으며, 루크 필데스 경[***]의 유명한 그림의 인기로 인해, 그리고 의사는 잘못을 저지를 수 없다고 배심원들이 때때로 발표하는 평결로 인해 충분히 상쇄된다[****]. 의사들을 정말로 괴롭히는 것은 남루한 코트이며, 문 앞의 늑대[*****], 무지한 환자의 횡포, 24시간 근무인 데다가, 대부분의 환자들이 필요로 하는 건 약이 아니라 돈이라고 정직하게 처방하는 일이 쓸모없다는 것이다.

---

[*] 해럴드 프레드릭(Harold Frederic, 1856-1898)은 미국의 작가이자 저널리스트이다. 그는 일반적인 의사의 전통적인 치료를 거부하고 기독교 과학자의 영적 치료를 받다가 죽었는데, 그의 죽음은 당시 논란의 중심이 되었다. 이러한 대체 치료에 대한 쇼의 부정적 시각이 드러나는 장면이다.

[**] 마르텐 마르텐스(Maarten Maartens, 1858-1915)는 네덜란드 출신의 작가이자 시인으로, 본명은 요제프 알버스 윌헬름 스탠게르(Jozef Albertus Wilhelmus Stangher)다. 마르텐 마르텐스는 영어로 작품을 쓴 것으로 유명하며, 가장 잘 알려진 작품 중 하나인 '새로운 종교(The New Religion)'는 당시의 의료행위에 대한 신랄한 비판을 통해 의료계의 부패와 비효율성을 고발하였다.

[***] 루크 필데스(Sir Luke Fildes, 1843-1927)는 영국의 화가이자 삽화가로서 사회적 이슈를 다룬 사실주의적 작품으로 유명하며, 특히 빈곤, 질병, 노동자 계층의 삶 등을 주제로 한 그림을 많이 그렸다. 그의 가장 유명한 작품 중 하나인 '그 의사(The Doctor, 1891)'는 병든 아이를 돌보는 의사를 묘사했는데, 당시 의사들의 헌신적이고 인도적인 면모를 강조하여 대중들로부터 큰 사랑을 받았다.

[****] 의사의 의료행위에 대한 몇몇 작가들의 비판이 있었지만, 다른 시각도 있었기 때문에 현실에 별로 영향을 미치지는 못했다는 말이다.

[*****] 의사네 문 앞의 늑대는 부실한 의료행위를 고발하겠다는 신문기자나 의료과실로 고발하겠다는 환자의 친지 등이 아닐까? 수입보다는 지출이 더 많은 의사의 궁핍한 처지는 아닐까?

# 43. 공공의사

그럼 무엇을 해야 할까?

다행히 우리는 완전히 처음부터 시작할 필요는 없다. 우리는 이미 보건 의료관이라는 의사를 가지고 있는데, 그는 개인의원이 가지는 최악의 고충과 그로 인한 최악의 악덕에서 자유롭다. 그의 지위는 아픈 사람들의 수와, 자신이 아프게 유지할 수 있는 사람의 수*뿐만 아니라 건강한 사람의 수에 따라 정해진다. 모든 의사와 치료법이 평가되어야 하듯이 그도 자기 지역의 생명 통계에 의해 평가된다. 사망률이 올라가면 그의 신망은 떨어진다. 그의 급여 인상은 담당 선거구의 보건에 대한 공개토론의 결과에 따라 정해지기 때문에, 그는 선거구민 전원의 말끔한 건강증명서라는 이상을 향해 노력할 모든 유인을 갖는다. 그는 전적으로 공중보건에 기반을 둔 안전하고 품위 있으며, 책임이 무겁고, 독립적 지위를 갖는다. 반면에, 개인의원은 전적으로 질병의 만연에 기반을 둔 불확실하고 허세 부리며, 무책임하고, 비굴한 지위를 갖는다.

공공 의료서비스에서도 심각한 스캔들이 존재하는 게 사실이다. 공공의사가 공공 업무에는 약간의 시간만 할애하여 보잘 것 없는 보수

---

* 자신이 아프게 유지할 수 있는 사람의 수: 개인의원의 수입은 환자의 수와 치료기간에 달렸다. 환자가 계속 아프면 의사에게 지속적으로 수입을 보태 준다. 이는 지역 사회의 건강과 복지에 의해 성공이 측정되는 공공의사(보건 의료관)와는 입장이 다르다. 개인의원들이 환자를 계속 아프게 유지해서 인센티브를 가져가는 현실을 꼬집는 표현이다. 이 데이터는 개인의원에게도 공공의사에게도 중요한데, 전자에게는 많을수록 자기 수입에 유리하고, 후자에게는 적을수록 평가에 유리하다. 여기서 '그'는 물론 공공의사이다.

를 받아서 수입을 보충하는 개인의원일 수도 있다. 해당 자리를 받아들일 성공한 개인의원이 없어서, 무능자거나 술고래가 달리 대안이 없어서 자동적으로 그 자리를 차지한 사례들이 있다. 하지만 이런 사례라도 의사는 개인적인 직책에서보다 공적인 직책에서 덜 치명적이다. 게다가, 이러한 나쁜 사례를 만드는 상황은, 이제 그 문제가 인식되고 이해되었기 때문에 사라질 운명이다. 인기 있지만 불안정한 해결책은 지방 당국이 너무 작아서 우리 같은 대도시의 보건 의료관을 전일제로 필요로 하지 않을 때는 공중보건을 목적으로 서로 연합하여 가장 우수한 고액급여 공무원의 서비스를 공유할 수 있게 하는 것이다. 하지만 올바른 해결책은 위생 단위로서 지역을 더 키우는 것이다[*].

## 44. 의료 조직

공공의료 업무의 또 다른 장점은 조직화를 허용한다는 점인데, 그 결과 고도로 자격을 갖춘 전문가들이 사소한 업무에 시간을 낭비하지 않도록 업무를 분배할 수 있다는 점이다. 개인의원진료의 개인주의는 하찮은 일에 어마어마한 시간낭비를 초래한다. 어려운 사례를 위해 지속적으로 필요로 하는 수술자로서의 능숙함이나 거의 직관적인 진단기술을 갖춘 의사들이 손발톱 염증에 찜질약 붙이는 일과 예방접종, 중요하지 않은 드레싱을 교체하는 일, 알코올 중독에 대한 두려움

---

[*] 작은 단위로서는 유능한 공공의사를 채용하기 어려우면, 위생의 관점에서 행정단위를 더 키우는 게 낫다는 말이다. 하지만 보건 행정만 염두에 두고 행정 단위를 설정할 수 없다는 점을 감안하면 이게 현실적인 방법인지는 의문이다.

을 가진 여성들에게 에테르 약을 처방하는 일 등, 일반적으로 개인 진료비를 벌기 위해 시간을 낭비한다. 다른 어떤 직업에서도 개인의원처럼 자신의 직업 경력의 첫날부터 마지막 날까지 관련된 모든 일을 할 것으로 기대되지는 않는다. 판사는 사형을 선고하지만 범인을 직접 자기 손으로 교수형에 처해야 한다고 기대되지는 않는다. 법조계가 의료계처럼 비조직적이면 판사가 그렇게 하겠지만 말이다. 주교는 오르간을 연주하거나 아기에게 세례주지는 않는다. 장군은 12시 반에 작전을 계획하거나 전투를 지휘한 후, 2시 반에 드럼을 치도록 요구받지 않는다. 설령 그렇게 요구받더라도, 여전히 의료계만큼 나쁘지는 않을 것이다. 왜냐하면 의료계에서는 일류 인물이 삼류의 일을 하도록 설정될 뿐만 아니라, 훨씬 더 오싹하게도 삼류 인물이 일류의 일을 하도록 기대된다. 모든 일반의는 모든 범위의 내과 및 외과 업무를 즉시 수행할 수 있어야 한다고 여겨진다. 그리고 전문가나 일류 전문의와 전화로 연결될 수 없는 시골 의사는, 도시에서는 정상적인 개인의원이라면 도움 없이는 손대지 않을 사례를 주저 없이 처리해야 할 때가 종종 있다. 의심할 여지없이 이는 시골의사의 수완을 개발하고, 그를 도시근교의 동료보다 더 유능하게 만들지만, 이류 인물을 일류 인물로 발전시킬 수는 없다. 판사가 교수형을 집행해야 할 뿐만 아니라, 사형집행인이 판결을 해야 하도록 법률 업무가 이끌어간다면, 혹은 군대에서 북치는 청년이 워털루 전투를 지휘하고 웰링턴 공작이 브뤼셀에서 북을 치도록 정리된다면, 노동 분업의 장점을 인식하여 법률 및 군사 업무를 정리한 외국에서보다 우리의 사형집행인이 조금 더 사법적 사고를 가지게 되며, 우리의 북치는 청년이 더 책임감을 갖게 된다는 소견이 우리를 위로해 줄 수는 없을 것이다.

이러한 조건에서는 의사들 사이의 전문 능력의 등급에 대한 통계자료를 마련할 수는 없을 것이다. 의사들이 보통 사람이지 마술사가 아니라는 걸 받아들이면(사람들에게 이를 아주 잘 받아들이도록 납득시켜서 의사 일에 대한 낭만적인 관점을 무너뜨리는 것은 불행히도 매우 어렵다), 우리는 의료계에는 다른 직업에서처럼 한 쪽 끝에는 매우 재능 있는 소수의 사람들이, 다른 한 쪽 끝에는 완전히 형편없는 소수의 쓰레기들이 있을 것이라고 추측할 수 있다. 이 극단 사이에 의사들의 대부분이 있는데(역시, 물론, 솜씨서툰 쪽과 유능한 쪽으로 나뉜다), 이들이 사례의 위중한 정도에 따라 상부로부터 다소 도움을 받으며 규정에 따라 일한다고 믿을 수 있다. 혹은 예를 들어서 말하자면, 한 쪽 끝으로는 별로 심각해 보이지 않아서 간호사나 학생이 치료할 수 있는 사례들이 있고, 다른 쪽으로는 최고수준의 기술로 관찰과 치료가 필요한 사례들이 있다. 한편, 대부분의 사례들은 그 사이에 자리하게 되는데, 이 경우에는 보통 능력을 가진 의사와 우두머리 급 전문가가 가령, 7대 0, 7대 1, 3대 1, 혹은 하루나 이틀간은 0대 1의 비율로 다녀갈 필요가 있다. 이러한 서비스는 현재 종합병원에서만 조직되어 있는데, 대도시에서는 전문의를 부르는 관행이 이를 어느 정도 대체한다. 하지만 후자의 경우, 직업적 예절 외에는 아무런 규제가 없는데, 이 예절은 앞에서 보았듯이 환자나 공동체의 건강이 아니라, 의사의 생계를 보호하고 그의 실수를 감추기 위한 것이다. 게다가 전문의는 값비싼 사치품이기 때문에, 당연히 있어야 하는 게 아니라, 일반의가 감당할 수 없는 모든 사례에만 있어야 하므로 마지막 수단이다. 아무리 유능한 사람이라도 임상 경험이 없는 사례에 맞닥뜨리면 언제든 감당할 수 없는 곤경에 처할 수 있다.


## 45. 의료 문제의 사회적 해결책

　의료 문제의 사회적 해결책은 일반적으로 사회주의라고 불리는 사회통합에 달렸는데, 이 통합은 그 규모가 거대하고, 진전이 느리며, 저항이 심술 사납다. 의료계가 국가의 건강을 유지하기 위해 국가에 의해 훈련되고 급여를 받기 전에는, 현재와 같은 상태 즉, 대중의 순진함과 인간의 고통을 이용해 먹는 음모단으로 남을 것이다. 우리 보건 의료관들이 이미 새로운 입장에 있으므로, 부족한 것은 변화에 대한 인식인데, 이는 대중도 그렇고 개인의원도 그렇다. 왜냐하면, 우리가 보았듯이, 큰 도시들 중 하나에서 일류 직책 중 하나가 공석이 되어 이 자리를 놓고 모든 손꼽히는 보건 의료관들이 경쟁할 때, 이들은 자기들이 담당했던 도시의 좋은 보건상태를 내세워 호소해야지, 지역의 개인의원들이 환자의 나쁜 건강으로부터 벌어들이는 수입의 규모를 내세워 호소해서는 안 되기 때문이다. 한 경쟁자가 자신이 어떤 큰 도시에서 산부인과 진료와 응급수술을 제외하고는 모든 종류의 개인의원진료를 불필요하게 만들었다는 것을 증명할 수 있다면, 자기가 적임자라는 주장은 반박당할 수 없다. 게다가 이것은 모든 보건 의료관들이 목표로 삼아야 하는 이상이다. 그럼에도 전체 의료계는 보건 의료관을 환영하고 궁극적으로 스스로를 구원해 줄 사회적 변화를 위해

체제를 정비해야 한다. 우리가 알고 있는 보건 의료관은 겨우 시작에 불과하며, 우리 육군과 해군이 차지하는 일반적인 관심과 명예의 자리를 머지않아 공중위생 군대가 차지할 것이다. 영국인이 영국의 병균보다 독일 병사를 더 두려워하는 것은 어리석으며, 학교의 양호실 증설에 반대하는 바로 그 신문에서 막사 증설을 요구하는 것은 어리석으며, 국가가 우리를 위해 독일인과 싸우면 우리를 겁쟁이로 만든다고는 결코 말하지 않으면서, 국가가 우리를 위해 질병과 싸우면 우릴 가난뱅이로 만든다고 부르짖는 것은 어리석다*. 다행히도 이러한 사고방식이 어리석을 때는, 상식적이고 재치 있는 사람들의 지속적인 조롱만으로도 이게 당황하여 사라진다. 매년 공중보건 서비스에 고용된 사람들의 수가 증가하는데, 이들은 이전에는 질병관련 개인적 서비스의 모험가**였을 뿐이다. 달리 말해서, 지금은 해로워서 흉악한 악당이 될 만큼 강한 동기를 가진 남녀들이 더 강해질 것이다. 왜냐하면 이들이 훨씬 더 정직해져서 선량한 시민이 될 동기뿐만 아니라 공동체에 더 적극적인 기여자가 될 동기를 가지기 때문이다. 게다가 이들은 자기네 수입에 대해 전혀 걱정하지 않을 것이다***.

---

* 작가는 대중이 군사적인 위협에는 강한 반응을 보이면서 공중보건 문제의 중요성은 간과하는 태도를 취하는 점을 비판한다. 가령 보건 의료관을 늘리면 대중으로선 세금을 더 내야 하니 가난해진다는 불평이 나온다는 뜻이다.

** 여기서 모험가란 표현은 다분히 비유적인 표현이다. 의사로서 환자의 복지보단 자신의 이익만 추구하는 자세는 무모하기 짝이 없으므로 모험가라고 비꼰 것이다.

*** 보건 의료관에 대한 작가의 기대가 너무 낙관적이다. 현실에서 맞닥뜨릴 많은 문제를 도외시하는 바람에 작가의 순진함이 드러나는 대목이다. 아마도 그가 사회주의자이기 때문에 이런 입장을 가진 게 아닌가 싶다.

# 46. 개인의원진료의 미래

이것이 개인의원의 소멸을 의미한다고 성급하게 결론지어서는 안 된다. 이게 실제로 그에게 의미하는 것은 환자에게 예속된 노예 신세 즉, 현재의 품위 없고 과학적으로 타락한 노예 신세에서 해방되는 것이다. 내가 이미 보여 주었듯이, 병원에 다니고 시험에 간신히 통과하고 놋쇠 명판을 산 모든 이와 경쟁하여 환자를 즐겁게 해서 살아야 하는 의사는 머지않아, 금주주의자에게는 물을, 술주정뱅이에게는 브랜디나 샴페인 젤리를 처방하는 신세가 된다. 게다가 어떤 집에서는 비프스테이크와 흑맥주를, 길 건너에서는 "무(無) 요산" 채식식단을, 나이 든 대령에게는 창문을 닫고, 난로에 불을 피우고, 두꺼운 외투를 걸치라고 하고, 젊은 괴짜들한테는 품위를 잃지 않는 범위 내에서 최대한의 나체생활과 야외 공기를 권하며 "모릅니다"와 "동의하지 않습니다"라는 말을 감히 하지 못한다. 왜냐하면 사회조직의 진화가 마침내 자기 직업에 도달할 때, 다른 사람들의 입장과 마찬가지로 의사의 강점은, 사적인 고용주가 너무 독단적이 되면 공공 고용이라는 대안이 항상 열려 있다는 점일 것이기 때문이다[*]. 게다가 아무도 의사와 환자라는 단어가 피고용인과 고용주의 관계라는 사실을 숨길 수 있다고 생각해서는 안 된다. 수요가 많은 의사들은 노동시장에서 공급부족으로 자기네 노동이 필수불가결하면, 모든 직종에서 그렇듯이 고자세에다가 독자적일 수 있음은 의심의 여지가 없지만 보통 수준의 의사는

---

[*] 작가는 의사가 환자에게 의존하는 사적인 관계에서 벗어나 공공 고용의 대안을 가질 수 있는 사회 조직의 발전을 긍정적으로 평가한다.

이런 위치에 있지 않다. 그는 경쟁이 심한 직업에서 생존을 위해 고군 분투하고 있으며, "환자를 대하는 좋은 태도"만으로도 온갖 질병의 늪을 헤치고 재정적 안정에 이를 수 있다는 것을 잘 안다. 반면에 과식하거나, 과음하거나, 과도하게 방안에만 박혀 지내는 사람들(가정생활에서 흔히 겪게 되는 무절제의 목록을 더 이상 언급하지 않더라도)에게 조금이라도 솔직하게 대응하려 든다면 곧 파산심판 법정에 서게 될 것임을 잘 안다.

따라서 보호받는 개인의원진료는 국가의료의 오류와 미신에 맞서 가능한 한 최대로 개인들을 보호할 것이다. 이 오류와 미신은 최악의 경우에도 개인의원진료의 오류와 미신보다 더 나쁘지 않으며, 실제로 모두 개인의원진료에서 유래한 것이다[*]. 예방접종과 같은 괴물은 과학이 아니라 반 크라운[**]에 기반을 두고 있다. 이미 백신접종 법령의 절반이 폐지되었지만, 만약 이 법령이 완전히 폐지되는 대신에, 모든 부모가 자기 아이를 공무원한테 강제적으로 접종을 맞히도록 강화된다면, 그 공무원의 급여가 자기가 예방접종해 준 횟수와 무관하다면, 그리고 그가 수행할 공중 보건업무가 충분하다면, 백신 접종은 2년 안에 사라질 것이다[***]. 예방 접종해준 공무원은 접종으로 이득을 얻지 못할 뿐만 아니라, 예방접종이 지역 생명통계에 미친 부정적인 영향으

---

[*] 쇼는 개인의원이 제공하는 진료와 국가가 제공하는 공적 의료행위가 상호 보완적일 수 있으며, 어느 한 쪽이 절대적으로 우월하지 않다는 것을 강조하고 있다. 두 시스템 모두에 오류와 미신이 존재하지만, 적절히 보호되고 관리된다면 개인들을 더 잘 보호할 수 있다는 메시지를 전달하고 있다.

[**] 쇼 시대엔 반 크라운짜리 은화가 있었는데, 이는 2.5 실링에 해당한다. 이것은 당시의 예방접종 비용이었는데, 약 10만원에 상당하니 제법 큰 액수다.

[***] 쇼는 백신 접종이 과학적 필요성보다는 의료관련 직업의 경제적 인센티브에 의해 과도하게 추진되고 있다고 비판한다.

로 말미암아 신용을 잃고 말 것이기 때문이다. 동시에 이로 말미암아 그는 훌륭한 위생관리와 철저한 감염예방의 결과로 인해 생긴 천연두 예방의 공로를 차지하지 못할 것이다[*]. 최근 런던에서 발생한 전염병의 경우와 같이 터무니없고 공포에 가까운 물의를 일으킨 사건은, 부모가 없는 동안 집을 급습해서 집을 보도록 남겨진 아이들을 강제로 붙잡아 재접종하고는 반 크라운을 물린 방식으로 발생했다. 이러한 사건은 반 크라운을 받는 등 모든 유사한 어리석은 짓을 그만두고, 이러저러한 주술의식[**]에 대한 비용이 아니라, 질병 면역비용을 합리적인 방식으로 거둠으로써 간단히 방지될 수 있다. 고정급여를 받는 공무원은 시민에게 가능한 한 덜 참견하는 게 더 편안하다. 반면, 작업별로 급여를 받는 사람은 그 결과와 상관없이 가능한 한 자주 대중에게 자신의 일을 밀어붙이지 않으면 돈을 못 받는다.

## 47. 기술적 문제

글의 주제와 특별히 관련된 기술적인 의료문제는 없다. 있더라도, 나는 의료문제의 기술적 전문가가 아니므로 그걸 다룰 능력이 없다. 나는 경제학자, 정치인, 그리고 내 상식을 발휘하는 시민으로서 이 주

---

[*] 접종 담당자가 예방 접종으로 인해 신용을 잃게 되는 동안, 사실상 천연두 예방성과의 주된 이유인 좋은 위생 관리와 철저한 감염 예방으로 인한 긍정적인 결과에 대한 공로조차도 인정받지 못하게 된다는 뜻이다. 즉, 예방 접종 자체가 아니라 위생과 감염 예방이 실제로 질병을 예방하는 주요한 역할을 한다는 점을 강조한다.

[**] '주술의식'은 예방접종을 비롯한 당시의 부정적인 의료행위를 통틀어 풍자한 표현이다.

제를 다룬다. 내가 말한 모든 것은 모든 의료 기술에 동일하게 적용된다. 또한 이는 여러 경우에 유효할 것이다. 공중위생이란 것이 기독교과학의 시적 상상력에 바탕을 두든, 약사와 생체실험자의 종족 미신에 바탕을 두든, 우리의 실제 지식에서 만들어낸 최선의 것에 바탕을 두든 말이다. 하지만 나는 의료문제 역시 과학적 문제라고 혼란스럽게 여기는 분들에게, 모든 문제는 과학적 문제라는 점을 상기시킬 수 있다. 치료학이나 위생학 또는 외과학이 신발을 만들거나 닦는 일보다 더 과학적이거나 덜 과학적이라는 생각은, 과학자가 질병을 치료하고, 금속을 변하게 하고, 우리를 영원히 살도록 해 줄 수 있는 마술사라고 여전히 믿는 사람들만 간직한다. 너무 무지해서 이해하지도 못하는 위생규정을 따르도록 가난한 사람들을 유인하기 위해서는, 대중의 순진함과, 경이로움에 대한 대중의 사랑과 두려움, 그리고 대중의 우상숭배를 이용하는 것이 당분간은 여전히 필요할지 모른다. 다른 곳에서 고백한 바와 같이, 유황을 피우는 우스꽝스런 마법에 대해 나 자신도 책임이 있다. 이는 아무 쓸모가 없다고 실험적으로 입증이 되었다. 하지만 가난한 사람들은 신비한 연기와 끔찍한 냄새로 인해 이게 천연두와 성홍열의 귀신을 내쫓아서 자기들을 집으로 안전하게 돌려보내 준다고 확신한다. 햇볕과 비누가 진정한 비결이라고 그들을 납득시키는 것은 당신이 그들이 죽든 말든 신경 쓰지 않으며, 자기들을 희생시켜 돈을 아끼려 한다는 걸 납득시키는 것과 꼭 같다. 그러니 당신이 그 마법을 수행해 주면 그들은 만족해서 집으로 돌아간다. 종교 의식, 예를 들어 문지방에 대한 시적인 축복 같은 것이 훨씬 낫겠지만, 불행히도 우리네 종교는 위생측면에서 취약하다. 기독교 세계의 가장 큰 불행 중 하나는, 로마제국 사람들의 쾌락적인 목욕문화에 대한 반작용으로 더러운 습관이 기독교식 경건함의 일부가 되었으며, 일부 운이 나쁜 곳들(가령, 샌드위치 제도*)에서는 기독교의 유입이 질병의 유입이 되기도 했다는 점이다. 왜냐하면 마호메트처럼 교체된 토착종교를 만든 사람들은 위생적인 수단을 종교적 의무로 도입할 만큼 충분히 계몽되었기 때문이다. 목욕뿐만 아니라 인간 신체에서 나오는 모든 것 가령, 손톱 조각과 머리카락까지 가장 조심스럽고 경건하게 처리하는 등의 수단 말이다. 그런데, 우리네 선교사들은 그 자리를 차지할 것을 제공하지도 않고 이러한 신성한 교리를 무심코 불신하는 바람에, 그 자리는 즉시 게으름과 무관심이 차지하고 말았다. 만약 아일랜드의 성직자들이 자기네 신도들에게 성모 마리아상을, 성모가 편안해 한다고 숭배자가 믿을 정도로 주일 청결기준을 지키지 못한 오두막에 비치하는 것이 성모에 대한 치명적 모욕이라고 가르칠 수 있다면, 그리고 그녀의 아들이 마구간에서 태어났기 때문에 성모는 마구간에 대해 특별한 존재라는 걸 대변할 수 있다면, 그들은 아일랜드의 모든 위생 검사관들이 20년 동안 할 수 있는 것보다 더 많은 일을 1년 만에 해낼 수 있을 것이며, 성모께서 기뻐할 것을 의심할 수도

---

* 샌드위치 제도(the Sandwich Islands)는 하와이 제도를 가리킨다. 19세기 초, 기독교 선교사들이 하와이에 도착하면서 그들의 종교와 문화적 관습을 전파하였고, 이 과정에서 질병의 유입과 전파가 일어났다는 역사적 사실이 있다. 당시 하와이 원주민들은 유럽과 미국에서 온 외부인들이 가져온 새로운 질병에 대한 면역력이 거의 없었기 때문에, 이들이 가져온 천연두, 홍역, 인플루엔자 등 전염병이 빠르게 퍼졌다. 이러한 질병들은 원주민 인구의 급격한 감소를 초래했고, 이로 인해 하와이 사회와 문화가 큰 영향을 받게 되었다. 특히, 기독교 선교사들이 도입한 새로운 생활 방식과 종교적 가르침이 전통적인 생활 방식과 충돌하면서, 기존의 위생 관습과 건강관리 체계가 붕괴되었고, 이는 질병의 확산을 더욱 가속화했다.

없을 것이다. 아마도 오늘날에는 그들이 그렇게 할지도 모른다. 왜냐하면 깨끗한 얼굴과 앞치마가 나라를 변모시킬 수 있는 한, 내 젊은 시절 이래로 아일랜드는 확실히 변모한 나라이기 때문이다[*]. 영국에서는 엄청나게 많은 주민들이 너무 무식해서 시적인 신앙을 믿을 수 없고, 너무나 남의 이목을 의식해서 베다니의 마구간[**]이 일류 경주마의 마구간이 아니라 평범한 농부의 마구간이라는 생각을 받아들일 수 없으며, 너무나 야만적이어서 고문과 악취에 이은 끔찍한 주술이 아니고는 무엇이든 질병의 악마를 정말로 쫓아낼 수 있다는 것을 믿을 수 없다. 결국 보건 의료관은 오랜 시간 동안, 기적을 약속하고는, 법규 등을 무시하면 끔찍한 개인적 결말을 초래할 거라고 위협하면서, 어리석은 자들한테는 그들의 어리석음에 맞춰 설교해야 할 것이 분명하다[***]. 따라서 모든 보건 의료관은 다른 자격 외에도 유머감각을 가지는 것이 중요하다. 그렇지 않으면 자기가 하는 모든 터무니없는 말을 스스로 믿게 될 테니 말이다. 하지만 당국에 조언하는 전문가의 역할로서 그는 정부 자체를 미신으로부터 자유롭게 유지해야 한다. 이탈리아 농민들이 너무 무지해서 교회가 기적을 통하지 않고는 그들에게

---

[*] 앞치마(pinafore)는 주로 어린이나 여직공이 착용하던 것이다. 이로써 작가는 아일랜드의 국민 중 자신의 외모를 가장 돌볼 형편이 못 되는 사람들을 예로 든 셈이다. 이 문장을 통해 아일랜드가 깨끗함과 단정함을 갖추게 되었다는 점을 인정하면서, 이러한 변화는 외적인 것에 불과할 수 있다는 뉘앙스도 실었다.

[**] 베다니(Bethany)는 예수가 죽은 나사로를 살려낸 곳이다. 관련 이야기가 요한복음 제11장 1절에서 44절까지 나온다. 그런데 여기서 작가가 '베다니의 마구간'을 언급한 맥락은 불분명하다. 직전에 언급한 성모의 마구간은 베들레헴(Bethlehem)에 있다. 쇼가 착각했을지도 모른다.

[***] 사람들의 어리석음 때문에 공중보건 책임자는 실제 상황에 맞지 않는 과장된 약속과 경고를 통해서라도 사람들을 설득해야 할 필요가 있다는 뜻이다.

영향을 미칠 수가 없다면, 그때엔, 기적이 거기에 있어야 한다. 성 야누아리우스의 피는 성인이 내켜 하든 아니든 액화되어야 한다*. 이교도를 속여서 충실한 기독교인으로 만드는 것은, 유황을 태워 질병을 쫓아내는 척해서 천연두 환자가 누웠던 방이 안전하다며 회칠하는 사람을 속이는 것보다 나쁘지는 않다**. 하지만 교회가 농민을 속이는 동안 교회 자신도 속인다면, 화가 교회에 미치리니. 왜냐하면 그때엔 교회가 망하고 농민도 망할 것이다. 농민이 교회에 반역하지 않으면 말이다***. 만약 교회가 억지로 고통스럽게 거짓 기적을 행하지 않는다면, 그리고 농민이 올바르게 행동해야 하는 진정한 이유를 받아들이도록 교회가 사기행위를 싫어하는 마음에 따라 끊임없이 애쓰지 않는다면, 교회는 농민을 타락시키는 도구이자 농민의 무지를 착취하는 존재가 될 것이며, 과학적 진리에 대한 박해를 시작하게 될 것이다. 이 박해야말로 모든 성직자가 비난받는 이유인데, 그 중에서도 과학을 아는 성

---

* 성 야누아리우스(?-305)는 나폴리의 주교이자 순교자로, 그의 유물 중 일부로 피가 담긴 유리병이 보존되어 있다. 전해지는 바에 따르면, 이 피는 그의 순교 이후 건조된 상태로 보존되어 있다가, 매년 특정한 날에 액화되는 기적이 일어난다고 한다. 이건 자연적으로 발생했을 뿐이라는 게 가장 과학적인 설명일 것이다. 그러니 쇼의 언급은 이러한 기적이 성 야누아리우스의 의지와는 상관없이, 종교적 관습과 기대에 의해 강요된다는 점을 풍자한다.

** 회칠하는 사람(whitewasher)은 평범한 노동자의 상징이니 당시로서는 무지한 사람이기도 하다. 천연두는 전염성이 매우 강한 치명적인 질병으로, 환자가 머물렀던 방은 높은 위험성을 가지고 있다. 그러니 철저한 소독 절차를 거치지 않고는 사람이 들어가서는 안 된다. 그런데도 회칠하는 사람을 속여 위험한 방에서 작업하게 만드는 것은 종교적 기만보다 더 나쁘다고 비난함으로써, 무지한 사람들을 속이는 행위가 얼마나 위험하고 부도덕한지를 강조한 말이다.

*** 쇼는 종교 기관, 특히 교회가 진리를 전달하는 역할을 해야 한다고 믿었다. 그러나 교회가 농민을 속이고 스스로 진실을 잃게 된다면, 교회와 사람들 모두가 결국 파멸에 이르게 된다고 경고한다. 이러한 경고를 통해 독자들에게 교회의 역할과 개인의 비판적 사고의 중요성을 강조했다.

직자보다 더 정당하게 비난받을 성직자는 없다*.

　게다가 여기서 우리는 우리 중 대다수를 소름끼치게 하는 위험 즉, 우리에게 강요된 위생 관련 교리를 가질 위험과 마주하게 된다. 하지만 우리는 이 교리와 직면해야 한다. 이렇듯 혼잡하고 빈곤에 시달리는 문명에서는 우리네 어떤 교리도 자유방임주의**보다는 낫기 때문이다. 만약 우리 주민이 부유하고, 높은 교양을 갖추었으며, 철저히 교육받아 스스로를 돌볼 수 있는 자유로운 사람들로만 구성된다면, 우리는 분명 지금의 우리에게는 생사와 관련된 필수적인 많은 공적 규제들을 단숨에 없애 버릴 것이다. 하지만 현재의 상황에서는, 반복하건대, 민주주의가 견뎌 낼 수 있는 거의 모든 종류의 관심이***  무관심보다는 낫다. 관심과 활동은 성공과 마찬가지로 실패로도 이어지지만, 실수하면서 보낸 삶은 아무것도 하지 않고 보낸 삶보다 더 명예로울 뿐만 아니라 더 유용하다. 우리의 모든 이론화과정과 실험에서 나오는 한 가지 교훈은 진정으로 과학적이고 진보적인 방법은 오로지 하나뿐이라는 것인데, 그건 바로 시행착오법이다. 그러고 보면, 자유방임주의도 일종의 교리가 아니고 뭔가****? 자유방임주의는 배우는 것조차 금지하기 때문에 모든 교리 중 가장 폭압적이고 재앙적인 교리이다.

---

*　과학적 진리에 대한 교회의 박해가 과학을 아는 성직자들(the scientific priesthood)에 의해 가장 심각하게 저질러졌다는 의미로 해석된다.

**　원문의 laisser-faire(레세이 페어)는 프랑스어로서 let do, leave alone(마음대로 하게 나 좀 내버려둬)을 뜻하니 '자유방임주의'나 '불간섭주의'에 가깝다.

***　공중보건에 대한 관심은 곧 공공의 개입으로 이어지기 십상이다. 민주주의는 인권의 가치를 높게 보기 때문에 공공이 개입하기가 무척 어려운 제도라는 뜻이다.

****　자유방임주의는 정책이라기보다는 하나의 교조적 신념 체계 아니냐는 뜻이다.

# 48. 최신 이론들

의학 이론이 워낙 유행의 문제인 데다가, 그 중 가장 생산적인 이론들도 국제적인 활동인 의료실천과 생물학 연구에 의해 매우 빠르게 수정되기 때문에, 이 서문을 위한 구실을 제공하는 이 희곡은 이미 시대에 약간 뒤떨어진 것이다. 하지만 이 희곡은, 처음 상연된 해인 1906년을 충실하게 기록한 것으로 받아들여질 수 있다고 나는 믿는다. 비전문가로서 비판의 온전한 자유를 누리는 내가 전문가 누구든 그 이름을 공개해서 명예를 훼손해서는 안 된다. 하지만 세균성 질병으로부터 면역을 획득하기 위한 이론과 실천에서 암로스 라이트 경이 세균 자체로 만든 "백신"을 접종하여 치료한 연구가 없었더라면 내 희곡이 쓰일 수 없었음을 모든 전문가들은 알 것이다. 그의 실천은 그릇되게 백신요법이라고 불리는데(거기에는 백신과 관련된 게 없다), 이는 그 실천이 예방접종의 이상적인 모습을 갖추었지만 실제 예방접종은 그렇지 않기 때문에 잘못된 이름이 붙은 것이다. 암로스 라이트 경이 메치니코프의 매우 의미심장한 생물학적 공상의 하나를 추적하여, 병균을 공격하고 먹어치우는 백혈구 또는 식세포는 우리가 병균에다 천연 소스(암로스 경이 옵소닌이라고 이름을 붙인)로 버터 바르듯 맛있게 해 주어야 일을 한다는 것을 발견하기 전까지는, 그리고 이 조미료의 생산량이 무시할 정도에서 최고 효율에 이르기까지 리듬감 있게 계속해서 오르내리는 것을 발견하기 전까지는, 다양한 혈청이 때때로 기적적인 치료 효과를 낸다고 도입되었다가, 곧 불행한 환자에게 끔찍한 피해를 입히는 바람에 서둘러 중단되어야 했던 이유를 아무도 추측조차 할 수 없었다. 그 시절 접종의 신뢰를 지키기 위해 필요했던 완강한 거짓말의 양은 엄청났다. 당시 유럽 전역의 군 당국들은 자기네 군대 내에서 몇몇 질병의 완전한 소멸을 명령했는데, 보고된 병증의 이름을 바꾸는 간단한 계획으로 그걸 실현했다. 한편, 우리네 대도시 노약자 수용시설 위원회는 재접종으로 인하여 때때로 아주 끔찍한 부작용이 발생했음을 말해 주는 모든 의료보고를 조심스럽게 억눌렀다. 이러한 군 당국이 보여준 헌신과 수용시설 위원회의 노력이 없었더라면, 치료에서 전체 면역화 운동에 저항한 대중의 반발이 어떻게 나타났을지는 알 수 없다.

식세포가 병원균을 섭취할 수 있도록 조리하는 능력이 가장 낮은 지점으로 떨어지는 순간에 환자에게 병원성 세균을 접종하면, 환자의 상태를 상당히 악화시켜서 어쩌면 환자를 죽일 수도 있는 반면, 그 조리하는 능력이 주기적인 절정 중 하나로 상승할 때 정확히 같은 접종을 하면, 그 능력을 한층 자극하여 반대의 결과를 초래할 것이라고 암로스 라이트 경이 지적했을 때, 사태는 수습되었다. 게다가 그는 환자가 특정 순간에 어느 단계에 있는지를 확인하는 기술을 발명했다. 이 발견과 발명의 극적인 가능성은 내 희곡에서 찾아볼 수 있을 것이다. 하지만 기술을 발명하는 것과 의료계가 그것을 몸에 익히도록 설득하는 것은 별개의 문제다. 내가 알기로, 우리의 일반의들은 그 기술을 습득하는 것을 간단히 거부했다. 이는 대부분 그 기술을 습득하는 데 드는 비용이나 습득 후 실습하는 데 드는 비용을 감당할 수 없었기 때문이다. 내가 보여 주었듯이, 간단하고, 저렴하며, 언제든지 병원을 찾는 누구나에게 준비된 것만이 일반 진료에서 경제적으로 가능한 유일한 것이다. 세인트 메리 병원*에 있는 암로스 경의 유명한 실험실에서는 어떻든 간에 말이다. 만약 암로스 경이 실험실에서의 실행을 통해서 습관적인 접종이 너무나 강력했다는 결론에 도달하지 않았더라면, 그리고 상당히 미세한 양의 접종이 조리 활동의 부정적인 단계를 촉진시키는 게 아니라 긍정적인 단계를 유도할 수 있었다는 결론에 도달하지 않았더라면, 업계신문에서 옵소닌을 유행으로, 암로스 경을 위험한 인물로 비난하는 것이 필요했을 것이다. 그래서 일반의들이 새로운 기술을 습득하기를 거부하는 것이 실제로는 '의사의 딜레마'가 쓰였을 때만큼 더 이상 위험하지 않게 되었다. 더 나아가, 예방접종을 한 숟가락의 거담제라도 되는 듯이 투여한 랠프 블룸필드 보닝턴 경의 접종방법이 때때로 꽤 잘 작동할 수도 있게 되었다**. 그럼에도 불구하고, 1910년 5월 23일 암로스 라이트 경이 왕립 의학회에 "임상의***는 아직도 자신의 입장을 재고하도록 설득당하지 않았다"라고 경고한 것을 나는 안다. 이는 일반의(우리 가정에서는 "의사"라고 부르는)가 여전히 이전과 똑같이 행동하고 있으며, 들어본 적이 없는 기술조차도 배우거나 실습하기 위한 비용을 감당할 여유가 없다는 것을 의미한다. 의사는 그 기술에 대해 모르는 환자에게는 아무 말도 하지 않을 것이고, 그 기술에 대

---

* 세인트 메리 병원(St. Mary's Hospital)은 1845년에 설립되어 런던의 패딩턴(Paddington)에서 지금도 운영 중인 병원으로, 페니실린을 발견한 알렉산더 플레밍의 선구적인 업적 등 많은 의학적 발전을 이룬 곳이다.

** 극중에서 랠프 블룸필드 보닝턴(비비)이 옵소닌 방법을 제대로 익히기도 전에 두비댓에게 시도하여 죽게 만들었던 것과는 달리 말이다.

*** 임상의(the clinician)는 당시의 의사들을 통칭한다. 쇼는 현대 의사들이 새로운 의학적 발전과 이론을 받아들이는 것을 주저하고, 기존의 관행을 재고하지 않는다고 비판한다. 이 언급은 진보적인 과학 연구와 보수적인 의료행위 사이의 광범위한 갈등이 있었음을 말해 준다.

해 아는 환자에게는 그걸 조롱하고 암로스 경을 헐뜯을 것이다. 그로 선 무지를 인정하고 굶주리는 것 외에 무엇을 할 수 있겠는가[*]?

하지만 이제 어떻게 "시간의 회전목마가 복수를 가져오는지"[**]를 지켜보라. 당신을 문 개의 아주, 아주 작은 털이 치료효과가 있다는 최신 발견은 우리에게 아른트[***]가 발견한, 자극에 대한 원형질 반응 법칙, 즉 약한 자극과 강한 자극이 반대 반응을 일으킨다는 법칙뿐만 아니라 하네만이 발견한 동종요법도 상기시켜 준다. 이 요법은 하네만이 주장한 사실에 근거한 것으로, 그의 주장에 따르면 통상적으로 인지 가능한 양의 약을 복용할 때는 특정 증상을 유발하는 약물이, 아주 미세한 양으로 복용할 때는 완전히 반대 증상을 유발하는데, 가령, 두통을 유발하는 약물도 충분히 적은 양을 복용하면 두통을 치료할 수 있다는 것이다. 내가 이미 설명했듯이, 동종요법이 의료계에서 직면한 맹렬한 반대는 과학적인 반대가 아니었다. 왜냐하면 일부 약물이 그런 방식으로 작용한다는 사실을 아무도 부인하지는 않는 것 같기 때문이다. 동종요법이 반대를 당한 이유는 단지 의사와 약사들이 스푼으로나 완두콩 크기의 알약으로 복용할 수 있는 의약품을 병이나 상자 단

---

[*] 의사가 솔직하게 특정 의학적 발전에 대해 모른다고 인정하면 환자들의 신뢰를 잃고, 그 결과 소득을 잃게 된다는 것을 의미한다. 작가는 결국 의사가 자신의 무지를 숨기고 유능한 척해서 생계를 유지할 수밖에 없는 상황이라고 말하고 싶은 것이다.

[**] 이 말(the whirligig of time brings its revenges)은 셰익스피어의 희곡 '십이야(Twelfth Night)'의 제5막 1장에서 어릿광대 페스테가 집사 말볼리오에게 한 말에서 따온 것으로, 뜻은 사필귀정에 가깝다. 이 말로써 쇼는 현 상황이 영원히 지속되지 않을 것이며, 시간이 지나면서 변화나 응징, 또는 정의가 이루어질 것이라는 점을 상기시킨다.

[***] 아른트(Rudolf Arndt, 1835-1900)는 독일의 정신과 의사로, 그의 이름을 딴 Arndt-Schulz 법칙으로 알려져 있다. 이 법칙은 약한 자극이 생물학적 시스템을 자극하지만 강한 자극은 억제하는 반응을 일으킨다는 원리이다.

위로 판매하여 생계를 유지했기 때문이다. 사람들은 핀의 대가리만큼 작은 액체방울이나 알약에는 많은 돈을 지불하지 않았을 것이다. 그러나 요즘 들어, 교양 있는 사람들이 점점 약에 대해 의심을 품게 되는 반면, 고질적으로 미신적인 사람들은 특허 약품을 너무 많이 공급받는 바람에(의료 조언은 약병에 포장되어 공짜로 제공된다), 동종 요법이 처방 조제업을 복원하는 방법이 되어 결국 전문적 신뢰를 얻게 된다*. 이 시점에 옵소닌 이론이 매우 적절하게 동종요법과 손을 잡게 된다.

새롭게 승리한 동종요법 의사와 옵소닌 전문가에다가, 놀라운 혁신가인 스웨덴 마사지사를 추가하라. 당신에게 합당한 이론을 내세우지도 않고, 강력한 엄지손가락으로 온몸을 탐색하여 아픈 부위를 찾아내고는 문질러서 통증을 없애 주며, 게다가 당신을 속여서 건강에 도움이 되는 운동을 조금이라도 하도록 만드는 마사지사를 말이다**. 그러면 여러분은 오늘날의 의료 행위에서, 전적인 마녀 주술이나, 인간의 잘 속는 심리와 죽음에 대한 공포를 상업적으로 이용해 먹는 것을 제외한 거의 모든 것을 가지게 된다***.

게다가, 과학적인 식음에 대한 소란스러운 주장을 둘러싸고 격렬하게 벌어지는, 채식주의자와 금주주의자들의 엄청난 논쟁을 추가하라.

---

* 동종요법이 의약품을 조제하는 전통적인 방식에 새로운 활력을 불어넣었고, 이로 인해 전문 분야에서 인정을 받게 되었다는 뜻이다.
** 스웨덴 마사지사는 이론적 접근보다는 직접적인 신체 탐색을 통해 아픈 곳을 찾아내어 문질러서 통증을 치료해 주는 동시에, 환자가 약간의 운동이라도 스스로 하도록 유도한다는 의미이다.
*** 이 문단은 Add to(추가하라)로 시작하여 and you have로 마무리되는 명령문으로, 통상의 형식인 and you will have가 아니다. 쇼는 통상적인 문장의 형식을 따르기를 거부하는 작가다. 즉각 이루어지는 것에 미래형 시제를 쓰는 것은 불필요하다고 본 것이다. 이건 그의 작품과 마주할 때 허다하게 느끼는 어려움이자 묘미의 한 예에 불과하다.

이 논쟁은 여태껏 별다른 성과가 없다. 소화 작용을 신진대사라고 부른다는 점과, 우리가 생선을 충분히 먹지 않는다고 말하는 저명한 의사와 생선 식단이 나병을 초래할 것이라고 경고하는 자신만큼 저명한 동료 사이에 대중을 양분한다는 점을 빼면 말이다*. 그러면 여러분은 성당과 교회, 열성적인 신자들, 기적, 치유를 가진 기독교 과학의 부상(浮上)을 반대하는 모든 요소를 갖추게 된다. 기독교 과학은 의심의 여지없이 어리석지만, 상업적인 일반의의 가짜 과학과 비교하면, 이성적이고 현명하며, 시적이며, 희망적이다. 상업적인 일반의가 기독교 과학자들의 환자가 사망할 때 그들을 기소하라고, 더 나아가 처형까지 하라고 어리석게 부르짖으면서도, 자기네 환자들 또한 엄청나게 죽었다는 사실을 잊고 있음을 고려하면 말이다.

이 서문이 인쇄될 때쯤이면 만화경은 또 한 번 흔들려, 옵소닌은 불안한 발견자의 손에 의해 플로지스톤의 길을 갈지도 모른다**. 나는 하네만이 디아포리우스의 길을 갔을지도 모른다고 말하지 않겠다. 왜냐하면 우리는 항상 디아포리우스와 함께 하기 때문이다. 그러나 우리는 여전히 환상에 불과한 것들을 좇아 우리의 모든 지식을 주워 모

---

* 채식이나 금주가 절대로 옳다는 논쟁이 요란하기만 할 뿐 별다른 성과가 없다는 말이다. 생선 역시 오메가3 등 때문에 건강에 좋다는 학자들도 있지만, 생선에 포함된 수은과 기타 독소에 대해 경고한 학자들도 있으니 양측 사이에서 대중만 혼란을 겪는다는 말이다.
** 플로지스톤(phlogiston)은 가연물(可燃物) 속에 존재한다고 여겨졌지만, 나중에 산소의 발견 덕분에 잘못된 개념으로 판명되었다. 과학자나 발견자가 자신의 이론을 계속해서 탐구하고 실험하다가 결국 그 이론이 잘못되었음을 밝혀내는 경우가 있듯이 옵소닌의 운명도 마찬가지일지 모른다는 뜻이다.

을 것이다*. 우리가 과학이라고 부르는 것은 항상 불로장생의 영약과 철학자의 돌**을 추구해 왔으며, 오늘날에도 파라켈수스*** 시대와 마찬가지로 이 둘을 좇느라 여전히 바쁘다. 우리는 이 둘을 면역화나 방사선학 등 다른 이름으로 부르지만, 우리가 모험을 통해 배우도록 유인하는 꿈은 언제나 근본적으로 같다****. 과학은 자신이 목표에 도달했다고 상상할 때만 위험해진다. 사제와 교황과 관련된 문제는 그들이 스스로 사도나 성인이 되려고 하지는 않고, "나는 배우는 중이다" 대신에 "나는 안다"라고 말하는 경험주의자에 불과하다는 점이다. 현자들이 회의(懷疑)와 행동을 위해 기도하는 것처럼, 그들은 순진함과 타성을 위해 기도한다*****. 종교재판과 예방접종법 같은 혐오스러운 것들은 영혼의 기근 시기에만 가능하다. 명예와 자유, 용기, 모든 생명은 친척

---

* 디아포리우스(Diafoirus)는 몰리에르의 희극 '상상병 환자(The Imaginary Invalid)'에 등장하는 의사로, 무능하고 형식에 치우친 전통 의사로서 의학적 발전 없이 구식 방법에만 의존하는 의사를 상징한다. 하네만의 동종요법이 모든 의사들에게 받아들여지지는 않았지만, 우리 주변에 흔히 볼 수 있는, 무능한 전통 의사들처럼 사라지지는 않았다는 것을 의미하는 한편, 그와 같은 사람들이 여전히 새로운 지식과 발견을 추구하지만, 때때로 그것이 환상에 불과할 수 있다는 점을 강조한 말이다.

** '불로장생의 영약'을 뜻하는 elixir는 구리와 납 등 비(卑)금속을 금으로 만든다던 액체인 연금약액(鍊金藥液)으로도 번역된다. 둘 다 중세의 연금술사들이 추구하던 것들이다. 이걸 아랍에선 '철학자의 돌(the Philosopher's Stone)'이라고 불렀는데, 고대 이집트에서 시작한 연금술이 아랍에서 더 체계화되어 중세에 유럽으로 전해졌기 때문이다.

*** 파라켈수스(Paracelsus, 1493-1541)는 스위스의 의학자이자 연금술사이다. 그는 당시의 전통적인 의학을 비판하고, 새로운 의학적 접근법을 제안함으로써 의학과 화학의 발전에 중요한 기여를 했다.

**** 과학의 대상이 시대에 따라 변하더라도, 어떤 이상적인 목표를 추구하고 있다는 점은 본질적으로 변하지 않는다는 뜻이다.

***** 현자는 사람들이 의심을 통해 비판적으로 사고하고, 결심이 서면 적극적으로 행동하기를 바라는 반면, 사제와 교황은 사람들이 의심 없이 믿고 변화를 두려워하는 상태를 유지하기를 바란다고 평가했으니, 종교지도자를 향한 날선 비판이 담긴 말이다.

관계라는 생각, 알려지지 않은 것은 알려진 것보다 더 위대할 뿐만 아니라 아직 알려지지 않았을 뿐이라는 믿음, 그리고 알려지지 않은 것을 향해 남자다운 길을 찾겠다는 결의 등과 같은, 위대하고 불가결한 신조들이 편협함과 공포에 휩싸여 잊힌 시기 말이다. 편협함과 공포에 휩싸이면 탐욕과 죽음에 대한 두려움 외에는 모든 것이 정지 상태에 놓이는데, 이를 틈타 어떤 상인도 재산을 훔칠 수 있고, 어떤 악당도 자신의 잔인함을 충족시킬 수 있으며, 어떤 폭군도 우리를 노예로 만들 수 있다[*].

이게 우리 과학 전문가들에게 지나치게 수사적인 결론으로 보이지 않도록, 정확한 사고와 살아 있는 신념과 일치하는 한 내 결론을 건조하게 요약하겠다. 대다수의 과학 전문가들은 작가들의 전문 용어로 표현되지 않는 한 어떤 것도 믿지 않도록 훈련받았다. 이 작가들은 자기들이 진정으로 무엇을 말하려는 것인지 결코 이해하지 못하기 때문에, 친숙한 단어를 찾을 수가 없어서 쓰는 책마다 의미 없는 언어를 새로 만들어 내야 하는 형편인데도 말이다.

(1) 가난한 의사보다 더 위험한 것은 없다. 가난한 고용주나 가난한 집주인조차도 이 정도로 위험하진 않다[**].

(2) 모든 반사회적 기득권 중에서 최악은 나쁜 건강과 관련된 기득

---

[*] 사람들이 편협함과 공포에 빠져 인간으로서의 중요한 가치들을 잊어버리면, 사회는 쉽게 부정적인 방향으로 나아갈 수 있다는 뜻이다.

[**] 고용주가 가난하면 월급을 적게 줄 것이고, 집주인이 가난하면 집세를 더 물리겠지만, 의사가 가난하면 자기의 수입을 늘리기 위해 우리의 생명을 좌우할 수 있는 어떤 일을 할지 모르니 더 위험하다는 뜻이다. 하지만 원문 'poor'는 '무능한'이란 뜻으로 번역될 수도 있다. 의사가 무능하면 국민의 생명이 얼마나 위태롭겠는가를 생각하면, 가난한 의사보다 무능한 의사가 더 위험해 보인다.

권이다<sup>*</sup>.

(3) 질병은 경범죄라는 것을 기억하고, 의사가 모든 병증을 공중보
건 당국에 통보하지 않으면 그를 종범(從犯)으로 취급하라.

(4) 모든 죽음을 살인 사건일 수 있다고 보되, 현 시스템하에서는 십
중팔구 살인 사건으로 간주하여, 이를 합리적으로 진행되는 검
시의 대상으로 삼으라. 게다가 의사를 의사로서 처벌하되, 필요
하다면 그의 이름을 등록부에서 말소하라.

(5) 지역 사회가 건강을 유지하는 데 필요한 의사의 수를 결정하라.
이 수보다 많거나 적게 등록하지 말고, 등록을 통해서 의사가 품
위 있는 생활을 할 수 있도록 공공 자금으로 임금을 받는 공무원
이 되게 하라.

(6) 할리가(街)를 시영화 하라<sup>**</sup>.

(7) 사적 수술자를 사적 사형집행인<sup>***</sup>처럼 대하라.

(8) 질병을 치료할 수 있다고 주장하는 사람들을 점술가처럼 대하라.

(9) 특별 통계와 개별 사례 발표를 통해 의사들이나 그들의 가족이
앓고 있는 모든 질병에 대해 대중에게 신중하게 알리라<sup>****</sup>.

(10) 놋쇠 명판을 사용하는 의사는 자신의 자격면허 외에도 "나 또

---

* 이 기득권(vested interests)은 아픈 사람이 생기면 따라오는 권리인데, 환자 본인뿐만
아니라, 의료인, 병원, 약국, 보험사, 정치인 등 다양한 주체가 가질 수 있는 권리이다.

** 할리가(Harley Street)는 런던에 위치한 유명한 의료 전문 거리로, 많은 사설 의료 클리
닉들이 모여 있는 곳이다. 이 거리를 공공 소유로 전환하여, 사설 의료 서비스 대신 공
공의료 서비스를 제공하게 하라고 제안한다.

*** 사적 사형집행인이란 직책은 없다. 이익을 위해 제 마음대로 수술하는 의사는 예를
들 수 없을 정도로 나쁘다는 말이다.

**** 의사들과 그 가족들의 건강 상태를 공개함으로써, 의사들이 환자들에게 어떤 영향
을 미칠 수 있는지를 알리되 신중하란 뜻이다.

한 반드시 죽는다는 걸 기억하라"라는 문구를 명판에 새기도록 의무화 하라.

**(11)** 입법 및 사회 조직에서는, 자신의 활동으로 생명을 유지할 수 없는 무능력자들은 다른 사람의 활동으로 합리적인 범위를 넘어 생명을 유지할 것을 기대할 수 없다는 원칙에 근거하여 일을 추진하라*. 가장 원기 왕성한 경찰관이나 의사도, 익사한 것으로 보이는 사람을 다루기 위해 호출되었을 때 인공호흡을 포기하는 시점이 있다. 하지만 부패 시점에 이르기 전까지는, 또 다른 5분의 시도가 소생에 영향을 미치지 않는다고 확실히 선언하는 것은 결코 가능하지 않다. 모든 살아 있는 개인이 무한한 가치를 지닌다는 이론은 입법적으로 실현 불가능하다. 현명한 사회 조직을 통해 개인에게 더 높은 삶의 질을 보장할수록 공동체에게 그 사람의 가치는 더 커지며, 그가 당면한 일시적인 위험이나 장애를 극복하도록 돕기 위해 우리가 더 많은 노력을 기울일 것은 의심의 여지가 없다. 그러나 경제적 가치보다 더 많은 비용이 드는 사람은 건전한 위생 원칙에 의해서나 건전한 경제 원칙에 의해서나 냉혹하게 운명 지어진다.

**(12)** 영원히 살려고 하지 말라. 성공할 수 없을 것이다.

**(13)** 건강을 다 쓸 때까지 사용하라. 그것이 건강의 목적이다. 죽기

---

* 스코트 니어링(Scott Nearing, 1883-1983)은 백 살이 지나 마당의 장작을 들 힘조차 없자 스스로 곡기를 끊어 삶을 마감했다(헬렌 니어링, '아름다운 삶, 사랑 그리고 마무리', 이석태 역, 보리, 1997). 하지만 보통사람으로서는 이런 일을 드러내놓고 언급하기가 내키지 않는데, 작가는 합리적이란 판단이 서면 뭐든 거침없이 말하는 분이란 걸 염두에 두어야 한다.

전에 가진 것을 모두 쓰라. 자신한테 주어진 것보다 오래 살지 말라.

**(14)** 좋은 출생과 좋은 양육에 최대한 신경 쓰라. 이것은 어머니가 좋은 의사를 가져야 한다는 것을 의미한다. 영양과 치아, 시력, 기타 중요한 문제들이 관리되는 학교 진료소가 있는 학교에 다니도록 주의하라. 이 모든 것이 국가의 비용으로 이루어지도록 특히 신경 쓰라. 그 이유는 그렇지 않으면 전혀 실행되지 않을 것이기 때문이며, 직접 비용을 지불할 수 있는 가능성은 그 방법을 안다고 하더라도 약 40분의 1에 불과하기 때문이다[*]. 그렇지 않으면 여러분은 현재 대부분의 사람들이 그렇듯이, 온전하지 못한 국가의 온전하지 못한 시민이 될 것이다. 이 사실에 대해 부끄럽다거나 불행하다고 느낄 만큼의 자각도 없이 말이다.

---

[*] 국민의 건강과 양육은 국가가 책임져야 한다는 걸 강조한다. 우리나라의 부부 합계출산율이 약 0.7에 달하고 보니 더 실감나는 주장이다.

# 옮기고 나서

## 1. 작가는 왜 이 희곡을 썼나?

이 작품을 초연하고(1906년) 서문과 함께 출판하던(1911년) 무렵 쇼는 이미 삶의 절반 너머를 살았다. 스무 살 청년이 아일랜드를 떠나 (1876년) 이곳 런던에 온 지는 30년도 더 지났다. 그동안 그는 자신을 세상에 맞추기보단 세상을 자신에게 맞추는 게 낫다고 보고 열심히 달려 왔다. 직장인으로서나 소설가로서나 정치인으로서 실패도 경험 했지만 문필가로서는 상당한 성공을 거두었다. 특히 극작가로서는 입 센의 정신을 잇고 장차 셰익스피어를 능가한다는 자신감을 갖추기 위 한 발판도 마련했다.

그가 이러한 활동을 해 나가도록 사상적 자양분을 공급한 곳은 페 이비언 협회다. 그가 점진적 사회주의를 지향하는 이 단체를 창립한 (1884년) 건 아니지만, 창립하던 해에 가입하여 이걸 반석 위에 올려 놓는 일에서 경험을 쌓을 수 있었기 때문이다. 이 단체를 통해 많은 사람을 만나고, 많은 것을 읽었으며, 강연과 글쓰기를 통해 사상의 기 반을 다지고 스스로를 단련했다. 그 성과는 곧 드러났다. 먼저 그는 1895년 런던 정경대(LSPE)를 공동 설립했다. 쇼와 그의 동료들은 기 존의 대학에서 정치학과 경제학을 연구하는 주된 동기가 부자를 더 부자로 만드는 데 있지, 가난한 사람들이 왜 가난하게 살아야 하는지, 어떻게 이들을 빈곤에서 벗어나게 할 수 있는지가 아니란 걸 알아차렸다. 그래서 그런 연구와 교육을 수행할 기관을 몸소 만든 것이다.

또한 그는 1898년 '페이비언 사회주의(Fabian essays in Socialism, 고세훈 역, 아카넷, 2006)'의 초판본 서문과 한 장인 '사회민주주의로의 이행'도 썼으며, 1900년에는 '페이비어니즘과 제국(Fabianism and the Empire: A Manifesto by the Fabian Society)'이란 책을 편집하고 서문을 썼다. 더 나아가 페이비언 협회는 1900년, 노동대표위원회(Labour Representation Committee, LRC)에 참여했는데 이 위원회가 1906년 노동당으로 정식 개명했으니, 이제는 학술단체의 범위를 넘어 영국의 주요 정당의 창당에 한 역할을 담당함으로써 정치에 직접 나서게 된 것이다. 물론 이 당이 집권당이 되기까지는 몇 년 더 기다려야 했지만 말이다. 게다가 그는 정치에 관해서 말하고 글 쓰는 일에만 머물지 않았다. 1897년부터 런던 세인트팬크라스의 교구위원과 자치구의원으로 도합 6년 반을 일하며 예결산 수지를 맞추느라 눈에 피로를 느낄 정도로 숫자를 들여다보던 시절도 거쳤다. 비록 간접선출의 형식으로 맡게 된 공직이지만 말이다. 이 직책의 연임을 위해 나선 1904년 선거에서 낙선도 경험했다. 하지만 별로 아프진 않았다. 그에게는 정치 말고도 할 일이 많았기 때문이다. 그 중에서 희곡작가로서의 일이 가장 만족스러운 결과를 안겨다 주었다. 특히 '악마의 제자'의 성공(1897년)으로 금전적 고민은 영원히 사라졌다. 게다가 1898년에는 자기보다 12배 이상의 안정적인 수입이 있는 샬롯 페인 타운센드와 결혼도 했다.

이제 이 작품을 쓰게 된 계기를 들여다보자.

'1906년 늦은 여름 그랑비 바커(연극배우 겸 제작자로서 쇼의 여러 작품을 제작해 큰 성공을 거두었다)가 새 작품을 종용하러 쇼를 찾았을 때, 쇼는 아내와 콘월의 메비지시(Mevagissey)에 머물고 있었다. 수영을 무척 좋아했던 쇼는 매일 아침을 바다에서 보냈고 차기작에 대해서는 아무 생각이 없었다. 쇼 부인이 다음과 같은 기억을 일깨우기 전까지는. 쇼가 저명한 외과의사 암로스 라이트 경과 세인트 메리 병원에서 대화를 나누고 있을 때였다. 암로스 라이트 경에게 조수 한 명이 다가오더니, 새로운 옵소닌 치료법을 적용할 환자 모집단에 결핵 환자 한 명만 더 받아 주면 안 되겠냐고 물었다. 치료할 수 있는 환자의 수는 제한되어 있었기에, 암로스 라이트 경은 물었다. "그럴 만한 가치가 있는 사람입니까?" 순간, 쇼는 그 상황에 연극적인 무언가가 있음을 발견하고 부인에게 얘기했다. 하지만 그때 이후로는 완전히 까먹고 있다가 메비지시에서 부인 덕에 다시 생각난 것이다. 그 주제라면 윌리엄 아처(연극 비평가)가 제기한 도전에 응할 수 있었다. 아처는 무대에서 죽음을 얘기하기 전까지는 쇼를 최고의 극작가 반열에 올리기 어렵다고 평했다. 그래서 쇼는 의사와 죽음에 관한 비극을 쓰되, 자신이 쓸 수 있는 가장 재미있는 작품을 쓰기로 했다(버나드 쇼-지성의 연대기, 헤스케드 피어슨 저, 김지연 역, 뗀데데로, 2016).'

이렇게 시작한 이 연극을 끌어가기 위해 작가는 주요 인물로 6명의 의사와, 타락한 화가 루이스 두비댓과 그의 매력적인 부인 제니퍼 두비댓을 등장시킨다. 먼저 콜렌조 리전(콜리 경)은 창작의 계기를 열어준 암로스 라이트 경을 모델로 한 의사로서, 옵소닌 방법을 발견한 공로로 극의 앞부분에서 기사작위를 받는다. 그에게는 이미 열 명의 결핵환자가 있어서 자신에게 할당된 자원으로는 더 이상의 환자를 받기가 어려운 처지다. 그런 그에게 갑자기 두 환자가 나타난다. 화가 루이스와, 리전의 동료 의사다. 화가는 뛰어난 예술가이지만 도덕적으로는 타락한 반면, 동료는 도덕적으론 나무랄 데가 없지만 의사로선 무능하다. 환자 하나를 더 살릴 수 있다 하더라도 도대체 누굴 살리는 게 더 나으냐가 리전의 딜레마다. 그에게는 자신보다 20년 이상 연장인 멘토가 있다. 이 노인은 리전을 자식처럼 아끼며 북돋아 주는 의사로서 리전이 고민 끝에 결정을 내리자 그를 적극적으로 돕는다. 세 번째 의사는 독일계 유대인 의사다. 그는 '치료보장'이란 과대광고를 내걸고 개업하여 나름 성공하곤 은퇴했다. 네 번째는 환자의 '쓸모없는' 장기를 떼어 주는 쓸모없는 수술을 유행시켜 성공한 외과의사다. 다섯 번째는 성공에 눈이 멀어 환자의 치료에 치밀함을 희생시키길 망설이지 않는 내과의다. 마지막이 리전의 딜레마에 등장하는, 선량하지만 무능력하고 아픈 의사다. 여기서 주목할 점은 이들 모두는 작가가 실제 의사들과 개인적으로 쌓은 친분을 바탕으로 가공해낸 인물들이란 점이다. 쇼는 작품에서 등장인물의 개성과 대사 하나까지 상상력의 결과라기보다는 주로 자신의 삶에서 마주친 적이 있는 장면에서 골라 쓰는 작가로 유명하다. 그게 바로 그의 작품에서 인물들의 성격과 대사가 관객에게 생생하게 느껴지는 이유이다.

피어슨이 쓴 쇼의 전기를 더 읽어 보자.

'그리하여 '의사의 딜레마'를 쓸 때 그는 당대 최고 의사들의 면면을 극에 녹여 낼 수 있었다. 그 결과물은 배꼽 빠지게 재미있었다. '두비댓'이라는 예술가는 여러 사람이 투영된 인물로, 돈을 빌리는 성향은 (엘레노어 마르크스의 연인이었던) 에드워드 에이블링을 참조한 것이었다.'

엘레노어 마르크스(1855-1898)는 칼 마르크스(1818-1883)의 막내 딸로서 대영박물관 필경사로 일하던 시절, 이 박물관의 도서실에서 '자본론'을 읽던 쇼의 관심을 끌게 된 아가씨다.

'두 사람의 관계가 무르익기 전에 경쟁자가 나타나서 그녀를 가로챘다. 에드워드 에이블링이 엘레노어와 같이 살기로 합의했을 때 그는 이미 유부남이었지만 아내를 버린 상태였다. 나중에 에이블링의 부인이 죽자 사람들은 이상적인 마르크스-에이블링 커플이 합법적인 부부가 될 것으로 기대했다. 그러나 에이블링은 법적으로 자유의 몸이 되자마자 몰래 다른 사람과 결혼을 했고 이 사실을 알게 된 엘레노어는 결국 자살하고 말았다.'

극 중에서 리전의 멘토인 노인이 '한 남자의 돈 문제와 여자문제에 대한 평판을 알기 전에는 그 남자에 대해 아무것도 모르는 것'이라고 말하는 장면이 나온다. 두 가지 모두에서 하자가 있었던 에이블링이 야말로 루이스 두비댓의 모델로는 안성맞춤이었을 것이다.

극에서는 리전의 집에서 일하는 조수 레드페니가 '병원에서 우린 선생님을 구닥다리 콜리 리전이라고 부릅니다'라고 고백하는 장면이 나온다. 병원에서 자기 스승을 '구닥다리 암로스 라이트'라고 불렀을 만한 인물로는 알렉산더 플레밍이 있다. 물론 나중의 일이지만 1차 대전 당시 영국군은 라이트에게 '상처감염'을 줄일 방법을 개발하라는 임무를 맡겼는데, 최선을 다했지만 그는 별 성과를 거두지 못하자 '상처감염을 치료할 수 있는 방법은 없다'라고 확신하게 되었다. 그래서 감염을 치료하는 항생제를 만들려는 시도에 매우 회의적이었으며 사사건건 반대했다고 한다. 이러한 스승의 조수 생활을 하던 플레밍이 결국 1928년 페니실린이란 항생물질을 발견해 냈다.

이 풍자적 비극에 희극적 요소를 두드러지게 보태 준 인물은 리전의 하녀 에미다. 극의 주요인물이랄 순 없는 그녀는, 리전보다는 몇 살은 위로 보이고 말투로 보아 리전을 어려서부터 보모로서 돌봐온 걸로 보인다. 그녀는, 바빠서 상담할 수 없다는 리전을 달래어 제니퍼와 면담하도록 설득하느라 마음이 바쁘다. 리전이 자신의 기사서훈을 축하하기 위해 모인 의사들에 둘러싸여 하염없이 노닥거리기만 하는 모습에, 결국 그녀는 불같이 화를 내며 '불쌍한 환자들과 함께해야 할 의사들이 모여서 잡담이나 한다'고 일갈하고는 의사들을 집에서 내쫓는다. '돈키호테'로 치자면 산초 판사요, '춘향전'으로 치자면 방자 같은 인물을 좋아하지 않을 관객은 없을 것이다.

쇼가 이렇게 공들여 쓴 이 희곡은 1906년 11월 20일 초연 이래 수준 높은 관객을 동원하며 6주 동안 상연되었다. 하지만 이러한 성공에도 불구하고 작가가 평론가들로부터 칭찬만 들은 건 아니었다. 평론가들은 루이스 두비댓이 사도신경을 흉내 내어 '저는 미켈란젤로와 벨라스케스, 렘브란트를 믿사옵고'라는 신조를 내뱉고 죽는 장면에 대해서는 취향이 형편없다며 쇼를 비난했다. 게다가 윌리엄 아처도 '쇼가 죽음을 정면으로 다루는 데 실패했다'고 불평했으며 작가는 이에 동의했다고 한다.


## 2. 희곡의 서문

연극을 초연한 후, 쇼는 이 희곡을 구실로 삼아 '의사들에 관한 서문(Preface on Doctors)'이라는 긴 에세이를 48개의 장(章)에 담았다. 그 내용은 의료윤리와 공중보건, 생체실험의 폐해, 통계적 착각, 의료의 상업화, 약물과 수술의 오남용, 의사의 미덕과 고충 등 광범위한 갈래에 걸쳐 있는데, 작가가 당시 영국사회의 의료문제를 얼마나 심각하게 보았는지가 낱낱이 드러난다. 그가 가졌던 염려의 단면을 보여 주는 두 대목을 들어 보자.


'통계분석자들이 기록하지 않은 가정 때문에 통계가 얼마나 왜곡되는지를 심지어 훈련받은 통계학자들조차도 종종 이해하지 못한다. 이 통계학자들의 관심은 광고 목적으로 통계를 부당하게 사용하는 사람들의 노골적인 속임수에 너무 많이 사로잡힌다. 가령, 퍼센트에는 속임수가 있다. 거의 이름조차 없는 작은 마을에서 천연두 유행 기간 동안 두 사람이 감염된다. 하나는 죽고 다른 하나는 회복한다. 한 사람은 백신 접종 자국이 있고 다른 사람은 없다. 즉시 승전보들이 발표된다. 백신 찬성론자는 그곳에서 단 한 명의 백신 접종자도 천연두로 사망하지 않았고 백신을 접종하지 않은 사람들은 100% 비참하게 죽었다고 하며, 백신 반대론자는 백신을 접종하지 않은 사람은 100% 회복했지만 백신을 접종한 사람들은 모조리 죽었다고 하면서 말이다(제34장 '통계적 착각'에서).'

'의사는 명예로운 직업이기 때문에 의료계가 부패할 리 없다고 장담한다면 오산이다. 천 명의 사람들이 개개인만 놓고 보면 하나같이 훌륭한 사람들이라고 해도, 공통의 이해관계가 맞아 떨어지면 다 같이 부패할 수 있다는 사실을 상기해야 한다. 의사들은 선하고 순수한 의도에서 좋은 일을 많이 하기 때문에 의사에게 형사법을 적용하는 것이 영 불편할 수가 있다. 하지만 정치인이 명심해야 할 것은 선한 충동이나 직업윤리가 아무리 강해도 금전적 욕구에 비하면 아무것도 아니라는 사실이다. 선한 충동에서 하는 행동들은 간헐적이고 단발적이다. 반면 금전적인 욕구는 변하지도 않고 사라지지도 않는다('쇼에게 세상을 묻다, 버나드 쇼 저, 김일기, 김지연 역, 뗀데데로, 2012)'.'

약 110여 년 전 영국의 의료문제를 바라본 한 작가의 시각이 오늘날 우리네 현실을 개선하는 데 어떤 도움이 될 수 있을지는 알 수 없다. 하지만 인류의 한 지성이 가졌던 염려 중 일부는 시간과 공간을 뛰어넘는다는 생각을 지울 수 없다. 지난겨울 '의료개혁'이란 이름으로 시작된 일들의 결과가 여름이 지나도록 '의료대란'인지 '의료붕괴'인지로 이어지는 과정을 지켜보자니 더욱 그렇다.

## 3. 인공지능이 없었다면

번역과정 중 처음부터 ChatGPT-3.5에서 시작하여 4.0을 거쳐 4o와 Claude 3.5 Sonnet으로 마무리하기까지 이들과 함께했다. 그러니 공동 번역자나 다름없는 존재의 역할에 대해 언급하는 게 마땅하다.

뒤의 둘이 가진 장점으로는 문장의 윤곽을 대체로 정확히 잡아내는 점, 어휘가 자연스러운 점, 오류가 적다는 점, 문장의 함의를 잘 짚어내는 점, 작가의 의중을 잘 파악하는 점 등이었다. 물론 이들에게는 문제도 있었다. 앞에서 말한 장점이 제대로 작동하지 않은 때도 있기 때문이다. 이런 문제의 가능성을 염두에 두고 상대가 제공하는 정보를 감별하고 정정하는 일은 사람의 몫이다. 그중 몇 가지 예를 살펴보자.

### (1) 어휘 선택

인공지능이 선택한 어휘가 대체로 자연스러웠지만 그렇지 않은 경우도 있었다. 그 중 몇 개를 보인다.

- by your credulity: 당신의 믿음 때문에(ChatGPT-4o) -> 당신이 순진해서
- swallow: 받아들이다(ChatGPT-4o) -> 감추다
- answering for him: 그에게 답하며(ChatGPT-4o) -> 그를 대신하여 답하며
- half an hour: 한 시간 반(ChatGPT-4o) -> 반시간
- indifference: 무감각(Claude 3.5 Sonnet) -> 냉담함

## (2) 사실 확인

샌드위치 제도(Sandwich Islands)가 하와이 제도를 일컫는다는 답변은 질문이 바뀌어도 한결같았다. 하지만 버나드 쇼가 낙마한 선거가 어떤 거였느냐는 질문에 대한 답은 질문이 바뀔 때마다 달라졌다. 모르는 것을 모른다고 답하기를 인공지능에게 기대하기는 아직 이른 모양이다.

## (3) 오류와 누락

and가 무엇과 무엇의 연결인지를 정확히 짚어 내지 못하는 경우가 있으며 지시대명사 특히 that와 it이 무얼 지칭하는지에 대해 그릇 답하는 경우가 있다. 문장이나 구, 어휘를 빼먹는 경우도 있고, 긍정문을 부정문으로 이해하는 경우도, 그 반대의 경우도 있다. 게다가 동사의 주어나 목적어를 제대로 찾아내지 못하기도 했다. 문장이 길면 이런 오류는 더 잦다.

## (4) 총평

이러한 한계에도 이들의 장점이 워낙 두드러져서 이 도구들이 없는 세상으로 돌아가고 싶지 않을 정도다. 물론 이들이 없었다면 이 번역물도 없었을 것이다. 짧은 경험으로 평가하기가 조심스럽긴 하지만 이들의 번역능력에 굳이 점수를 매겨 보란다면 각각 40과 60, 80, 85점을 주고 싶다. 상대를 끊임없이 의심하려니 부담스럽긴 하지만, 이제 인공지능은 내게 스승이자 제자다.

## 4. 일곱 번째 의사

번역하는 내내 작가가 등장 의사를 하나 더 늘렸다면 경제학자 김현철 교수를 모델로 삼았을 거라는 생각이 머리에서 떠나지 않았다. 의사였던 그는 사회를 진료하는 의사가 되고 싶어 진료실을 나와 경제학 공부를 시작했는데, 그런 결정을 하게 된 까닭은 그가 만났던 사회적 약자들 때문이었다고 한다.

'명백한 유방암임에도 불구하고 이를 부인하던 촌부, 목숨을 걸고 이 땅에 온 하나원의 북한 이탈 주민들, 산재를 입고 서러워 울던 외국인 노동자, 공중보건의 시절 방문 보건 프로그램에서 만났던 돌봄의 사각지대에 놓인 환자들, 말라리아로 아이를 잃고 밤새 구슬프게 울던 아프리카 말라위의 엄마, ... 이들은 더 아프고 더 일찍 죽습니다. 제가 경제학 연구를 하는 원동력입니다('경제학이 필요한 순간', 김현철, 김영사, 2023).'

이러니 약자를 위해 연구하라고 대학까지 만들었던 쇼가 일찍이 김교수 같이 독특한 인물의 존재를 알았더라면, 반드시 이 연극에서 한 배역의 모델로 삼았을 거라고 짐작해도 무리는 없어 보인다. 그의 연구에 많은 발전이 있기를 바란다.

# 의사의 딜레마

© 버나드 쇼, 2025

초판 1쇄 발행 2025년 1월 20일

지은이     버나드 쇼
옮긴이     이원경
펴낸이     이기봉
편집       좋은땅 편집팀
펴낸곳     도서출판 좋은땅
주소       서울특별시 마포구 양화로12길 26 지월드빌딩 (서교동 395-7)
전화       02)374-8616~7
팩스       02)374-8614
이메일     gworldbook@naver.com
홈페이지   www.g-world.co.kr

ISBN   979-11-388-3919-8 (03840)